LA TEMPÊTE DU SIÈCLE

OUVRAGES DE STEPHEN KING

Aux Éditions Albin Michel

CUJO
CHRISTINE
CHARLIE
SIMETIERRE
L'ANNÉE DU LOUP-GAROU
UN ÉLÈVE DOUÉ – DIFFÉRENTES SAISONS
BRUME
ÇA (deux volumes)
MISERY
LES TOMMYKNOCKERS
LA PART DES TÉNÈBRES
MINUIT 2
MINUIT 4
BAZAAR
JESSIE
DOLORES CLAIBORNE
CARRIE
RÊVES ET CAUCHEMARS
INSOMNIE
LES YEUX DU DRAGON
DÉSOLATION

SOUS LE NOM DE RICHARD BACHMAN

LA PEAU SUR LES OS
CHANTIER
RUNNING MAN
MARCHE OU CRÈVE
RAGE
LES RÉGULATEURS

STEPHEN KING

LA TEMPÊTE DU SIÈCLE

Traduit de l'américain par
William Olivier Desmond

LE GRAND LIVRE DU MOIS

NOTE DU SCÉNARISTE

Le « reach » est un terme maritime de Nouvelle-Angleterre synonyme de détroit. Celui qui sépare Little Tall Island (île fictive) de Machias (ville qui existe) est d'environ trois kilomètres de large.

Titre original :

THE STORM OF THE CENTURY

22, rue Huyghens, 75014 Paris

ISBN : 2-7028-3108-7

AVANT-PROPOS DE L'AUTEUR

Dans la plupart des cas – disons, trois ou quatre fois sur cinq – je me souviens de l'endroit où j'étais quand une histoire m'est venue à l'esprit, ainsi que de la combinaison d'événements (en général insignifiants) qui en ont déclenché la genèse. Pour *Ça*, par exemple, ce fut le fait de franchir un pont de bois en entendant le bruit creux produit par le talon de mes bottes, tout en pensant à « The *Three Billy Goats* Gruff. » Dans le cas de *Cujo*, ce fut ma rencontre, dans la réalité, avec un saint-bernard ayant très mauvais caractère. *Simetierre* est dû au chagrin de ma fille lorsque son petit chat Smucky, qu'elle adorait, s'est fait écraser par une voiture sur la route qui passe devant chez nous.

Parfois, cependant, je suis incapable de me souvenir comment tel roman ou telle histoire me sont venus à l'esprit. Leur origine, dans ces cas-là, paraît être une image plutôt qu'une idée, un instantané mental tellement puissant qu'il finit par conjurer des personnages et des événements à la manière dont les sifflets à ultrasons sont supposés rameuter les chiens du voisinage. Tel est, du moins pour moi, le véritable mystère de la création : des histoires sans véritable antécédent, qui paraissent sortir tout droit du néant. *La Ligne verte* a commencé avec l'image d'un Noir gigantesque qui regarde, depuis sa cellule, approcher le taulard bien vu chargé de la vente des confiseries et des cigarettes, et qui pousse un vieux chariot de métal dont les roues grincent. *La Tempête du Siècle* se fonde également sur une image de prison : un homme (un Blanc, pas un Noir) est assis sur la banquette de sa cellule, les talons remontés sur le bord, et ses yeux ne cillent jamais. Pourtant il ne s'agit pas de quelqu'un de gentil ou de bon, comme l'était en fin de compte John Coffey dans *La Ligne verte*. Mais d'un homme qui est l'incarnation du mal. Peut-être même pas un homme du tout. À chaque fois que mon esprit l'évoquait, pendant que je conduisais, pendant que j'attendais chez l'ophtalmologue qu'on me dilate la pupille, ou (le pire) pendant que l'insomnie me tenait éveillé dans mon lit au point que je rallumais, il paraissait un peu plus effrayant. Toujours assis sans bouger au bord de sa banquette, mais un peu plus effrayant. Un peu moins humain et un peu plus... eh bien, un peu plus comme ce qui était en dessous.

Peu à peu, l'histoire a commencé à se dévider à partir de cet homme... ou de ce qu'était cet être. Il était assis sur une banquette. La banquette faisait partie d'une cellule. La cellule était au fond du supermarché de Little Tall Island, à laquelle je pense parfois comme à l'île de Dolores Claiborne. Pourquoi au fond du supermarché ? Parce qu'une communauté aussi réduite que celle de Little Tall n'a pas besoin d'un poste de police ; il lui suffit d'un constable à temps partiel qui s'occupe de régler les incidents minables habituels : un ivrogne un peu trop tapageur, par exemple, ou un marin-pêcheur irascible qui bat de temps en temps sa femme. Et qui pourrait tenir le rôle de ce constable ? Eh bien, Mike Anderson, pardi, propriétaire et gérant du supermarché. Un type tout à fait sympathique, qui sait s'y prendre avec les ivrognes et les pêcheurs irascibles... Mais si jamais quelque chose de réellement sérieux se produisait ? Quelque chose d'aussi terrible, par exemple, que l'esprit démoniaque qui envahit Regan dans *L'Exorciste* ? Quelque chose qui se retrouverait assis là, dans la cellule bricolée par Mike Anderson avec son poste à soudure, et regarderait droit devant soi, attendant...

Attendant quoi ?

Eh bien, la tempête, évidemment. La tempête du siècle. Une tempête d'une telle violence que Little Tall se trouverait coupée du continent, et réduite à ses propres ressources. La neige est belle ; la neige est mortelle ; la neige est aussi un voile, comme celui qu'utilise un magicien pour dissimuler un tour de passe-passe. L'île coupée du monde et cachée par la neige, mon père Fouettard (déjà, je pensais à lui sous son nom officiel, André Linoge), du fond de sa cellule, peut faire de gros dégâts. Sans même, pour les pires, avoir à quitter la banquette sur laquelle il se tient jambes repliées sous le menton, s'entourant les genoux de ses bras.

J'en étais à ce stade de mes réflexions en octobre ou novembre 1996 ; un homme mauvais (ou peut-être un monstre déguisé en homme) dans une cellule, une tempête encore plus violente que celle qui avait totalement paralysé la région dans le milieu des années 70, une communauté livrée à ses seules ressources. Je reculais devant l'idée de créer toute une société (ce que j'avais fait dans *Salem* et *Bazaar* : c'est une tâche écrasante), mais j'étais séduit par les possibilités. J'avais atteint le moment où il me fallait écrire ou laisser se perdre l'occasion. Les idées d'histoires plus complètes – autrement dit la majorité – tiennent assez longtemps, mais une histoire née d'une seule image, qui n'a guère d'autre existence que comme simple potentiel, semble plus périssable.

J'avais le sentiment qu'il y avait de grandes chances pour que *La Tempête du Siècle* s'effondre sous son propre manque de poids ; mais, en décembre 1996, je commençai néanmoins à écrire. Le déclic arriva lorsque je pris conscience qu'en situant mon histoire sur Little Tall Island, j'aurais l'occasion de soutenir quelques idées intéressantes et provocantes sur la nature même d'une communauté... car il n'en existe pas dont les liens sociaux soient aussi serrés, aux États-Unis, que celles de ces îles, au large du Maine. Les habitants y sont soudés par leur situation, par la tradition, par des intérêts communs, par des pratiques religieuses identiques et par un travail difficile et parfois dangereux. Ils ont également des liens de sang et un esprit clanique, chaque île ou presque étant composée d'une demi-douzaine de vieilles familles dans lesquelles neveux, cousins et parents par alliance s'entrecroisent comme sur un patchwork[1]. Si vous êtes touriste ou estivant, ils se montreront certes amicaux, mais vous ne devez pas vous attendre à ce qu'ils se livrent à vous. Vous aurez beau venir dans votre villa de la pointe pendant soixante années de suite, vous resterez toujours un étranger. Car la vie sur une île est différente.

Je parle des petites villes dans mes livres parce que j'en suis moi-même issu (mais je ne suis pas un insulaire, dois-je me hâter

1. Pendant la retransmission à la radio locale d'un match de basket à Bangor, le commentateur désigna les membres de l'équipe féminine de Jonesport-Beals par leur prénom : bien obligé, elles avaient toutes le même nom de famille – Beals.

d'ajouter ; quand je parle de Little Tall, c'est d'un point de vue extérieur), et la plupart de mes histoires situées dans de petites villes, que ce soit Jerusalem's Lot, Castle Rock ou Little Tall Island, doivent beaucoup au Mark Twain de « The Man That Corrupted Hadleyburg » ou au Nathaniel Hawthorne de « Young Goodman Brown ». Toutes comportent néanmoins, me semble-t-il, un postulat implicite central : il doit toujours y avoir une force mauvaise, malveillante, qui vient détruire cette communauté, séparer les individus et en faire des ennemis. Mais j'en ai davantage fait l'expérience en tant que lecteur que comme membre d'une communauté ; pour ma part, j'ai toujours vu les petites villes faire front commun en période de désastre[1].

La question n'en demeure pas moins : le résultat de ce front commun est-il toujours le bien commun ? L'idée de « communauté » doit-elle toujours réchauffer le cœur, ou n'arrive-t-il pas qu'elle nous glace le sang ? C'est à ce moment-là que j'ai imaginé la femme de Mike Anderson prenant son mari dans ses bras et murmurant à son oreille, « Débrouille-toi pour qu'il ait un accident », en parlant de Linoge. Quel frisson m'a parcouru ! Je sus alors que je devais au moins essayer d'écrire cette histoire.

Restait à répondre à la question de la forme. Je ne m'en inquiète jamais, pas plus que je ne m'inquiète de la question de la voix. La voix (le narrateur), qui parle en général à la troisième personne mais parfois aussi à la première, accompagne toujours le paquet-cadeau. Il en est de même de la forme que prend l'histoire. Je me sens très à l'aise dans le cadre d'un roman, mais j'écris aussi des nouvelles, des scénarios de films et même, parfois, des poèmes. L'idée dicte toujours la forme. On ne peut transformer un roman en nouvelle, ni une nouvelle en poème, comme il est impossible d'interrompre une nouvelle qui veut se transformer en roman (sauf à vouloir la détruire, évidemment).

J'avais supposé que *La Tempête du Siècle* serait un roman. Mais alors que je me préparais à l'écrire, je devenais de plus en plus convaincu que c'était un film. Toutes les images de l'histoire se présentaient comme celles d'un film plutôt que comme celles d'un livre : les gants jaunes du tueur, le ballon de basket taché de sang

1. Pendant la tempête de verglas de janvier 1998, par exemple, lorsque certaines communautés se retrouvèrent sans électricité pendant plusieurs semaines.

de Davey Hopewell, les gosses volant avec Mr Linoge, Molly Anderson murmurant « Débrouille-toi pour qu'il ait un accident » à l'oreille de Mike, et plus que tout, Linoge dans sa cellule, recroquevillé sur lui-même et orchestrant le bal.

Il y avait trop de matière pour un film en salle, mais il y avait une solution ; avec le temps, j'avais établi d'excellentes relations de travail avec la chaîne ABC, à qui j'avais procuré des éléments (et parfois des téléfilms) pour une demi-douzaine de ce qu'on appelle des mini-séries, et celles-ci avaient fait un très bon audimat. Je pris contact avec Mark Carliner (producteur de la nouvelle version de *Shining*) et Maura Dunbar (mon contact chez ABC depuis le début des années 90). Seraient-ils intéressés, leur demandai-je, par un véritable roman pour la télévision, un roman qui aurait été écrit pour elle et non un scénario tiré d'un livre préexistant ?

Ils répondirent « oui » tous les deux le temps de le dire et, lorsque j'eus terminé les trois scénarios de deux heures qui suivent, le projet passa rapidement en production puis au tournage, sans charcutage préalable, sans que les producteurs aient des vapeurs. Il est de bon ton de dire pis que pendre de la télé, quand on est un intellectuel (et surtout de ne jamais admettre que l'on a regardé un feuilleton ou un jeu télévisé), mais j'ai travaillé comme écrivain pour la télé et le cinéma, et je souscris au dicton affirmant qu'à Hollywood, les gens de la télé désirent faire des films et les gens du cinéma des repas dans les bons restaurants. Je ne suis pas le renard de la fable disant que les raisins sont trop verts : dans l'ensemble, je n'ai eu que des satisfactions au cinéma (si l'on excepte *Graveyard Shift* et *Silver Bullet**). Mais à la télé, on vous laisse travailler... sans compter que si l'on propose une histoire susceptible d'avoir un certain succès et comportant plusieurs actions simultanées, on vous laisse aussi un peu vous étendre. Et j'aime à m'étendre – c'est merveilleux. ABC mit trente-trois millions de dollars dans ce projet, sur la base du scénario en trois parties, tel qu'il était dans sa première mouture ; mais on n'effectua que des changements mineurs. Cela aussi, c'était merveilleux.

J'ai écrit *La Tempête du Siècle* exactement comme un roman, avec comme seules notes la liste de mes personnages, travaillant

* Sur 32 films tirés des œuvres de King (*N.d.T.*).

sur une base de trois à quatre heures tous les jours, trimballant partout mon portable Mac et écrivant dans des chambres d'hôtel lorsque j'allais, en compagnie de ma femme, assister aux matchs de l'équipe de basket féminine du Maine lors de leurs déplacements à Boston, New York ou Philadelphie. La seule vraie différence est que j'ai utilisé un programme d'écriture Final Draft à la place de Word 6, comme je le fais pour ma prose ordinaire (lequel Word 6 a la mauvaise habitude de se planter de temps en temps, alors que Final Draft n'a aucun *bug* connu). Je suis prêt à soutenir que ce qui suit (et que vous verrez à la télé) n'est nullement une « dramatique de télé, » ou une mini-série : c'est un authentique roman, mais utilisant un moyen d'expression différent.

Les choses ne se sont pas passées sans problèmes. Le principal, lorsqu'on travaille pour la télé, est celui de la censure (ABC fait partie des chaînes qui disposent d'une véritable commission de contrôle : les scénarios sont épluchés, et on vous dit ce qu'on ne peut en aucun cas montrer dans les foyers américains). J'avais dû me bagarrer furieusement sur ce point lorsque j'avais écrit *Le Fléau* (la population mondiale qui s'autodétruit) et *Shining* (un écrivain de talent mais manifestement dérangé tente de battre sa femme à mort avec un maillet de croquet, puis de tuer son fils avec le même instrument), et c'est la partie la plus pénible de l'entreprise, l'équivalent littéraire du bandage des pieds à la chinoise.

Heureusement pour moi (ceux qui s'arrogent le titre de gardiens de la moralité américaine en sont sans doute moins contents), la télé a nettement assoupli les règles de ce qui était acceptable depuis l'époque où on interdisait aux producteurs du *Dick Van Dyke Show* de montrer un lit à deux places dans la chambre des parents (Dieu du ciel, et si jamais la jeunesse américaine se laissait aller à imaginer Dick et Mary au lit, *leurs jambes se touchant* ?). Au cours des dix dernières années, les changements ont été encore plus radicaux. On les doit en bonne partie à la révolution du câble, mais également à la guerre d'usure menée par les téléspectateurs eux-mêmes, en particulier le groupe tant prisé des dix-huit/vingt-cinq ans.

On m'a demandé pourquoi j'allais m'embêter avec les chaînes hertziennes alors qu'existaient des chaînes câblées comme Home Box Office ou Showtime, où la question de la censure est négligeable. Il y a deux raisons. La première est qu'en dépit de tout le tapage fait autour d'émissions originales sur le câble comme *Oz* et *The Real World*, le potentiel de la télé câblée, en termes d'audience, est encore assez réduit. Faire une mini-série avec HBO reviendrait à publier un roman important chez un éditeur inconnu. Je n'ai rien contre les petits éditeurs et le câble, mais quitte à travailler dur et longtemps sur un sujet, autant le soumettre au plus large public possible. Une partie de ce public peut décider de regarder un autre programme, certes, mais c'est le risque à courir. Si je fais bien mon boulot et que les gens ont envie de regarder l'émission qui passe sur une autre chaîne, ils peuvent toujours l'enregistrer. « Ce qui est excitant, c'est qu'il y ait un peu de compétition », disait toujours ma mère.

La deuxième raison de m'en tenir à une grande chaîne de télé, c'est qu'un peu de bandage des pieds n'est pas forcément mauvais. Lorsqu'on sait que son histoire va être scrutée à la loupe par des gens qui guetteront des morts aux yeux ouverts (interdits de séjour à la télé), des enfants disant des gros mots (autre interdit) ou des flots de sang (un super-interdit), on se met à chercher d'autres façons de faire passer son idée. Dans le genre de l'horreur et du suspense, la paresse se traduit presque toujours par des choses trop explicitement crues : des yeux exorbités, des gorges tranchées, des zombies qui tombent en lambeaux. Mais si les censeurs de la télé escamotent ces facilités, il devient nécessaire de trouver d'autres moyens de jouer à se faire peur. L'auteur du film devient alors subversif et parfois même élégant, comme sont souvent élégants les films de Val Lewton (*Cat People*).

Tout cela peut paraître une simple justification après coup, mais rien n'est moins vrai. Après tout, c'est moi le type qui ai déclaré un jour que je voulais terrifier mon public, mais que je me contenterais de l'horrifier si je n'arrivais pas à le terroriser... et que si je n'arrivais pas à l'horrifier, je me contenterais de le scandaliser. Et merde, je ne suis pas fier ! La télé hertzienne m'a privé, si l'on peut dire, de cette ultime position de repli.

Il y a quelques moments saignants dans *La Tempête du Siècle* – Lloyd Wishman et sa hache et Peter Godsoe avec sa corde, par exemple – mais il y a eu de la bagarre pour chacun d'entre eux et certains (comme lorsque Pippa, du haut de ses cinq ans, griffe le visage de sa mère et la traite de salope, notamment) font encore l'objet d'une discussion serrée. Je ne suis pas en odeur de sainteté auprès de la commission de contrôle d'ABC, ces temps-ci ; je n'arrête pas de les noyer sous mes récriminations et de les menacer de leur envoyer mon grand frère s'ils n'arrêtent pas de m'embêter (le rôle de mon grand frère, ici, étant tenu par Bob Eiger, le patron d'ABC). Travailler avec ce service à ce niveau-là, ça va. Je réfléchis. Si je m'entendais trop bien avec eux, je me sentirais comme une rosière. Et si vous voulez savoir qui a gagné le plus souvent, dans ces bagarres, vous n'aurez qu'à comparer le scénario original (publié ici) au programme télé (en cours de remaniement pendant que j'écris ceci).

Et n'oubliez pas non plus que tous les changements qui auront lieu ne sont pas forcément destinés à satisfaire ces messieurs de la censure. Avec eux, on peut toujours discuter ; pas avec le minutage imparti au film. Chaque retransmission doit durer quatre-vingt-onze minutes, à une poignée de secondes près, et être divisée en sept "actes" afin de permettre à toutes ces merveilleuses pubs de payer l'addition. Il y a bien des trucs pour gagner un peu de temps sur ce temps – dont une forme de compression électronique à laquelle je n'ai rien compris – mais pour l'essentiel, vous devez retailler votre bâton jusqu'à ce qu'il entre dans le trou. C'est casse-pieds, mais pas mortel ; pas pire, par exemple, que d'avoir à porter l'uniforme du collège ou une cravate pour travailler.

La bagarre avec les règles arbitraires des chaînes de télé hertziennes a souvent été ennuyeuse, sinon déprimante, pour *Le Fléau* et *Shining* (et je frémis à l'idée de ce qu'ont dû endurer les producteurs de *Ça*, étant donné qu'une des règles impératives du service de censure est qu'une dramatique de télé ne doit pas se fonder sur une histoire d'enfants en danger de mort, encore moins mourant), mais ces deux films de télé se fondaient sur des romans que j'avais écrits sans penser un instant à la télévision et à ses règles. Et c'est bien entendu ainsi qu'il faut que les romans soient écrits. Lorsqu'on me demande si j'écris mes livres en pensant au film qu'on pourrait en tirer, cela m'irrite toujours un peu... je me sens même insulté. Ce n'est pas tout à fait comme de demander à une fille, « Est-ce qu'il vous est arrivé de le faire pour de l'argent ? » même si je le pensais, à une époque ; ce qui m'est désagréable, c'est qu'on suppose que j'ai fait un calcul. Cette mentalité de comptable n'entre pas en ligne de compte quand on écrit des histoires. Écrire des histoires, c'est simplement écrire des histoires. Les affaires, les calculs, cela vient après et mieux vaut les laisser aux gens qui savent comment s'y prendre.

Telle est l'attitude que j'ai adoptée lorsque j'ai écrit *La Tempête du Siècle*. Je lui ai donné une forme de scénario télé parce que c'était ainsi que l'histoire voulait être écrite... mais sans jamais me dire qu'elle finirait bien par passer à la télé. J'en savais assez sur les techniques du tournage, en décembre 1996, pour me douter qu'en termes d'effets spéciaux, mon script était un véritable cauchemar – avec une tempête de neige comme on n'en avait jamais vu à la télé, sans parler du nombre scandaleux de personnages (à ceci près que lorsque le scénario est écrit et que l'on commence à tourner, le directeur du casting s'approprie les personnages de l'auteur). Cela ne m'empêcha pas de continuer d'écrire, pour la simple raison que je ne préparais pas le budget en même temps. Le budget, c'est le problème de quelqu'un d'autre. Sans compter que si l'histoire est assez bonne, l'amour peut faire déplacer des montagnes. Il les déplace toujours[1]. Et comme *La Tempête du Siècle* a été écrit dans l'esprit d'une mini-série, j'ai pu pousser le bouchon assez loin sans compromettre la pêche. Je crois que c'est l'histoire la plus effrayante que j'aie jamais écrite pour en faire un film et, dans la plupart des cas, j'ai réussi à élaborer les moments de terreur sans trop faire protester la commission de contrôle d'ABC[2].

J'ai travaillé trois fois avec le réalisateur Mick Garris, la première pour *Sleepwalkers*, puis sur *Le Fléau* et *Shining*. Je dis parfois en

1. Et puis flûte ! après tout, me suis-je dit, si *La Tempête du Siècle* ne sort jamais à cause d'un budget faramineux, j'en tirerai un livre. Je trouvais fort drôle l'idée de novéliser un de mes scénarios qui n'aurait pas été tourné.

2. En fin de compte, la censure en fut réduite à pousser les hauts cris pour des choses parfaitement insignifiantes, comme lorsqu'un pêcheur s'exclame qu'il va y avoir « la mère de toutes les tempêtes ». Ils voulaient que je change la phrase, croyant peut-être qu'il y avait une allusion obscène genre « nique ta mère » – ce qui allait corrompre un peu plus la moralité américaine, entraîner davantage de fusillades dans les écoles, etc. Je me lançai aussitôt dans l'une de mes récriminations, faisant remarquer que « la mère de... » était une création de Saddam Hussein passée depuis dans le langage populaire. Après mûre réflexion, la censure d'ABC accepta la phrase, demandant seulement qu'elle ne soit pas prononcée de manière « salace ». Sûrement pas. Les propos salaces, à la télé, sont réservés aux émissions comme *Rock From the Sun* et *Dharma and Greg*.

plaisantant que nous risquons de devenir les Billy Wilder de l'horreur. C'est à lui que j'ai pensé tout de suite pour le tournage de *La Tempête du Siècle*, parce que je l'aime bien, je le respecte et je sais ce qu'il est capable de faire. Mais Mick avait d'autres engagements, hélas ! (le monde serait beaucoup plus agréable à vivre si les gens pouvaient laisser tomber ce qu'ils font pour arriver en courant quand je les appelle), si bien que nous nous sommes mis à la chasse au réalisateur, Mark Carliner et moi.

Vers cette époque, je louai un film vidéo intitulé *The Twilight Man* [L'Homme du crépuscule] au club vidéo de ma rue. Je n'en avais jamais entendu parler, mais il paraissait empreint d'une ambiance comme je les aime et avait en vedette un acteur sûr, Dean Stockwell. Le passe-temps parfait pour un mardi soir. Je pris aussi un *Rambo*, article n'ayant plus rien à prouver, au cas où *Twilight Man* serait un navet, mais *Rambo* ne sortit pas de sa boîte ce soir-là. Film à petit budget (tourné au départ pour la chaîne câblée Starz, comme je le découvris plus tard), *Twilight Man* n'en était pas moins génial dans son genre. Tim Matheson y figurait aussi et il y affichait certaines des qualités que j'espérais voir dans le Mike Anderson de *La Tempête du Siècle* : bonté, honnêteté, certes... mais avec un courant souterrain de violence comme une barre de fer cachée au fond du personnage. Mieux encore, Dean Stockwell y jouait un méchant superbement retors : beau parleur, plein d'une courtoisie très sudiste, il se servait de ses connaissances en informatique pour détruire la vie d'un inconnu... tout cela parce que l'inconnu en question lui avait demandé d'éteindre son cigare !

L'éclairage d'ambiance était dans les bleus, le coup de l'ordinateur habilement monté, le rythme bon tout du long, et le niveau du jeu excellent. Je fis repasser la distribution et pris note du nom du réalisateur, Craig R. Baxley. Je connaissais deux autres œuvres de lui ; un bon film pour le câble avec Charlton Heston dans le rôle de Brigham Young, et un film de science-fiction pas très réussi intitulé *I Come in Peace* [Je suis venu en paix] avec Dolph Lundgren. (Le meilleur moment du film était la réplique finale du héros au cyborg : « Tu repartiras en morceaux*. »)

J'en parlai à Mark Carliner, qui regarda *The Twilight Man*, le

---

* « Tu repartiras en morceaux » : jeu de mots sur « peace », *paix* et « piece », *morceau*, qui sont homonymes (*N.d.T.*).

trouva bon, et apprit que Baxley était disponible. Je l'appelai à mon tour et lui envoyai les trois cents pages de *La Tempête du Siècle*. Craig me rappela, excité et débordant d'idées. Ses idées me plurent, ainsi que son enthousiasme ; mais ce qui m'enchanta fut qu'il ne paraissait pas impressionné par les dimensions du projet. Nous nous retrouvâmes tous les trois à Portland, dans le Maine, en février 1997, où nous dînâmes dans le restaurant que tient ma fille ; l'affaire fut pratiquement conclue ce soir-là.

Craig Baxley est un bel homme de haute taille, large d'épaules, ayant tendance à porter des chemisettes hawaïennes, et qui doit être plus âgé qu'il n'en a l'air (on lui donnerait quarante ans, au premier coup d'œil, mais sa première mise en scène a été pour *Action Jackson* avec Carl Weathers et il a donc plus que ça). Il affiche cette attitude décontractée « pas de problème, vieux », des surfeurs californiens (ce qu'il a aussi été, de même qu'il fut cascadeur à Hollywood) et un sens de l'humour plus corrosif qu'Errol Flynn dans son numéro de légionnaire. Ses manières retenues jointes à ce sens de l'humour *Mais non, je fais juste que déconner*, risquent de cacher le véritable Craig Baxter : quelqu'un de bosseur, d'imaginatif et qui sait ce qu'il veut, un peu autocrate sur les bords (montrez-moi un réalisateur qui n'ait pas son petit côté stalinien et je vous montrerai un mauvais réalisateur). Ce qui m'a le plus impressionné sur le tournage, lorsque *La Tempête du Siècle* a commencé sa longue marche en février 1998, était la façon dont Craig lançait « Coupez ! ». C'est tout d'abord déstabilisant, puis on se rend compte qu'il fait ce que seuls les metteurs en scène les plus doués, visuellement, sont capables de faire : arrêter la caméra. Alors que j'écris ceci, j'ai commencé à voir les premières scènes montées, en vidéo ; grâce au travail de Craig, on a l'impression que l'histoire se construit toute seule. Je ne voudrais certes pas vendre la peau de l'ours (ne jamais oublier le journal annonçant en titre énorme – et à tort – la défaite de Truman, en 1948), mais, si j'en crois ce que j'ai déjà vu, je dirai que ce que vous allez lire présente une ressemblance presque surnaturelle avec ce que vous verrez lorsque ABC diffusera *La Tempête du Siècle*. Je croise encore les doigts, mais je crois que ça marche. Je crois même que ça pourrait être sensationnel. C'est ce que j'espère, mais il vaut mieux être réaliste. La plupart des films exigent une énorme quantité de travail, y compris les films destinés à la télévision, et très peu sont sensationnels. Étant donné le nombre de personnes qui interviennent, je me demande même comment on arrive à faire des films qui marchent. Mais vous ne pouvez m'en vouloir d'espérer, n'est-ce pas ?

Le scénario de *La Tempête du Siècle* a été écrit entre décembre 1996 et février 1997. En mars 97, nous dînions, Mark, Craig et moi, dans le restaurant de ma fille Naomi ; en juin, je regardai des projets de dessin pour la canne à tête de loup de Linoge, et le storyboard était prêt le 1er juillet. Vous voyez ce que j'ai voulu dire, en parlant de gens de télé plus pressés de faire des films que de bons gueuletons dans les restaurants ?

Une partie des extérieurs a été tournée à Southwest Harbor, dans le Maine, et à San Francisco. Les autres ont été tournés au Canada, à une trentaine de kilomètres au nord de Toronto, où l'on a reconstitué la grand-rue de Little Tall dans une ancienne raffinerie de sucre abandonnée. Pendant un ou deux mois, cette usine d'Oshawa a été le plus grand plateau de tournage du monde. La rue principale de Little Tall a connu trois stades d'enneigement soigneusement calculés, allant de quelques centimètres à un enfouissement complet [1]. Lorsqu'un groupe de natifs de Southwest Harbor vint visiter le plateau d'Oshawa, ils furent manifestement impressionnés par ce qu'ils virent, lorsqu'on les escorta à travers les hautes portes métalliques de l'usine défunte. Ils durent ressentir l'impression d'avoir été de retour chez eux en un clin d'œil. Il y a des jours où faire un film est aussi excitant que d'assembler une à une les pièces d'un manège... mais il y en a d'autres qui sont tellement magiques qu'on en est ébloui. Le jour où les gens de Southwest Harbor nous ont rendu visite était de ceux-ci.

Le tournage commença à la fin de février 1998, par un jour de neige dans le Maine. Il s'acheva en quelque chose comme huit journées de travail à San Francisco. Alors que j'écris ceci – nous sommes à la mi-juillet – le montage et tout ce qu'on appelle la post-production viennent juste de commencer. Les effets optiques et les effets

1. Notre neige était constituée de flocons de pommes de terre et de fragments de plastique propulsés par des ventilateurs gigantesques. L'effet n'est pas parfait... mais c'est le meilleur que j'aie jamais vu sur un plateau de tournage. Le résultat devrait être bon. Il doit être bon, nom d'un chien ! Cette fichue neige nous a coûté pas moins de deux millions de dollars.

d'imagerie par ordinateur avancent pas à pas. Ce que je vois est accompagné d'une bande-son temporaire, mais c'est le compositeur Gary Chang qui doit écrire la partition définitive. Mark Carliner se bagarre avec ABC pour les dates de diffusion – février 1999, une bonne période, est la plus probable – et je regarde les rushes avec un contentement que j'ai très rarement connu.

Le scénario qui suit constitue une histoire complète, mais ponctuée de marques multiples – qu'on appelle scènes, séquences, fondu, incrust, etc. – pour indiquer au réalisateur comment débiter tout le bazar en morceaux. Car à moins d'être Alfred Hitchcock tournant *La Corde*, les films sont toujours faits de pièces et de morceaux. Entre mars et juin de cette année, Craig Baxley a tourné comme on tourne la plupart du temps, c'est-à-dire avec les séquences dans le désordre, des acteurs fatigués devant travailler jusqu'au milieu de la nuit et toujours sous pression, pour terminer avec une caisse pleine de ce qu'on appelle les rushes. D'où je suis, je n'ai qu'à tourner la tête pour voir mon propre jeu de rushes, environ soixante cassettes dans des emboîtages en carton rouge. Mais voilà le plus étrange : remettre les rushes dans l'ordre pour constituer le produit fini, le film, ne revient pas à reconstituer un puzzle. On pourrait le croire, mais non... parce que, comme pour beaucoup de livres, la plupart des films sont des choses vivantes, qui respirent et dont le cœur bat. En général, cette reconstitution donne quelque chose de moins que la somme de ses parties. Bien plus rarement, elle donne davantage – et c'est merveilleux. Cette fois, il se peut que ce soit davantage. Je l'espère, en tout cas.

Un dernier mot : peut-on encore prétendre que les films (en particulier les téléfilms) sont un moyen d'expression inférieur au livre, des produits qu'on jetterait comme des Kleenex ? Ce n'est plus tout à fait vrai, n'est-ce pas ? Le script est là et vous pouvez vérifier quand vous voulez. Quant au film lui-même, il sera vraisemblablement disponible un jour en vidéocassette ou vidéodisque, de même que l'on trouve les livres en édition de poche. Vous pourrez l'acheter ou le louer – si l'envie vous en prend. Et, comme avec un livre, vous pourrez le parcourir pour vérifier ce que vous avez peut-être manqué ou savourer un passage qui vous a particulièrement plu ; il suffira d'appuyer sur rembobinage (et si vous faites partie de ces affreux qui ne peuvent s'empêcher d'aller voir « comment ça finit » il y a toujours le bouton de défilement rapide – mais je vous avertis, vous irez en enfer pour avoir commis un tel péché).

Je n'entrerai pas dans une discussion pour chercher à savoir si un roman pour la télévision vaut ou non un roman imprimé ; je dirai simplement que, si l'on enlève ce qui peut en distraire (les pubs pour les Tampax ou les bagnoles, les nouvelles locales et ainsi de suite), cela me paraît possible. Me permettant de vous rappeler que l'écrivain considéré par tous ceux qui aiment la littérature comme le plus grand de la langue anglaise a travaillé, avant tout, à partir d'un moyen d'expression oral et visuel et non (au moins au départ) en visant le livre imprimé. Je ne cherche certes pas à me comparer à Shakespeare, ce qui serait bizarre, mais j'estime que s'il vivait aujourd'hui, on pourrait l'imaginer sans difficulté écrivant des films pour la télé ou pour les théâtres « off » de Broadway. Et même passant un coup de fil à la commission de contrôle d'ABC pour essayer de les persuader que les violences, dans l'acte V de *Jules César*, sont indispensables... pour ne pas parler de la maîtrise avec laquelle elles sont présentées.

Outre les personnes de Pocket Books qui ont accepté de publier ce projet, j'aimerais remercier Chuck Verrill, qui a négocié les termes de l'accord et servi d'agent de liaison entre Pocket Books et ABC-TV. À ABC, j'aimerais remercier Bob Liger, pour la confiance absolue qu'il m'a accordée, ainsi que Maura Dunbar, Judd Parkin et Mark Pedowitz. Mais aussi les gars de la commission de contrôle, qui ne sont pas si méchants que ça, en fin de compte (je dois même dire, pour être honnête, qu'ils ont fait un sacré bon boulot).

Je tiens enfin à remercier Craig Baxley d'avoir accepté de réaliser l'un des projets les plus ambitieux jamais lancés par une télévision hertzienne, ainsi que Mark Carliner et Tom Brodek, qui ont tout organisé. Mark, qui a gagné toutes les récompenses imaginables en télévision pour *Wallace*, est le genre d'homme qu'on aime avoir dans son équipe. Et merci à ma femme Tabby pour son soutien pendant toutes ces années. Comme elle est elle-même écrivain, elle comprend assez bien mes délires.

Stephen King
Bangor, Maine, 18 juillet 1998

Première partie

LINOGE

Acte 1

Fondu sur :

1. Ext. Main Street, Little Tall Island, fin de l'après-midi

Le vent chasse violemment la neige devant la caméra, au point que tout d'abord on ne distingue rien. La tempête fait rage. La caméra entame un travelling avant et nous apercevons une lumière orange clignotante : le feu de signalisation situé au croisement de Main Street et d'Atlantic Street, le seul carrefour ainsi équipé de l'île. Le feu clignotant danse follement dans le vent. Les deux rues sont désertes, mais le contraire serait surprenant : c'est un blizzard grand format qui se déchaîne. On distingue quelques lumières sourdes dans les bâtiments, mais pas âme qui vive. La neige s'accumule jusqu'à mi-hauteur des vitrines des magasins.

(Mike Anderson s'exprime avec un léger accent du Maine.)

> MIKE ANDERSON *(voix off) :* Je suis un simple commerçant qui tient aussi le rôle de policier à temps partiel. Je n'y connais pas grand-chose en philosophie, mais il y a au moins une chose que je sais : on doit payer pour ce dont on a besoin. Beaucoup, en général. C'est une leçon que je croyais avoir apprise il y a neuf ans, pendant ce que les gens du coin appellent la Tempête du Siècle.

Le feu clignotant s'éteint. Comme toutes les petites lumières courageuses que l'on voyait dans la tempête. Il n'y a plus que les hurlements du vent et les bourrasques de neige.

MIKE *(voix off)* : Je me trompais. Ce n'était que le début de la leçon, la première fois. La fin remonte seulement à la semaine dernière.

Fondu enchaîné sur :

2. Ext. Forêt du Maine, vue aérienne (d'hélicoptère), jour

C'est la saison froide ; mis à part les sapins, tous les arbres sont dénudés, et leurs branches se tendent comme des mains dans le ciel blanc. Il y a de la neige sur le sol, mais seulement par plaques, comme autant de paquets de linge sale. Le sol s'enfuit en dessous de nous et la forêt est coupée, de temps en temps, par la ligne noire sinueuse d'une route à deux voies ou par une petite ville de Nouvelle-Angleterre.

MIKE *(voix off)* : J'ai vécu toute ma vie dans le Maine... Mais d'une certaine manière, je n'y ai jamais vécu. Je crois que tous ceux qui habitent ici diraient la même chose.

Brusquement, nous nous retrouvons au-dessus de la côte, c'est la fin de la terre, et ce qu'il vient de dire commence peut-être à prendre sens. La forêt a disparu ; on aperçoit brièvement des eaux gris-bleu qui déferlent en écumant contre les rochers... puis il n'y a plus que l'eau jusqu'au moment où :

Fondu enchaîné sur :

3. Ext. Little Tall Island (vue d'hélicoptère), jour

Il règne une vive activité sur les quais, on amarre les homardiers ou on les tire dans les hangars, et l'on remonte les plus petits par la glissière communale. Les pêcheurs les prennent ensuite en remorque avec leur 4 × 4. Sur les quais, garçons et jeunes gens transportent les casiers à homards jusque dans un long bâtiment marqué par les intempéries, sur le côté duquel on lit : GODSOE FISH & LOBSTER. On entend des rires, des conversations animées ; des bouteilles contenant une boisson chaude circulent. La tempête approche. C'est un moment toujours excitant.

Près de Godsoe s'élève le minuscule bâtiment des pompiers volontaires ; il est impeccablement entretenu et tout juste assez grand pour contenir deux voitures-pompes. Lloyd Wishman et Ferd Andrews, à l'extérieur, lavent l'un des véhicules.

Atlantic Street relie la ville, située sur la hauteur, au port. De jolies petites maisons dans le style de la Nouvelle-Angleterre sont éparpillées sur la colline. Au sud du quai, on voit un promontoire boisé ; un escalier de bois, fait de plusieurs volées de marches branlantes, mène jusqu'à l'eau. C'est au nord, le long de la plage, que se trouvent les maisons des plus riches ; au point le plus septentrional de l'île se dresse un phare blanc de forme trapue, qui mesure peut-être une douzaine de mètres de haut. Son feu automatique fonctionne en permanence ; il pâlit à la lumière du jour, mais demeure visible. Il est surmonté d'une longue antenne de radio.

> MIKE *(toujours en voix off)* : Les gens de Little Tall Island paient leurs impôts à Augusta, comme tout le monde ; nous avons soit un homard, soit un plongeon arctique pour orner notre plaque d'immatriculation, comme les autres ; nous sommes des supporters des équipes universitaires du Maine, en particulier celle de basket féminin, comme les autres...

Sur le bateau de pêche *Escape*, Sonny Brautigan fait entrer des filets par une écoutille, puis ferme celle-ci. Près de lui, Alex Haber amarre solidement l'*Escape* avec de gros cordages.

> JOHNNY HARRIMAN *(voix off)* : T'as intérêt à tout passer en double, Sonny. Les types de la météo ont dit qu'il allait y avoir une tempête carabinée.

Johnny arrive en contournant le poste de barre, la tête levée vers le ciel. Sonny se tourne vers lui.

Sonny Brautigan : On les voit débarquer tous les hivers, mon vieux. Elles poussent leur coup de gueule et elles s'en vont. Juillet revient toujours.

Sonny vérifie la fermeture de son écoutille et pose un pied sur le bastingage, regardant Alex en terminer. Derrière lui, Lucien Fournier rejoint Johnny. Lucien va jusqu'au vivier, soulève le couvercle pendant que :

Alex Haber : N'empêche... ils disent que celle-là va être sacrément gratinée.

Lucien plonge la main et en retire vivement un homard.

Lucien Fournier : T'en as oublié un, Sonny.

Sonny Brautigan : Un pour faire bouillir la marmite, ça porte bonheur.

Lucien Fournier *(s'adressant au homard) :* La tempête du siècle arrive, *mon frère*[1] – c'est en tout cas ce que dit la radio. *(Il tape sur la carapace.)* T'as bien fait d'enfiler ton armure, hein ?

Il laisse retomber le homard dans le vivier – *splash !* – et les quatre hommes quittent le bateau de pêche, suivis par la caméra.

Mike *(continue en voix off) :* Mais nous ne sommes pas pareils. La vie est différente, sur les îles. On se tient les coudes, quand ça va mal.

Sonny, Johnny, Alex et Lucien sont sur la rampe, portant peut-être du matériel.

Sonny Brautigan : On survivra encore à celle-là.

1. En français dans le texte (*N.d.T.*).

JOHNNY HARRIMAN : Tout juste, comme d'habitude.

LUCIEN FOURNIER : Quand tu t'occupes de la houle, tu t'occupes du bateau.

ALEX HABER : Tu n'y connais rien, maudit Français !

Lucien fait semblant de lui donner un coup de poing. Tous éclatent de rire et débarquent. On voit Sonny, Lucien, Alex et Johnny entrer dans Godsoe. La caméra remonte Atlantic Street, en direction du feu de signalisation que nous avons déjà vu. Puis elle tourne à droite, montrant une partie du quartier commerçant, où la circulation est intense.

MIKE *(toujours en voix off) :* Et nous sommes capables de garder un secret, quand il le faut. C'est ce que nous avons fait en 1989. Les gens qui habitent ici n'ont pas ouvert la bouche.

Nous arrivons au supermarché Anderson. Des clients entrent et sortent, l'air pressé. Trois femmes apparaissent sur le seuil : Angela Carver, Mrs Kingsbury et Roberta Coign.

MIKE *(toujours en voix off) :* Je sais.

ROBERTA COIGN : Très bien, j'ai mes conserves. Qu'elle rapplique, maintenant !

MRS KINGSBURY : Pourvu que nous n'ayons pas de coupure d'électricité ! Je suis incapable de préparer un plat sur une cuisinière à bois. J'arriverais à faire brûler de l'eau sur cette saleté. Une grosse tempête n'est bonne qu'à une chose...

ANGELA CARVER : Exact, et mon Jack sait à quoi.

Les deux autres la regardent, étonnées, puis elles se mettent à pouffer comme des écolières tout en regagnant leur voiture.

MIKE *(toujours en voix off) :* Je garde le contact.

3A. Ext. Les flancs d'une voiture de pompiers

Une main polit la surface lisse et rutilante avec un chiffon, puis disparaît. Lloyd Wishman se regarde dans la carrosserie, satisfait.

> FERD ANDREWS *(hors champ)* : D'après la radio, il devrait tomber des tonnes de neige.

Lloyd Wishman se tourne et la caméra suit le mouvement pour nous montrer Ferd, penché devant la porte. Il a passé les mains dans le haut d'une demi-douzaine de bottes qu'il dispose par paires en dessous des portemanteaux où sont accrochés cirés et casques.

> FERD ANDREWS : Si on doit avoir des tuiles... on en aura de sérieuses.

Lloyd sourit au jeune homme et retourne à son polissage.

> LLOYD WISHMAN : T'en fais pas, Ferd. C'est juste une chute de neige. Les tuiles ne traversent pas le détroit... et c'est bien pour ça qu'on habite ici, non ?

Ferd n'en est pas aussi sûr. Il va jusqu'à la porte et regarde vers le ciel.

4. Ext. Des nuages de tempête grossissent, jour

Plan fixe, puis panoramique vers le bas jusqu'à une coquette petite maison blanche. Elle est située au milieu d'Atlantic Street, autrement dit entre les quais et le centre de la ville. Une barrière faite de piquets de bois entoure un gazon hivernal brunâtre (mais il n'y a pas de neige, il n'y en a nulle part sur l'île) ; le portail est grand ouvert, et n'importe qui, passant sur le trottoir, pourrait emprunter l'allée cimentée qui conduit jusqu'au porche aux marches raides et à la porte d'entrée. Une boîte aux lettres, à côté du portail, est peinte de manière amusante pour simuler une vache rose. Sur le côté on lit CLARENDON.

MIKE *(toujours en voix off)* : La première personne à avoir vu André Linoge, sur Little Tall Island, a été Martha Clarendon.

En très gros plan apparaît une tête de loup en argent montrant les dents. C'est le pommeau d'une canne.

5. Ext. Linoge de dos, jour

Sur le trottoir, nous tournant le dos et faisant face au portail ouvert de Martha Clarendon, se trouve un homme de haute taille portant un jean, des bottes, un caban et une casquette noire enfoncée jusqu'aux oreilles. Et des gants. Des gants de cuir d'un jaune si éclatant qu'il brille comme un ricanement. Une main agrippe la canne, qui est en noyer noirci sous le pommeau d'argent. Linoge se tient la tête rentrée dans les épaules. L'attitude de quelqu'un qui réfléchit. Ou qui rumine de sombres pensées.

Du bout de la canne, il frappe un côté du portail, puis l'autre, après un instant de pause. On dirait qu'il se livre à un rituel.

MIKE *(voix off)* : Et il a été la dernière personne qu'elle ait jamais vue.

Linoge commence à remonter à pas lents l'allée qui mène au porche, en faisant balancer paresseusement sa canne. Il siffle un air : « J'suis une petite théière. »

6. Int. Séjour de Martha Clarendon

La pièce présente cet ordre, en dépit de l'encombrement, que seuls arrivent à établir les personnes âgées obsessionnelles qui ont passé toute leur vie dans le même endroit. Le mobilier est ancien et de qualité, sans comporter de réelles antiquités. Les gravures se bousculent sur les murs, la plupart remontant aux années vingt. Il y a un piano, une partition jaunissante ouverte sur le porte-musique ; et, assise dans le fauteuil le plus confortable (le seul qui le soit, peut-être) de la pièce, Martha Clarendon elle-même, une vieille femme d'environ quatre-vingts ans. Elle a de superbes cheveux blancs sortis tout droit de chez le coiffeur et porte une robe d'intérieur impeccable. Sur la table, à côté d'elle, on voit une tasse de thé et un assiette de biscuits faits maison. Non loin d'elle attend un déambulateur avec des poignées comme celles d'une bicyclette d'un côté et un porte-plateau de l'autre.

Le seul appareil moderne de la pièce est un gros poste de télévision en couleurs. Martha, qui a fait poser une antenne parabolique, suit attentivement le programme de la chaîne météo tout en prenant de minuscules gorgées de thé. À l'écran, une jolie présentatrice. Derrière la présentatrice, une carte sur laquelle s'enroulent deux énormes dépressions avec, au centre, un grand L[1] rouge ; l'une d'elles est au-dessus de la Pennsylvanie, l'autre juste au-dessus des côtes de l'État de New York. La présentatrice commence par la plus occidentale des deux.

> LA PRÉSENTATRICE MÉTÉO : Voici la tempête qui a provoqué tant de dégâts en traversant les Grandes Plaines et le Midwest, où elle a été responsable de quinze morts. Elle a retrouvé toute sa puissance d'origine et plus encore en traversant les Grands Lacs ; vous pouvez d'ailleurs voir son trajet...

Le trajet en question apparaît en jaune éclatant (le même jaune que les gants de Linoge), montrant la direction qu'elle devrait suivre à travers les États de New York, du Vermont, du New Hampshire et du Maine.

> LA PRÉSENTATRICE MÉTÉO *(enchaîne) :* ... s'étaler devant vous dans toute sa gloire. Et maintenant, regardez ici, car c'est de là que vont venir de gros ennuis. *(Elle reporte toute son attention sur la tempête de la côte.)* Il s'agit d'une tempête très atypique, presque un ouragan d'hiver – le genre de coup de massue qui a paralysé pratiquement toute la côte Est et littéralement

1. *Low :* pour « basses pressions » *(N.d.T.).*

enterré Boston, en 1976. Nous n'en avons jamais eu d'une force comparable depuis... qu'existent nos archives. Va-t-elle nous laisser tranquilles et aller mourir en mer, comme le font parfois ces tempêtes ? Malheureusement, notre système de prévision par ordinateur nous dit que non. Si bien que les États situés à l'est des grandes eaux douces vont se faire matraquer par celle-ci... *(elle tapote la première tempête)*... la côte atlantique se fera matraquer par celle-là... *(elle revient à la tempête sur l'océan)*. Et le nord de la Nouvelle-Angleterre, si rien ne change entre-temps, va remporter le gros lot ce soir. Regardez un peu ce qui se prépare...

On voit apparaître un deuxième trajet en jaune qui part de la dépression au large de New York et va atterrir du côté de Cape Cod, puis s'infléchit vers la côte pour y rencontrer la trajectoire de la première tempête. Au point d'intersection, un petit génie de la météo informatisée qui n'avait rien de mieux à faire a ajouté une grosse tache rouge bien brillante, dans le style étoilé des explosions de bandes dessinées.

LA PRÉSENTATRICE MÉTÉO *(enchaîne) :* Si aucun de ces deux systèmes dépressionnaires n'infléchit son cours, ils vont entrer en collision et fusionner au-dessus de l'État du Maine. Ce sont de mauvaises nouvelles pour nos amis de Yankeeland, mais pas la pire. La pire est qu'ils pourraient s'annuler mutuellement, mais temporairement.

MARTHA *(sirotant son thé) :* Oh, mon Dieu...

LA PRÉSENTATRICE MÉTÉO *(enchaîne) :* Le résultat ? Un super-système comme on n'en voit qu'une fois dans sa vie, susceptible de se bloquer au-dessus du Maine central et côtier pendant au moins vingt-quatre heures et peut-être même pendant deux jours. C'est de vents de force 12, de vents d'ouragan que nous parlons, accompagnés de chutes de neige en quantités phénoménales, se combinant pour former le genre de congères que l'on ne voit en général que dans la toundra arctique. À cela vous pouvez ajouter des coupures de courant concernant toute une région...

MARTHA : Oh, mon Dieu !

LA PRÉSENTATRICE MÉTÉO *(enchaîne) :* Nous ne voulons pas faire peur à nos téléspectateurs, moi encore moins qu'une autre, mais les personnes habitant ce secteur de la Nouvelle-Angleterre, en particulier la côte du Maine et les îles à proximité de cette côte, doivent prendre cette situation très au sérieux. Jusqu'ici, vous avez eu un hiver sans la moindre neige, mais au cours des deux ou trois prochains jours, il y a des chances pour qu'il en tombe l'équivalent de toute une saison.

Bruit : Sonnerie à la porte d'entrée.

Martha regarde dans cette direction, puis retourne à l'écran. Elle aimerait rester pour regarder la suite de l'émission, mais elle repose sa tasse de thé, tire le déambulateur à elle et se met laborieusement debout.

LA PRÉSENTATRICE MÉTÉO : On a tendance à abuser de la formule « tempête du siècle », mais si ces deux dépressions se rejoignent, comme nous avons tout lieu de le penser, on pourra l'utiliser à bon droit, croyez-moi. Judd Parkin va venir vous parler des préparatifs en vue de la tempête – pas de panique, rien que des conseils pratiques. Mais tout d'abord, ceci.

Une page publicitaire – achetez *Twister* en vidéocassette ! Faites peur à toute la famille ! – passe pendant que Martha traverse péniblement, à petits pas, le séjour pour gagner le vestibule, accrochée aux poignées de bicyclette de son déambulateur.

MARTHA : Quand on vous dit que c'est la fin du monde, c'est en général pour vous vendre des céréales.

Quand on vous dit de ne pas paniquer, c'est que c'est sérieux.

Bruit : Sonnerie à la porte d'entrée.

MARTHA : Je peux pas aller plus vite !

7. Int. Vestibule de Martha, jour

Elle arrive enfin jusque dans l'entrée, s'agrippant fermement à son déambulateur. Sur les murs, on voit des photos et des dessins surannés de Little Tall Island telle qu'était l'île au début du XXe siècle. En face d'elle, la porte d'entrée comporte une élégante vitre ovale dans la partie supérieure. Elle est dissimulée par un rideau léger, sans doute pour que le soleil ne fane pas la moquette. Sur le tissu se détache en silhouette l'ombre portée de la tête et des épaules de Linoge.

MARTHA *(soufflant un peu) :* Attendez... j'arrive... je me suis fait une fracture du col du fémur l'été dernier et je me traîne encore comme un escargot...

Pendant ce temps la présentatrice météo continue :

LA PRÉSENTATRICE MÉTÉO *(voix off) :* Les habitants du Maine et des provinces maritimes ont eu droit à une sacrée tempête en janvier 1998, mais il s'agissait de pluies verglaçantes. Aujourd'hui, nous avons affaire à quelque chose de très différent. Pas question de prendre votre pelle à neige tant que les chasse-neige ne sont pas passés.

Martha atteint la porte, observe avec curiosité la silhouette qui se détache sur le rideau et ouvre la porte. Elle se trouve face à Linoge. Il est aussi beau qu'une statue grecque, et c'est d'ailleurs d'une statue qu'il a l'air. Il a les yeux fermés. Ses mains sont croisées sur le pommeau de sa canne à tête de loup.

La présentatrice météo *(enchaîne)* : Comme je l'ai déjà dit et comme je vais sûrement le répéter, il n'y a pas de raison de paniquer ; les habitants de la Nouvelle-Angleterre en ont vu d'autres, en matière de tempêtes, et ils en verront encore d'autres. Mais même nos météorologues ayant le plus d'ancienneté sont quelque peu estomaqués par la seule dimension de ces systèmes convergents.

Martha est intriguée – bien sûr – par l'apparition de cet étranger, mais pas réellement mal à l'aise. On est sur l'île, après tout, et jamais il n'arrive rien de grave sur l'île. Si ce n'est une tempête de temps en temps, évidemment. L'autre chose qui l'intrigue est que cet homme est un parfait étranger pour elle, et les étrangers sur l'île sont rares, une fois terminé le bref été.

Martha : Puis-je vous aider ?

Linoge *(les yeux fermés)* : Né dans la luxure, tombé en pourriture. Né dans le péché, pas la peine de vous cacher.

Martha : Je vous demande pardon ?

Il ouvre les yeux... sauf que ce ne sont pas des yeux. Les orbites sont deux trous noirs. Il retrousse les babines et exhibe d'énormes dents plantées de travers – on dirait les dents d'un monstre dessinées par un enfant.

La présentatrice météo *(toujours en voix off)* : En termes de basses pressions, ces tempêtes sont des monstres. Et est-ce qu'elles vont vraiment arriver ? Oui, j'ai bien peur que oui.

Une terreur pure vient remplacer l'intérêt intrigué de Martha. Elle ouvre la bouche pour hurler, recule, trébuche, lâche le déambulateur ; elle est sur le point de tomber.

Linoge brandit sa canne, la tête de loup en avant. Il saisit le déambulateur, qui fait obstacle entre lui et la vieille femme, et le jette derrière lui ; l'objet atterrit sur le porche, près des marches.

8. Int. Vestibule, avec Martha

Elle tombe lourdement et hurle, levant les mains et regardant :

9. Int. Linoge, vu par Martha

Un monstre ricanant, à peine humain, qui se tient la canne levée. Derrière lui, on voit le porche et le ciel blanc avec sa promesse de tempête.

10. Int. Martha gît sur le sol

> MARTHA : Je vous en prie ! Ne me faites pas de mal !

11. Int. Séjour de Martha

C'est maintenant Judd Parkin que l'on voit à l'écran, debout devant une table sur laquelle sont disposés plusieurs objets : une lampe-torche, des piles, des bougies, des allumettes, des aliments conditionnés, un amoncellement de vêtements chauds, un transistor, un téléphone cellulaire – entre autres. La présentatrice météo se tient à côté de lui, l'air sidéré par tout ce déballage.

> JUDD : Une tempête ne doit pas être synonyme de désastre, Maura, et un désastre synonyme de tragédie. Avec cette philosophie à l'esprit, je pense que nous pouvons donner à nos amis de la Nouvelle-Angleterre quelques tuyaux qui les aideront à se préparer pour ce qui risque d'être, d'après tout ce que nous savons, un sacré coup de tabac.

LA PRÉSENTATRICE MÉTÉO : Qu'est-ce que vous nous avez amené, Judd ?

JUDD : Eh bien, pour commencer, des vêtements chauds. C'est le numéro un sur la liste. Ensuite, il y a quelque chose qu'il ne faut pas oublier : les piles électriques. En avez-vous suffisamment d'avance pour faire fonctionner votre transistor ? Ou bien une petite télé ? Et si vous possédez une génératrice, il vaut mieux vérifier votre réserve d'essence – ou de fioul, ou de gaz, que sais-je... – avant qu'il ne soit trop tard. Car si vous attendez qu'il soit trop tard...

Pendant tout ce temps, la caméra s'éloigne de la télé, comme si elle perdait tout intérêt pour elle. Elle est entraînée vers le vestibule. Et tandis que s'éloigne le dialogue des deux présentateurs, nous commençons à entendre des bruits beaucoup moins agréables : les coups sourds et réguliers de la canne de Linoge. Finalement, ils s'arrêtent. Suit un silence de quelques instants, puis des bruits de pas, accompagnés d'un raclement bizarre d'objet que l'on traîne lentement – une chaise ou un tabouret.

JUDD *(continue en voix off) :* ... il sera trop tard.

Linoge apparaît dans l'encadrement de la porte. Ses yeux ne sont pas ordinaires – d'un bleu dérangeant, l'air de n'être fixés sur rien – mais ils ne présentent plus ce vide noir et hideux qu'a vu Martha. Ses joues, son front et l'arête de son nez sont couverts de fines gouttelettes de sang. Plan rapproché, on le voit les yeux fixés sur quelque chose. Une expression d'intérêt commence à animer légèrement son visage.

LA PRÉSENTATRICE MÉTÉO *(voix off) :* Merci, Judd. Voilà de sages conseils que nos amis de la Nouvelle-Angleterre ont déjà dû entendre, mais lorsqu'on a affaire à des tempêtes comme celle qui se prépare, il n'est pas mauvais de les rappeler.

12. Int. Séjour, vu par-dessus l'épaule de Linoge

C'est la télé qui attire son regard.

> LA PRÉSENTATRICE MÉTÉO : Vos informations météo régionales après un écran publicitaire.

Elle est remplacée par une publicité pour un film-catastrophe en vidéo – tous les volcans, incendies et tremblements de terre dont on peut rêver pour seulement 19,95 dollars. Lentement, toujours vu de dos, Linoge s'avance dans la pièce en direction du fauteuil de Martha. Le raclement reprend et, au fur et à mesure qu'apparaît dans le cadre la moitié inférieure de son corps, on voit que c'est le bout de sa canne qu'il traîne. Elle laisse une fine trace de sang sur le tapis. Du sang poisse aussi les doigts crispés sur la tête de loup. C'est surtout avec le pommeau qu'il a frappé la vieille femme, et il n'a probablement pas envie de voir à quoi ressemble la tête de loup, à présent.

Linoge, debout, regarde la télé, où l'on voit un incendie de forêt.

> LINOGE *(chantonne) :*
> J'suis une petite théière, toute trapue...
> Voici ma poignée, voici mon bec...

Il s'assoit dans le fauteuil de Martha. S'empare de la tasse de thé d'une main ensanglantée qui salit l'anse. Il boit. Il prend un biscuit, toujours de sa main ensanglantée, et le mange.

Linoge s'installe pour regarder Judd et Maura parler désastre sur la chaîne météo.

13. Ext. Magasin de Mike Anderson, jour

Il s'agit d'un magasin général à l'ancienne mode, précédé d'un porche sur toute la longueur de sa façade. Si l'on était en été, il y aurait un alignement de rocking-chairs, avec des anciens installés dessus. Aujourd'hui, ce sont des chasse-neige individuels et des pelles à neige qui s'alignent, sous une affiche où on lit, soigneusement écrit à la main : PRIX SPÉCIAUX AVANT LA SUPER-TEMPÊTE ! CONSULTEZ-NOUS !

Les marches sont flanquées de quelques casiers à homards, et il en pend d'autres sous le toit du porche. On voit également un étalage fantaisiste de matériel pour la pêche à la crevette ou aux palourdes. Près de la porte est installé un mannequin chaussé de caoutchoucs, habillé d'un ciré jaune et équipé de lunettes de plongée et d'une casquette surmontée d'une petite hélice, laquelle, pour le moment, ne tourne pas. On a glissé un coussin sous le ciré, dotant ainsi le personnage d'une belle bedaine. L'une des mains en plastique tient un fanion de l'université du Maine, l'autre une canette de bière. Au cou du mannequin est accroché un panneau sur lequel on lit : ON VEND ICI DU MATÉRIEL POUR HOMARDIER « ROBBIE BEALS » AUTHENTIQUE, OUI MA BIQUE !

Dans les vitrines, des panneaux proposent des prix spéciaux pour la viande, pour le poisson, pour des locations de vidéocassettes (TROIS POUR LE PRIX D'UNE !), on annonce des repas paroissiaux, une collecte de sang organisée par les pompiers volontaires. L'affichette la plus grande est posée sur la porte. On y lit : ALERTE À LA TEMPÊTE POSSIBLE AU COURS DES TROIS PROCHAINS JOURS ! LE SIGNAL « TOUS AUX ABRIS » EST DE DEUX BRÈVES ET UNE LONGUE. Au-dessus des vitrines, et remontés pour l'instant, on aperçoit des volets roulants anti-tempête en bois. Au-dessus de la porte pend une enseigne charmante, à l'ancienne mode, noire avec des lettres d'or : SUPERMARCHÉ DE LITTLE TALL ISLAND – BUREAU DE POSTE – BUREAU DE POLICE.

Plusieurs femmes sont sur le point d'entrer dans le magasin, une ou deux autres en sortent. Ces dernières tiennent de grands sacs pleins de produits d'épicerie et parlent avec animation. L'une d'elles regarde le mannequin Robbie Beals et donne un coup de coude à son amie. Elles éclatent toutes les deux de rire en descendant les marches.

14. Int. Supermarché Anderson, jour

Nous sommes dans une épicerie très bien approvisionnée qui rappelle, à plus d'un titre et de manière charmante, les magasins de ce genre des années cinquante. Le plancher de bois craque agréablement sous les pas. L'éclairage est constitué de globes pendant au bout de chaînes. Le plafond est en tôle ondulée. Il y a cependant des signes de l'époque actuelle ; deux caisses enregistreuses neuves à affichage numérique, une radio-scanner sur une étagère derrière les caisses, tout un mur consacré aux vidéos de location, et des caméras de sécurité fixées dans les angles, juste sous le plafond.

À l'arrière, une chambre froide réservée à la viande occupe presque tout le mur du fond. À sa gauche, derrière un miroir convexe, se trouve une porte sur laquelle est simplement marqué BUREAU DU CONSTABLE – le bureau de police.

On se presse dans le magasin. Tout le monde fait ses provisions en vue de la tempête.

15. Int. Comptoir boucherie

Mike Anderson sort de la chambre froide (la porte est à l'autre bout par rapport au bureau de police). C'est un bel homme d'environ trente-cinq ans. Pour l'instant, cependant, il paraît recru de fatigue... même si un petit sourire ne quitte jamais son œil ou le coin de ses lèvres. Ce type aime la vie, il l'aime même beaucoup, et il y trouve toujours quelque chose, d'ordinaire, qui l'amuse.

Il porte son tablier de boucher et pousse un caddie rempli de viande découpée et emballée. Trois femmes et un homme convergent aussitôt sur lui. En veste de sport rouge et chemise noire à col romain, l'homme arrive le premier.

> RÉVÉREND BOB RIGGINS : N'oubliez pas le dîner de la fête aux haricots, mercredi prochain, Michael. J'aurai besoin de tous les diacres disponibles.

MIKE : J'y viendrai... si on est encore là dans trois jours.

RÉVÉREND BOB RIGGINS : Nous y serons, j'en suis sûr. Dieu veille sur son peuple.

Il s'en va. Derrière lui se tient un adorable petit bout de femme du nom de Jill Robichaux ; elle n'a apparemment pas autant confiance en Dieu.

JILL : Est-ce qu'il y a des côtelettes de porc, Mike ? J'aurais juré qu'il t'en restait.

Il lui donne un paquet emballé. Jill l'examine attentivement, puis le met dans son caddie déjà bien plein. Les deux autres, Carla Bright et Linda Saint-Pierre, sont déjà en train de fouiller parmi les autres paquets... Carla examine quelque chose, hésite à le prendre, puis le laisse tomber dans l'un des plateaux du présentoir.

CARLA : Je t'en mettrai, moi, du steak haché morceaux nobles ! Tu n'as pas du steak haché pour hamburger, Mike ?

MIKE : Juste...

Elle lui arrache le paquet des mains avant qu'il ait eu le temps d'achever.

MIKE : ... ici.

Il y a davantage de monde, maintenant, et Mike a à peine le temps de sortir les paquets de son caddie. Il supporte cette cohue pendant un moment, puis décide qu'il est temps de mettre sa casquette de constable. Ou d'essayer.

MIKE : Écoutez un peu, tout le monde. C'est simplement une tempête, pas autre chose. On en a déjà vu des milliers comme ça et on en verra encore des milliers. Allez-vous vous calmer une minute et arrêter de vous comporter comme les gens du continent ?

Cette sortie fait un certain effet ; les gens reculent et Mike recommence à distribuer la viande.

LINDA : Ne nous faites pas votre numéro, Michael Anderson.

Elle a dit cela avec l'accent traînant des insulaires, en élidant les *r*.

MIKE *(souriant) :* Non, Mrs Saint-Pierre, je ne fais pas mon numéro.

Derrière lui, Alton « Hatch » Hatcher sort de la chambre froide en poussant un deuxième caddie plein de morceaux découpés et emballés. Hatch a environ trente ans ; un peu enveloppé, c'est un garçon sympathique. Il seconde Mike aussi bien au supermarché qu'au poste de police comme constable adjoint. Il porte aussi un tablier de boucher – et un casque de chantier blanc pour faire bonne mesure. Son nom figure sur le casque.

CAT *(parlant dans la sono du magasin) :* Mike ! Hé, Mike ! Un appel pour vous.

Mike regarde vers :

16. Int. Le comptoir, avec Katrina « Cat » Withers

Elle a environ dix-neuf ans, et elle est très jolie. Elle tient une des caisses, mais paraît ne pas se soucier de la file des clients qui s'allonge. D'une main, elle tient le micro branché sur la sono du magasin ; de l'autre, le téléphone mural placé à côté de la radio CB.

CAT : C'est votre femme. Elle dit qu'il y a un petit problème à la maternelle.

17. Int. Retour à Mike, Hatch et clients

Les clients paraissent intéressés et prêts à s'amuser. La vie sur l'île est comme un feuilleton télé où l'on connaît tous les acteurs.

MIKE : Elle a les oreilles qui lui chauffent ?

18. Int. Retour au comptoir, avec Cat

CAT : Comment voulez-vous que je sache où elle a chaud ? C'est votre femme, pas la mienne !

Sourires et petits rires parmi les clients. Dans l'idiome des insulaires, c'en était une « ben bonne ». Un homme d'une quarantaine d'années sourit à Mike

KIRK FREEMAN : Tu ferais mieux d'aller y voir de près, Mike.

19. Int. Retour sur Mike et Hatch au comptoir boucherie

MIKE : Tu peux prendre le relais, une minute ?

HATCH : Oui, si tu me prêtes ton fouet et un tabouret...

Mike rit, donne un coup sur le casque de Hatch et court jusqu'au téléphone pour savoir ce que veut sa femme.

20. Int. Aux caisses

Mike arrive et prend le téléphone des mains de Cat. Pendant l'échange avec sa femme, il oublie que tout le monde l'observe avec intérêt.

MIKE : Qu'est-ce qui se passe, Molly ?

MOLLY *(au téléphone) :* J'ai un petit problème ici. Tu ne peux pas venir ?

Mike jette un coup d'œil sur son magasin, qui est plein de monde, à cause de la tempête qui approche.

MIKE : J'ai pas mal de petits problèmes sur les bras de mon côté, mon chou. Qu'est-ce qui t'arrive ?

21. Int. Pippa Hatcher, plan rapproché

Pippa est une fillette d'environ cinq ans. Pour le moment, elle remplit tout l'écran de son visage terrifié et déformé par les cris, un visage couvert en outre de traînées et de taches rouges que l'on prend peut-être pour du sang, sur le coup.

La caméra part en travelling arrière et nous voyons le problème. Pippa est à mi-hauteur de l'escalier et a passé la tête entre deux des balustres de la rampe. Elle ne peut plus la ressortir. Elle n'a pas lâché sa tartine de pain et de confiture, cependant, et on se rend compte que ce que l'on a pu prendre pour du sang est en réalité de la confiture de fraises.

Au pied de l'escalier, sérieux comme des papes, se tiennent huit petits enfants âgés de trois à cinq ans. Parmi eux, Ralph Anderson, quatre ans, le fils de Mike et Molly. On ne le remarque peut-être pas tout de suite, trop intéressés que nous sommes, pour l'instant, par le sort de Pippa, mais Ralphie présente une marque de naissance sur l'arête du nez ; rien qui le défigure ou le ridiculise, mais elle est bien là, comme une minuscule selle.

RALPHIE : Tu me donnes ta tartine, Pippa, si tu la manges pas ?

PIPPA *(hurlant) :* No-oo-on !

Elle redouble d'efforts pour tenter de se dégager, sans pour autant lâcher son goûter. La tartine disparaît dans sa petite main potelée et on dirait qu'elle en transpire de confiture de fraises.

22. Int. Vestibule et escalier chez les Anderson

Le téléphone est sur une petite table de l'entrée, à mi-chemin de l'escalier. Molly Anderson, la femme de Mike, tient le combiné à son oreille. Elle a une trentaine d'années, elle est jolie et, pour l'instant, elle hésite entre l'amusement et la panique.

> MOLLY : Ne fais pas ça, Pippa, tiens-toi tranquille, pour le moment...

> MIKE *(voix au téléphone) :* Pippa ? Qu'est-ce qu'elle a, Pippa ?

23. Int. Derrière le comptoir de boucherie, avec Hatch

Hatch tourne brusquement la tête.

> LINDA SAINT-PIERRE : Il est arrivé quelque chose à Pippa ?

Hatch sort vivement de derrière le comptoir.

24. Int. Vestibule, avec Molly

> MOLLY : Tais-toi ! S'il y a bien une chose dont je n'ai pas besoin, c'est d'avoir Alton Hatch sur le dos.

25. Int. Supermarché

La fumée lui sortant par les naseaux, Hatch, toujours portant son casque de chantier, fonce le long de l'allée 3. Il a complètement perdu son sourire et sa bonne humeur et fronce les sourcils – il n'est plus qu'un père, de la tête aux pieds.

MIKE : Trop tard, mon chou. Qu'est-ce qu'il y a ?

26. Int. Vestibule, avec Molly

Elle ferme les yeux et pousse un grognement.

MOLLY : Pippa s'est coincé la tête entre les barreaux de la rampe. Ce n'est pas bien grave – enfin, je ne crois pas – mais je ne vais pas pouvoir faire face à une tempête et à un père en pleine crise en même temps. Si Hatch vient, débrouille-toi pour être avec lui.

Elle raccroche et retourne à l'escalier.

MOLLY : Pippa, ma chérie, ne tire pas comme ça. Tu vas te faire mal.

27. Int. Magasin, caisses, avec Mike, Hatch et des clients

Mike regarde le téléphone, amusé, et raccroche. Hatch passe en force au milieu des clients, l'air inquiet.

HATCH : Quoi, Pippa ? Qu'est-ce qui lui est arrivé ?

MIKE : Rien qu'une petite coinçonite, on dirait. Si on allait voir ?

28. Ext. Main Street, devant le magasin

Les places de parking sont disposées en épi. Le véhicule garé dans l'emplacement le plus proche de l'entrée est un 4 × 4 vert anglais, sur les portes duquel on peut lire SERVICES DE L'ÎLE ; une barre portant un gyrophare de police est fixée au toit.

Mike et Hatch sortent précipitamment du magasin. Tandis qu'ils descendent les marches :

HATCH : Est-ce qu'elle avait l'air de paniquer beaucoup, Mike ?

MIKE : Molly ? Oui, de zéro virgule cinq sur l'échelle de Richter. Ne t'inquiète pas.

Une rafale de vent les frappe de plein fouet, les faisant osciller sur place. Ils regardent vers l'océan. Nous ne le voyons pas, mais on entend le fracas du ressac.

HATCH : J'ai l'impression qu'on va avoir droit à une sacrée tempête, non ?

Mike ne répond pas. Ce n'est pas nécessaire. Ils montent dans le véhicule de service de l'île et démarrent.

29. Ext. Le mannequin sur le porche du magasin

Nouvelle rafale de vent. Les casiers à homards suspendus s'entrechoquent... et la petite hélice sur la casquette de Robbie Beals commence lentement à tourner.

30. Int. Escalier de la maison des Anderson

Pippa a toujours la tête coincée entre les balustres de l'escalier, mais Molly est assise sur la marche voisine et a plus ou moins réussi à calmer la fillette. Les enfants sont toujours regroupés en bas de l'escalier et observent la scène. Molly caresse les cheveux de Pippa d'une main ; de l'autre, elle tient la tartine écrasée.

MOLLY : Tout va bien, Pippa. Mike et ton papa vont arriver dans une minute. Mike pourra te faire sortir.

PIPPA : Comment il fera ?

MOLLY : Je ne sais pas. C'est juste son don magique.

PIPPA : J'ai faim.

Molly passe la main ente deux balustres et manœuvre la tartine jusqu'à hauteur de la bouche de la fillette. Celle-ci mange. Les autres bambins regardent, fascinés. Il y a parmi eux un garçonnet de cinq ans, le fils de Jill Robichaux.

HARRY ROBICHAUX : Je peux lui donner à manger, Mrs Anderson ? Un jour, j'ai donné à manger à un singe à la foire de Bangor.

Les autres enfants éclatent de rire. Pippa ne trouve pas ça drôle.

PIPPA : J'suis pas un singe, Harry ! Je suis une petite fille, pas un singe !

DON BEALS : Regardez, les gars, j'suis un singe !

Il se met à sautiller au pied de l'escalier et à se gratter sous les aisselles, faisant l'idiot comme seul peut le faire un gosse de quatre ans. Les autres se mettent aussitôt à l'imiter.

PIPPA : J'suis pas un singe !

Elle commence à pleurer. Molly lui caresse les cheveux, mais n'arrive pas à la consoler, cette fois-ci. C'est déjà assez dur de se coincer la tête entre les barreaux ; si en plus elle doit se faire traiter de singe...

MOLLY : Arrêtez, les enfants ! Arrêtez tout de suite ! Ce n'est pas gentil et vous faites de la peine à Pippa !

La plupart des enfants s'arrêtent, mais Don Beals, un petit garnement – ce qui se fait de meilleur dans le genre – continue à sautiller et à se gratter.

MOLLY : Don, ça suffit ! Tu es méchant.

RALPHIE : Maman a dit que t'étais méchant.

Il essaie de saisir Don, qui se dégage d'une secousse.

DON BEALS : J'suis un singe !

Don fait le singe avec encore plus d'entrain, histoire de faire enrager Ralphie... et la maman de Ralphie, évidemment. La porte s'ouvre. Mike et Hatch entrent. Hatch voit tout de suite le problème, et réagit avec un mélange d'inquiétude et de soulagement.

PIPPA : Papa !

Elle lutte de nouveau pour se dégager.

HATCH : Reste tranquille, Pippa ! Tu vas t'arracher les oreilles de la tête !

RALPHIE *(court jusqu'à Mike)* : Papa ! Pippa s'est coincé la tête et Don n'arrête pas de faire le singe !

Ralphie saute dans les bras de son père. Hatch grimpe jusqu'à l'endroit où sa fille s'est fait à moitié avaler par l'incroyable escalier dévoreur d'enfants et s'agenouille à côté d'elle. Molly cherche son mari des yeux et lui envoie ce message silencieux : règle-moi tout ça !

Une ravissante petite fille blonde avec des couettes se met à tirer sur la poche de pantalon de Mike. Le gros de sa tartine de confiture lui barbouille le T-shirt.

SALLY GODSOE : Mr Anderson ? Moi j'ai arrêté de faire le singe, comme elle a dit.

Sally montre Molly du doigt. Doucement, Mike dégage la petite main. La fillette – elle aussi est âgée de quatre ans – se met aussitôt à sucer son pouce.

MIKE : C'est bien, Sally. Désolé, Ralphie, il faut que je te pose.

Il pose Ralphie au sol. Aussitôt, Don Beals le bouscule.

RALPHIE : Hé ! Qu'est-ce qui te prend ?

DON BEALS : Ça t'apprendra à faire le malin !

Il parle lui aussi avec l'accent traînant du Maine. Mike soulève Don Beals du sol et le tient à hauteur de ses yeux. Ce sale gosse n'est nullement effrayé.

DON BEALS : J'ai pas peur de toi ! C'est mon papa qui commande sur l'île ! C'est lui qui te paie !

Il tire la langue, puis crache une fraise directement sur le visage de Mike. Ce dernier ne bronche pas.

MIKE : Quand on donne des coups aux autres, on finit par en prendre, Donnie Beals. C'est l'une des tristes réalités de l'existence. Qui donne des coups doit s'attendre à en recevoir.

Don n'a pas compris, mais il réagit au ton de voix de Mike. Il finira par recommencer à maltraiter les autres, mais pour l'instant il a été remis à sa place. Mike le repose et s'approche de l'escalier. Derrière lui, on aperçoit une porte entrouverte sur laquelle est marqué : LES PETITS. Dans la salle sur laquelle elle donne, on aperçoit des tables et des chaises pour enfants. De joyeux mobiles bariolés pendent du plafond. C'est la classe de maternelle de Molly.

Hatch essaie d'appuyer sur le crâne de sa fille pour la dégager, sans le moindre résultat ; si bien que la panique gagne de nouveau Pippa, qui se croit pour toujours prisonnière des barreaux.

HATCH : Mais comment as-tu fait, mon trésor ?

PIPPA : C'est Heidi qui m'a dit que j'oserais pas.

Mike pose les mains sur celles de Hatch pour qu'il les retire ; Hatch s'exécute et regarde Mike avec espoir.

31. Int. Enfants au pied de l'escalier

Heidi Saint-Pierre, la fille de Linda Saint-Pierre, est une petite rouquine portant des lunettes aux verres épais.

HEIDI : C'est pas vrai.

PIPPA : Si, c'est vrai !

HEIDI : Menteuse, t'es qu'une menteuse !

MOLLY : Arrêtez, toutes les deux !

PIPPA *(à Mike)* : C'était facile de passer, mais maintenant je peux pas ressortir. Je crois que ma tête est plus grosse de ce côté.

MIKE : Oui, elle est plus grosse... mais je vais la faire devenir plus petite. Tu sais comment ?

PIPPA *(fascinée)* : Non... comment ?

MIKE : Je vais tout simplement appuyer sur le bouton « petit ». Et à ce moment-là, ta tête va devenir plus petite et tu pourras la faire glisser entre les barreaux. Aussi facilement que lorsque tu l'as passée. Tu as bien compris, Pippa ?

Il s'est exprimé d'un ton tranquille, apaisant. C'est quelque chose comme de l'hypnose.

HATCH : Qu'est-ce que tu ra...

MOLLY : Chut !

MIKE : Est-ce que tu es prête ? Je peux appuyer sur le bouton ?

PIPPA : Oui.

Mike approche la main et vient appuyer l'index sur le bout du nez de la fillette.

MIKE : Bip ! Ça y est ! Elle est plus petite ! Vite, Pippa, avant qu'elle redevienne grosse !

Pippa dégage facilement sa tête. Les enfants se mettent à applaudir et à pousser des cris. Don Beals saute en tous sens comme un singe. Un autre petit garçon, Frank Bright, se met à l'imiter, mais il s'arrête dès qu'il voit le regard dégoûté que lui lance Ralphie.

Hatch serre la fillette dans ses bras. Pippa lui rend son étreinte, ce qui ne l'empêche pas de continuer à manger sa tartine, qu'elle a aussitôt reprise à Molly. Elle n'a plus eu peur dès que Mike a commencé à lui parler. Molly adresse un sourire de gratitude à Mike, et passe une main entre les barreaux qui retenaient Pippa prisonnière. Mike s'en saisit et se met à lui embrasser les doigts avec frénésie. Les enfants pouffent. L'un d'eux, le petit Buster Carver (Buster, le plus grand des élèves de Molly, a environ cinq ans), se cache les yeux.

BUSTER *(d'un ton gémissant)* : Oh non ! C'est dégoûtant !

Molly rit et retire sa main.

MOLLY : Merci. Vraiment.

HATCH : Ouais, merci, patron.

MIKE : De rien. De rien.

PIPPA : Dis, papa, ma tête est encore petite ? J'ai senti

qu'elle devenait plus petite quand Mr Anderson l'a dit. Elle est toujours petite ?

HATCH : Non, mon trésor. Elle est revenue à la bonne taille.

Mike s'approche du pied de l'escalier et Molly le rejoint à cet endroit. Ralphie est aussi là ; Mike le prend dans ses bras et l'embrasse sur la marque rouge que l'enfant a sur le nez. Molly dépose un baiser sur la joue de Mike.

MOLLY : Désolée de t'avoir dérangé en ce moment, Mike. Quand je l'ai vue la tête coincée là-dedans et que je n'arrivais pas à la lui faire ressortir, j'ai... un peu paniqué.

MIKE : Pas grave. J'avais besoin de souffler une minute, de toute façon.

MOLLY : C'est pas trop la pagaille, au magasin ?

HATCH : Plutôt, si. Tu sais comment ça se passe dès qu'on annonce une tempête... et celle-là va être gratinée, paraît-il. *(À Pippa :)* Faut que j'y aille, mon trésor. Sois bien sage.

Don crache encore une fraise.

MIKE *(à voix basse) :* Bon sang, j'adore ce gamin.

Molly ne dit rien mais roule des yeux, tout à fait d'accord.

MIKE : Qu'est-ce que tu disais, Hatch ?

HATCH : Qu'il faut y aller tant qu'il est encore temps. S'ils ne se sont pas fichus dedans, on a de bonnes chances d'être coincés chez nous pendant les trois prochains jours... Comme Pippa, avec sa tête prise dans les barreaux.

Personne ne rit. Ce qu'il dit est on ne peut plus juste.

32. Ext. Maison des Anderson sur Main Street, jour

Le 4 × 4 de la municipalité est garé le long du trottoir. Au premier plan, on aperçoit un panneau indiquant la maternelle. Il pend au bout d'une chaîne et se balance dans le vent. Le ciel est plus plombé que jamais. Nous sommes dans le bas de Main Street et l'océan, visible à l'arrière-plan, est gris et agité.

La porte s'ouvre sur Mike et Hatch, obligés de s'enfoncer le chapeau sur les oreilles à cause du vent ; ils retournent le col de leur veste. Ils approchent de la voiture, mais Mike s'arrête et lève les yeux vers le ciel. Ils vont y avoir droit, sûr et certain. Et ça va être une tempête carabinée. L'anxiété qu'on peut lire sur le visage de Mike dit clairement qu'il le sait. Ou croit le savoir. Car personne ne sait à quel point elle va l'être.

Il se glisse derrière le volant, salue Molly de la main (elle l'a accompagné jusque sur le porche, un chandail jeté sur les épaules). Elle lui répond de même. Le 4 × 4 fait demi-tour dans la rue et prend la direction du supermarché.

33. Int. Véhicule de service, avec Mike et Hatch

HATCH *(amusé)* : Le petit bouton, hein ?

MIKE : Tout le monde en a un. Tu vas le raconter à Melinda ?

HATCH : Non... mais Pippa s'en chargera. Tu as remarqué ? Pendant tout le temps que ça a duré, elle a gardé un œil sur sa tartine.

Les deux hommes se regardent et sourient.

34. Ext. Atlantic Street, jour

Marchant au milieu de la rue sans se soucier de l'imminence de la tempête ni du vent qui se lève, on voit un ado d'environ quatorze ans, Davey Hopewell. Il est habillé d'un lourd manteau et de gants coupés à hauteur des doigts. C'est plus facile pour jouer au basket. Il avance en zigzaguant et en dribblant contre un adversaire invisible, tout en parlant dans sa barbe. Commentant une partie, en fait.

> DAVEY : Davey Hopewell a repris le ballon... il évite un adversaire... Stockton essaie de lui prendre le ballon, mais il n'a pas la moindre chance... Davey Hopewell est au sommet de son art... L'aiguille tourne... Davey Hopewell est le dernier espoir des Celtics... il feinte et dribble... il...

Davey Hopewell s'arrête brusquement et retient son ballon. Il regarde vers :

35. Ext. Maison de Martha Clarendon, vue par Davey

La porte est ouverte en dépit du froid et le déambulateur gît, renversé, près des marches du porche, là où Linoge l'a jeté.

36. Ext. Retour sur Davey

Il place le ballon sous son bras et s'avance lentement jusqu'au portail de Martha. Il reste là un moment, puis remarque quelque chose de noir sur la peinture blanche. On voit des traces de carbonisation là où Linoge a frappé les montants de sa canne. Davey en touche une du bout du doigt – les gants coupés – et retire vivement la main.

> DAVEY : Houlà !

Encore brûlantes, ces marques. Mais il s'en désintéresse rapidement pour se tourner vers le déambulateur renversé et la porte restée ouverte ; elle ne devrait pas l'être, pas avec le temps qu'il fait. Il s'avance sur l'allée, escalade les trois marches, se penche et pousse le déambulateur de côté.

> LA PRÉSENTATRICE MÉTÉO *(voix off) :* Quel rôle joue le réchauffement global de la planète dans de telles tempêtes ? Le fait est que nous n'en savons rien...
>
> DAVEY *(appelle) :* Mrs Clarendon ? Vous allez bien, Mrs Clarendon ?

37. Int. Séjour de Martha Clarendon, avec Linoge

C'est toujours le bulletin qui passe à la télé. Les graphiques représentant les tempêtes se sont encore rapprochés de leur point théorique d'impact. Linoge est assis dans le fauteuil de Martha, la canne ensanglantée posée sur les genoux. Il se tient les yeux fermés. Il donne l'impression de méditer.

> LA PRÉSENTATRICE MÉTÉO : Une chose que nous savons, en revanche, c'est que le jet-stream se présente d'une manière tout à fait typique pour cette époque de l'année, même si le courant supérieur est plus puissant que d'habitude, ce qui contribue à donner encore plus de force à ces terrifiants systèmes dépressionnaires.
>
> DAVEY *(voix off) :* Mrs Clarendon ? C'est Davey. Davey Hopewell. Vous allez bien ?

Linoge ouvre les yeux. Ils sont de nouveau noirs... mais cette fois-ci, des filaments rouges s'y tordent, comme du feu... il sourit, exhibant des dents effrayantes. Le plan reste fixe puis...

Fondu au noir. Fin de l'acte 1.

Acte 2

38. Ext. Porche de la maison de Martha

Par la porte ouverte, nous voyons Davey Hopewell qui se rapproche lentement, de plus en plus mal à l'aise. Il tient toujours le ballon de basket sous son bras.

> DAVEY : Mrs Clarendon ? Mrs...

> LA PRÉSENTATRICE MÉTÉO *(voix off) :* ...il faut renforcer les grandes surfaces vitrées avec de l'adhésif, pour leur donner plus de résistance contre les rafales de vent les plus fortes.

Il s'arrête brusquement et écarquille les yeux.

39. Int. Vestibule, vu par Davey

Dépassant de l'ombre, il vient de voir deux chaussures et l'ourlet d'une robe de femme âgée.

> LA PRÉSENTATRICE MÉTÉO *(voix off) :* Les rafales pourront atteindre des vitesses allant de...

40. Ext. Porche, avec Davey

Sa peur temporairement oubliée – il pense qu'il sait le pire, qu'elle s'est évanouie ou qu'elle a eu une attaque, quelque chose dans ce genre – Davey met un genou en terre et se penche pour l'examiner... puis se pétrifie sur place. Son ballon lui échappe et roule sur le porche tandis que ses yeux s'emplissent d'horreur. Nous n'avons pas besoin de voir : nous savons.

> LA PRÉSENTATRICE MÉTÉO *(voix off) :* ...vitesses qui sont considérées comme du niveau d'un ouragan. Vérifiez les clapets de vos cheminées et de vos poêles ! Ceci est très important...

Davey inspire un grand coup – mais paraît incapable d'expulser l'air, et nous le voyons qui lutte pour essayer de crier. Il touche l'un des souliers de Martha et émet un petit son sifflant.

> LINOGE *(voix off) :* Oublie le basket professionnel, Davey – jamais tu ne joueras dans la sélection de ton lycée. Tu es trop lent, et tu ne serais même pas fichu de lancer dans l'océan sans le rater.

Davey scrute l'obscurité du vestibule, comprenant que l'assassin de Martha est vraisemblablement encore dans la maison. Sa paralysie s'évanouit. Il laisse échapper un hurlement, bondit sur ses pieds, fait demi-tour et se précipite vers l'escalier ; il rate la dernière marche et s'étale de tout son long sur l'allée.

> LINOGE *(voix off, plus forte) :* En plus, t'es petit. Un vrai nain. Viens donc me trouver, Davey. Je pourrais te faire une faveur. T'épargner beaucoup de chagrins.

Davey se relève aussi vite qu'il peut et s'enfuit, jetant des coups d'œil éperdus par-dessus son épaule ; il se jette dans la rue et court en direction des quais.

> DAVEY *(hurlant) :* Au secours ! Mrs Clarendon est morte ! On l'a tuée ! Y a du sang ! Au secours ! Oh, mon Dieu, quelqu'un ! Au secours !

41. Int. Séjour de Martha, avec Linoge

Ses yeux sont redevenus normaux... si on peut trouver normal leur bleu glacial, perturbant. Il lève une main et adresse un signe, comme un appel, avec l'index.

> La présentatrice météo : ...la meilleure façon de résumer tout ce que l'on vous a dit jusqu'ici, c'est « préparez-vous au pire, parce que c'est peut-être le pire que vous allez avoir ».

42. Ext. Porche de Martha

On entend toujours, lointains, les cris de Davey qui appelle à l'aide à pleins poumons. Son ballon de basket, qui a roulé jusqu'à la balustrade du porche, recommence à dévaler les planches – lentement tout d'abord, puis de plus en plus vite – en direction de la porte d'entrée. Il rebondit au-dessus du seuil et roule à l'intérieur.

43. Int. Vestibule de Martha, caméra tournée vers le porche

À l'arrière-plan, le corps de Martha, réduit à une masse sombre. Le ballon de Davey passe à côté en rebondissant, laissant de grandes traces sanglantes à chaque fois qu'il touche le sol.

> La présentatrice météo *(enchaîne) :* Un dernier conseil, peut-être ? Assurez-vous que vous avez une bonne réserve de mortadelle Smile-Boy All Beef. Lorsque le temps devient exécrable, rien ne vous réchauffe davantage qu'un...

44. Int. Séjour, avec Linoge

Le ballon roule sur le plancher, zigzaguant entre les meubles. Lorsqu'il atteint le fauteuil dans lequel est assis Linoge, il se met à rebondir, plus haut à chaque fois. Au troisième rebond, il atterrit sur les genoux de Linoge. Celui-ci s'en saisit.

LA PRÉSENTATRICE MÉTÉO *(brandit un sandwich)* : ...bon sandwich à la mortadelle de bœuf ! En particulier si c'est de la mortadelle Smile-Boy All Beef !

LINOGE : Il lance...

Il projette le ballon sur la télé avec une force surhumaine. Le ballon atteint l'écran en plein milieu, expédiant la dame de la météo, son sandwich à la mortadelle et ses deux monstrueux systèmes dépressionnaires dans les limbes électroniques. Des étincelles jaillissent.

LINOGE : Il marque !

45. Ext. Atlantic Avenue, avec Davey

Il court au milieu de la rue, hurlant toujours à pleins poumons.

DAVEY : Mrs Clarendon ! On a tué Mrs Clarendon ! Il y a du sang partout ! Elle a un œil arraché ! Il pend sur sa joue ! Oh, mon Dieu, elle a un œil qui lui pend sur la joue !

Des gens se mettent à la fenêtre ou bien ouvrent la porte d'entrée de leur maison pour regarder ce qui se passe. Tout le monde connaît Davey, bien entendu, mais avant que quelqu'un ait eu le temps de sortir dans la rue, d'attraper l'adolescent et de le calmer, une grosse Lincoln verte le dépasse et lui bloque le passage, comme une voiture de police arrêtant un automobiliste pour excès de vitesse. Un gentleman bien enveloppé descend de la Lincoln ; il porte une cravate et un costume trois-pièces sous un épais manteau (la seule tenue « homme d'affaires » de tout Little Tall Island, probablement). On remarque peut-être qu'il présente une certaine ressemblance avec le mannequin posté devant le magasin général. Il s'agit de Robbie Beals, la grosse pointure locale, le père – encore plus désagréable que son fils – de Don Beals. Il prend Davey par les épaules et le secoue sans ménagement.

ROBBIE : Arrête, Davey ! Arrête tout de suite !

Davey se tait et reprend un peu le contrôle de lui-même.

ROBBIE : Qu'est-ce qui te prend de courir comme ça dans la rue en te donnant en spectacle ?

DAVEY : On a assassiné Mrs Clarendon !

ROBBIE : C'est stupide, Davey ! Qu'est-ce que tu racontes ?

DAVEY : Y a du sang partout ! Et son œil... son œil est sorti de sa tête !

Le garçon se met à pleurer. Des gens se sont approchés et suivent cet échange entre l'adulte et l'adolescent. Lentement, Robbie lâche les épaules de Davey. Il est arrivé quelque chose d'anormal, cela lui paraît de plus en plus évident, et si c'est bien le cas, la responsabilité d'aller voir ce qui se passe incombe à une seule personne. Nous le voyons, à son expression, en prendre conscience.

Il regarde autour de lui et voit une femme d'âge moyen, un chandail jeté à la hâte sur ses épaules, qui tient encore un rouleau à pâtisserie à la main.

ROBBIE : Occupez-vous de lui, Mrs Kingsbury. Donnez-lui un peu de thé bien chaud... *(Il réfléchit.)* Non, donnez-lui plutôt un peu de whisky, si vous en avez.

MRS KINGSBURY : Vous allez appeler Mike Anderson ?

Robbie prend un air pincé. Lui et Mike ne s'aiment pas beaucoup.

ROBBIE : Lorsque j'aurai moi-même jeté un coup d'œil.

DAVEY : Faudra faire attention, Mr Beals. Elle est morte... mais il y a quelqu'un dans la maison. Je crois bien que...

Robbie le regarde, excédé. Ce gamin est manifestement hystérique. Un homme âgé, au visage buriné et aux traits typiquement yankee, s'avance d'un pas ou deux.

GEORGE KIRBY : Besoin d'un coup de main, Robbie Beals ?

ROBBIE : Ce n'est pas nécessaire, George. Je m'en sortirai très bien tout seul.

Il remonte dans sa voiture. Elle est trop longue pour pouvoir faire demi-tour dans la rue en une seule manœuvre, et il utilise pour cela l'allée privée la plus proche.

DAVEY : Il ne devrait pas y aller tout seul.

Le groupe de personnes, qui grossit peu à peu dans la rue, suit des yeux avec des expressions mitigées la voiture de Robbie se dirigeant vers la maison de Mrs Clarendon.

MRS KINGSBURY : Viens à la maison, Davey. Je ne vais pas donner de whisky à un enfant, mais je vais mettre la bouilloire sur le feu.

Elle passe un bras autour des épaules de Davey et l'entraîne vers son domicile.

46. Ext. Maison de Martha Clarendon

La Lincoln de Robbie s'arrête devant la maison. Il descend, contemple l'allée, le déambulateur renversé, la porte restée grande ouverte. À son expression, on voit qu'il se dit que les choses sont peut-être plus sérieuses que ce qu'il a tout d'abord cru. Il s'engage néanmoins dans l'allée. Laisser l'affaire à ce Monsieur Je-Sais-Tout de Mike Anderson ? Sûrement pas !

47. Ext. Hôtel de ville de Little Tall Island, jour

L'édifice en bois, peint en blanc, construit dans le style Nouvelle-Angleterre le plus pur, est le centre de la vie publique de l'île. Devant, abritée sous un petit toit en forme de coupole, on voit une cloche d'assez belle taille – celle d'un panier de pommes, disons. Le 4 × 4 municipal vient se garer devant sur la place de parking marquée RÉSERVÉ AUX VÉHICULES MUNICIPAUX.

48. Int. Véhicule de service, avec Mike et Hatch

Hatch tient une brochure à la main : DIRECTIVES SUR LES PRÉCAUTIONS À PRENDRE EN CAS DE TEMPÊTE – ÉTAT DU MAINE. Il est plongé dans la lecture de la brochure.

> MIKE : Tu veux venir ?

> HATCH *(sans lever les yeux) :* Non, ça va très bien.

Lorsque Mike ouvre sa portière, Hatch lève les yeux vers lui... Il arbore un sourire ouvert, plein de bonté.

> HATCH : Merci pour ce que tu as fait pour la petite, chef.

> MIKE *(lui rendant son sourire) :* Rien de plus normal, vieux.

49. Ext. Véhicule de service

Mike descend, s'enfonçant encore une fois le chapeau sur la tête pour lutter contre le vent. Tout en faisant ce geste, il consulte de nouveau rapidement le ciel.

50. Ext. Mike sur le trottoir

Il s'arrête près de la coupole. Maintenant que nous en sommes plus près, on remarque une plaque sur laquelle sont inscrits des noms. C'est la liste des hommes morts à la guerre : dix pendant la guerre de Sécession, un pendant la guerre avec l'Espagne, deux ou trois pour chacun des deux grands conflits mondiaux du XXe siècle, un ou deux pour la guerre de Corée et six pour celle du Viêtnam – la guerre qui a mauvaise presse chez les gens. Parmi les noms figurent beaucoup de Beals, de Godsoe, de Hatcher et de Robichaux. Au-dessus de la liste, on peut lire ceci : QUAND LA CLOCHE SONNE POUR LES VIVANTS, NOUS HONORONS NOS MORTS.

De sa main gantée, Mike effleure le battant et la cloche sonne faiblement. Puis il entre à l'intérieur.

51. Int. Bureau de l'hôtel de ville de Little Tall Island

C'est le secrétariat classique, encombré de dossiers, avec, dominant le tout, une grande photo aérienne de l'île sur un mur. Une seule personne fait tout le travail, la charmante et rondelette Ursula Godsoe (une plaque portant son nom est posée à côté des paniers *courrier arrivée/courrier départ*, sur son bureau). Derrière elle, à travers une paroi vitrée, on aperçoit la salle des délibérations de la mairie. Elle est meublée de plusieurs bancs à dossier raide, faisant penser à des bancs d'église chez les puritains, et d'un pupitre austère équipé d'un micro. La salle ressemble davantage à une église protestante qu'à ce qu'elle est en réalité. Pour l'instant, elle est vide.

Bien en vue sur le mur, dans le bureau d'Ursula, on voit la même affichette que celle qui figurait sur la porte du supermarché : ALERTE À LA TEMPÊTE POSSIBLE AU COURS DES TROIS PROCHAINS JOURS ! LE SIGNAL « TOUS AUX ABRIS » EST DE DEUX BRÈVES ET UNE LONGUE. Mike s'avance d'un pas tranquille pour l'étudier, attendant qu'Ursula ait fini de répondre au téléphone ; elle parle en s'efforçant manifestement de faire preuve de patience.

> URSULA : Non, Betty, je n'en sais pas plus que toi... que veux-tu, les prévisions sont les mêmes pour tout le monde... Non, pas la cloche du mémorial, pas avec les vents que nous attendons... Ce sera la sirène, en cas d'alerte. Deux brèves et une longue... Oui, c'est ça... Mike Anderson, évidemment... Il est justement payé pour prendre ce genre de décision, n'est-ce pas ?

Ursula adresse un clin d'œil appuyé à Mike et, de la main, lui fait signe d'attendre encore quelques instants. Mike, se tapotant le pouce des autres doigts, mime une bouche en train de parler. Ursula sourit et acquiesce.

> URSULA : Oui... moi aussi, je prierai... Bien sûr, nous le ferons tous. Merci d'avoir appelé, Betty.

Elle raccroche et ferme un instant les yeux.

> MIKE : Rude journée, non ?

> URSULA : À l'entendre, Betty Soames s'imagine que nous aurions accès à des prévisions météo secrètes.

> MIKE : Des prévisions dans le style Madame Soleil, sans doute ? La parapsycho-météo, peut-être ?

> URSULA : Ça doit être ça.

Mike tapote l'avis de tempête.

> MIKE : Tu crois que tout le monde l'a vu ?

URSULA : Mis à part les aveugles, tout le monde. Tu aurais besoin de te détendre un peu, Mike Anderson. Comment va la petite Pippa ?

MIKE : Houlà, les nouvelles vont vite.

URSULA : Exact. Un secret ne tient pas cinq minutes, ici.

MIKE : Elle va bien. Elle s'était coincé la tête entre les barreaux de l'escalier. Son père est dehors, dans la voiture, en train de faire ses révisions de la Grande Tempête de 89.

URSULA *(riant) :* C'est bien de cette gosse. Elle n'est pas pour rien la fille d'Alton et Melinda. *(Elle redevient sérieuse.)* Les gens ont compris que les choses étaient sérieuses, et s'ils entendent la sirène, ils viendront. Tu n'as pas besoin de t'en faire pour ça. Je suppose que tu es venu voir comment l'abri avait été organisé, n'est-ce pas ?

MIKE : J'ai pensé que ce ne serait pas une mauvaise idée, oui.

URSULA *(se levant) :* On a de quoi tenir le coup pendant trois jours avec trois cents personnes ; une semaine avec cent cinquante. Et si j'ai bien compris ce qu'ils ont dit aux informations, c'est ce qui risque de nous arriver. Viens, allons voir ça.

Ils sortent, Ursula passant la première.

52. Int. Robbie Beals, gros plan

Il arbore une expression à la fois incrédule et horrifiée.

ROBBIE : Oh, mon Dieu !

LA PRÉSENTATRICE MÉTÉO : Bon, assez de sinistrose ! Voyons ce qu'il en est du soleil, à présent !

La caméra part en travelling arrière et nous voyons Robbie, agenouillé dans le vestibule à côté de Martha, qui procède à l'inutile rituel consistant à prendre le pouls. Nous apercevons le poignet de Martha et l'ourlet ensanglanté de sa manche, mais c'est tout.

Robbie regarde autour de lui, l'expression toujours aussi incrédule. En fond sonore, la présentatrice météo continue de débiter son laïus. Linoge a défoncé la télé, mais nous l'entendons néanmoins toujours.

LA PRÉSENTATRICE MÉTÉO : L'endroit des États-Unis où le temps est le plus beau, aujourd'hui ? La réponse ne fait aucun doute : c'est sur la grande île de Hawaii ! Les températures oscillent entre vingt-cinq et trente degrés, et une légère brise de mer vient rafraîchir agréablement l'air. Mais cela ne va pas si mal en Floride, non plus. Le petit coup de froid de la semaine dernière est oublié. Les températures dépassent les vingt degrés à Miami, et quel temps croyez-vous qu'il fait sur les superbes îles de Sanibel et Captiva ? Si vous êtes dans le secteur, vous pouvez aller récolter des coquillages ; vous aurez tout le soleil que vous voudrez et des températures oscillant autour de vingt-huit degrés.

ROBBIE : Il y a quelqu'un ?

Il se lève. Il examine tout d'abord les murs, où certaines des jolies gravures anciennes de Martha sont maintenant constellées de gouttelettes de sang. Puis il se tourne vers le plancher et y voit encore du sang : la fine trace laissée par la canne de Linoge et les marques épaisses et sombres imprimées par les rebonds du ballon de Davey.

ROBBIE : Il y a quelqu'un ?

Après un instant d'hésitation, il s'avance dans le vestibule.

53. Int. Obscurité

Des néons s'allument brusquement au plafond ; nous sommes dans le spacieux sous-sol de l'hôtel de ville. Cette salle sert d'habitude pour les soirées loto, les bals et les différentes manifestations de la ville. Des affichettes, sur les murs lambrissés en pin, rappellent aux visiteurs que les pompiers volontaires organisent une collecte de sang qui aura justement lieu ici. La pièce est actuellement remplie de lits de camp, sur chacun desquels sont posés un oreiller (à la tête) et une couverture pliée (au pied). À l'autre bout de la salle sont alignées des piles de glacières portatives, de cartons d'eau minérale et une grosse radio dont les diodes clignotent.

Ursula et Mike, debout côte à côte, examinent les lieux.

URSULA : Alors, ça te va ?

MIKE : Tu sais bien que oui. *(Elle sourit.)* Et la réserve, comment est-elle ?

URSULA : Pleine, comme tu voulais. Surtout des produits déshydratés – du genre « versez l'eau sur la poudre et ingurgitez » – mais personne ne mourra de faim.

MIKE : Tu as fait ça toute seule ?

URSULA : Non, la sœur de Pete m'a aidée – tu sais, Tavia. Tu m'as dit d'être discrète, qu'il ne fallait pas affoler les gens.

MIKE : En effet, en effet, je te l'ai dit. Et combien de gens, en fin de compte, savent que nous avons de quoi affronter la Troisième Guerre mondiale ?

URSULA *(parfaitement sereine) :* Tout le monde.

Mike fait la grimace mais ne paraît pas autrement surpris.

MIKE : Pas moyen de garder un secret sur l'île.

URSULA *(un peu sur la défensive)* : Je n'en ai pas dit un mot, Mike, pas plus que Tavia. C'est principalement Robbie Beals qui a fait courir le bruit. Toute cette affaire l'a rendu marteau. Il prétend que tu vas ruiner la ville.

MIKE : Bon, bon, on verra... Tiens, à propos de Robbie, son fils est parfait en singe.

URSULA : Quoi ?

MIKE : Laisse tomber.

URSULA : Veux-tu aller voir la réserve ?

MIKE : Non, je te fais confiance. Remontons.

Ursula tend la main vers l'interrupteur, puis arrête son geste. Elle a une expression troublée.

URSULA : Dis-moi, Mike, est-ce que c'est vraiment sérieux ?

MIKE : Aucune idée. J'aimerais autant me faire enguirlander et traiter d'alarmiste par Robbie Beals à la prochaine réunion du conseil, à vrai dire. Allons-y.

Ursula achève son geste et la pièce disparaît dans l'obscurité.

54. Int. Séjour de Martha Clarendon

La caméra est tournée vers la porte donnant sur le séjour. Le son de la télé est plus fort. C'est une publicité pour un cabinet d'avocats spécialisé dans les litiges. Avez-vous été victime d'un accident ? Vous ne pouvez plus travailler ? Vous avez perdu vos facultés ?

L'ANNONCEUR TÉLÉ : Vous vous sentez désespéré. Vous avez peut-être même l'impression que le monde entier s'acharne sur vous. McIntosh et Redding, cependant, seront à vos côtés et feront en sorte que vous triomphiez devant les tribunaux. Ne rendez pas encore pire une situation déjà difficile ! Si la vie vous a gratifié d'un sac de citrons bien acides, nous vous aiderons à en faire de la citronnade ! Ne vous laissez pas faire, attaquez ! Si vous avez été victime d'un accident, des milliers de dollars – peut-être même des dizaines de milliers de dollars – vous attendent ! Alors n'hésitez pas. Appelez tout de suite. Décrochez votre téléphone et faites le...

Robbie s'encadre dans la porte. Il a perdu toute son arrogance et son autorité. L'air dépenaillé, nauséeux, il paraît mortellement effrayé.

55. Int. Séjour, vu par Robbie

La télé est écrabouillée, il s'en échappe de la fumée... et pourtant les vociférations de la pub continuent.

L'ANNONCEUR TÉLÉ : Coincez-les. Obtenez ce à quoi vous avez droit. Est-ce que vous n'en avez pas suffisamment enduré, déjà ?

On voit le sommet du crâne de Linoge au-dessus du fauteuil. Il y a un bruit de succion quand il prend une gorgée de thé.

56. Int. Séjour, angle plus ouvert

Nous sommes approximativement au-dessus de l'épaule de Robbie et regardons la télé détruite qui continue cependant à émettre des sons ; on voit le crâne de Linoge.

ROBBIE : Qui êtes-vous ?

La télé devient silencieuse. Dehors, nous entendons le vent qui souffle de plus en plus fort. Lentement, très lentement, la tête de loup en argent s'élève au-dessus du dossier du fauteuil, pointée comme un pantin sinistre en direction de Robbie. On dirait que du sang dégouline de ses yeux et de son museau. Elle oscille lentement comme un pendule.

LINOGE *(voix seule) :* Né dans le péché, pas la peine de vous cacher.

Robbie sursaute, ouvre la bouche, puis la referme. Que répond-on à une telle remarque ? Mais Linoge n'en a pas fini.

LINOGE *(voix seule) :* Tu étais avec une catin à Boston lorsque ta mère est morte à Machias. Ta mère qui croupissait dans cette maison de retraite que l'on a fermée l'automne dernier, celle où l'on a trouvé des rats dans l'arrière-cuisine – c'est bien ça ? Elle est morte étouffée à force de t'appeler. N'est-ce pas charmant ? En dehors d'un bon gros fromage, il n'y a rien de mieux que l'amour d'une mère, sur cette terre !

57. Int. Robbie

Robbie sursaute violemment. Comment réagirions-nous nous-mêmes si un inconnu, meurtrier de surcroît, nous révélait l'un de nos plus noirs secrets ?

LINOGE : Mais ce n'est pas grave, Robbie.

Nouvelle violente réaction de Robbie – l'inconnu connaît son nom !

58. Int. Fauteuil de Martha

Linoge jette un coup d'œil par le côté gauche du fauteuil ; c'est tout juste s'il ne paraît pas intimidé. Ses yeux sont à peu près normaux, mais il est presque autant couvert de sang que le pommeau de sa canne.

LINOGE : Elle t'attend en enfer. Et elle est devenue cannibale. Lorsque tu arriveras là-bas, elle va te dévorer tout cru. Et elle recommencera, recommencera, sans fin. Parce que c'est de cela qu'est fait l'enfer, la répétition. Je crois qu'au fond de nous-mêmes, nous le savons tous. Attrape !

Il lance le ballon de Davey.

59. Int. L'encadrement de la porte avec Robbie

Le ballon l'atteint à la poitrine, où il laisse une marque de sang. C'en est trop pour Robbie. Il fait volte-face et s'enfuit en hurlant.

60. Int. Séjour de Martha, fauteuil et télé

Une fois de plus, nous ne voyons que le sommet du crâne de Linoge. Puis son poing apparaît. Il reste un instant suspendu en l'air, puis l'index se tend, tourné vers la télé. La présentatrice météo reprend aussitôt.

LA PRÉSENTATRICE MÉTÉO : Voyons quelle est la région qui risque le plus d'être affectée par la tempête.

Linoge prend un autre biscuit.

61. Ext. Devant la maison de Martha

Robbie descend les marches aussi vite que le lui permettent ses courtes pattes grassouillettes. Son visage est le masque de l'horreur et de l'ahurissement.

62. Int. Séjour de Martha, la télé

La caméra explore lentement l'écran implosé et l'intérieur fumant du poste, tandis que la présentatrice météo continue son laïus.

> LA PRÉSENTATRICE MÉTÉO : Les prévisions nous parlent de destruction pour cette nuit, de morts pour demain et d'Apocalypse pour le week-end. En réalité, ce pourrait être, sur cette planète, la fin de la vie telle que nous la connaissons.

63. Int. Linoge

> LINOGE : Paraît peu probable... mais on peut toujours espérer.

Il mord à nouveau dans le biscuit.

Fondu au noir. Fin de l'acte 2.

Acte 3

64. Ext. La Lincoln de Robbie avec Robbie, jour

Il agrippe la poignée de sa portière. Un peu plus bas, dans la rue, un certain nombre de ses concitoyens l'observent avec curiosité.

GEORGE KIRBY : Tout va bien là-bas, Beals ?

Robbie ne répond pas au vieil homme. Il finit par ouvrir sa portière et il se jette à l'intérieur de la voiture. Celle-ci possède une radio CB et il arrache le micro de la fourche. Il enfonce le bouton de mise en marche, enfonce le bouton de Canal 19 et se met à parler. Pendant tout ce temps, il ne cesse de lancer des coups d'œil paniqués à la maison de Martha, terrorisé à l'idée de voir apparaître l'assassin sur le seuil.

ROBBIE : Ici Robbie Beals ! J'appelle le constable Anderson ! Pointez-vous, Anderson, c'est une urgence !

65. Int. Supermarché Anderson, jour

C'est plus que jamais la bousculade à l'intérieur du supermarché. Cat et sa collègue Tess Marchant, une femme qui doit avoir entre quarante-cinq et cinquante ans et qui a tout de la mère de famille, font de leur mieux pour que les clients passent rapidement aux caisses, mais tout le monde se pétrifie en entendant la voix excitée de Robbie Beals sortir du haut-parleur.

ROBBIE *(voix) :* Amenez-vous, bon sang ! Vous m'entendez, Anderson ? C'est un meurtre ! Martha Clarendon a été battue à mort !

Un murmure attristé et incrédule parcourt la foule des clients, qui ouvrent tous de grands yeux.

ROBBIE *(voix) :* Le type qui a fait le coup est encore dans la maison ! Anderson ! *Anderson !* Ramenez-vous, vous m'entendez ? Vous êtes toujours là quand on n'a pas besoin de vous, mais lorsque...

Tess Marchant décroche le micro, agissant comme dans un rêve.

TESS : Robbie ? C'est Tess Marchant. Mike n'est pas...

ROBBIE *(voix) :* C'est pas vous que je veux ! C'est Anderson ! Je ne peux pas faire mon boulot et le sien en même temps !

CAT *(prenant à son tour le micro) :* Il vient d'avoir une urgence chez lui. Alton l'a accompagné. C'était sa petite...

Juste à cet instant, Mike et Hatch s'encadrent dans la porte du supermarché. Cat et Tess paraissent prodigieusement soulagées. Un murmure bas parcourt la foule. Mike s'avance de trois pas à l'intérieur, puis se rend compte qu'il se passe quelque chose de tout à fait anormal.

MIKE : Qu'est-ce qu'il y a ? Qu'est-ce qui est arrivé ?

Personne ne fait mine de lui répondre. Pendant ce temps, la radio continue de couiner.

ROBBIE *(voix) :* Qu'est-ce que c'est que cette histoire d'urgence chez lui ? C'est ici qu'il y a une urgence ! On vient d'assassiner cette malheureuse vieille ! Il y a un fou chez Martha Clarendon ! Dans son séjour ! Je veux que le constable rapplique sur-le-champ !

Mike se dirige vivement vers les caisses. Cat lui tend le micro, trop contente de s'en débarrasser.

MIKE : Mais de quoi il parle ? Qui a été assassiné ?

TESS : Martha. Qu'il a dit.

Nouveau murmure, plus fort cette fois.

MIKE *(appuyant sur le bouton d'émission) :* Je suis ici, Robbie. Juste une minute, je...

ROBBIE *(voix) :* Non, pas une minute, bon Dieu ! La situation est peut-être très dangereuse, ici !

Mike ignore Robbie pendant un instant et, tenant le micro appuyé contre sa poitrine, s'adresse aux deux douzaines d'insulaires (environ) qui se sont agglutinés juste devant les caisses et le regardent, l'œil rond. Cela fait pratiquement soixante-dix ans qu'il n'y a pas eu un meurtre sur l'île... mis à part (peut-être) Joe, le mari de Dolores Claiborne, ce qui n'a cependant jamais été prouvé.

MIKE : Bon, et maintenant laissez-moi tranquille, tout le monde. J'ai besoin d'un peu d'espace. Vous me payez cinq mille dollars par an pour être constable, alors laissez-moi faire mon boulot.

Ils reculent un peu, mais continuent à écouter ; comment pourraient-ils s'en empêcher ? Mike leur montre son dos, faisant face à la radio et au distributeur de billets de loterie.

MIKE : Où êtes-vous, Robbie ? À vous.

66. Int. Robbie, dans sa voiture

Derrière lui, on aperçoit une douzaine de ses concitoyens, dans la rue, qui observent la scène. Ils se sont sensiblement rapprochés, sans cependant oser venir jusqu'à sa hauteur. La porte d'entrée de Martha est toujours ouverte, menaçante.

> ROBBIE : Devant chez Martha Clarendon, sur Atlantic Street ! Où croyez-vous que je pourrais être ? Aux Bahamas ? Je suis... *(Il lui vient une idée géniale.)* J'empêche le type de sortir ! Et maintenant, magnez-vous le train !

Il raccroche le micro, puis se met à farfouiller dans le vide-poche. En-dessous de tout un bazar de cartes, de documents municipaux et d'emballages de hamburgers, il trouve un petit pistolet. Il descend de voiture.

67. Ext. Robbie

> ROBBIE *(s'adressant aux badauds) :* Vous, restez où vous êtes !

Ayant ainsi exercé son autorité, Robbie se tourne vers la maison, pointant son arme sur l'entrée. Il a repris un peu de son savoir-faire de vieux crapaud, mais il n'est pas question pour lui de rentrer de nouveau là-dedans. L'homme qui s'est réfugié dans la maison n'a pas seulement assassiné Martha Clarendon ; il sait où se trouvait Robbie au moment où la mère de celui-ci est morte. Il connaît le nom de Robbie.

Le vent souffle en rafales, repoussant en arrière les cheveux grisonnants de Robbie... et les premiers flocons annonciateurs de la Tempête du Siècle passent en dansant sous son nez.

68. Int. Supermarché Anderson, avec Mike, Hatch, clients

Mike, tenant toujours le micro à la main, se demande ce qu'il doit faire. Au moment où Cat Withers lui retire l'appareil des mains, il prend sa décision.

MIKE *(à Hatch) :* On va encore aller faire un tour, d'accord ?

HATCH : D'accord.

MIKE : Toi et Tess, Cat, vous vous occupez de la boutique. *(Élevant la voix :)* Vous tous, restez ici, et finissez vos courses, entendu ? Vous n'avez rien à faire sur Atlantic Street, et quoi que ce soit, vous saurez bien assez tôt ce qui s'est passé là-bas.

Tout en parlant, il a pris place derrière les caisses. Il tend une main vers :

69. Int. Une étagère, gros plan

Sur l'étagère sont posés un pistolet 38 et des menottes. Mike prend les deux.

70. Int. La caméra se tourne vers Mike

Il met les menottes dans une poche de son blouson et l'arme dans l'autre. Un geste accompli avec précision et rapidité et que ne remarque aucun des badauds aux yeux exorbités. Il n'a cependant pas échappé à Cat et Tess, et cela leur fait prendre conscience de la gravité de la situation : aussi fou que cela puisse paraître, un criminel dangereux rôde sur Little Tall Island.

CAT : Vous voulez que j'appelle vos femmes ?

MIKE : Certainement pas.

Puis il se tourne vers les insulaires, tous malades de curiosité. Si Cat n'appelle pas, l'un d'eux va s'empresser de le faire dès qu'il (ou elle) sera à proximité d'un téléphone.

MIKE : Ouais ; je crois qu'il vaut mieux. Mais dites-leur que nous avons la situation bien en main.

71. Ext. Supermarché Anderson

Mike et Hatch descendent vivement les marches et la caméra les suit jusqu'au véhicule de service. Les flocons de neige tourbillonnent et sont de plus en plus nombreux.

HATCH : La neige est en avance.

Mike s'arrête, une main sur la poignée de la portière. Hatch prend une profonde inspiration et expire lentement.

HATCH : Bon, ouais, d'accord. Allons-y.

Ils montent et le 4 × 4 démarre. Entre-temps, des clients se sont avancés sur le porche ; ils les regardent s'éloigner.

72. Ext. Le mannequin « Robbie Beals »

La petite hélice tourne maintenant à toute allure.

73. Ext. Les quais du port de Little Tall Island

Les vagues viennent briser très haut contre la jetée en projetant de l'écume. Le renforcement de l'amarrage des bateaux et le rangement du matériel laissé d'ordinaire dehors ont bien avancé. La caméra cadre George Kirby (le plus âgé), Alex Haber (la cinquantaine) et Cal Freese (un peu plus de vingt ans). Alex montre l'ouest, c'est-à-dire l'extrémité du quai et au-delà.

ALEX HABER : Regardez donc le continent, les gars !

74. Ext. Le continent, vu des quais

Le continent est à environ six kilomètres et se détache très nettement : on distingue surtout des forêts, dans des tons de gris et de vert.

75. Ext. On revient sur le quai avec Kirby, Haber et Freese

ALEX HABER : Lorsqu'on ne verra plus rien là-bas, ce sera le moment d'aller se planquer. Et quand on ne verra même plus le bout de la jetée, ce sera le moment de prendre son tapis de prière et de descendre dans sa cave.

CAL FREESE *(à George) :* Dis-moi, tonton, tu crois que ça va être vraiment sérieux ?

GEORGE KIRBY : La pire de toutes celles que j'aie jamais vues, j'en ai bien peur. Allez, donne-moi un coup de main. Il reste ces filets. *(Un silence.)* Je me demande si cet imbécile de Beals a la moindre idée de ce qui se prépare...

76. Ext. Atlantic Street, devant la maison de Martha

Cet imbécile de Beals joue toujours consciencieusement les sentinelles, debout devant sa Lincoln, son petit pistolet braqué sur la porte ouverte de la maison de Martha Clarendon. La neige tombe plus dru ; elle couvre les épaules de son manteau comme des pellicules. Cela fait un moment qu'il attend ici.

Un peu plus bas se tient un petit groupe de badauds (qu'ont rejoint Mrs Kingsbury et Davey Hopewell) qui se range de côté pour laisser passer le véhicule municipal. Celui-ci s'arrête à côté de la Lincoln. Mike quitte le volant et descend, Hatch en fait autant de son côté.

HATCH : Veux-tu le fusil ?

MIKE : Je crois qu'il vaut mieux le prendre. Fais gaffe à ce que la sûreté soit mise, Alton Hatcher.

Hatch se penche dans le 4 × 4, farfouille parmi divers objets et réapparaît avec le fusil de chasse à double canon habituellement placé sous le tableau de bord. Il examine ostensiblement la sécurité, puis les deux hommes s'approchent de Robbie. Pendant toute la scène, l'attitude de Robbie vis-à-vis de Mike sera empreinte de mépris et tout se déroulera sur le mode de la confrontation. L'origine de ces sentiments ne sera jamais clairement explicitée, mais leur fondement est sans aucun doute à chercher dans le désir de Robbie de garder tous les pouvoirs entre ses mains.

ROBBIE : Il était temps.

MIKE : Rangez ce truc, Robbie.

ROBBIE : Il n'en est pas question, constable Anderson. Vous faites votre boulot, je fais le mien.

MIKE : Voudriez-vous au moins le baisser, s'il vous plaît ? *(Un silence.)* Voyons, Robbie, vous me le braquez dessus et je sais qu'il est chargé.

À contrecœur, Robbie abaisse le pistolet. Pendant ce temps, Hatch regarde nerveusement la porte ouverte et le déambulateur renversé.

MIKE : Qu'est-ce qui est arrivé ?

ROBBIE : Je me rendais à l'hôtel de ville lorsque j'ai vu Davey Hopewell qui courait au milieu de la rue. *(D'un geste, il indique l'adolescent.)* Il m'a dit que Martha Clarendon était morte, qu'elle avait été assassinée.

Je ne l'ai pas cru, tout d'abord, mais c'est vrai. Elle est... c'est affreux.

MIKE : Vous avez dit que le responsable du meurtre était encore à l'intérieur.

ROBBIE : Oui. Il m'a parlé.

HATCH : Qu'est-ce qu'il vous a dit ?

ROBBIE *(nerveux, mentant) :* De sortir. Je crois qu'il a ajouté qu'il allait me tuer si je ne le faisais pas. Je ne sais plus exactement. Le moment paraissait mal choisi pour le cuisiner.

MIKE : De quoi a-t-il l'air ?

Robbie s'apprête à répondre mais reste la bouche ouverte, indécis.

ROBBIE : Je... c'est à peine si je l'ai vu.

Et pourtant, il l'a vu et bien vu, en réalité... mais il ne s'en souvient pas.

MIKE *(à Hatch) :* Reste sur ma droite. Garde le canon de ton engin tourné vers le sol et laisse la sécurité en place jusqu'à ce que je te dise de l'enlever. *(À Robbie :)* Vous, ne bougez pas d'ici, s'il vous plaît.

ROBBIE : C'est vous le constable.

Il regarde Mike et Hatch s'avancer jusqu'au portail, puis il leur lance :

ROBBIE : La télé est branchée. Assez fort. Si le type se déplace, vous ne l'entendrez peut-être pas.

Mike acquiesce, puis il franchit le portail, Hatch à sa droite. Le groupe de badauds s'est rapproché en douce, pendant ce temps. On les voit maintenant au second plan de l'image. La neige tourbillonne autour d'eux dans le vent violent. L'averse est encore légère, mais va en s'épaississant de minute en minute.

77. Ext. Mike et Hatch, vus du porche

Ils remontent l'allée, Mike tendu (mais maître de lui), Hatch essayant de dissimuler sa peur.

> HATCH : Même s'il y avait un type, il a sans doute fichu le camp par l'arrière de la maison, maintenant, tu ne crois pas ? Elle a une simple barrière d'un mètre cinquante autour de son jardin...

Mike, de la tête, lui fait signe qu'il ne sait pas, puis porte l'index à ses lèvres pour lui faire comprendre de garder le silence. Ils s'arrêtent au pied des marches. Mike enfile les gants qu'il avait dans la poche de son blouson et sort à son tour son arme de service. Il fait signe à Hatch de mettre lui aussi ses gants, et l'adjoint, pour cela, donne son fusil à Mike. Celui-ci en profite pour vérifier à nouveau que la sécurité est bien en place – ce qui est le cas – et lui rend ensuite l'arme.

Ils montent les marches et examinent le déambulateur. Puis ils s'approchent de l'entrée. De là, ils voient les pieds, dans leurs chaussures de vieille dame, qui pointent de l'ombre dans laquelle est plongé le reste du vestibule. Ils échangent un regard consterné. Ils entrent.

78. Int. Vestibule de Martha

La présentatrice météo continue à débiter son laïus.

> LA PRÉSENTATRICE MÉTÉO : On s'attend à ce que les conditions, le long des côtes de la Nouvelle-Angle-

terre, continuent à se dégrader spectaculairement d'ici le coucher du soleil – non pas que nos amis yankees aient la moindre chance de le voir disparaître derrière l'horizon ce soir, j'en ai bien peur. On prévoit des vents de force 9 à 10 Beaufort le long des côtes du New Hampshire et du Massachusetts, et des rafales de plus de 12 Beaufort – c'est-à-dire de la catégorie ouragan – le long des côtes du Maine et sur les îles voisines. Il va se produire une dégradation significative des plages et lorsque la neige va se mettre à tomber, ce sera en quantités de plus en plus astronomiques jusqu'à... eh bien... jusqu'à ce que ça s'arrête. À ce stade, il est encore tout simplement impossible d'évaluer les hauteurs cumulées qui seront atteintes ; disons simplement que le total sera phénoménal. Un mètre ? C'est probable. Un mètre cinquante ? Ce n'est pas impossible. Surtout, restez à l'écoute pour nos prochains bulletins et soyez assurés que nous interromprons nos programmes si les nécessités de l'information l'exigent.

Les deux hommes n'y prêtent pas attention – ils ont des problèmes plus urgents à résoudre. Ils s'agenouillent de part et d'autre de la vieille dame. Mike Anderson affiche une expression sinistre ; il est choqué, mais il tient le coup. Hatch, lui, est sur le point de céder à la panique. Il regarde Mike, pâle, les larmes aux yeux. Il s'exprime dans un murmure à peine audible.

HATCH : Oh, mon Dieu, Mike... Il ne lui reste plus de visage... Elle...

Mike porte une main gantée à la bouche de Hatch et incline la tête en direction du son de la télé. Il y a peut-être quelqu'un qui écoute ; puis il s'incline, par-dessus le corps de la morte, vers son adjoint qui tremble de tous ses membres.

MIKE *(très bas)* : Est-ce que tu vas tenir le coup ? Parce que sinon, je vais prendre le calibre 12 et tu iras retrouver Robbie.

HATCH : Ça va aller.

MIKE : Tu es sûr ?

Hatch acquiesce. Mike l'étudie un instant et décide de lui faire confiance. Il se lève. Hatch aussi, mais il oscille légèrement sur lui-même. Il s'appuie au mur de la main, pour retrouver l'équilibre, et sent quelque chose ; il constate avec stupéfaction et horreur que son gant s'est poissé du sang qui a giclé.

Mike lui indique la direction de la porte donnant sur le séjour – qui est aussi celle du son en provenance de la télé. Hatch rassemble tout son courage et acquiesce. Très lentement, les deux hommes se dirigent vers la porte. (Tout cela, bien entendu, est joué en maintenant un maximum de suspense.)

Ils sont tout près de la porte lorsque le son de la télé s'interrompt brutalement. De l'épaule, Mike, qui frôle le mur, décroche involontairement une gravure, mais Hatch la rattrape avant qu'elle ne tombe bruyamment sur le sol... un geste réflexe dans lequel entre une bonne part de chance. Les deux hommes échangent un coup d'œil tendu et reprennent leur progression.

79. Int. L'encadrement de la porte donnant sur le séjour

Les deux hommes se présentent dans l'encadrement de la porte. Nous les voyons depuis le séjour : Hatch est à gauche et Mike à droite. Ils regardent vers :

80. Int. Séjour, vu par Mike et Hatch

Nous voyons la télé implosée et le fauteuil de Martha. Dépassant du dossier, on aperçoit le sommet du crâne de Linoge. Parfaitement immobile. C'est probablement une tête d'homme, mais il est impossible de dire si le type est en vie.

81. Int. Retour sur Mike et Hatch dans l'encadrement de la porte

Ils échangent un coup d'œil, et Mike fait signe d'avancer. La caméra les suit tandis qu'ils se rapprochent, très lentement, du fauteuil. Au bout de trois pas, Mike fait signe à Hatch de s'écarter de lui. Hatch obéit. Mike avance encore d'un pas (nous voyons maintenant très bien le dossier du fauteuil, en plus des deux hommes), puis s'arrête, alors qu'apparaît une main souillée de sang. Elle se tend au-dessus de la table voisine et prend un biscuit.

> MIKE *(braquant son arme) :* Pas un geste !

C'est exactement ce que fait la main : elle s'immobilise en l'air, tenant le biscuit.

> MIKE : Levez les mains. Les deux mains. Au-dessus du fauteuil. Je veux les voir comme en plein jour. Vous avez deux armes pointées sur vous, et l'une d'elles tire des chevrotines.

Linoge lève les mains. Il tient toujours le biscuit dans la gauche.

Mike fait signe à Hatch de faire le tour du fauteuil par son côté. Pendant que Hatch s'exécute, il en fait de même du sien.

82. Int. Séjour de Martha, cadrage sur le fauteuil

Linoge est resté assis, les mains levées, l'expression calme. Il n'a aucune arme, apparemment, mais les deux hommes réagissent à la vue de son visage et de son manteau, couverts de sang. L'attitude paisible de Linoge contraste fortement avec celle de Mike et Hatch, qui sont aussi tendus que des cordes de guitare. Nous comprenons peut-être ici pour quelle raison les suspects sont parfois tués accidentellement.

> MIKE : Joignez les mains.

Linoge obtempère, les présentant poignet contre poignet, dos à dos.

83. Ext. Devant la maison de Martha

Plusieurs insulaires s'avancent vivement jusqu'à hauteur du coffre de la Lincoln. Parmi eux, une vieille femme du nom de Roberta Coign.

> ROBERTA COIGN : Qu'est-ce qui est arrivé à Martha ?
>
> ROBBIE *(voix proche de l'hystérie) :* Reculez ! reculez ! Nous avons la situation en main !

Il braque de nouveau son pistolet sur la maison, et je crois qu'on peut se demander à juste titre ce qui risque de se passer lorsque Mike et Hatch conduiront leur prisonnier à l'extérieur. Robbie est à deux doigts de faire feu.

84. Int. Séjour de Martha

Gros plan sur les menottes.

> MIKE : S'il fait le moindre geste, tire.

La caméra part en travelling arrière pour inclure Linoge, Mike, Hatch.

> LINOGE *(d'un ton bas, agréable, retenu) :* S'il tire, il nous descendra tous les deux. Ce truc est chargé avec des chevrotines...

Les deux hommes réagissent. Non pas parce que c'est vrai, mais parce que ça pourrait l'être. Bon sang, c'est même Mike qui pourrait se voir transformé en passoire, étant donné la distance à laquelle se trouvent le policier à mi-temps et son adjoint.

LINOGE : Sans compter qu'il a toujours la sécurité en place.

Hatch a une réaction terrifiée : il a oublié la sécurité ! Tandis que Mike manipule maladroitement les menottes pour les glisser aux poignets de Linoge, Hatch enlève tout aussi maladroitement la sécurité. Du coup, il ne braque plus du tout le fusil sur Linoge. On doit comprendre que Linoge pourrait maîtriser ces deux amateurs (courageux mais inexpérimentés) à sa guise... mais qu'il choisit de n'en rien faire. Une fois les menottes en place, Mike recule d'un pas, très soulagé. Il échange un regard plutôt affolé avec Hatch.

LINOGE : Mais vous avez pensé à mettre des gants. Très bien, ça.

Il abaisse la main qui tient le biscuit et se met à le manger, sans se soucier du sang qui poisse encore ses doigts.

MIKE : Debout.

Linoge finit ce qui reste du biscuit et se met docilement sur ses pieds.

85. Ext. Porche de Martha Clarendon

La neige, au-delà du porche, tombe à présent en flocons serrés que le vent pousse presque à l'horizontale. De l'autre côté de la rue, les maisons se perdent dans une sorte de brouillard, comme si on les voyait à travers un voile.

Mike et Linoge sortent côte à côte, Linoge avec les mains menottées à hauteur de la ceinture, spectacle que les nouvelles du soir nous ont rendu familier. Hatch marche derrière eux, le fusil de chasse sous le bras.

Dans la rue, il y a maintenant une douzaine de personnes regroupées derrière la Lincoln de Robbie. Lorsque les trois hommes apparaissent sur le porche, Robbie s'accroupit légèrement et Mike voit le petit pistolet pointé sur eux.

MIKE : Rangez-moi ça !

L'air quelque peu honteux, Robbie s'exécute.

MIKE : Referme la porte, Hatch.

HATCH : Tu crois que c'est une bonne idée ? Tu comprends... en principe, on doit laisser les choses comme elles étaient. C'est la scène du crime et tout...

MIKE : Si on laisse la porte ouverte, il y aura bientôt deux mètres de neige fraîche sur ta scène du crime. Et maintenant, ferme-moi cette porte !

Hatch essaie, mais l'un des pieds chaussés de Martha l'en empêche. Il s'accroupit. Avec une grimace, il déplace le pied de sa main gantée. Puis il se relève et ferme la porte. Il regarde Mike, qui approuve d'un signe de tête.

MIKE : Quel est votre nom, monsieur ?

Linoge le regarde. Un instant, on se demande s'il va répondre. Puis :

LINOGE : André Linoge.

MIKE : Eh bien, suivez-moi, André Linoge. On va marcher un peu.

86. Ext. Linoge, gros plan

Pendant un bref instant, les yeux de Linoge changent. On ne voit plus qu'un tourbillon noir, les iris bleus et le blanc ont disparu. Puis tout redevient normal.

87. Ext. Le porche avec Mike, Hatch et Linoge

Mike cligne des yeux comme s'il essayait de surmonter un bref accès de vertige. Hatch n'a rien remarqué, mais Mike a vu le court changement. Linoge lui sourit comme pour dire : « Ça reste entre nous. » Puis nous voyons Mike reprendre le sens des réalités et il donne une légère bourrade à son captif.

MIKE : Allez, on se bouge un peu !

Ils descendent les marches.

88. Ext. Sur l'allée de béton

Le vent violent chasse la neige devant eux, fouettant leur visage et les faisant grimacer. Le chapeau de Hatch s'envole. Comme l'adjoint le regarde partir, impuissant, Linoge adresse de nouveau à Mike ce regard qui dit qu'ils partagent un petit secret. Mike a plus de mal à s'arracher à ce regard, cette fois... mais il fait néanmoins avancer son prisonnier.

Fondu au noir. Fin de l'acte 3.

Acte 4

89. Ext. Phare de Little Tall Island, crépuscule

Les tourbillons de neige sont si denses que c'est à peine si nous distinguons la silhouette du phare... et bien entendu sa lumière, à chaque fois qu'elle balaie le secteur. Les vagues brisent très haut sur le promontoire rocheux. Le vent hurle.

90. Ext. Godsoe Fish & Lobster, crépuscule

Ce long bâtiment – en partie entrepôt, en partie commerce de détail – est tout au bout du quai. Les vagues brisent sur le quai et l'écume jaillit très haut, venant s'abattre sur le mur et le toit de l'édifice. Sous nos yeux, le vent fait sauter le verrou d'une porte. Le battant se met à cogner violemment contre le montant. À côté, une bâche est arrachée du bateau qu'elle protégeait et disparaît en tourbillonnant dans le crépuscule enneigé.

91. Ext. Maison des Anderson, crépuscule

Un 4 × 4 est garé non loin du panonceau indiquant la maternelle. Les essuie-glaces vont et viennent rapidement, mais la neige s'accumule néanmoins sur le pare-brise. Les phares découpent deux cônes de lumière dans l'air saturé de neige. Le panonceau se balance au bout de sa chaîne. Sur le porche, Molly Anderson tend un Buster Carver et une Pippa Hatcher tout emmitouflés à leurs mères respectives, Angela et Melinda. La caméra se rapproche du porche. Les trois femmes sont obligées de crier pour pouvoir se faire entendre, tant le vent hurle fort.

MELINDA : Tu es sûre que tout va bien à présent, Pip ?

PIPPA : Oui. Don Beals m'a fait de la peine, mais je me sens mieux, maintenant.

MOLLY : Je suis désolée d'avoir dû vous demander de venir plus tôt...

ANGELA CARVER : Pas de problème. D'après la radio, ils vont garder les grands à Machias, au moins pour cette nuit... La mer est trop grosse pour qu'ils reviennent par le ferry.

MOLLY : Ça paraît plus prudent, en effet.

BUSTER : J'ai froid, maman.

ANGELA CARVER : Bien sûr, tu as froid... mais tu vas te réchauffer dans la voiture, mon chéri. *(À Molly :)* Il en reste d'autres ?

MOLLY : Buster et Pippa étaient les derniers. *(À Pippa :)* C'est une sacrée aventure qui t'est arrivée, n'est-ce pas ?

PIPPA : Oui ! Maman, j'ai un bouton qui fait la tête plus petite.

Elle s'appuie sur le nez. Ni Melinda ni Angela ne comprennent mais elles rient. C'est trop mignon – cela, au moins, ne leur échappe pas.

ANGELA CARVER : À lundi, alors... du moins, si les routes sont ouvertes. Dis au revoir, Buster.

Obéissant, Buster fait au revoir de la main. Molly lui rend son au revoir et les deux mères partent, chacune portant son enfant, dans la tourmente qui ne fait qu'empirer. Puis Molly rentre chez elle.

92. Int. Maison des Anderson, vestibule, avec Molly et Ralphie

Il y a un miroir dans la pièce, près de la table du téléphone. Ralphie a tiré une chaise sur laquelle il est monté pour pouvoir examiner la tache de naissance qu'il a sur l'arête du nez. C'est une petite tache rouge, mais elle est en réalité plutôt amusante et ne le défigure pas.

C'est à peine si Molly fait attention à lui. Elle est soulagée de ne pas être dehors, dans la tempête, et encore plus soulagée que les petits dont elle avait la responsabilité soient tous repartis chez eux. Elle chasse la neige restée prise dans ses cheveux, se débarrasse de sa parka qu'elle accroche au portemanteau. Elle regarde en direction des marches, grimace au souvenir de Pippa prisonnière des barreaux et se met à rire.

> MOLLY *(à part soi)* : Le bouton sur le nez...

> RALPHIE *(se regardant toujours dans le miroir)* : Dis, maman, pourquoi j'ai ça ?

Molly s'approche de lui, pose son menton sur l'épaule de l'enfant, et le regarde dans le miroir. Ils forment un joli tableau de « Vierge à l'Enfant », de cette façon. Elle passe un bras devant lui et vient toucher la tache de naissance avec tendresse.

> MOLLY : Ton papa prétend que c'est une petite selle pour les fées. Que ça veut dire que tu es né sous le signe de la chance.

> RALPHIE : Donnie Beals dit que c'est qu'un bouton.

MOLLY : Donnie Beals est un... est un idiot.

Elle grimace brièvement. Ce n'est pas le mot qu'elle aurait employé, probablement, si elle avait exprimé le fond de sa pensée.

RALPHIE : Ça ne me plaît pas, même si c'est une petite selle pour les fées.

MOLLY : Moi, je l'adore... mais si tu ne l'aimes toujours pas quand tu seras grand, on pourra aller à Bangor la faire enlever. On sait le faire, de nos jours.

RALPHIE : Il faudra attendre que j'aie quel âge ?

MOLLY : Dix ans... ça te va ?

RALPHIE : C'est trop long. C'est vieux, dix ans.

Le téléphone sonne. Molly décroche.

MOLLY : Allô ?

93. Int. Le supermarché, avec Cat Withers

Elle est au téléphone, derrière les caisses. Pour l'instant, Tess Marchant est seule pour écluser les clients. La file d'attente est encore passablement longue, même si, avec la tempête qui se lève, il commence à y avoir un peu moins de monde. Ces gens sont ceux qui restent du groupe que l'appel de police pour la maison Clarendon a mis en émoi, un moment auparavant.

CAT : Ah, te voilà enfin ! Cela fait presque dix minutes que j'essaie de te joindre.

94. Int. Vestibule des Anderson, avec Molly et Ralphie

(Tout au long de cette conversation, le metteur en scène choisira les plans comme il le voudra, mais il faudrait que l'on comprenne que Molly censure inconsciemment ses répliques et ne pose pas toutes les questions qu'elle aimerait poser, car les petits enfants ont l'ouïe fine.)

MOLLY : J'étais tout le temps sur le porche, pour rendre les enfants à leurs parents. Je les ai renvoyés chez eux plus tôt. Qu'est-ce qui se passe, Katrina ?

CAT : Eh bien... je ne veux pas te faire peur ni rien, mais il semble bien qu'il y a eu un meurtre sur l'île. La vieille Martha Clarendon. Mike et Hatch y sont allés.

MOLLY : Quoi ? Tu es sûre ?

CAT : Je ne suis sûre de rien du tout, pour le moment. Tu ne peux pas imaginer, ç'a été la folie toute la journée, ici ! Tout ce que je sais, c'est qu'ils y sont allés et que Mike m'a demandé de t'appeler et de te dire qu'ils contrôlaient la situation.

MOLLY : Vraiment ?

CAT : Comment veux-tu que je le sache ? C'est probable... bref, il voulait que je t'appelle avant que n'importe qui le fasse. Si tu vois Melinda Hatcher...

MOLLY : Elle vient juste de repartir d'ici, avec Angie Carver. Elles n'ont pris qu'une voiture. Tu pourras la joindre chez elle d'ici un quart d'heure.

À l'extérieur, le vent se met à mugir soudain plus fort. Molly se tourne vers la fenêtre.

MOLLY : Disons plutôt vingt minutes, peut-être.

CAT : D'accord.

MOLLY : Est-ce qu'il ne pourrait pas s'agir de... d'une blague, d'un canular ?

CAT : C'est Robbie Beals qui a appelé. L'humour n'est pas exactement son fort, non ?

MOLLY : Ouais, je sais.

CAT : Il a dit que l'auteur du crime était encore peut-être sur place. Je ne sais pas si Mike aurait aimé que je te le dise ou non, mais il me semble que tu as le droit de savoir.

Molly ferme un instant les yeux, comme si elle avait mal. Elle a *probablement* mal.

CAT : Molly ?

MOLLY : Je descends au magasin. Si Mike arrive avant moi, dis-lui de m'attendre.

CAT : Je me demande ce qu'il...

MOLLY : Merci, Cat.

Elle raccroche avant que Cat puisse ajouter quelque chose et se tourne vers Ralphie, toujours en train d'étudier sa tache de naissance dans le miroir. Il en est si près que cela le fait loucher de manière charmante. Elle lui adresse un grand sourire auquel seul un gosse de quatre ans peut croire ; l'inquiétude lui embrume le regard.

MOLLY : Et si on descendait au magasin voir papa, mon grand... qu'est-ce que tu en dis ?

RALPHIE : Ouais ! Papa !

Il saute de sa chaise puis s'immobilise, regardant sa mère avec perplexité.

> RALPHIE : Et la tempête ? On n'a que la voiture. Elle dérape sur la neige.

Molly prend le manteau de Ralphie, accroché au portemanteau près de la porte, et se met à l'habiller à toute vitesse, sans se départir un instant de son grand sourire de commande.

> MOLLY : Oh, ce n'est qu'à quatre cents mètres d'ici. Et nous reviendrons avec papa dans la camionnette, car je suis prête à parier qu'il va fermer le magasin dès qu'il fera nuit. Qu'est-ce que t'en dis ?

> RALPHIE : Ouais !

Elle remonte la fermeture Éclair du petit manteau. On voit à cet instant qu'elle est terriblement inquiète.

95. Ext. Devant la maison de Martha

Les conditions météo ne font qu'empirer ; les gens commencent à éprouver des difficultés à tenir debout, contre les bourrasques chargées de neige... mais personne n'est parti. Robbie Beals a rejoint Mike et Hatch. Il tient toujours son petit pistolet à la main, mais comme le prisonnier est menotté, il paraît un peu moins nerveux et pointe l'arme vers le sol.

Mike a ouvert le hayon du 4 × 4. L'arrière du véhicule a été équipé de manière à pouvoir transporter des animaux égarés ou malades. Le plancher est en tôle d'acier sans garniture. Un grillage sépare cette partie du siège arrière. Vissé à une paroi, il y a un réservoir d'eau et un tube.

> HATCH : Tu vas le mettre là-dedans ?

> MIKE : À moins que tu préfères faire la baby-sitter avec lui à l'arrière.

HATCH *(qui a bien compris) :* Montez.

Linoge n'obéit pas tout de suite. Au lieu de cela, il regarde Robbie. Celui-ci ne se sent pas à l'aise.

LINOGE : Souvenez-vous de ce que je vous ai dit, Robbie : l'enfer, c'est la répétition.

Il sourit à Robbie, un sourire complice comme celui qu'il avait adressé auparavant à Mike. Puis il monte à l'arrière du véhicule municipal.

ROBBIE *(nerveux) :* Il raconte des tas d'absurdités. À mon avis, il est fou.

Linoge doit s'asseoir les jambes croisées en tailleur et la tête rentrée dans les épaules, mais cela ne paraît nullement l'affecter. Il sourit toujours et garde ses mains enchaînées entre ses jambes pendant que Mike referme le hayon.

MIKE : Comment se fait-il qu'il connaisse votre nom ? C'est vous qui le lui avez dit ?

ROBBIE *(les yeux baissés) :* Je ne sais pas. Tout ce que je sais, c'est qu'il est cinglé – y a pas d'autre explication. Il ne faut pas être sain d'esprit pour penser à assassiner Martha Clarendon. Je vais vous accompagner au magasin. Vous aider à éclaircir ça. Il va falloir contacter la police d'État...

MIKE : Je sais que cela ne va pas vous faire plaisir, Robbie, mais vous devez me laisser régler cela moi-même.

ROBBIE : C'est moi qui dirige la ville, ici, au cas où vous l'auriez oublié. J'ai des responsabilités...

MIKE : Moi aussi, et nos responsabilités mutuelles sont clairement établies dans le règlement communal.

Pour l'instant, Ursula a bien plus besoin de vous à l'hôtel de ville que j'ai besoin de vous au bureau du constable. Allez, viens, Hatch.

Mike tourne le dos au « patron de la ville », qui est furieux.

ROBBIE : Écoutez ! Je...

Il commence à les poursuivre le long du véhicule, puis se rend compte qu'il vient de se faire humilier devant une douzaine de ses administrés. Mrs Kingsbury se tient tout près, un bras passé autour des épaules de Davey Hopewell, qui a l'air effrayé. Derrière eux, Roberta Coign et son mari regardent Robbie avec une expression neutre qui n'arrive pas à dissimuler tout à fait leur mépris.

Robbie arrête de poursuivre Mike. Il met le revolver dans la poche de son manteau.

ROBBIE *(toujours furieux) :* Vous commencez à avoir la grosse tête, Mike ! Méfiez-vous !

Mike ne fait pas attention à lui. Il ouvre la portière du véhicule de service, côté conducteur. Robbie, les voyant sur le point de faire leur sortie, lance l'ultime flèche que contient son carquois.

ROBBIE : Et sortez-moi le panneau que vous avez posé sur votre foutu mannequin, sur le porche ! Ce n'est pas drôle !

Mrs Kingsbury se met la main devant la bouche pour cacher un sourire narquois. Robbie ne la voit pas – heureusement pour elle, sans doute. Le véhicule municipal démarre et allume ses lumières. Il prend la direction du supermarché et du bureau du constable – le même endroit.

Robbie reste planté là, le dos voûté, fulminant toujours, puis il se tourne vers le groupe de badauds qui a les pieds dans la neige, à présent.

ROBBIE : Qu'est-ce que vous attendez ? Rentrez chez vous ! Le spectacle est terminé !

Il repart à grands pas vers la Lincoln.

96. Ext. Main Street, bas de la rue, dans la neige

Des phares apparaissent dans la blancheur aveuglante et un véhicule finit par se matérialiser derrière. Il s'agit d'une petite voiture légère, n'ayant que deux roues motrices. Elle avance lentement et ne cesse de chasser à droite et à gauche ; il y a déjà au moins dix centimètres de neige fraîche sur la chaussée.

97. Int. Voiture, avec Molly et Ralphie

On devine, par le pare-brise, des lumières qui se détachent de la neige, sur la gauche, ainsi que le long porche d'où pendent les casiers à homards.

RALPHIE : Ouais ! C'est le supermarché !

MOLLY : Oui, on est arrivés.

Elle s'engage dans le parking, sur le devant du magasin. Maintenant qu'elle est là, Molly se rend compte du danger qu'il y avait à circuler dans ces conditions... mais qui aurait pu penser que la neige allait s'accumuler à une telle vitesse ? Elle coupe le moteur et se laisse aller un instant contre le volant.

RALPHIE : Maman ? Ça va, maman ?

MOLLY : Très bien, Ralphie.

RALPHIE : Descends-moi de mon siège, d'accord ? Je voudrais voir papa.

MOLLY : Bien sûr.

Elle ouvre sa portière.

98. Ext. Véhicule de service

Il tourne à gauche au carrefour où se trouvent les feux clignotants et se dirige vers le supermarché à travers la neige de plus en plus épaisse.

99. Int. Véhicule de service avec Mike et Hatch

HATCH : Qu'est-ce qu'on va en faire, Mike ?

MIKE *(sotto voce) :* Parle plus doucement, tu veux ? *(Hatch prend un air coupable.)* On va commencer par appeler la police d'État à Machias. Robbie avait raison sur ce point. Le problème est de savoir si on a une chance qu'ils nous en débarrassent.

Hatch, l'expression dubitative, regarde par la vitre la neige qui tombe en tourbillons serrés. La situation ne cesse de se compliquer, et Hatch n'est pas lui-même un type très compliqué. Ils continuent de parler à voix basse pour que Linoge ne les entende pas.

MIKE : Robbie nous avait dit que la télé était branchée, et je l'ai entendue quand nous étions dans l'entrée. Pas toi ?

HATCH : Au début, oui. La météo. Puis le type a dû... *(Il laisse sa phrase en suspens ; la mémoire lui est revenue.)* Elle était démolie, complètement démolie. Et il ne l'a pas mise en pièces pendant qu'on était dans l'entrée. On ne casse pas une télé comme ça, on aurait entendu un bruit, un son comme wouf ! *(Mike approuve d'un hochement de tête.)* C'était peut-être la radio...

Le ton est presque celui d'une question. Mike ne répond pas. Tous les deux savent que ce n'était pas la radio.

100. Int. Linoge, dans le compartiment réservé aux animaux

Il sourit. On ne voit que la pointe de ses canines. Linoge sait ce qu'ils savent... et ils ont beau parler à voix basse, il les entend.

101. Ext. Vue sur le supermarché dans la neige

Le 4 × 4 municipal dépasse le parking enneigé (la petite voiture de Molly est déjà recouverte d'une mince couche poudreuse) puis s'engage dans une allée latérale qui longe le magasin et le contourne par l'arrière.

102. Ext. L'allée, vue de l'autre bout

Le 4 × 4 avance pesamment vers nous, pleins phares. La caméra part en travelling arrière au moment où le véhicule arrive dans la cour où se trouve le quai servant aux livraisons du magasin. Un panneau donne ces indications : LIVRAISONS SEULEMENT et POUR LE BUREAU DU CONSTABLE, PASSER PAR LE MAGASIN. Le 4 × 4 s'arrête à cet endroit et se présente en marche arrière. Dans une situation de ce genre le quai de livraison est extrêmement pratique – et Mike et Hatch ont une livraison à effectuer.

Ils descendent du 4 × 4 et font le tour du véhicule. Hatch est toujours aussi nerveux, mais Mike a retrouvé tout son sang-froid. Au moment où ils atteignent l'arrière du véhicule :

MIKE : Tu as enlevé la sécurité ?

Hatch paraît tout d'abord surpris, puis coupable. Il enlève le cran de sûreté de son arme. Mike, qui tient lui-même son pistolet à la main, approuve d'un signe de tête.

MIKE : Tu passes devant.

Hatch grimpe les marches qui se trouvent d'un côté du quai de livraison. Une fois en haut, il se retourne, prêt à braquer son fusil.

MIKE : Descendez. Et n'approchez pas de mon... collègue.

Cette façon de s'exprimer comme dans un feuilleton télé lui fait un effet bizarre, mais étant donné les circonstances, le terme de « collègue » lui paraît le plus juste.

Linoge obtempère, et bien qu'étant encore plié en deux, fait montre d'une certaine grâce. Il arbore toujours son petit sourire au coin des lèvres. Hatch recule d'un pas pour lui laisser de la place. Linoge est menotté et lui et Mike sont armés, mais il a toujours peur de l'assassin.

Linoge est maintenant debout à l'extérieur du véhicule, aussi à l'aise dans la neige que s'il était dans son salon. Mike grimpe à son tour les marches du quai, fouillant dans une de ses poches. Il en sort un trousseau de clefs dont il extrait celle qui ouvre la porte arrière du magasin, et la tend à Hatch. Mike garde son arme pointée légèrement vers le bas, mais dans la direction générale de Linoge.

103. Ext. Hatch, devant la porte

Il se penche et introduit la clef dans la serrure.

104. Ext. Linoge, gros plan

Il regarde Hatch avec attention... et nous voyons un bref pétillement noir dans son œil.

105. Ext. Mike, gros plan

Il fronce les sourcils. Aurait-il aperçu quelque chose ? Tout s'est passé trop vite pour qu'on puisse le dire.

106. Ext. La porte sur le quai, gros plan

Hatch tourne la clef dans la serrure ; on entend un claquement sec. Et Hatch se retrouve avec seulement l'anneau dans la main.

107. Ext. Quai de livraison

HATCH : Ah, flûte ! Elle s'est cassée ! Ce doit être ce froid !

Il se met à cogner contre la porte de son poing ganté.

108. Int. Bureau du constable de Little Tall Island

Le local n'est que l'une des anciennes remises du supermarché ; elle contient à présent un bureau, quelques classeurs, un fax, une radio CB, et, sur un mur, un panneau où sont punaisés des avis et des notices. Une cellule a été installée dans un coin. Elle paraît suffisamment solide, mais elle a un côté bricolé – le genre à monter soi-même. Elle n'a pas vocation à détenir quelqu'un bien longtemps et convient à la rigueur pour l'ivrogne du week-end et les fêtards un peu énervés.

Bruit : coups frappés contre la porte.

HATCH *(voix off)* : Hé ! Y a quelqu'un là-dedans ? Y a quelqu'un ?

109. Ext. Le quai de livraison

MIKE : Laisse tomber. Fais le tour et va ouvrir par l'intérieur.

HATCH : Tu me demandes de te laisser seul avec lui dehors ?

MIKE *(sans nervosité apparente) :* À moins que tu rencontres Lois ou Superman qui traînerait dans l'allée.

HATCH : On pourrait le faire passer...

MIKE : Par le magasin ? Avec la moitié de l'île en train de faire ses courses avant la tempête ? Sûrement pas. Allez, vas-y.

Hatch lui adresse un regard dubitatif puis redescend l'escalier.

110. Ext. Devant le supermarché

Dans une neige plus épaisse que jamais, la Lincoln de Robbie Beals arrive dans le parking en faisant quelques embardées. Elle manque de peu d'écharper la petite voiture de Molly. Robbie en descend et se dirige vers le magasin au moment même où Peter Godsoe en sort. Peter, la quarantaine, est un bel homme dans le genre rude gaillard ; il est le père de Sally, la petite fille au T-shirt barbouillé de confiture.

PETER GODSOE : Qu'est-ce qui s'est passé, Beals ? C'est vrai que Martha est morte ?

ROBBIE : Tout à fait morte, oui.

Robbie voit le mannequin avec le panonceau accroché à son cou – MATÉRIEL POUR HOMARDIER « ROBBIE BEALS » AUTHENTIQUE – et il l'arrache avec un ricanement, les sourcils froncés de fureur. Hatch a contourné l'angle du bâtiment juste à temps pour être témoin de ce geste et a une réaction. Peter Godsoe suit Robbie à l'intérieur, pour voir ce qui va se passer, et Hatch entre à son tour derrière eux.

111. Int. Supermarché

Il règne une grande animation dans le magasin. On remarque en particulier Molly Anderson qui parle avec Cat ; mais elle s'inquiète surtout du sort de Mike. On voit Ralphie qui s'est avancé dans une allée et contemple d'un œil gourmand les céréales au sucre.

> MOLLY *(voyant Hatch entrer) :* Où est Mike ? Il va bien ?

> HATCH : Parfaitement bien. Il est dehors avec le prisonnier. Je vais simplement les faire entrer.

Plusieurs personnes se sont rapprochées.

> PETER GODSOE : Il est de l'île ?

> HATCH : C'est la première fois de ma vie que je vois ce type.

Beaucoup de manifestations de soulagement devant cette information. Certains essaient de soutirer davantage de détails à Hatch, mais Molly ne fait pas partie du lot – plus vite Hatch aura fait son travail, plus vite elle retrouvera son mari. Hatch doit forcer son chemin pour remonter l'allée centrale, mais prend le temps d'ébouriffer les cheveux de Ralphie au passage. Ralphie lui adresse un sourire affectueux.

Robbie tient toujours le panonceau qu'il tape avec colère contre sa cuisse. Molly le remarque et a une brève grimace.

112. Ext. Quai de livraison, avec Mike et Linoge

Les deux hommes se tiennent face à face dans les bourrasques de neige. Il y a quelques instants de silence. Puis :

LINOGE : Donnez-moi ce que je veux, et je m'en irai.

MIKE : Et qu'est-ce que vous voulez ?

Linoge se contente de sourire, ce qui fait un effet désagréable à Mike, même s'il s'en défend.

113. Int. Bureau du constable, avec Hatch

Il entre, la mine affairée, et va vivement jusqu'à la porte donnant sur le quai. Il tourne le verrou et essaie d'ouvrir, mais la porte lui résiste toujours. Il pousse plus fort, puis encore plus fort. Rien à faire. En dernier ressort, il se jette contre le battant de tout son poids. En vain. À croire que la porte a été coulée dans du béton.

HATCH : Mike ?

MIKE *(voix off)* : Grouille-toi, mon vieux ! On se gèle, là dehors.

HATCH : Je n'arrive pas à l'ouvrir ! Elle est bloquée !

114. Quai de livraison, avec Mike et Linoge

Mike est au comble de l'exaspération ; tout est allé de travers pendant cette opération, on dirait des manœuvres organisées par les Ruskoffs. Linoge affiche toujours son petit sourire narquois. Pour lui, tout va parfaitement bien.

MIKE : Tu as tourné le verrou ?

HATCH *(mortifié)* : Évidemment !

MIKE : Eh bien, enfonce-la ! De la glace a dû se former entre le battant et le chambranle !

115. Int. Bureau du constable, avec Hatch

Robbie est venu s'encadrer dans la porte donnant sur le magasin ; il observe la scène avec une expression de mépris non déguisée. Hatch roule des yeux, sachant parfaitement bien que la porte n'est pas gelée ; il a déjà essayé de l'enfoncer. Malgré tout, il recommence encore deux fois. Robbie traverse la pièce et jette au passage le panonceau sur le bureau du constable. Hatch se tourne vers lui, surpris. Robbie, qui est plus corpulent que Hatch, le repousse sans ménagement pour qu'il s'écarte.

ROBBIE : Laissez-moi essayer.

Il se jette sur la porte à plusieurs reprises, mais il perd au fur et à mesure son expression confiante. Hatch l'observe avec une satisfaction qu'il se garde bien d'afficher mais que l'on peut comprendre. Robbie abandonne, se frottant l'épaule.

ROBBIE : Anderson ! Vous allez être obligé de faire le tour et de passer par l'intérieur !

116. Ext. Quai de livraison, avec Mike et Linoge

Mike roule des yeux, très agacé : Beals est dans le bureau du constable et se mêle une fois de plus de ce qui ne le regarde pas. C'est vraiment de mieux en mieux.

MIKE : Hatch !

HATCH : Ouais ?

MIKE : Reviens par ici. Seul.

HATCH : Tout de suite.

Mike reporte son attention sur Linoge.

MIKE : Cela va prendre un tout petit peu plus de temps. Restez tranquille.

LINOGE : Rappelez-vous ce que je vous ai dit, Mr Anderson. Et lorsque le moment sera venu... nous parlerons.

Il sourit.

117. Ext. Main Street, Little Tall Island, tombée du jour

La silhouette des maisons et les vitrines des magasins se brouillent, prenant des allures fantomatiques dans la tempête qui fait maintenant rage.

118. Ext. Le brise-lames et le phare

D'énormes lames viennent se briser sur les rochers. L'écume jaillit haut dans le ciel. C'est sur cette image que se fait le fondu au noir.

Fin de l'acte 4.

Acte 5

119. Ext. Supermarché, tombée du jour

Dans des conditions épouvantables qui font que le moindre déplacement devient un sérieux problème, Mike, Hatch et Linoge débouchent de l'allée et se dirigent laborieusement vers le porche accédant au supermarché. C'est Linoge qui ouvre la marche. Il lève la tête et il sourit.

120. Ext. Toit du supermarché

On voit une parabole et un jeu d'antennes radio, celles qui servent aux différents systèmes de transmission qui sont dans le magasin. La plus haute de ces antennes radio se rompt dans un bruit de craquement et roule sur le toit.

121. Ext. Supermarché, avec Mike, Hatch et Linoge

HATCH *(avec une grimace)* : Qu'est-ce qui se passe ?

MIKE : L'antenne, sans doute. T'occupe pas, pour le moment. Avance.

Hatch monte les marches en restant prudemment éloigné de Linoge.

122. Ext. Hôtel de ville

Bruit : on entend un craquement identique.

123. Int. Bureau de l'hôtel de ville, avec Ursula

Elle est branchée sur la radio ; l'appareil est posé sur une table en dessous de l'affiche concernant les consignes de sécurité en cas de tempête. Un chuintement puissant d'électricité statique monte de la radio.

> URSULA : Rodney ? Vous m'entendez, Rodney ? À vous, parlez... Rodney ?

Rien. Après deux ou trois autres essais infructueux, Ursula raccroche le micro et regarde l'appareil devenu inutilisable, l'air dégoûté.

124. Int. Supermarché

Hatch entre, couvert de neige. Les clients ont une réaction inquiète à la vue du fusil. Jusque-là, il l'avait porté canon pointé vers le sol ; à présent, il le tient appuyé à son épaule, braqué sur le plafond, comme Steve McQueen dans *Au nom de la loi*. Hatch regarde les gens autour de lui.

> HATCH : Mike m'a demandé de vous faire reculer des deux côtés. Compris ? On ne veut personne dans l'allée centrale. On a un prisonnier qui est une vraie brute et on n'a pas pu passer par l'arrière pour le faire entrer, comme on aurait préféré. Alors vous allez vous écarter. Il nous faut un peu d'espace.

> PETER GODSOE : Pourquoi il l'a tuée ?

> HATCH : Reculez, un point c'est tout, Pete ! Mike est debout dans la neige à poireauter, et il doit commen-

cer à se les geler ! On se sentira tous beaucoup mieux quand ce type sera derrière les barreaux. Allez ! Reculez ! Reculez !

Les clients se séparent en deux groupes, laissant le centre du supermarché dégagé. Peter Godsoe et Robbie Beals sont avec le groupe qui s'est rabattu vers la gauche (en regardant vers le fond du supermarché) ; Molly est dans l'autre, avec Cat et Tess Marchant, qui s'est éloignée de sa caisse.

Hatch étudie la disposition des gens, conclut que ça devrait aller – faudra bien. Il va à la porte, l'ouvre et fait un geste.

125. Ext. Le porche, avec Mike et Linoge

Linoge entre le premier, tenant ses mains menottées à hauteur de la taille. Mike est sur le qui-vive, prêt à tout... c'est du moins ce qu'il espère, sans aucun doute.

> MIKE : Pas le moindre geste brusque, Mr Linoge. Je ne plaisante pas.

126. Int. Supermarché, Hatch en premier plan

Hatch abaisse son arme et la tient braquée, un doigt sur la détente. Linoge, lui aussi couvert de neige, les sourcils encroûtés de givre, entre à son tour. Mike le suit de près, le revolver pointé sur le dos de son prisonnier.

> MIKE : Prenez l'allée centrale. Et tout droit.

L'assassin de Martha, cependant, s'arrête un instant ; son regard parcourt les différents groupes d'insulaires, qui ont tous des mines effrayées. C'est un moment d'une très grande intensité. Linoge a tout d'un tigre échappé de sa cage. Son dompteur est là (ses dompteurs, si l'on compte Hatch), mais lorsqu'il s'agit de tigre, seuls les barreaux – des barreaux solides et nombreux – sont sûrs. Et Linoge n'a pas l'air d'un prisonnier – ne se comporte pas comme un prisonnier. Il fixe les habitants de Little Tall Island de son regard brillant. Les gens l'observent, à la fois fascinés et effrayés.

MIKE *(le poussant de son arme) :* Allez, avancez !

Linoge fait quelques pas et s'arrête. Il se tourne vers Peter.

LINOGE : Peter Godsoe ! Mon marchand de poisson préféré qui se tient épaule contre épaule avec mon politicien préféré !

Peter marque le coup, surpris de se faire appeler par son nom.

MIKE *(le poussant de son arme) :* Avancez ! Tout de suite ! Qu'on en...

LINOGE *(l'ignorant) :* Alors, ça marche, le commerce du poisson ? Pas fameux, hein ? Heureusement que vous avez cette petite affaire de marijuana pour vous rattraper. Combien de ballots avez-vous de planqués dans le fond de votre entrepôt, en ce moment ? Dix ? Vingt ? Quarante ?

Peter Godsoe réagit violemment. Le coup a porté. Robbie Beals s'éloigne de son ami, comme s'il avait peur de la contagion. Et pendant un instant, Mike est trop abasourdi pour faire taire Linoge.

LINOGE : Vous avez intérêt à vérifier qu'ils sont bien emballés, Pete. La tempête va atteindre son maximum au moment de la marée haute, cette nuit. Ça va être l'enfer...

Mike donne une grosse bourrade à Linoge sur l'épaule. Le prisonnier trébuche mais reprend facilement l'équilibre. Cette fois-ci, c'est sur Cat Withers qu'il fixe son regard brillant.

LINOGE *(comme s'il saluait une vieille amie) :* Tiens, Cat Withers !

Elle grimace comme s'il l'avait giflée. Molly passe un bras autour des épaules de la jeune femme et regarde Linoge avec crainte et méfiance.

> LINOGE : Vous avez l'air en forme... mais ça se comprend. C'est une simple petite formalité de nos jours, rien de plus.

> CAT *(morte d'angoisse) :* Fais-le taire, Mike !

Mike pousse à nouveau Linoge ; mais cette fois-ci, l'assassin ne bouge pas. Il est aussi inébranlable que... eh bien, aussi inébranlable que la maudite porte donnant sur l'arrière.

> LINOGE : Alors comme ça, on est allé à Derry pour régler la question, n'est-ce pas ? Je suppose que vous n'en avez pas encore parlé à vos parents... ni à Billy ? Non ? Mon conseil serait de le faire. Une petite prise de bec, et on n'en parlera plus...

Cat enfouit son visage dans ses mains et se met à sangloter. Les insulaires la regardent avec diverses expressions : choquées, perplexes, horrifiées. L'un d'eux paraît complètement estomaqué. Billy Soames, vingt-trois ans environ, porte un tablier rouge. Il est le fils de Betty Soames, et c'est l'homme à tout faire et le gardien du supermarché. Il est le petit ami de Cat depuis toujours, et c'est maintenant qu'il apprend qu'ils ont eu un enfant et comment Cat s'en est débarrassée.

Mike appuie le canon de son arme contre la nuque de Linoge et relève le chien.

> MIKE : Avance, ou je vais te faire avancer à ma façon.

Linoge s'engage dans l'allée centrale. Il ne craint pas le canon appuyé contre sa nuque ; il en a simplement terminé, pour le moment.

127. Int. Près des caisses, avec Molly et Cat

Cat sanglote de façon hystérique ; Molly la tient toujours par les épaules. Tess Marchant regarde tour à tour la jeune femme en pleurs et Billy Soames. Tout d'un coup, Molly est prise d'inquiétude.

MOLLY : Où est Ralphie ?

128. Int. Allée centrale, Linoge et Mike, Hatch en arrière

Tandis que le groupe approche de l'extrémité de l'allée, Ralphie surgit soudain, tenant une boîte de ses céréales préférées à la main.

RALPHIE : Maman ! Maman ! On peut les prendre ?

Sans la moindre hésitation, Linoge se penche, attrape l'enfant par les épaules et le fait pivoter. Le fils de Mike se retrouve brusquement entre Linoge et le revolver de Mike. L'enfant est devenu un otage. Mike, pris au dépourvu, est tout d'abord choqué, puis saisi d'une peur effrayante qui lui tord les boyaux.

MIKE : Posez-le ! Ou bien...

LINOGE *(souriant, riant presque) :* Ou bien quoi ?

129. Int. Près des caisses, avec Molly

Elle se désintéresse complètement de Cat et se précipite vers l'allée centrale afin de voir ce qui se passe. Un habitant de l'île, Kirk Freeman, tente de s'interposer.

MOLLY : Laisse-moi, Kirk !

Elle le repousse de toutes ses forces et il la lâche. Lorsqu'elle voit que Linoge tient Ralphie, elle a un hoquet bruyant et porte la main à sa bouche.

Mike lui fait signe de rester où elle se trouve sans même quitter Linoge des yeux. Les clients du supermarché commencent à se rassembler derrière Molly et suivent intensément la confrontation.

130. Int. Allée centrale, Linoge et Ralphie, gros plan

Linoge rapproche Ralphie de lui de façon que leurs deux fronts se touchent et qu'ils puissent se regarder intimement dans les yeux. Ralphie est encore trop jeune pour avoir peur. Il observe ce regard de tigre brillant, souriant et intéressé avec une sorte d'intérêt fiévreux.

> LINOGE : Je te connais.

> RALPHIE : Ah oui ?

> LINOGE : Tu t'appelles Ralph Emerick Anderson. Et je suis au courant d'autre chose.

Ralphie est fasciné ; il n'entend pas Hatch verrouiller une cartouche dans son fusil, il ne se rend pas compte que le supermarché vient de se transformer en un baril de poudre dont il est le détonateur. Il est fasciné, presque hypnotisé par Linoge.

> RALPHIE : Quoi ?

Linoge pose un baiser léger et rapide sur le nez de Ralphie.

> LINOGE : Tu as une petite selle pour les fées !

> RALPHIE *(ravi) :* C'est comme ça que dit mon papa !

> LINOGE : Tiens, pardi ! Justement, à propos de ton papa...

Il repose le garçonnet mais il en est si proche, pendant un instant, que Ralphie est encore effectivement son otage. Ralphie voit alors les menottes.

RALPHIE : Pourquoi t'as ça ?

LINOGE : Parce que j'ai eu envie de les porter. Va. Va voir ton papa.

Il fait pivoter l'enfant et lui donne un léger coup sur les fesses. Ralphie voit son père et son visage s'éclairer d'un sourire. Mais à peine a-t-il le temps de faire un pas que Mike s'empare de lui et le prend dans ses bras. Ralphie voit le pistolet.

RALPHIE : Dis, papa, pourquoi tu as...

MOLLY : Ralphie !

Elle court jusqu'à lui, effleurant Hatch au passage et faisant tomber toute une pile de boîtes de conserve qui roulent sur le sol. Elle prend son fils des bras de Mike et le serre frénétiquement contre elle. Mike, bouleversé et désarçonné (qui ne le serait à sa place ?), reporte son attention sur Linoge qui a retrouvé son sourire narquois et vient de disposer de neuf milliards de chances de prendre la fuite.

RALPHIE : Pourquoi papa a mis le monsieur en joue avec son revolver ?

MIKE : Emporte-le d'ici, Molly.

MOLLY : Qu'est-ce que tu...

MIKE : *Emporte-le d'ici, je te dis !*

Elle marque le coup, peu habituée à entendre Mike crier, et bat en retraite, avec Ralphie dans ses bras, en direction des gens massés timidement à l'extrémité de l'allée. Elle met le pied sur une boîte de conserve et perd l'équilibre, mais Kirk Freeman la rattrape à temps. Ralphie, qui regardait son papa par-dessus l'épaule de sa mère, commence à avoir peur.

RALPHIE : Le tue pas, papa, il connaît la selle des fées !

MIKE *(davantage pour Linoge que pour Ralphie) :* Je ne vais pas le tuer. Pas s'il accepte d'aller bien sagement là où je veux qu'il aille.

Il a un mouvement de tête vers le bout de l'allée. Linoge sourit et acquiesce, comme s'il disait : « Bien sûr, puisque vous insistez », et part dans cette direction, tenant toujours ses mains menottées devant lui. Hatch rattrape Mike.

HATCH : Qu'est-ce qu'on va en faire ?

MIKE : Le boucler, pardi ! Quoi d'autre ?

Il est terrifié, honteux, soulagé – tout ce que vous voudrez : Mike éprouve tout cela. Hatch se rend plus ou moins compte de ce que ressent son patron et, gêné, lui laisse un peu de champ. Mike suit Linoge.

131. Int. La boucherie et la porte du bureau du constable

Au moment où Linoge et Mike arrivent à l'extrémité de l'allée, Linoge tourne à gauche, en direction du poste de police, comme s'il connaissait les lieux. Mike suit, Hatch sur les talons. C'est alors que Billy Soames surgit de l'allée 1. Il est trop en colère pour avoir peur et avant que Mike ait eu le temps de s'interposer, il attrape Linoge et le jette contre le comptoir de la boucherie.

BILLY SOAMES : Qu'est-ce que tu racontes sur Katrina ? Et comment serais-tu au courant ?

Mike en a assez. Il saisit Billy par sa chemise et l'expédie contre un rayon d'herbes aromatiques et de préparations pour poissons. Billy le heurte brutalement et s'étale.

MIKE : Qu'est-ce qui te prend, Billy ? Tu es cinglé, ma parole ! Cet homme est un tueur ! Ne te mets pas sur son chemin ! Ni sur le mien, par la même occasion !

LINOGE : Et fais un peu de toilette, tant que tu y es.

Nous apercevons une fois de plus ce pétillement noirâtre dans ses yeux.

132. Int. Billy, gros plan

Il reste tout d'abord assis là où il a atterri, tournant un regard interrogatif vers Linoge. Puis il se met à saigner du nez. Il sent quelque chose, porte la main à son visage et voit, incrédule, qu'il a du sang sur les doigts.

Cat remonte l'allée en courant jusqu'à lui et s'agenouille à son côté. Elle voudrait l'aider, voudrait faire quelque chose, vraiment faire quelque chose qui puisse dissiper cette expression de surprise et de colère blessée qu'il a sur le visage. Mais Billy ne veut rien savoir. Il la repousse.

BILLY SOAMES : Fiche-moi la paix !

Il se remet lourdement sur ses pieds.

133. Int. La boucherie, angle plus large

LINOGE : Avant qu'il ne se mette à vous faire la morale, Katrina, demandez-lui donc jusqu'à quel point il connaît Jenna Freeman.

Billy grimace, abasourdi.

134. Int. Kirk Freeman, dans l'allée centrale

KIRK FREEMAN : Qu'est-ce que vous savez sur ma sœur, vous ?

135. Int. Retour au comptoir boucherie

LINOGE : Que lorsqu'il fait chaud, il n'y a pas que sur les chevaux qu'elle aime monter. N'est-ce pas, Billy ?

Cat regarde Billy, touchée. Le jeune homme s'essuie le nez du revers de la main et regarde partout, sauf vers Cat. Sa colère et son attitude moralisante ont laissé la place à une sorte de furtivité cauteleuse. Son expression signifie clairement qu'il n'a qu'une envie, ficher le camp d'ici. Mike, lui, a l'air incrédule de celui qui n'arrive pas à croire que la situation soit devenue aussi délirante.

MIKE : Écarte-toi de cet homme, Cat. Et toi aussi, Billy.

Elle ne bouge pas. Peut-être n'a-t-elle même pas entendu. Des larmes coulent sur ses joues. D'une main, Hatch la repousse délicatement pour l'éloigner de la porte marquée BUREAU DU CONSTABLE. Mais il la dirige involontairement vers Billy, et l'un et l'autre ont un mouvement de recul.

HATCH *(gentiment) :* Faut pas que tu restes à sa portée, mon chou.

Elle passe d'un pas mal assuré devant Billy (qui ne fait pas un geste pour l'arrêter), et part vers le devant du magasin. Mike, entre-temps, est allé prendre sur une étagère un paquet de sachets en plastique – de ceux dont on se sert pour mettre des restes de côté. Puis il appuie le canon de son arme entre les omoplates de Linoge.

MIKE : Allez, avancez.

136. Int. Bureau du constable

Le vent est devenu très violent, impressionnant ; il hurle comme le sifflet d'une locomotive. On entend les bardeaux claquer et les planches grincer.

La porte s'ouvre. Linoge entre, suivi de Mike et Hatch. Linoge se dirige vers la cellule, puis s'arrête alors qu'une rafale particulièrement violente secoue le bâtiment et le fait trembler sur ses fondations. De la neige passe par-dessous la porte donnant sur le quai de livraison.

> HATCH : Je n'aime pas trop ce bruit.

> MIKE : Avancez, Mr Linoge.

En passant devant le bureau, Mike dépose le paquet de sachets en plastique et prend un gros cadenas à combinaison multiple. Il choisit une clef sur son trousseau, regardant un instant, consterné, celle qui s'est cassée un peu plus tôt. Il tend les clefs et le cadenas à Hatch. Les deux hommes échangent aussi leurs armes. Au moment où ils atteignent la cellule :

> MIKE : Levez les bras bien haut et tenez-vous aux barreaux. *(Linoge s'exécute.)* Maintenant, écartez les jambes. *(Linoge s'exécute.)* Plus largement. *(Linoge s'exécute.)* Je vais vous fouiller, à présent, et si vous bougez, mon excellent ami Alton Hatcher nous épargnera beaucoup d'ennuis et de soucis.

Hatch déglutit, mais pointe néanmoins le pistolet.

> MIKE : Ne tressaillez même pas, Mr Linoge. Vous avez posé vos sales pattes sur mon fils et vous avez donc intérêt à ne même pas tressaillir.

Mike glisse une main dans les poches du caban de Linoge et en ressort les gants jaunes. Ils sont souillés du sang de Martha. Mike a une grimace de dégoût et les jette sur le bureau. Il fouille encore dans les poches de la veste, mais n'y trouve rien. Il retourne alors les poches de devant, sur le jean de son prisonnier. Vides. Il fait de même avec les poches revolver. Il n'y trouve que des débris de fil. Il enlève alors la casquette de marin de la tête de Linoge, examine l'intérieur, n'y trouve rien, et la jette sur le bureau, avec les gants.

MIKE : Où est votre portefeuille ? *(Linoge ne répond pas.)* Je vous demande où est votre portefeuille.

Mike frappe Linoge à l'épaule, une première fois presque amicalement, plus durement la deuxième. Toujours aucune réaction.

MIKE : Alors ?

HATCH *(mal à l'aise) :* Calme-toi, Mike.

MIKE : Ce type a posé ses sales pattes sur mon fils, il s'est mis front contre front avec lui, il lui a embrassé le nez, alors ne viens pas me dire de rester calme. Où est votre portefeuille, monsieur ?

Mike envoie une forte bourrade à Linoge, qui va s'écraser contre les barreaux, mais sans les lâcher ni quitter sa position, jambes écartées.

MIKE : Où est votre portefeuille ? Où sont vos cartes de crédit ? Votre carte de donneur de sang ? Votre carte de réduction dans les grands magasins ? Par quels égouts êtes-vous passé pour arriver ici, hein ? Répondez-moi !

Toute sa frustration, sa colère, sa peur et son humiliation sont sur le point d'exploser. Il prend Linoge par les cheveux et lui frappe la tête contre les barreaux.

MIKE : Où est votre portefeuille ?

HATCH : Mike...

Mike frappe à nouveau la tête de Linoge contre les barreaux. Il est sur le point de recommencer, lorsque Hatch le prend par le bras.

HATCH : Arrête ça, Mike !

Mike s'arrête, prend une profonde inspiration et retrouve plus ou moins le contrôle de lui-même. Dehors, le vent hurle, et on entend au loin le bruit du ressac.

MIKE *(respirant fort)* : Enlevez vos bottes.

LINOGE : Je vais être obligé de lâcher les barreaux. Elles ont des lacets.

Mike s'agenouille. Prend le fusil. Coince la crosse sur le sol et le canon en plein milieu du fond du pantalon de Linoge.

MIKE : Si vous bougez, monsieur, vous n'aurez plus jamais de problèmes de constipation.

Hatch paraît de plus en plus effrayé. Il y a là un côté de son chef qu'il n'avait jamais soupçonné (et il se serait bien passé de le connaître). Mike, entre-temps, délace les bottes de Linoge. Puis il se relève, reprend le fusil et recule d'un pas.

MIKE : Débarrassez-vous-en. D'une secousse.

Linoge s'exécute. Mike adresse un signe de tête à Hatch, qui se penche (non sans garder un œil inquiet sur Linoge en même temps) et ramasse les bottes. Il en tâte l'intérieur, puis les retourne et les secoue.

HATCH : Rien.

MIKE : Balance-les sur le bureau.

Hatch obéit.

MIKE : Entrez dans la cellule, Mr Linoge. Pas de gestes précipités. Je veux voir vos mains en permanence.

Linoge ouvre la porte de la cellule et la fait jouer une ou deux fois sur ses gonds avant d'entrer. La porte grince et n'est pas tout à fait droite lorsqu'elle est grande ouverte. Du bout des doigts, Linoge touche quelques soudures. Il sourit.

> MIKE : Si vous vous imaginez qu'elle va céder, détrompez-vous.

Mike, cependant, n'a pas l'air entièrement convaincu et Hatch encore moins. Linoge entre et va s'asseoir sur la banquette du fond, face à la porte. Il s'installe jambes repliées contre son buste, les pieds (il porte des chaussettes de sport) appuyés sur le rebord de la banquette, et nous regarde par-dessus ses genoux. Il va rester dans cette posture pendant un certain temps. Ses bras retombent mollement. Il n'a pas tout à fait perdu son sourire. Si l'on voyait quelqu'un nous regarder de cette façon, on n'aurait probablement qu'une envie, prendre la fuite. C'est le regard du tigre en cage : très calme, sur le qui-vive, mais intense de violence contenue.

Mike referme la porte de la cellule et Hatch verrouille le cadenas avec la clef. Cela fait, il secoue la porte. D'accord, elle est fermée, ce qui n'empêche pas Mike et Hatch d'échanger un regard inquiet. Cette porte est aussi branlante que la dernière dent dans la bouche d'un vieillard. C'est une cellule bonne pour les Sonny Brautigan et ceux de son espèce ; Sonny a la mauvaise habitude, quand il est ivre, de briser les vitres de la maison de son ex-femme à coups de pierre... Mais pas une cellule pour un inconnu dépourvu de toute pièce d'identité et capable de battre à mort une veuve âgée.

Mike va jusqu'à la porte donnant sur le quai, regarde le verrou et essaie la poignée. Le battant s'ouvre sans difficulté, laissant passer une bouffée de vent glacial accompagnée d'un tourbillon de neige. Hatch en reste bouche bée.

> HATCH : Je te jure qu'elle ne voulait pas bouger, Mike !

Mike referme la porte. Au moment où il en finit avec ça, Robbie Beals entre dans la pièce. Il va jusqu'au bureau et tend la main vers l'un des gants.

MIKE : N'y touchez pas !

ROBBIE *(retire la main) :* Avait-il une pièce d'identité sur lui ?

MIKE : Je vous demande de sortir d'ici.

Robbie ramasse le panonceau humoristique et le secoue en direction de Mike.

ROBBIE : Il y a quelque chose que je tiens à vous dire, Anderson : votre sens de l'humour est vraiment...

Hatch – c'est lui qui a placé le panonceau autour du cou du mannequin – paraît gêné. Aucun des deux autres ne semble s'en apercevoir. Mike arrache le fichu machin des mains de Robbie et le jette dans la corbeille à papiers.

MIKE : Je n'ai ni le temps ni l'envie de m'occuper de ces âneries. Sortez avant que je vous flanque dehors.

Robbie le regarde et se rend compte que Mike est on ne peut plus sérieux. Il bat en retraite vers la porte.

ROBBIE : Au prochain conseil municipal, il y aura sans doute quelques petits changements parmi ceux qui sont chargés de faire respecter la loi sur Little Tall Island.

MIKE : Cette réunion aura lieu en mars. Nous sommes en février. Et maintenant, fichez le camp.

Robbie s'en va. Mike et Hatch restent un instant sans bouger, puis Mike laisse échapper un profond soupir. Hatch paraît soulagé.

MIKE : On peut dire que j'ai mené cette affaire rondement, n'est-ce pas ?

HATCH : Un vrai diplomate.

Mike prend une profonde et réconfortante inspiration. Il ouvre les sachets en plastique. Pendant l'échange qui suit avec Hatch, il met les gants ensanglantés dans deux sachets et la casquette dans un troisième.

MIKE : Bon, il faut que j'aille...

HATCH : Tu vas me laisser seul avec lui ?

MIKE : Essaie de contacter la police d'État à Machias. Et reste loin de la cellule.

HATCH : Je dois dire que tu peux compter là-dessus.

137. Int. Arrière du supermarché, près de la boucherie

Deux bonnes douzaines de personnes sont massées dans les allées ; elles regardent en direction de la porte donnant sur le bureau du constable avec des expressions partagées entre l'espoir et la crainte. Sur un côté, on voit Robbie, fulminant et écarlate. Deux membres de sa famille viennent de le rejoindre : sa femme Sandra et son charmant rejeton, que Sandra a récupéré quelque temps auparavant à la maternelle. Au premier plan de la foule se tient Molly, avec Ralphie dans les bras. Lorsque la porte s'ouvre et qu'elle voit Mike en sortir, elle se précipite vers lui. Mike passe un bras rassurant autour de ses épaules.

RALPHIE : Tu lui as pas fait mal, papa, dis ?

MIKE : Non, mon poussin. Je l'ai juste mis sous les verrous.

ROBBIE : Dans la prison ? Tu l'as mis dans la prison ? Qu'est-ce qu'il a fait, le monsieur ?

MIKE : Pas maintenant, Ralphie.

Il dépose un baiser sur la selle aux fées de Ralphie et se tourne vers les personnes rassemblées.

> MIKE : Peter ! Peter Godsoe !

Les gens regardent autour d'eux en murmurant. Après un instant d'hésitation, Peter Godsoe se fraie un chemin jusque sur le devant du groupe ; il paraît gêné et irrité – mais aussi un peu effrayé.

> PETER GODSOE : Au sujet de ce que ce type a dit, Mike, c'est un ramassis d'énormités sans...

> MIKE : Oui-oui. Va retrouver Hatch. On va surveiller ce type et je vais organiser des quarts. Si tu veux bien commencer...

> PETER GODSOE *(immensément soulagé)* : D'accord. Je demande pas mieux.

Il entre dans le bureau du constable. Mike, tenant toujours Molly par les épaules, fait face à ses voisins.

> MIKE : J'ai bien peur d'être obligé de fermer le magasin, les amis. *(Quelques murmures.)* Vous n'avez qu'à emporter ce que vous avez pris ; je vous fais confiance, nous réglerons ça après la tempête. Pour l'instant, je dois m'occuper de mon prisonnier.

Une femme d'âge moyen, à l'expression inquiète, Della Bissonette, s'avance d'un ou deux pas.

> DELLA : C'est vrai que cet homme a tué cette pauvre Martha ?

Nouveaux murmures, trahissant de la peur ou de l'incrédulité. Molly regarde son mari, tendue. On a l'impression, aussi, qu'elle aimerait bien que Ralphie devienne temporairement sourd.

MIKE : Le moment venu, vous saurez tout, mais pas pour le moment. Je vous en prie, Della, et vous tous, aidez-moi à faire mon boulot. Prenez vos affaires et rentrez chez vous avant que la tempête ne s'aggrave encore. Je vais demander à quelques-uns des hommes de rester un peu plus longtemps. Kirk Freeman... Jack Carver... Sonny Brautigan... Billy Soames... Johnny Harriman... Robbie... ça ira pour commencer.

Les hommes interpellés s'avancent pendant que le reste du groupe se disperse. Robbie, comme d'habitude, commence à faire son important. Billy tient une boule de papier absorbant pressée contre son nez.

138. Int. Bureau du constable

Hatch est assis au bureau, essayant de faire fonctionner la radio. Peter ne quitte pas la cellule des yeux, nerveux et fasciné. Linoge, assis sur la banquette, regarde toujours devant lui par-dessus ses genoux.

HATCH : Machias, ici Alton Hatcher de Little Tall Island. Nous avons une urgence qui relève de la police. Vous m'entendez, Machias ? Si vous m'entendez, répondez.

Il relâche le bouton d'émission. Nous parvient seulement le chuintement de l'électricité statique.

HATCH : Machias, Machias, ici Alton Hatcher sur Canal 19. Si vous m'entendez...

PETER GODSOE : Ils ne t'entendent pas. Tu as perdu ton antenne.

Hatch soupire. Il le sait. Il baisse le son pour réduire les parasites.

PETER GODSOE : Essaie le téléphone.

Hatch lui adresse un regard surpris, puis décroche le combiné. Il écoute un moment, presse quelques boutons au hasard, puis raccroche.

PETER GODSOE : Rien, hein ? On ne risquait pas grand-chose d'essayer.

Peter regarde de nouveau vers Linoge, qui lui rend son regard. Hatch, pendant ce temps, regarde Peter, non sans quelque fascination.

HATCH : Dis-moi... ce n'est pas vrai que tu as tout un stock de Panama Red derrière tes casiers à homards, n'est-ce pas ?

Peter le regarde mais ne répond pas.

139. Int. Arrière du supermarché, avec Molly, Ralphie et Mike

Les gens commencent à refluer (mis à part le petit groupe désigné par Mike) et quittent le magasin par l'avant afin de regagner le monde extérieur. La cloche au-dessus de la porte tinte régulièrement au fur et à mesure qu'ils sortent.

MOLLY : Ça va aller ?

MIKE : Bien sûr.

MOLLY : Quand rentres-tu ?

MIKE : Lorsque je pourrai. Prends la camionnette. Tu ne ferais pas plus de trois cents mètres avec la voiture. Jamais vu la neige tomber aussi vite et aussi dru de toute ma vie. Moi, je prendrai le bahut de service, ou bien quelqu'un me déposera en passant, lorsque tout ça sera réglé. Je dois retourner à la maison de Martha pour la mettre sous scellés.

Elle aurait mille questions à lui poser, mais elle ne peut pas. Les enfants ont l'oreille fine. Elle embrasse Mike au coin des lèvres et se tourne pour partir.

140. Int. Les caisses, avec Cat et Tess

Cat est encore en larmes. Tess la serre dans ses bras et la berce, mais on se rend compte qu'elle (Tess) a été sacrément secouée par les révélations de Linoge. Molly adresse un coup d'œil interrogatif à Tess lorsqu'elle passe à côté des caisses, portant Ralphie. Tess lui répond par un signe de tête voulant dire qu'elle contrôle la situation. Molly lui répond de même et sort.

141. Ext. Devant le supermarché

Molly, toujours avec Ralphie dans les bras, descend les marches avec prudence dans ce qui est devenu un blizzard aveuglant. Elle se dirige vers la caméra, obligée de lutter contre le vent à chaque pas... et le gosse commence tout juste à se réchauffer.

> RALPHIE *(criant pour se faire entendre)* : L'île va pas couler, maman ?
>
> MOLLY : Non, mon chéri, bien sûr que non.

Mais elle n'en a pas l'air tellement sûr.

142. Ext. Centre-ville, vu d'en haut

La neige tombe furieusement. Quelques véhicules circulent sur Main Street et Atlantic Street, mais ils ne vont pas pouvoir continuer à avancer bien longtemps. Little Tall Island est effectivement coupée du monde extérieur. Le vent hurle ; la neige entoure tout de son linceul.

Fondu au noir. Fin de l'acte 5.

Acte 6

143. Ext. La ville, vue d'en haut, tombée du jour

C'est la même vue qu'au plan précédent, mais il est plus tard, à présent ; la lumière est crépusculaire et le vent hurle toujours.

144. Ext. Zone boisée, sud de la ville, tombée du jour

On regarde vers l'océan, que l'on voit grâce à une clairière ouverte pour faire passer une ligne électrique. Il y a un énorme craquement et un vieux pin, un arbre gigantesque, s'abat sur les fils. Ils dégringolent au milieu d'une pluie d'étincelles.

145. Ext. Main Street, tombée du jour

Dans un retour à l'avant-dernier plan, toutes les lumières s'éteignent, y compris le feu clignotant du carrefour.

146. Int. Bureau du constable, avec Hatch, Peter et Linoge

Les lumières s'éteignent.

HATCH : Ah, bon Dieu !

Peter, lui, reste sans réaction. Il regarde vers :

147. Int. Cellule, vue par Peter

Linoge se réduit à une forme sombre... mis à part les yeux. Il en émane une lueur rougeâtre et trouble... comme des yeux de loup.

148. Int. Retour sur Hatch et Peter

Hatch fouille dans le tiroir du bureau. Au moment où il en retire une lampe-torche, Peter le saisit par le bras.

PETER GODSOE : Regarde-le !

Hatch, surpris, se tourne vivement pour regarder Linoge. Le prisonnier n'a pas changé de position, mais on ne voit plus cet éclat bizarre dans ses yeux. Hatch dirige sa lampe-torche vers lui et le rayon tombe sur le visage de l'homme. Linoge le regarde calmement.

HATCH *(à Peter) :* Quoi ?

PETER GODSOE : Je... non, rien.

Il regarde de nouveau vers Linoge, perplexe et mal à l'aise.

HATCH : Tu as peut-être un peu trop fumé du truc que tu vends...

PETER GODSOE *(à la fois en colère et honteux) :* La ferme, Hatch. Ne parle pas de ce que tu ne connais pas.

149. Int. Caisses du supermarché, avec Mike et Tess

Il semble qu'il ne reste plus qu'eux sur place ; sans son éclairage, le supermarché est très sombre ; les vitrines sont grandes, mais la lumière qui en tombe a beaucoup diminué. Mike passe derrière le comptoir des caisses et ouvre un panneau placé sur le mur. C'est un boîtier qui contient des fusibles et un gros coupe-circuit. C'est celui-ci qu'il branche.

150. Ext. Derrière le supermarché, tombée du jour

On voit une petite construction, à la gauche du quai de livraison, sur laquelle est marqué GÉNÉRATRICE. À l'intérieur, on entend démarrer un moteur et de la fumée bleue, immédiatement emportée par le vent, sort d'une petite cheminée.

151. Int. Bureau du constable

La lumière revient. Hatch pousse un soupir de soulagement.

HATCH : Hé, Pete...

Il voudrait s'excuser, et il aimerait bien que Peter lui tende la perche, mais Peter Godsoe n'est pas d'humeur. Il va jusqu'au panneau d'affichage, comme pour consulter les notices.

HATCH : Je ne pensais pas ce que je disais.

PETER GODSOE : Ouais, pas du tout.

Peter se tourne et regarde Linoge. Linoge lui rend son regard, avec une amorce de sourire.

PETER GODSOE : Qu'est-ce que vous avez à me regarder comme ça ?

Linoge ne réplique pas, mais continue à regarder Peter avec son esquisse de sourire. Peter se tourne de nouveau vers le panneau d'affichage, troublé. Hatch regarde Peter, regrettant encore d'avoir fait le malin.

152. Ext. Porche du magasin, avec Mike et Tess

Tess a enfilé une parka et des gants, et porte une paire de hautes bottes en caoutchouc. Le vent la fait vaciller sur place, et Mike est obligé de l'aider à se remettre debout avant qu'ils puissent s'avancer vers l'une des vitrines situées de part et d'autre de la porte. À côté de chacune d'elles dépassent des poignées. Mike en prend une et Tess s'approche de l'autre. Ils les font tourner tout en parlant (criant pour être entendus en dépit du vacarme que fait le vent), et les volets anti-tempête commencent à descendre par-dessus le vitrage.

> MIKE : Tu penses pouvoir t'en sortir toute seule ? Parce que je peux te ramener, si tu veux.

> TESS : C'est pas la bonne direction pour toi... Et je ne suis qu'à six maisons d'ici... comme tu le sais parfaitement ! Ne me traite pas comme une gamine !

Il acquiesce et lui sourit. Ils vont à la vitrine placée de l'autre côté de la porte et refont la même manœuvre.

> TESS : Mike ? Est-ce que tu as une idée sur les raisons qui l'ont poussé à venir ici... et à tuer Martha ?

> MIKE : Non, aucune. Rentre chez toi, Tess. Fais-toi un bon feu. Je fermerai la boutique.

Ils finissent d'abaisser les volets roulants et s'avancent jusqu'aux marches. Tess grimace et resserre le capuchon de sa parka, sous l'effet d'une nouvelle bourrasque.

> TESS : Il faut le surveiller de près. Rien qu'à l'idée de

ce type en train de rôder dans les parages avec ce... *(elle lève la tête dans le blizzard)* avec ce temps...

MIKE : Ne t'inquiète pas.

Elle le regarde encore un instant, et se trouve raisonnablement rassurée par ce qu'elle voit. Elle hoche la tête et descend lourdement les marches enneigées, s'accrochant d'une main ferme à la rampe. Dès qu'elle lui a tourné le dos, Mike s'autorise à reprendre l'expression inquiète qui reflète ce qu'il ressent vraiment. Puis il rentre et ferme la porte. Il retourne le petit panneau OUVERT qui devient donc FERMÉ et baisse le store.

153. Int. Bureau du constable

Mike entre, tapant des pieds pour débarrasser ses bottes de la neige, et regarde autour de lui. Hatch a trouvé une deuxième lampe et disposé quelques bougies. Peter étudie toujours les divers avis du tableau d'affichage. Mike se dirige vers le tableau tout en tirant un papier de sa poche revolver.

MIKE : Tout se passe bien, ici ?

HATCH : À peu près bien, sauf que je n'arrive pas à joindre la police d'État, à Machias. Ni personne d'autre, d'ailleurs.

MIKE : Ce n'est pas vraiment une surprise.

Il punaise sur le panneau la liste manuscrite des tours de garde ; Peter se met aussitôt à l'étudier. Mike va alors à son bureau et ouvre le tiroir du bas.

MIKE : Toi et Peter, vous resterez ici jusqu'à huit heures. Kirk Freeman et Jack Carver prendront le tour de garde de huit heures à minuit, Robbie Beals et Sonny Brautigan celui de minuit à quatre heures, puis

> Billy Soames et Johnny Harriman, celui de quatre heures à huit heures du matin. Après ça, on avisera.

Mike retire une petite valise rigide et un appareil Polaroïd d'un tiroir qu'il referme ensuite. Il regarde les deux hommes, s'attendant à des commentaires, mais n'ayant droit qu'à un silence gêné.

> MIKE : Vous allez vous en sortir, les gars ?

> HATCH *(avec un peu trop de précipitation) :* Très bien.

> PETER : Ouais, très bien.

Mike les étudie un peu plus attentivement, et prend la mesure de ce qu'ils éprouvent. Il ouvre sa valise et on aperçoit divers objets pouvant être utiles à tout policier exerçant dans une petite ville (une grosse torche électrique, des pansements, une trousse de premiers soins, etc.). Il met le Polaroïd au milieu.

> MIKE : Restez sur vos gardes. Tous les deux. Compris ?

Pas de réponse. Hatch est embarrassé, Peter boudeur. Mike regarde Linoge, qui le regarde à son tour, toujours avec son esquisse de sourire.

> MIKE : Nous aurons cette conversation plus tard, monsieur.

Il ferme la valise et se dirige vers la porte. Une formidable bourrasque de vent ébranle le bâtiment qui se met à craquer. Dehors, quelque chose tombe lourdement avec un bruit sourd. Hatch grimace.

> HATCH : Qu'est-ce qu'on va faire, si jamais Robbie et les conseillers municipaux décident de donner l'alarme ? On ne peut tout de même pas le faire asseoir dans le sous-sol, au milieu de tous les habitants de l'île, et lui donner une couverture et une tasse de bouillon...

MIKE : Je ne sais pas. Je suppose qu'on restera ici avec lui.

PETER GODSOE : Pour l'accompagner en enfer si tout s'écroule ?

MIKE : Tu veux rentrer chez toi, Pete ?

PETER GODSOE : Non.

154. Ext. Maison de Martha Clarendon, crépuscule

Le véhicule de service de Little Tall Island surgit au milieu de la pénombre grandissante, dans le bruit de ses pneus qui écrasent les amas de neige et heurtent les débris tombés dans la rue. Il s'arrête devant le portail de Martha. Mike descend, tenant la petite valise rigide, et remonte l'allée. La tempête est déchaînée ; les rafales de vent font vaciller Mike. Il a du mal à gravir les trois marches du porche, envahi par la neige.

155. Ext. Le porche, avec Mike, crépuscule

Il ouvre la valise et en retire la lampe-torche et le Polaroïd. Il accroche l'appareil photo autour de son cou. Le vent gémit. Les branches viennent cogner bruyamment contre le porche. Mike regarde autour de lui, un peu nerveux, puis reporte son attention sur la valise. Il en retire un rouleau de ruban adhésif blanc et un marqueur. Tenant la torche (allumée) sous son aisselle, il détache un morceau d'adhésif et le colle sur la porte de Martha. Il décapuchonne le marqueur, réfléchit, et écrit en lettres capitales : SCÈNE DU CRIME. NE PAS ENTRER. MICHAEL ANDERSON, CONSTABLE. Puis il passe le rouleau d'adhésif à son poignet, comme un bracelet, et pousse le battant.

Il ramasse le déambulateur renversé de Martha, tenant la poignée de sa main gantée, et le range dans l'entrée. Puis il referme la valise, la prend avec lui et entre dans la maison.

156. Int. Vestibule plongé dans l'obscurité

Mike glisse la lampe-torche (toujours allumée) dans sa poche de poitrine. Le rayon éclaire le plafond. Mike n'est lui-même guère plus qu'une ombre mouvante tandis qu'il porte l'objectif du Polaroïd à son œil.

Flash ! Et nous voyons :

157. Int. Martha Clarendon

Son visage massacré, ensanglanté. Juste un instant. Cette image et celles qui suivront ont cet aspect brutal des clichés pris sur une scène du crime... des pièces à conviction... ce qui est exactement ce qu'elles seront un jour devant un tribunal. C'est du moins ce que Mike espère.

158. Int. Vestibule, toujours dans la pénombre

Mike se retourne, mettant la première photo dans sa poche, puis déclenche à nouveau l'appareil.

Flash ! Et nous voyons :

159. Int. Les gravures sur le mur du vestibule

Des bateaux, la mer, la jetée dans les années vingt. De vieilles Ford s'essoufflant dans la montée d'Atlantic Street au début des années trente. Les gravures sont maculées de taches de sang. Sur le papier peint, on voit des coulées de sang plus importantes.

Fondu.

160. Int. Vestibule, toujours dans l'obscurité

La vague silhouette de Mike Anderson se baisse.

Fondu.

161. Int. Vestibule, obscurité

Mike se dirige vers le séjour.

162. Int. Séjour, obscurité

L'ambiance est angoissante, avec le mobilier réduit à des formes indistinctes et le vent qui hurle à l'extérieur. Les branches s'entrechoquent, les arbres grincent.

Mike continue d'avancer ; le rayon de sa lampe-torche monte verticalement, jaillissant de la poche de son blouson. Il heurte quelque chose par mégarde. Une forme sombre roule sur le plancher, ricoche contre un des pieds du fauteuil de Martha et disparaît hors cadre. Mike suit le mouvement, sort la lampe-torche de sa poche ; il fait briller l'objectif de son Polaroïd, mais nous ne pouvons voir l'objet qu'il vient de heurter et qu'il examine. Il remet la lampe-torche dan sa poche, braque le Polaroïd et se penche.

Flash ! Puis :

163. Int. Le ballon de basket de Davey

Il est maculé de sang. Présente l'aspect de quelque planète exotique.

Fondu enchaîné

164. Int. Séjour, avec Mike, obscurité

Il déroule une longueur d'adhésif, écrit PIÈCE À CONVICTION dessus et la colle sur le ballon. Puis il fait le tour du fauteuil et braque son appareil sur la télé.

Flash ! Puis :

165. Int. Télé

Le tube cathodique a entièrement implosé. À travers le trou déchiqueté, on aperçoit ce qui reste des entrailles électroniques du poste. On dirait une orbite géante qui a perdu son œil.

Fondu.

166. Int. Séjour, avec Mike, obscurité

Il fronce les sourcils, intrigué en pensant à la télé. Lui et Hatch l'ont entendue, le fichu machin fonctionnait ! Il n'a pas rêvé. Il s'en approche précautionneusement, puis brandit son Polaroïd.

Flash ! Puis :

167. Int. Fauteuil de Martha

Sans élégance, taché de sang, aussi angoissant qu'un instrument de torture. L'assiette de biscuits et la tasse de thé barbouillée de sang sont toujours à la même place, sur la petite table voisine.

168. Int. Mike

Il veut prendre une deuxième photo du fauteuil. Il lève son appareil, puis s'arrête. Il regarde :

169. Int. Au-dessus de la porte donnant sur l'entrée

Quelque chose est écrit sur le papier peint, au-dessus de l'arcade. On l'aperçoit, mais il fait trop sombre pour qu'on puisse le déchiffrer.

170. Int. Mike

Il braque le Polaroïd, règle la mise au point et...

Flash !

171. Int. Au-dessus de la porte

C'est un message, écrit avec le sang de Martha Clarendon : DONNEZ-MOI CE QUE JE VEUX ET JE M'EN IRAI. Au-dessus, il y a un dessin...

Un dessin que nous identifions peut-être, ou peut-être pas.

Fondu.

172. Int. Mike

Il est secoué, sévèrement secoué. Il reste néanmoins bien déterminé à faire son travail. Il lève le Polaroïd pour prendre enfin la deuxième photo du fauteuil.

Flash !

173. Int. Fauteuil de Martha

Cette fois-ci, on voit la canne de Linoge en travers des bras du siège, et la tête de loup en argent montre les dents dans l'éclair du flash. Si, un instant auparavant, nous n'avions pas compris la signification du dessin, elle est maintenant évidente.

174. Int. Mike

L'appareil photo lui échappe des mains ; si Mike n'avait pas passé la bandoulière, le Polaroïd serait tombé au sol. Il est envahi par une bouffée bien compréhensible de terreur. La canne n'était pas à cet endroit auparavant. Il y a une rafale de vent, la plus forte de toutes celles qui se sont produites jusqu'ici. Derrière Mike, la fenêtre donnant sur la rue explose vers l'intérieur. De la neige entre en tourbillonnant dans la pièce, se divisant en cyclones fantomatiques. Les voilages gonflent et tendent des bras de spectre.

Mike sursaute violemment (nous aussi, j'espère) mais reprend rapidement ses esprits. Il tire les rideaux devant la fenêtre brisée. Cette fois, le vent les aspire à l'extérieur. À l'aide d'une table, il les coince contre le bord de la fenêtre. Puis il se tourne à nouveau vers le fauteuil de Martha... et vers cette canne sortie de nulle part. Il se penche dessus, braque le Polaroïd.

Flash ! Puis :

175. Int. La tête de loup sur la canne, gros plan

Elle nous fixe de ses yeux ensanglantés, exhibe ses dents rougies et ressemble à un loup fantôme qu'aurait illuminé un instant un éclair.

Fondu.

176. Int. Retour sur Mike

Il reste quelques instants où il se trouve, essayant de recouvrer son sang-froid. Puis il empoche la dernière photo, déchire une nouvelle longueur de ruban adhésif qu'il colle sur la canne. Auparavant, il a écrit dessus : PIÈCE À CONVICTION – ARME DU CRIME ?

177. Int. Séjour de Martha, obscurité

Mike entre et débarrasse la table de son surtout (pommes de pin et bougies), puis il enlève la nappe blanche qui la recouvre.

178. Int. Vestibule, avec Mike

Arrivant de la salle à manger, il s'approche du corps de Martha, étendu sur le sol. Ce faisant, il remarque quelque chose sur le mur, à côté de la porte. Il dirige le faisceau de sa lampe-torche dessus. C'est un râtelier à clefs, ayant lui-même la forme d'une clef. Mike le balaie du rayon de sa lampe et trouve le trousseau de clefs qu'il cherchait. Il le détache de son crochet.

179. Int. Les clefs dans la main de Mike

PORTE DE DEVANT, lit-on sur la plaquette attachée aux clefs, écrit de l'écriture pointue de la vieille dame.

180. Int. Vestibule, avec Mike

Il empoche les clefs et pose sa valise et l'appareil photo sur les marches de l'escalier.

MIKE : Je suis désolé, ma pauvre vieille.

Il déploie la nappe au-dessus du corps de Martha, puis reprend son matériel. Il ouvre la porte d'entrée juste assez pour pouvoir passer et retourne au milieu des hurlements de la tempête. La nuit est tombée.

181. Ext. Sur le porche, avec Mike, nuit

Il utilise la clef de Martha pour fermer la porte. Il vérifie si elle est bien verrouillée, puis il descend les quelques marches et commence à remonter l'allée en pataugeant dans la neige pour regagner le véhicule de service.

182. Ext. Une maison sur le haut de Main Street, nuit

C'est à peine si nous la distinguons à travers les rideaux de neige.

183. Int. La cuisine des Carver, avec Jack, Angela et Buster

La maison n'a pas de génératrice. Deux lampes à gaz Coleman éclairent la cuisine et les angles de la pièce sont plongés dans l'ombre. La petite famille est attablée autour d'un repas froid accompagné de sodas. À chaque fois que le vent souffle une de ses rafales, la maison craque et Angela regarde autour d'elle avec angoisse. Jack, qui est pêcheur de homards, est moins inquiet par ce mauvais temps (qu'est-ce qu'il y a à craindre, bon sang, puisqu'on se trouve sur le plancher des vaches ?). Il joue à l'avion avec Buster. Il s'approche, imitant le bruit d'un avion, puis recule. Buster rit de bon cœur. Papa est tellement bon comédien !

On entend un monstrueux craquement, en provenance de l'extérieur.

> ANGELA : Qu'est-ce que c'était ?

> JACK : Un arbre. Au bruit, je dirais que c'était derrière chez les Robichaux. J'espère qu'il n'est pas tombé sur leur porche.

Il recommence à jouer à l'avion, mais cette fois, il fait atterrir le sandwich dans la bouche de Buster. Celui-ci en détache un morceau et se met à le mâcher avec délices.

> ANGELA : Il faut vraiment que tu retournes au supermarché, Jack ?

JACK : Eh oui.

BUSTER : C'est papa qui va garder le méchant monsieur ! Fais attention qu'il s'échappe pas ! Avec un avion !

JACK : Tout juste, mon gars.

Jack fonce de nouveau en piqué jusqu'à la bouche de son fils, puis il lui ébouriffe les cheveux. Il regarde alors Angela, la mine plus sérieuse.

JACK : La situation est critique, mon chou. Tout le monde doit participer. De toute façon, je serai avec Kirk. C'est le système où l'on met les copains ensemble.

BUSTER : Don Beals est mon copain ! Il sait faire le singe !

JACK : Tout juste. Sans doute un tour que lui a appris son papa, je parie.

Angela éclate de rire et se cache la bouche. Jack lui sourit. Buster commence à émettre des cris de singe et à se gratter sous les bras. Comportement typique d'un gamin de cinq ans quand il est à table. Ses parents le traitent avec tendresse sans même y penser.

JACK : Si tu entends la sirène, prends Buster avec toi et vas-y. Bon sang, vas-y avant, si tu es trop nerveuse – fais ta valise et prends la motoneige.

ANGELA : Tu crois ?

JACK : Ouais. Le fait est que plus tu iras de bonne heure, plus vous aurez de chances d'avoir un bon lit, Buster et toi. Des gens y sont déjà partis. J'ai vu les lumières des voitures. *(Il a un mouvement de menton vers la fenêtre.)* Assure-toi simplement que tu as bien éteint le feu avant de partir. Et n'oublie pas son nounours.

BUSTER : Ouais ! Rusty le nounours !

JACK : Tu seras ici ou là-bas, à la fin de mon tour de garde. Ne t'inquiète pas, je te trouverai.

Il lui sourit. Elle lui rend son sourire, rassurée. Le vent hurle. Ils écoutent, et leurs sourires s'évanouissent. Plus lointain, on entend le matraquage du ressac.

JACK : Le sous-sol de l'hôtel de ville sera sans aucun doute l'endroit le plus sûr de toute l'île, pendant les prochaines quarante-huit heures. C'est un véritable ouragan qui va s'abattre sur nous cette nuit, je te le dis.

ANGELA : Pourquoi a-t-il fallu que cet homme débarque ici précisément aujourd'hui ?

BUSTER : Qu'est-ce qu'il a fait le méchant monsieur, maman ?

Nous retrouvons toujours cette même situation : les enfants et leur oreille fine. Angela se penche sur lui et l'embrasse.

ANGELA : Il a volé la lune. Qu'est-ce que tu dirais d'un autre sandwich, grand garçon ?

BUSTER : Ouais ! Et papa le fera voler !

184. Ext. Godsoe Fish & Lobster, nuit

Les lames brisent plus haut que jamais.

185. Ext. Le phare, nuit

Réduit à une silhouette vague dans la tempête, le phare illumine une plaine neigeuse à chacun de ses passages.

186. Ext. Carrefour de Main Street et Atlantic Street, nuit

Le vent arrache le feu clignotant suspendu au-dessus du carrefour ; la masse de métal et de verre oscille un instant comme un yoyo au bout de sa corde, puis dégringole finalement dans la rue enneigée.

187. Int. Cellule avec Linoge, nuit

Linoge est toujours assis dans la même position, son visage de carnassier s'encadrant entre ses genoux légèrement écartés. Il est tendu, concentré, et exhibe toujours son esquisse de sourire.

188. Int. Le bureau du constable, avec Hatch et Peter

Hatch a ouvert un ordinateur portable ; sa lueur se reflète sur son visage à l'expression concentrée. Il s'est lancé dans un jeu de mots croisés et il a oublié tout le reste. Il ne remarque pas que Peter, assis sous le panneau d'affichage, regarde fixement Linoge, la mâchoire pendante et les yeux écarquillés. Peter est hypnotisé.

189. Int. Linoge, gros plan

Son sourire s'élargit. Ses yeux s'assombrissent, deviennent noirs et des feux follets rouges recommencent à y danser.

190. Int. Retour sur Hatch et Peter

Sans détacher ses yeux de ceux de Linoge, Peter passe une main derrière son dos et détache du panneau un vieux bulletin du Département des pêcheries concernant les fortes marées. Il le retourne. Il a un stylo à bille dans sa poche de poitrine. Il le prend et porte la pointe sur le papier. Pas un instant il n'abaisse les yeux sur ce qu'il fait ; son regard ne quitte jamais Linoge.

> HATCH : Dis-moi, Pete, d'après toi, c'est quoi, celui-ci : « Perchoir à yodeleur », en cinq lettres ?

191. Int. Linoge, gros plan

Il sourit et articule silencieusement un mot ; on dirait qu'il avale quelque chose.

192. Int. Retour sur Peter et Hatch

> PETER : Alpes.

> HATCH : Évidemment. *(Il le met dans la grille.)* Ce programme est sensationnel. Faudra que je te le fasse essayer, un jour.

> PETER : Avec plaisir.

Il a un ton de voix normal, mais il ne quitte toujours pas Linoge des yeux. Son stylo n'arrête pas d'écrire, non plus. Ne ralentit même pas.

193. Int. Dos du bulletin des pêcheries

Écrit en lettres majuscules hachées et répété sans fin, il y a ceci : DONNEZ-MOI DONNEZ-MOI DONNEZ-MOI DONNEZ-MOI CE QUE JE VEUX DONNEZ-MOI CE QUE JE VEUX. Les mots sont entourés d'un dessin qui rappelle vaguement les enluminures d'un manuscrit du Moyen Âge ; c'est la même forme que celle que nous avons vue au-dessus de la porte du séjour, chez Martha. Des cannes.

194. Int. Linoge, gros plan

Souriant. Des yeux noirs à l'expression bestiale et pleins de feux follets rouges. On voit juste la pointe de ses canines de carnassier.

195. Ext. Les bois, sur un promontoire de Little Tall Island, nuit

Le vent hurle. Les arbres ploient dans le blizzard, leurs branches s'entrechoquent.

196. Ext. Little Tall Island, vue aérienne, nuit

Tous les bâtiments sont déjà recouverts d'un manteau blanc ; les deux rues sont engorgées de neige. On ne voit que quelques lumières. La ville est complètement coupée du monde extérieur. Plan fixe puis :

Fondu au noir. Fin de l'acte 6.

Acte 7

197. Ext. L'hôtel de ville, nuit

Jack Carver avait raison : les insulaires n'ayant pas de poêle à bois pour se chauffer, ou ceux qui habitent sur l'itinéraire probable de la tempête au moment de son paroxysme, se présentent déjà à l'abri. Certains arrivent en 4 × 4, d'autres en motoneige, et quelques-uns ont chaussé leurs skis. En dépit des hurlements du vent, on entend le grondement de la génératrice.

On voit s'approcher, longeant le trottoir, Jonas Stanhope et sa femme Joanna. Âgés d'une cinquantaine d'années, ils ont néanmoins une allure athlétique – un peu comme les acteurs qui jouent dans les pubs pour assurances-vie. Ils portent des chaussures de neige et chacun tire sur une sangle. Ils traînent derrière eux une chaise attachée sur une luge, qui se trouve ainsi transformée en une sorte de traîneau à une place. Et, assise sur la chaise, emmitouflée dans ses robes et coiffée d'un énorme bonnet de fourrure, il y a Cora Stanhope, la mère de Jonas. Elle a environ quatre-vingts ans et a un maintien aussi royal que celui de la reine Victoria sur son trône.

JONAS : Ça va, m'man ?

CORA : Très bien. Je suis fraîche comme une rose en mai.

JONAS : Et toi, Joanna ?

JOANNA *(maussade)* : On fait aller.

Ils s'engagent dans le parking de l'hôtel de ville, qui se remplit rapidement de véhicules divers adaptés à la neige. On a laissé des skis *(avec leurs chaussures accrochées aux fixations)* plantés dans le banc de neige, devant le bâtiment. Celui-ci, grâce à la grosse génératrice, est éclairé comme un paquebot sur une mer agitée et donne l'impression d'un îlot de sécurité et de confort relatif par cette nuit de tempête. Mais bien entendu, le *Titanic* devait avoir aussi fière allure quelques secondes avant de heurter son iceberg.

Des gens se dirigent vers le porche, échangeant des propos et bavardant avec nervosité. Nous nous sommes constitué une solide distribution et en touchons les dividendes, car nous reconnaissons de vieux amis parmi ces personnages : certains de ceux qui jouaient aux badauds devant la maison de Martha, ainsi que des clients du supermarché.

On voit par exemple Jill et Andy Robichaux descendre d'un 4 × 4. Pendant que Jill s'occupe de défaire les sangles qui retiennent le petit Harry (cinq ans, l'un des enfants de la maternelle de Molly), Andy se dirige vaillamment vers la famille Stanhope.

ANDY : Comment ça va, chez les Stanhope ? Sacrée nuit, hein ?

JONAS : Tu peux le dire, Andy. C'est bon, on tient le coup.

Mais Joanna, si elle n'est pas encore à l'article de la mort, a visiblement du mal, elle, à tenir le coup. Elle est hors d'haleine et profite de cet arrêt pour se pencher et, agrippée à ses genoux, reprendre sa respiration.

ANDY : Laisse-moi te donner un coup de main, Joanna.

CORA *(Sa Majesté impériale)* : Joanna va très bien, Mr Robichaux. Elle a juste besoin de reprendre un peu son souffle. N'est-ce pas, Joanna ?

Joanna adresse à sa belle-mère un sourire qui pourrait se traduire par « Merci beaucoup, c'est exact – et comme j'aimerais enfoncer un parcmètre, monnayeur compris, dans votre vieux cul desséché ». Andy a très bien compris.

> ANDY : Tu pourrais aller aider Jill avec le petit, Joanna, ce serait gentil. D'accord ? Moi, je m'occupe d'elle.

> JOANNA *(pleine de gratitude) :* Bien volontiers.

Andy prend le harnais que tenait Joanna. Tandis que cette dernière va rejoindre Jill *(Cora adresse à sa belle-fille un regard aussi glacé que la tempête, un de ces regards qui disent très clairement : « lâcheuse »),* Davey Hopewell, ses parents et Mrs Kingsbury descendent d'une vieille Suburban.

> JONAS : Eh bien, Andy, on y va ?

> ANDY *(toujours joyeux) :* En route, mauvaise troupe !

Ils se remettent à remorquer la vieille dame en direction de l'hôtel de ville. Cora avance avec son nez aristocratique en lame de couteau royalement redressé. Jill et Joanna suivent en bavardant. Le petit Harry, tellement emmitouflé qu'il ressemble à Bibendum, patauge à côté de sa maman, la tenant par la main.

198. Int. Bureau de l'hôtel de ville, nuit

Ursula, Tess Marchant et Tavia Godsoe contrôlent les entrées ; chacun doit signer une liste et inscrire les membres de sa famille qui comptent passer la nuit dans le sous-sol. Derrière les femmes, quatre hommes qui ne font pas grand-chose, tout en prenant un air important : Robbie Beals, le maire de Little Tall Island, George Kirby, Burt Soames et Henry Bright, ses conseillers municipaux. Henry est le mari de Carla Bright ; pour l'instant, il tient son fils Frank *(autre petit de la maternelle)* dans ses bras ; Frank dort à poings fermés.

De nouveau, nous voyons arriver des visages que nous connaissons : une île est une petite communauté. Il n'y a aucun enfant âgé de plus de cinq ans ; les grands sont tous coincés sur le continent à cause de la tempête.

URSULA *(débordée) :* N'oubliez pas d'inscrire vos noms, tout le monde ! Il faut que nous sachions exactement qui est ici et qui n'y est pas. Inscrivez-vous avant de descendre !

Elle jette un coup d'œil impatient aux hommes qui se contentent de rester plantés là et de bavarder.

199. Int. Plan sur Robbie et les conseillers

BURT SOAMES : Alors, qu'est-ce qu'il a répondu ?

ROBBIE : Qu'est-ce qu'il aurait pu répondre ? Bon sang, tout le monde, au nord de Casco Bay, sait parfaitement que pour une livre de homards qui monte sur son bateau, il en passe dix d'herbe !

Il jette un coup d'œil en direction d'Ursula et de Tavia ; cette dernière fouille dans un placard de fournitures pour en retirer des oreillers supplémentaires, un travail que Robbie ne ferait qu'un revolver collé sur la tempe.

ROBBIE : Je ne critique pas, vous savez. C'est toute une volière de bonnes femmes qu'il a à la maison, le pauvre.

Burt Soames ricane. George Kirby et Henry Bright échangent un regard quelque peu dubitatif. Cette manière peu charitable de parler de son voisin ne leur plaît pas beaucoup.

GEORGE KIRBY : La question est de savoir comment ce type pouvait être au courant.

Robbie roule des yeux comme pour dire : Mais quel crétin !

ROBBIE : Il est probable qu'ils sont tous les deux en affaires. Pourquoi aurait-il été tuer une pauvre vieille sans défense comme Martha Clarendon s'il n'avait pas été drogué ? Explique-moi donc ça, George Kirby !

HENRY BRIGHT : Oui, mais cela n'explique pas comment il pouvait savoir que Cat Withers avait été à Derry pour se faire avorter.

VOIX DE FEMME : Ursula, est-ce qu'il y a d'autres couvertures ?

URSULA : Robbie Beals ! Henry Bright ! Est-ce que vous ne pourriez pas, par hasard, aller dans la réserve nous chercher un lot de couvertures ? À moins que vous n'ayez pas encore terminé cette importante discussion politique...

Robbie et Henry s'éloignent, Robbie affichant un sourire de mépris, Henry ayant l'air honteux de ne pas avoir été plus efficace jusqu'ici.

ROBBIE : Qu'est-ce qui t'arrive, Ursula ? C'est pas la bonne période du mois ?

Elle lui adresse un air de total mépris et écarte les cheveux de son visage.

TESS : Tu ne crois pas qu'il serait temps de déclencher la sirène, Robbie ?

ROBBIE : Il en vient bien assez comme ça tout seuls. Quant aux autres, ils s'en tireront parfaitement sans nous. Toute cette histoire est du pur délire, à mon avis. Crois-tu que nos grands-parents allaient tous se planquer dans l'hôtel de ville à chaque fois qu'il faisait mauvais temps, comme une bande d'hommes des cavernes affolés par les éclairs ?

URSULA : Non – ils se réfugiaient dans l'église méthodiste. J'ai une photo chez moi, je pourrais te la montrer. La tempête de 1927. On peut même y voir ton grand-père dessus. On dirait qu'il est occupé à remuer la soupe dans un chaudron. Ça fait plaisir de savoir qu'il y a eu au moins un type dans ta famille capable de donner un coup de main.

Robbie donne l'impression d'être prêt à lui sauter dessus, mais Henry intervient.

HENRY BRIGHT Allez, viens, Robbie.

Henry, qui tient toujours son fils endormi dans ses bras, prend la direction du sous-sol. George Kirby lui emboîte le pas. George a facilement vingt ans de plus que Robbie et, si lui peut s'abaisser jusqu'à aller chercher des couvertures, Robbie doit au moins faire semblant d'avoir l'air occupé.

Ursula, Tavia et Tess échangent des regards en roulant des yeux tandis que les hommes s'éloignent. Pendant ce temps, les gens ne cessent d'affluer, arrivant par deux ou trois ; dehors, la tempête continue de faire rage.

URSULA : N'oubliez pas de vous inscrire avant de descendre, les gars ! S'il vous plaît ! Il y a assez de place pour tout le monde, mais il faut que nous sachions qui est là !

Molly Anderson entre à son tour, chassant la neige prise dans ses cheveux et tenant Ralphie par la main.

MOLLY : Tu n'aurais pas vu Mike, Ursula ?

URSULA : Non, mais on doit pouvoir le joindre par la radio du 4 × 4 s'il appelle. *(Elle montre la CB.)* La radio ne peut pas servir à grand-chose d'autre, ce soir. Enlève ton manteau et mets-toi au boulot.

MOLLY : Comment ça se passe ?

URSULA : Oh, c'est une vraie kermesse... Salut, Ralphie.

RALPHIE : Salut !

Molly s'agenouille sur le sol mouillé et entreprend de débarrasser Ralphie de sa tenue polaire. Les gens continuent d'arriver. Dehors, la neige tourbillonne et le vent hurle.

200. Ext. Le local des pompiers, nuit

La voiture-pompe que nous avons déjà vue au lavage a été rangée depuis longtemps, mais la porte latérale du local s'ouvre ; Ferd Andrews en sort, oscillant sous l'effet du vent et resserrant le capuchon de sa parka. Il regarde en direction du bas de la colline, vers :

201. Ext. Godsoe Fish & Lobster, nuit

La marée est presque haute. Le continent a complètement disparu derrière un rideau gris-noir. Les vagues qui déferlent dans le détroit sont tellement monstrueuses qu'elles en sont cauchemardesques. Elles viennent s'abattre régulièrement sur l'extrémité du quai, fouettant le long entrepôt de violentes gifles écumeuses.

202. Int. Godsoe Fish & Lobster, nuit

Nous sommes dans un entrepôt tout en longueur où s'empilent des casiers à homards, des conteneurs divers, du matériel de pêche. Tout un mur est occupé par des cirés et des cuissardes accrochés à des patères. Le vacarme de la tempête est à peine atténué. L'écume s'abat sur les vitres.

La caméra se déplace le long d'une allée de nasses, puis longe un réservoir rempli de homards. Elle tourne à l'extrémité du réservoir et quelques rats détalent hors de vue. C'est là, dans l'étroit passage poussiéreux entre le réservoir et le mur, qu'est rangé un long objet dissimulé sous des couvertures.

Hurlements du vent. Craquements du bâtiment. Une vague chargée d'écume s'abat contre une fenêtre et la brise. Le vent, l'eau et la neige entrent en trombe. Le vent soulève les couvertures et nous révèle des ballots de marijuana, tous parfaitement bien conditionnés dans leur emballage de polyéthylène.

Les nasses suspendues au plafond s'entrechoquent. Bruit d'une deuxième fenêtre explosant sous l'impact d'une vague.

203. Ext. Le supermarché de Little Tall Island

On entend faiblement le ronronnement de la génératrice et quelques lumières luttent vaillamment contre l'obscurité. Le seul véhicule encore garé devant le magasin est une camionnette encroûtée de neige sale, sur le côté de laquelle on peut lire : GODSOE FISH & LOBSTER.

204. Int. Le jeu de mots croisés à l'écran, gros plan

La grille est presque complètement remplie. Hatch ajoute un mot.

205. Int. Bureau du constable, nuit

Hatch s'étire, puis se lève. Dans la cellule, Linoge est assis comme avant, adossé au mur, et regarde devant lui, entre ses genoux.

> HATCH : Faut que j'aille aux gogues. Tu veux que je te ramène un café ou quelque chose à boire, Pete ?

Pete reste tout d'abord sans réaction. Le papier qu'il a détaché du panneau est sur ses genoux, mais à l'endroit, autrement dit le texte imprimé sur le dessus. Il a les yeux grands ouverts, le regard vide.

HATCH : Peter ? Hé, Peter !

Hatch agite la main devant le visage de Peter. Celui-ci cligne des yeux, et il donne l'impression – mais peut-être n'est-ce qu'une impression – de reprendre conscience. Il se tourne vers Hatch.

PETER : Quoi ?

HATCH : Je te demandais juste si tu voulais un soda ou un café.

PETER : Non, merci.

HATCH *(commence à se diriger vers la porte, puis se retourne) :* Tu te sens bien ?

PETER *(au bout d'une seconde) :* Ouais. J'ai passé toute la journée à clouer les fenêtres contre la tempête, et je crois que je dormais les yeux ouverts. Désolé.

HATCH : Tâche de tenir le coup encore un moment. Jack Carver et Kirk Freeman devraient arriver dans vingt minutes à peu près.

Il prend au passage un magazine pour lire dans les toilettes.

206. Int. Linoge, gros plan

Ses yeux s'assombrissent. Il fixe Peter. Ses lèvres articulent en silence.

207. Int. Peter, gros plan

Il a de nouveau un regard totalement vide. Hypnotisé. Soudain, l'ombre de la canne de Linoge apparaît sur son visage. Peter lève les yeux vers :

208. Int. Poutre du plafond, vue par Peter

La canne y est accrochée. La tête de loup sanglante ricane.

209. Int. Bureau du constable, nuit

Peter se lève et traverse lentement la pièce, le bulletin sur lequel il a écrit pendant au bout de sa main. Il va se placer directement sous la canne. Linoge est toujours assis sur sa banquette, immobile ; seuls ses yeux bizarres sont en mouvement. Peter s'arrête devant une petite armoire scellée dans le mur et l'ouvre. Elle contient divers instruments ainsi qu'une corde. Peter prend la corde.

210. Ext. Godsoe Fish & Lobster, nuit

Une vague titanesque s'élève dans la passe, emporte l'extrémité de la jetée et la partie la plus exposée du bâtiment de Peter Godsoe. On entend même les craquements du bois au-dessus du vacarme de la tempête.

211. Ext. Ferd Andrews, porte du bâtiment des voitures-pompes

FERD ANDREWS : Oh... mon Dieu ! *(Il élève la voix.)* Lloyd ! Lloyd ! Viens voir ça !

212. Int. Garage avec Lloyd Wishman, nuit

Les deux voitures-pompes de l'île sont vert pomme. La vitre côté passager de l'une d'elles est partiellement ouverte. La canne à tête de loup de Linoge y est accrochée. Debout à côté, le regard aussi vide que celui de Peter Godsoe, Lloyd tient une petite boîte de peinture rouge d'une main, et un pinceau de l'autre. Il travaille avec autant de soin qu'un Manet ou un Van Gogh.

> FERD ANDREWS *(voix off)* : Lloyd ! Le bâtiment de Godsoe va être emporté ! C'est tout le quai qui va être emporté, si ça continue !

Ces informations laissent Lloyd Wishman de marbre. Il continue à peindre.

213. Int. Bureau du constable, vu de haut

La canne n'est plus accrochée à la poutre ; elle a été remplacée par une longueur de corde. À l'arrière-plan, on voit Linoge assis dans sa cellule. Il a un visage de prédateur, des éclats noirs et rouges courent dans ses yeux.

214. Ext. Godsoe Fish & Lobster, nuit

Une autre vague titanesque vient s'abattre sur la digue, dont elle emporte encore une bonne partie, retournant un petit bateau que quelque étourdi avait laissé amarré à cet endroit. Elle détruit également un nouveau pan de Godsoe Fish & Lobster.

215. Int. Godsoe Fish & Lobster, nuit

À travers le trou béant à l'arrière du bâtiment, on n'a aucune peine à voir la jetée amputée et les vagues énormes qui roulent dans la passe. Une nouvelle lame de fond se précipite en direction de la caméra, inondant ce qui reste de l'entrepôt dans lequel elle déferle avec fracas. Les casiers à homards sont soulevés et emportés. Le vivier est renversé et ce sont des douzaines de homards qui retrouvent la liberté, bénéficiant d'une sorte de grâce providentielle. Et, tandis que reflue la masse d'eau, on voit également des ballots de marijuana, emportés par les flots, disparaître par la partie détruite du bâtiment.

216. Ext. Devant le garage des pompiers, avec Ferd Andrews

> FERD ANDREWS *(criant, fort accent yankee) :* Tu ferais mieux de rappliquer, Lloyd, si tu veux assister à un spectacle que t'auras pas l'occasion de voir deux fois ! Elle est en marche ! Elle arrive !

217. Int. Garage des pompiers, avec Lloyd Wishman

Lloyd aussi est en marche, si l'on peut dire. Dès qu'il a fini de peindre, la caméra pivote et nous montre ce qu'il a écrit en grandes lettres majuscules rouges, sur la carrosserie verte, par-dessus les lettres or qui disent : POMPIERS VOLONTAIRES DE LITTLE TALL ISLAND. On lit : DONNEZ-MOI CE QUE JE VEUX ET JE M'EN IRAI.

> FERD ANDREWS : Sors de là-dedans, Lloyd ! Tout le bazar est en train de foutre le camp à la mer !

Ne prêtant aucune attention à Ferd, Lloyd pose la boîte de peinture sur le marchepied du véhicule, le pinceau bien proprement en travers du couvercle. Nous constatons à ce moment-là que la canne accrochée à la vitre à moitié descendue a disparu... à moins qu'elle n'ait jamais été là, bien sûr. C'était peut-être seulement dans l'esprit de Lloyd Wishman.

Lloyd remonte le long de la voiture-pompe et va ouvrir l'un des compartiments réservé à l'outillage. Il en retire une hache de pompier.

218. Int. Bureau du constable, nuit

Peter Godsoe, le regard vide, est debout sur une chaise. L'extrémité de la corde qu'il vient de passer par-dessus la poutre se termine par un nœud coulant, et il a passé le cou dans ce nœud. Agrafé à sa chemise, il y a son petit devoir du soir, la feuille sur laquelle il a écrit répétitivement DONNEZ-MOI CE QUE JE VEUX et dessiné des cannes. En lettres encore plus grosses et formant en quelque sorte un titre, on peut lire : DONNEZ-MOI CE QUE JE VEUX ET JE M'EN IRAI.

219. Int. Linoge, gros plan

Ses lèvres remuent. Il chantonne en silence. Ses yeux sont réduits à deux grandes orbites noires injectées de flammes rouges.

220. Int. Garage des pompiers, nuit

Lloyd se tient debout, le tranchant de la hache dirigé vers le milieu de sa figure. Il a agrippé le manche très haut, comme on fait lorsqu'on s'apprête à couper du petit bois, derrière sa maison... ou à se fendre la tête en deux.

221. Int. Linoge, gros plan

Ses lèvres bougent plus vite. Ses yeux bizarres s'écarquillen encore davantage. Il tient les poings fortement serrés.

222. Ext. Garage des pompiers, côté océan avec Ferd

Son visage exprime l'effroi et la terreur. Il reste bouche bée.

FERD ANDREWS : Nom d'un chien !

223. Ext. Le quai et ce qui reste de Godsoe Fish & Lobster

Se jetant à travers le blizzard sur ce qui reste de la jetée, une lame de fond qui a presque la taille d'un tsunami.

224. Int. Bureau du constable, les pieds de Peter

Ils repoussent la chaise, qui tombe bruyamment, et s'agitent spasmodiquement.

225. Ext. La lame de fond, nuit

Elle fait paraître minuscules la jetée et l'entrepôt.

226. Int. Le supermarché, avec Hatch

Il s'interrompt dans la préparation de son café et se tourne vers la porte du bureau du constable, en entendant le bruit de la chaise qui tombe.

HATCH : Peter ?

227. Int. Gros plan sur la hache

La lame de la hache disparaît hors champ et l'on entend un bruit déplaisant, comme si l'on avait frappé de la boue du plat de la main. *Tchomp !*

228. Int. Godsoe Fish & Lobster, nuit

Nous sommes tournés vers la passe et le large... mais soudain, la vue du détroit disparaît, masquée par la vague qui arrive. Dans l'encadrement de ce qui reste de l'entrepôt, on ne voit plus que la masse liquide grise. Elle déferle, et brusquement la caméra se retrouve sous l'eau. Un casier éventré, un ballot de marijuana et un homard, les pinces toujours immobilisées par des chevilles, passent devant l'objectif au milieu de tourbillons de bulles.

229. Ext. Le quai, nuit

Ce qui reste de la jetée est inondé ; elle est en fait complètement détruite. En refluant, la vague emporte avec elle un fouillis de bateaux, de cordages, de poulies, de vieux pneus servant d'amortisseurs, et les bardeaux du toit de Godsoe Fish & Lobster. On voit peut-être quelques-unes des lettres de cette enseigne avant qu'elles ne disparaissent, tout cela au milieu des hurlements du blizzard.

230. Int. Hôtel de ville, avec Ursula, Tavia, Tess, etc.

Il y a un instant de silence suspendu ; personne ne bouge. Les craquements et chuintements de la radio paraissent soudain très bruyants. Tout le monde s'est tourné vers la porte.

RALPHIE : Qu'est-ce que c'est, maman ?

MOLLY : Rien, mon chéri, rien.

JONAS : Au nom du ciel, qu'est-ce qui est arrivé ?

CORA : C'est la jetée... elle s'est effondrée dans la mer.

Robbie se présente en haut de l'escalier, suivi de George, Henry Bright et Burt Soames. Robbie n'affiche plus ses grands airs.

ROBBIE : Faites marcher la sirène, Ursula.

231. Ext. Garage des pompiers, avec Ferd, nuit

Il est aussi excité et catastrophé que s'il venait de voir Satan l'observer, caché derrière un tronc d'arbre. Il fait demi-tour et court jusqu'à la porte du garage.

232. Int. Bureau du constable, la porte au premier plan

Hatch entre, tenant une tasse de café en carton à la main.

HATCH : Ça va Pete ? J'ai entendu...

Il prend une expression horrifiée. Il lève la tête, sans doute pour regarder le visage de l'homme qui vient de se pendre à la poutre. Il laisse tomber la tasse, et le café asperge ses bottes.

233. Int. Garage des pompiers, avec Ferd

FERD ANDREWS : Lloyd ? Où t'es passé, bon sang ! Tu n'as pas été pioncer, tout de même ?

Il commence à faire le tour de l'un des deux véhicules puis s'arrête ; il vient de voir deux bottes qui dépassent.

FERD ANDREWS : Lloyd ? *Lloyd ?*

Lentement, à contrecœur, il finit de contourner le véhicule de façon à voir son collègue. Il reste un instant silencieux, tellement choqué qu'il est incapable d'émettre un son. Puis il se met à hurler comme une femme.

234. Int. Hatch, gros plan

Son visage est pétrifié dans une expression de terreur absolue.

235. Int. La carrosserie de la voiture de pompiers

DONNEZ-MOI CE QUE JE VEUX ET JE M'EN IRAI est peint en lettres majuscules d'un rouge sanglant.

236. Int. La feuille agrafée sur le vêtement de Peter Godsoe

DONNEZ-MOI CE QUE JE VEUX DONNEZ-MOI CE QUE JE VEUX DONNEZ-MOI CE QUE JE VEUX ET JE M'EN IRAI. Et cet inquiétant ballet de petites cannes.

237. Int. Écran de l'ordinateur portable de Hatch, gros plan

La grille que Hatch vient de remplir a disparu. À la place, on peut lire les mots DONNEZ-MOI CE QUE JE VEUX ET JE M'EN IRAI. En long, en large et en travers. Et au milieu de tous les carrés noirs, une petite icône en blanc représentant une canne.

238. Int. Linoge, gros plan

Il sourit. Son sourire exhibe la pointe de ses crocs acérés.

Lent fondu enchaîné sur :

239. Ext. Centre-ville, vu de haut, nuit

Tout est plongé dans une obscurité presque totale, mis à part l'hôtel de ville. On entend la sirène donnant l'alarme. Deux brèves, une longue, suivies d'un silence, puis la même chose. Tous aux abris !

L'image de Linoge persiste, superposée à la ville enneigée et suggérant peut-être qu'il n'y aura aucun abri pour les habitants de Little Tall Island... du moins, pas cette nuit et qui sait, plus jamais. Finalement l'image de Linoge se dissout... et nous aussi.

Fin de la première partie.

Deuxième partie

LA TEMPÊTE DU SIÈCLE

Acte 1

(On commence par un montage des scènes de la première nuit. Celui-ci se termine sur l'image finale : la tête à l'expression prédatrice de tigre de Linoge se superposant à l'image du carrefour, au centre de la ville.)

1. Ext. Centre-ville, nuit

Le blizzard est complètement déchaîné et la neige tombe si vite et si dru que les bâtiments ont l'air de fantômes. Des congères commencent déjà à se former devant les devantures des magasins de Main Street.

Tandis que l'image de Linoge disparaît en fondu, nous entendons un bruit, bas tout d'abord, puis de plus en plus fort : la sirène de la ville qui lance le signal d'alerte, le répétant de manière lancinante : deux brèves et une longue.

Sur Main Street, on distingue des lumières qui se déplacent en file indienne et on entend le ronflement des moteurs ; les gens obéissent docilement.

2. Ext. Le trottoir de Main Street, avec Ferd Andrews, nuit

Il avance en force dans la neige, se dirigeant vers l'hôtel de ville, glissant et tombant parfois, mais se relevant aussitôt. Il ne cherche pas à contourner les congères mais s'ouvre un sillon dedans. Il se rapproche d'un groupe de cinq ou six hommes qui se dirigent aussi, à skis, vers l'hôtel de ville. L'un d'eux est Bill Toomey.

BILL TOOMEY : Dis donc, Ferd, c'est où, l'incendie ?

À cause du travail de Ferd (on peut lire POMPIERS VOLONTAIRES DE LITTLE TALL ISLAND sur le dos de sa parka), les amis de Bill éclatent aussitôt de rire – il ne faut pas grand-chose pour amuser les insulaires, je vous le dis, et avec la tempête, ces gaillards n'ont pas eu tellement le temps de souffler.

Ferd ne réplique pas, se contentant de se relever une fois de plus et de continuer à courir vers l'hôtel de ville.

3. Ext. Magasin de Mike Anderson, nuit

Les volets roulants ont été abaissés. Le vent déchaîné a déjà chassé la neige jusque sur le porche. Les lattes des volets roulants claquent bruyamment dans leurs guides. Le petit camion de Peter Godsoe se transforme peu à peu en un tas de neige, mais ça n'a pas d'importance : il n'aura plus l'occasion de le conduire.

4. Int. Bureau du constable, nuit

Hatch est comme nous l'avons laissé à l'issue de la première nuit, écarquillant les yeux devant les pieds de Peter se balançant au bout de sa corde. À côté, la chaise renversée.

5. Int. La feuille agrafée près du cou de Peter, gros plan

Toujours le même texte (DONNEZ-MOI CE QUE JE VEUX...)

6. Int. Retour au bureau du constable

Le regard de Hatch passe des jambes pendantes de Peter à Linoge, toujours assis sur la banquette de sa cellule, genoux repliés sous le menton, affichant son éternel sourire esquissé. Ses yeux ont retrouvé leur état normal, mais n'en expriment pas moins, de manière effrayante, une faim dévorante de prédateur. D'accord, il est bouclé, mais dans une cellule qui n'est qu'une parodie du genre, avec son plancher de bois et ses barreaux soudés n'importe comment. Hatch commence à avoir l'impression que c'est lui-même qui est en danger, à rester enfermé en compagnie de ce tigre à forme humaine. On peut même ajouter que c'est toute la ville qui est en danger.

Entre son ami pendu et Linoge silencieux, le regard fixe, Hatch commence à perdre les pédales.

> HATCH : Qu'est-ce que vous regardez ? *(Pas de réponse de Linoge.)* C'est vous qui vous êtes débrouillé pour lui faire faire ça ? Pour qu'il écrive ce truc qu'il a épinglé et se pende ensuite ? C'est vous ?

Aucune réaction de la part de Linoge. Il ne bouge pas, regardant Hatch fixement. Hatch en a assez et prend la direction de la porte. Il essaie de ne pas courir, mais il ne se contrôle plus assez bien pour se contenter de marcher. Il commence à accélérer... puis bondit littéralement. Il saisit la poignée, la tourne, ouvre brutalement la porte... et se trouve devant une forme, debout à côté de la boucherie. La forme saisit Hatch. Hatch hurle.

7. Int. Sous-sol de l'hôtel de ville, Pippa Hatcher en gros plan

Dans une main, Pippa tient une queue – en réalité un mouchoir d'où dépasse une épingle – et marche lentement vers une feuille de papier que l'on a scotchée au mur. Sur la feuille, Molly Anderson a dessiné un âne souriant. Autour de Pippa sont rassemblés tous les enfants que Molly a d'ordinaire dans sa maternelle, mis à part Frank Bright, endormi sur un lit de camp voisin : Ralphie, Don Beals, Harry Robichaux, Heidi Saint-Pierre, Buster Carver et Sally Godsoe (orpheline de père depuis peu, mais fort heureusement, ne le sachant pas encore). Tous crient tour à tour : « Tu brûles ! » et « Tu refroidis ! »

Derrière les enfants, nous apercevons Cat Withers, Melinda Hatcher et Linda Saint-Pierre, occupées à faire des lits. Sont également là George Kirby, Henry Bright et Robbie Beals, des piles de couvertures dans les bras. Robbie Beals n'a pas l'air très content.

Carla Bright s'approche de Molly, qui assure l'organisation des festivités.

> CARLA : Alors, on fait des heures sup ?

> MOLLY : Oh, il y a bien un côté amusant, mais...

Pippa réussit à planter la queue dans la région du derrière de l'âne.

> MOLLY *(continue) :* ... quand ils seront tous enfin endormis, j'ai bien l'intention de faire la chasse à toutes les boissons alcoolisées, jusqu'à la dernière, pour les faire disparaître.

> CARLA : D'accord pour les vider !

> DON BEALS : À mon tour ! À mon tour !

> MOLLY *(à Carla) :* Marché conclu.

Elle enlève le bandeau des yeux de Pippa et commence à le placer sur le visage de Don.

8. Int. Sous-sol de l'hôtel de ville, haut de l'escalier, nuit

Ferd Andrews fait irruption, l'œil exorbité, couvert de neige de la tête aux pieds.

> FERD ANDREWS *(à pleins poumons)* : Lloyd Wishman est mort !

Le brouhaha et les activités s'arrêtent aussitôt. Une cinquantaine de visages se tournent vers Ferd. Au centre de ce groupe se tient Ursula Godsoe, sa planchette à feuilles à la main.

9. Int. Sous-sol de l'hôtel de ville

Les enfants continuent à jouer et à crier « Tu brûles ! » et « Tu refroidis ! » à Don Beals qui essaie de mettre la queue de l'âne à sa place, mais tous les adultes se sont tournés vers Ferd en l'entendant crier. Robbie Beals laisse tomber les couvertures qu'il tient et fonce vers l'escalier.

10. Int. Bureau du constable, nuit

Hatch, rendu hystérique par la peur, se débat contre la forme, jusqu'à ce que...

> MIKE : Arrête, Hatch ! Bon sang, arrête !

Hatch cesse de se débattre et regarde Mike, sa terreur se transformant en soulagement. Il serre Mike dans ses bras de toutes ses forces ; c'est tout juste s'il ne le couvre pas de baisers.

> MIKE : Mais enfin, qu'est-ce qui te...

Puis, une fois qu'il a mis fin aux embrassades d'ours de son gros adjoint, Mike voit ce qui a provoqué son émoi. La stupéfaction se peint sur son visage. Il passe devant Hatch et s'approche du pendu. Il le regarde... puis regarde Linoge. Linoge lui sourit.

11. Int. Sous-sol de l'hôtel de ville, nuit

FERD ANDREWS : Lloyd Wishman s'est tué ! Il s'est fracassé le crâne avec une hache ! Oh, mon Dieu, c'est affreux ! Il y a du sang partout !

Robbie arrive en haut des marches ; Sandra, sa femme (une petite personne insignifiante), est là, et elle tente en vain de l'attraper par l'épaule, cherchant sans doute un peu de réconfort. Il repousse sa main sans même la regarder (manière dont il la traite, d'ailleurs, la plupart du temps) et s'approche de Ferd.

FERD ANDREWS *(bégayant)* : J'ai jamais rien vu de pareil ! S'éclater la cervelle de cette façon ! Et il a écrit quelque chose sur la carrosserie de la nouvelle voiture, un truc qui ne veut rien dire...

ROBBIE *(l'agrippant et le secouant)* : Reprends-toi, Ferd ! Bon Dieu, reprends-toi !

Ferd arrête brusquement de jacasser. Il tombe dans un tel mutisme qu'on entendrait une épingle tomber – du moins, s'il n'y avait pas les hurlements incessants de la tempête. Les yeux de Ferd se remplissent de larmes.

FERD ANDREWS : Qu'est-ce qui a bien pu lui prendre, pour qu'il se fende la tête en deux, Robbie ? Il allait se marier au printemps...

12. Int. Bureau du constable, nuit

HATCH *(bafouillant lui aussi) :* Je suis juste sorti une minute pour aller pisser et rapporter du café – il allait très bien à ce moment-là. Mais *l'autre*, là, n'arrêtait pas de le regarder... comme un oiseau regarde un serpent... il... il...

Mike regarde Linoge, lequel lui rend son regard.

MIKE : Qu'est-ce que vous lui avez fait ?

Pas de réponse. Mike se tourne vers Hatch.

MIKE : Aide-moi à le descendre.

HATCH : Je... je crois que je pourrai pas.

MIKE : Si, tu peux.

Hatch lui adresse un regard suppliant.

LINOGE *(d'un ton charmeur) :* Laissez-moi sortir et je vous donnerai un coup de main, moi, Michael Anderson.

Mike regarde son prisonnier, puis revient sur Hatch, qui est pâle et en sueur. L'adjoint prend une profonde inspiration et acquiesce d'un signe de tête.

HATCH : D'accord.

13. Ext. Derrière le magasin, nuit

Une motoneige s'arrête derrière le quai de livraison et deux hommes, emmitouflés dans leur combinaison matelassée, en descendent. Ils ont chacun un fusil passé en bandoulière. Il s'agit de

Kirk Freeman et de Jack Carver, désignés pour le tour de garde suivant. Ils grimpent les marches.

14. Int. Bureau du constable

Mike et Hatch viennent juste de recouvrir le corps de Peter d'une couverture – on voit les bottes du marin-pêcheur qui en dépassent –, lorsque des coups sont frappés contre la porte donnant sur l'extérieur. Hatch étouffe un cri et se précipite vers le bureau, où est posé le pistolet (à côté du papier sur lequel Pete avait griffonné son message, et que les deux hommes ont détaché du suicidé). Mike saisit Hatch par le bras.

> MIKE : Calme-toi.

Il va jusqu'à la porte et l'ouvre. Kirk et Jack entrent, accompagnés d'un tourbillon de neige, et se mettent à taper du pied.

> KIRK FREEMAN : Pile à l'heure, bon Dieu, tempête ou pas... *(Il voit le corps recouvert d'une couverture.)* Que... Qui c'est, Mike ?

> JACK CARVER *(il en est malade) :* Peter Godsoe. Je reconnais ses bottes.

Jack se tourne pour regarder Linoge. Kirk en fait autant. Ces deux hommes viennent de débarquer, mais ils comprennent cependant, instinctivement, que Linoge a quelque chose à voir avec ce qui vient de se passer ; ils ressentent son pouvoir.

Dans son coin, la radio CB se met à émettre des craquements.

> URSULA *(voix seule) :* ...ike... venez, Mike An... Avons un gros prob... hôtel de ville... Lloyd Wish... urg... urgent...

Le dernier mot, au moins, a été entièrement compréhensible. Mike et Hatch échangent un regard inquiet et surpris – qu'est-ce qui se passe encore ? Mike va jusqu'à l'étagère où est posé l'émetteur et décroche le micro.

MIKE : Répète, Ursula ! Répète, s'il te plaît... et parle lentement. L'antenne extérieure est cassée, et on t'entend très mal. C'est quoi, cette urgence ?

Il relâche le bouton. Il y a un silence tendu. Hatch a l'idée d'augmenter le volume. Chuintement plus fort d'électricité statique, puis :

URSULA : ...oyd... Shman... dit Ferd... Robbie Beals... Henry Bright... ont... pouvons... Tu me reçois ?

Mike paraît frustré, puis il a une idée.

MIKE *(à Hatch) :* Va lui répondre sur la radio de la voiture. Et reviens dès que tu as compris de quoi il s'agit.

HATCH : Vu.

Il s'éloigne, puis regarde derrière lui, dubitatif.

HATCH : Ça va aller ?

MIKE : Il est sous clef, non ?

L'expression de Hatch devient plus dubitative que jamais, mais il sort néanmoins.

KIRK FREEMAN : Mais qu'est-ce qui se passe, Mike ?

Mike lève la main, comme pour dire : Pas maintenant. Il retire de sa poche les photos qu'il a prises dans la maison de Martha Clarendon. Il les parcourt jusqu'à ce qu'il ait trouvé celle qu'il a faite du dessus de la porte. Il la pose à côté du papier qui était accroché à Peter Godsoe et que lui et Hatch ont retiré. Il y a identité entre le dessin de la canne au-dessus de la porte, dans l séjour de Martha, et celles qui dansent sur la feuille de papier.

JACK CARVER : Mais au nom du ciel, qu'est-ce qui se passe ici ?

Mike commence à se redresser, lorsqu'il aperçoit autre chose.

15. Int. Ordinateur portable, vu par Mike

Toute la grille de mots croisés de Hatch est remplie de variations du DONNEZ-MOI CE QUE JE VEUX ET JE M'EN IRAI, plus les petites cannes-icônes dans les carrés noirs.

16. Int. Bureau du constable

MIKE *(répondant à Jack) :* Je veux bien être pendu si je le sais.

17. Int. Bureau de l'hôtel de ville, avec Ursula, nuit

Elle s'escrime sur la radio CB, même si c'est en pure perte. Derrière elle, l'air anxieux, se tiennent un certain nombre d'hommes et de femmes, notamment Sandra Beals et Carla Bright.

URSULA : Mike, tu m'entends ?

Molly, qui est naturellement inquiète, elle aussi, se fraie un chemin au milieu du groupe.

MOLLY : Tu n'arrives pas à le joindre ?

URSULA : Les vents ont fichu les antennes par terre ! Ici, là-bas et sans doute sur toute l'île.

HATCH *(voix brouillée) :* Ursula, tu m'entends ? À toi, réponds.

URSULA : Oui, je t'entends ! Et toi, tu me reçois bien, Alton Hatcher ?

HATCH : C'est un peu entrecoupé, mais je te capte. C'est quoi, votre problème ?

URSULA : Ferd Andrews vient de nous apprendre que Lloyd Wishman s'est suicidé dans le garage des voitures-pompes.

HATCH : *Quoi ?*

URSULA : Sauf que ça ne ressemble vraiment pas à un suicide... D'après Ferd, Lloyd s'est fendu le crâne en deux avec une hache. Et Robbie Beals et Henry Bright sont repartis là-bas. Pour enquêter, a dit Robbie.

HATCH : Et vous les avez laissés partir ?

Carla prend le micro des mains d'Ursula.

CARLA : Il n'y avait aucun moyen d'arrêter Robbie. C'est tout juste s'il n'a pas emmené mon mari de force. Et dire qu'il pourrait y avoir quelqu'un là-bas ! Où est Mike ? C'est à Mike que je veux parler !

18. Int. Véhicule de service, avec Hatch

Il est assis derrière le volant et réfléchit à ce qu'il vient d'apprendre, le micro à la main. Les événements prennent une dimension incontrôlable, et il s'en rend compte. Finalement, il porte à nouveau le micro à ses lèvres.

HATCH : J'ai dû vous appeler depuis le camion ; Mike est à l'intérieur. Avec l'homme qui... avec le prisonnier.

CARLA *(voix très brouillée) :* Il faut nous l'envoyer ici tout de suite !

HATCH : Eh bien... nous aussi on a certains problèmes ici, vous comprenez, et...

19. Int. Bureau de l'hôtel de ville, nuit

Molly prend le micro des mains de Carla.

MOLLY : Mike n'a rien, Hatch ? À toi, réponds !

20. Int. Véhicule de service, avec Hatch

Le malheureux garçon paraît soulagé. Voilà finalement une question à laquelle il peut donner une réponse satisfaisante.

HATCH : Il va très bien, Molly. C'est pas une mauviette, avec son mètre quatre-vingt-dix. Écoute, faut que j'y aille. Je vais passer le message. Ici services de l'île.

Il abaisse le micro, l'air à la fois perplexe et soulagé, puis le raccroche. Il ouvre la portière et affronte le blizzard. Mike a garé le véhicule municipal à côté de la camionnette de Godsoe. Au moment où Hatch regarde par là, il voit la figure fantomatique et souriante de Linoge qui le scrute depuis la vitre encroûtée de neige, côté conducteur. Les yeux de l'assassin sont totalement noirs.

Hatch pousse un cri étouffé et recule en vacillant. Il regarde de nouveau vers la vitre de la camionnette. Rien. Sans doute son imagination. Il prend la direction du porche, puis se tourne pour regarder derrière lui, comme dans le jeu « un-deux-trois-soleil » auquel jouent les enfants. Il ne voit toujours rien. Continue.

21. Int. Linoge, gros plan

Il sourit. Il sait parfaitement bien ce que Hatch a vu, dans la vitre de la camionnette de Godsoe.

22. Ext. Garage des pompiers, nuit

La porte latérale est ouverte ; Ferd n'a pas pris le temps de la refermer lorsqu'il a fui, à la vue du cadavre de son collègue. L'éclairage de secours, à l'intérieur, projette un pan de lumière jaunâtre sur la neige.

On voit apparaître des phares de voiture ; le bourdonnement de guêpe d'une chenillette les accompagne. Le véhicule fait halte. Robbie descend d'un côté (celui du conducteur, naturellement) et Henry Bright de l'autre.

> HENRY : Je me demande si nous faisons bien de...

> ROBBIE : Tu crois que nous devrions attendre Anderson ? Par une nuit comme celle-ci ? Il faut bien que quelqu'un s'occupe de ça et il se trouve que nous étions les seuls sur place. Et maintenant, allons-y !

Robbie s'avance à grands pas vers la porte ouverte, bientôt suivi de Bright.

23 Int. Garage des pompiers

Robbie se tient à côté de la voiture-pompe la plus proche ; il a repoussé son capuchon en arrière et il a de nouveau perdu ses grands airs autoritaires. Il tient d'une main son petit pistolet ; du canon il montre quelque chose sur le sol. Henry regarde et les deux hommes échangent un regard gêné. Ferd a laissé des traces de sang en s'enfuyant.

Robbie et Henry préféreraient de beaucoup être ailleurs, à présent, mais comme l'a fait remarquer Robbie, ils sont sur place. Ils font le tour du véhicule.

24. Int. Robbie et Henry

Tandis qu'ils font le tour du véhicule, leurs yeux s'agrandissent et leur visage se convulse de dégoût. Henry porte les deux mains à sa bouche, mais ça ne suffira pas à retenir ce qui veut en sortir. Il se penche (hors cadre) et on entend le bruit de quelqu'un qui vomit.

Robbie regarde vers :

25. Int. La hache ensanglantée, vue par Robbie

Elle gît sur le sol, à côté des bottes de Lloyd Wishman. Travelling de la caméra sur la carrosserie de la voiture-pompe jusqu'aux mots écrits en lettres rouge sang : DONNEZ-MOI CE QUE JE VEUX ET JE PARTIRAI.

26. Int. Robbie Beals, gros plan

Les yeux écarquillés, il commence à dépasser le stade de la peur et de la perplexité pour entrer dans les territoires que hante la panique et où l'on prend les plus mauvaises décisions.

27. Ext. Point de vue sur Atlantic Street, nuit

La tempête fait rage. On entend un grand fracas – un bruit d'arrachement – et une branche s'effondre dans la rue, écrasant le toit enneigé d'une voiture garée en dessous. Les conditions météo continuent à empirer.

28. Int. Bureau du constable

Mike se trouve devant le bureau, étudiant la grille de mots croisés du portable. Il tient toujours les photos à la main. Lorsque Jack fait un pas en direction de la cellule, Mike élève la voix sans le regarder.

> MIKE : Ne va pas là.

Jack s'immobilise aussitôt, prenant un air coupable. Hatch arrive par le supermarché, perdant de la neige à chaque pas.

> HATCH : Ursula dit que Lloyd Wishman est mort – au garage des pompiers.

> MIKE : Mort ! Et Ferd ?

> HATCH : C'est justement Ferd qui l'a trouvé. Il dit que c'est un suicide. Ursula m'a donné l'impression de penser que c'était un meurtre. Robbie Beals est allé là-bas avec Henry Bright. Pour enquêter, je suppose.

Jack Carver porte brusquement les mains à son visage. En revanche, c'est à peine si Mike réagit. Il garde son sang-froid et réfléchit à toute vitesse.

> MIKE : On peut encore circuler dans les rues ? Qu'est-ce que tu en penses ?

> HATCH : C'est possible, avec un 4 × 4. On pourra encore, à peu près jusqu'à minuit. Mais après...

Hatch hausse les épaules pour exprimer son incertitude.

> MIKE : Prends Kirk avec toi et va jusqu'au garage. Trouve-moi Robbie et Henry. Ouvre l'œil et sois prudent. Ferme la boutique à clef, et reviens ici avec eux.

> JACK : Je ne sais pas si c'est une bonne idée...

MIKE : Peut-être pas, mais pour l'instant, c'est la seule qui me vient à l'esprit. Je suis désolé, c'est comme ça.

Personne n'a l'air vraiment content, mais Mike est le patron. Hatch et Kirk Freeman prennent la direction de la sortie, remontant la fermeture Éclair de leur parka. Jack s'est remis à regarder Linoge.

Une fois la porte refermée, Mike retourne à ses photos Polaroïd. Il s'arrête brusquement, regardant :

29. Int. Photo du fauteuil de Martha, gros plan

Couvert de sang et aussi inquiétant qu'une chaise électrique, mais vide. Mike passe à la deuxième photo du siège. Sur celle-là aussi, il est vide.

30. Int. Mike, gros plan

Surpris et intrigué. Se souvenant.

31. Int. Séjour de Martha, avec Mike (flash-back)

Il vient juste de tendre les rideaux devant la fenêtre brisée et de les caler avec la table. Il se tourne vers le fauteuil de Martha, braque son Polaroïd et prend un cliché.

32. Int. La canne à tête de loup, gros plan (flash-back)

Elle nous regarde avec ses yeux et ses dents ensanglantées, tel un loup fantôme illuminé par un éclair, puis s'estompe.

Fondu.

33. Int. Bureau du constable, Mike en premier plan

Il tient les deux photos du fauteuil de Martha côte à côte.

MIKE : Elle est partie...

JACK : Qu'est-ce qui est parti ?

Mike ne répond pas. Il prend une troisième photo au milieu du paquet. C'est celle où l'on voit le message écrit avec le sang de Martha et le dessin rudimentaire de la canne. Lentement, Mike lève les yeux vers Linoge.

34. Int. Linoge

Il incline la tête de côté et place l'index sous son menton, comme une fille jouant les timides. Il sourit légèrement.

35. Int. Bureau du constable

Mike se dirige vers la cellule. Il prend au passage une chaise pour s'asseoir dessus, mais sans quitter Linoge un instant de l'œil. Il tient toujours les photos.

JACK *(nerveux) :* Je croyais que tu avais dit qu'il valait mieux ne pas s'en approcher.

MIKE : S'il m'attrape, tu n'as qu'à le descendre. Le pistolet est toujours sur le bureau.

Jack jette un coup d'œil à l'arme mais ne fait pas mine de s'en approcher. Le pauvre garçon paraît plus nerveux que jamais.

36. Ext. Quais de l'île, nuit

Les assauts de la mer déchaînée les ont pratiquement rasés.

37. Ext. Phare du promontoire, nuit

Il se dresse, droit et blanc, au milieu de rideaux de neige, tandis que sa puissante lumière tourne, infatigable. Tout autour brise un violent ressac.

38. Int. Salle de contrôle du phare, nuit.

La station est complètement automatisée et donc vide. Des lumières clignotent. Le bruit du vent est très fort, à l'extérieur, et l'anémomètre oscille entre quatre-vingts et cent dix kilomètres à l'heure. On entend des craquements et des grincements. Projetée sur les vitres, l'écume laisse des traînées et des gouttes.

39. Ext. Phare, nuit

Une vague énorme, un monstre comme celui qui a détruit l'entrepôt de Peter Godsoe, vient s'abattre sur le promontoire de l'île et manque de peu de noyer jusqu'au phare.

40. Int. Salle de contrôle du phare, nuit

Plusieurs vitres explosent, et de l'eau vient inonder les équipements. La vague se retire et tout continue à fonctionner normalement... pour le moment, en tout cas.

41. Ext. Côté du garage des pompiers, nuit

Robbie Beals et Henry Bright sortent par la porte latérale, courbant le dos pour lutter contre le vent. Ces hommes ne sont plus ceux entrés ici quelques minutes auparavant.... Robbie est particulièrement secoué. Il sort un énorme trousseau de clefs (Robbie a des clefs de pratiquement tout, sur l'île : prérogative du patron de la ville) et commence à les manipuler, à la recherche de celle qui ferme la porte. Henry pose timidement une main sur le bras de Robbie. Une fois de plus, les deux hommes doivent crier pour se faire entendre.

> HENRY : Est-ce qu'on ne devrait pas aller au moins vérifier au premier ? Pour voir s'il n'y aurait pas quelqu'un d'autre...

> ROBBIE : C'est le boulot du constable.

Il voit le regard que lui adresse Henry – « toi, mon vieux, tu viens de changer de musique », y lit-on –, mais il ne cédera pas. Il en faudrait beaucoup plus que l'invitation d'un Henry Bright pour forcer Robbie à monter au premier, après ce qu'ils ont vu au rez-de-chaussée. Il trouve la bonne clef et verrouille la porte.

> ROBBIE : Nous avons constaté que la victime était morte et nous avons fermé à clef la scène du crime. Cela suffit. Et maintenant, viens. Il faut retourner à...

> HENRY *(faisant des manières) :* On ne s'est pas vraiment assurés qu'il était mort, en fait... on n'a pas pris son pouls, ni rien de tout ça...

> ROBBIE : Il avait la cervelle répandue jusque sur le marchepied de la voiture-pompe ! À quoi cela aurait-il servi, au nom du ciel, de lui prendre le pouls ?

> HENRY : Mais il pourrait y avoir quelqu'un d'autre, au premier. Jake Civiello... ou peut-être Duane Pulsifer...

> ROBBIE : Les deux seuls noms inscrits sur le tableau de service étaient ceux de Ferd et de Lloyd. Quiconque pourrait se trouver là-dedans aurait des chances d'être

un ami de ce Linoge, et je n'ai aucune envie de rencontrer les amis de ce type. Ni toi non plus, j'imagine. Et maintenant, on y va !

Il saisit Henry par sa parka et le remorque pratiquement jusqu'à la chenillette. Robbie lance le moteur, donnant des coups d'accélérateur impatients en attendant que Henry s'installe, puis décrit un demi-cercle et repart pour la rue.

À ce moment-là, le véhicule de service de l'île arrive, patinant de ses quatre roues motrices dans la neige. Robbie change de trajectoire, avec l'intention de poursuivre sa route, mais Hatch a compris ce qu'il voulait faire et il lui coupe proprement le chemin.

42. Ext. Cadrage sur la chenillette et le 4 × 4, nuit

Hatch descend du 4 × 4, une lampe-torche à la main. Robbie ouvre la portière en toile de la chenillette et se penche. Il a reconnu Hatch et a retrouvé une partie de sa superbe. Bien entendu, ils sont obligés de crier pour se faire entendre.

ROBBIE : Sortez de mon chemin, Hatcher ! Si vous avez quelque chose à dire, suivez-nous jusqu'à l'hôtel de ville !

HATCH : C'est Mike qui m'envoie ! Il vous demande de venir au bureau du constable. Et toi aussi, Henry !

ROBBIE : Je crains bien que ce soit impossible. Nos femmes et nos enfants nous attendent à l'hôtel de ville. Si Mike Anderson a décidé que nous prenions un quart un peu plus tard, d'accord. Mais pour le moment...

HENRY : Lloyd Wishman est mort... et il y a quelque chose d'écrit sur la carrosserie d'une des voitures-pompes. Si c'est le message d'un suicidé, j'ai jamais entendu parler d'un truc aussi bizarre.

Kirk arrive, passant devant le 4 × 4, tenant son bonnet à deux mains.

KIRK : Allons-y ! Inutile de traîner ! Ce n'est pas un endroit pour discuter !

ROBBIE *(ennuyé) :* D'accord avec ça. On pourra avoir cette discussion à l'hôtel de ville, où il fait chaud.

Il veut refermer la portière de toile, mais Hatch l'en empêche.

HATCH : Peter Godsoe est mort, lui aussi. Il s'est pendu... et il a aussi laissé un message bizarre.

Robbie et Henry sont estomaqués.

HATCH : Mike m'a demandé de vous trouver, Robbie Beals, et c'est ce que j'ai fait. Vous allez nous suivre jusqu'au magasin. La discussion est terminée.

HENRY *(à Robbie) :* On ferait mieux d'y aller.

KIRK : Évidemment, que vous feriez mieux ! Grouillez-vous !

HENRY : Peter Godsoe... mais Dieu du ciel, pourquoi ?

Robbie se voit obligé de faire quelque chose qu'il n'a pas envie de faire, et il déteste cette situation. Il adresse un sourire dépourvu d'humour à Hatch qui, solidement campé sur ses jambes, derrière sa lampe, n'en démord manifestement pas.

ROBBIE : C'est vous qui n'arrêtez pas de mettre ce mannequin sur le porche du supermarché. Vous croyez que je ne le sais pas ?

HATCH : On pourra en parler plus tard, si vous voulez. Pour l'instant, une seule chose compte : nous sommes dans un sacré pétrin, ce soir, et je ne parle pas seulement de la tempête. Je ne peux pas vous obliger à nous donner un coup de main et à faire votre part du boulot, mais je peux par contre faire en sorte que lorsque tout cela sera terminé, les gens sauront qu'on vous l'a demandé... et que vous avez refusé.

HENRY : Je viens, Hatch.

KIRK : Voilà un bon gars !

Henry ouvre la portière de son côté pour descendre de la chenillette et rejoindre Hatch et Kirk. Mais Robbie le saisit par sa parka et le ramène à l'intérieur du véhicule.

ROBBIE : Très bien... mais je m'en souviendrai.

HATCH : Faites donc. Avez-vous fermé le garage à clef ?

ROBBIE *(avec mépris) :* Évidemment. Vous me prenez vraiment pour un idiot !

Hatch se garde bien de répliquer à celle-là... ce qu'il aurait fort bien pu faire, s'il n'avait pas décidé de se montrer aussi diplomate que possible. Il se contente donc d'acquiescer d'un signe de tête et de retourner au 4 × 4, sa torche décrivant des arcs de lumière dans les tourbillons de neige. Henry ouvre de nouveau sa portière et le rappelle.

HENRY : Est-ce que tu peux appeler l'hôtel de ville avec la CB ? Pour dire à Carla et à Sandy que tout va bien pour nous ?

Hatch tend son pouce levé avant de monter dans le 4 × 4. Il accélère et, faisant patiner l'embrayage, fait demi-tour pour reprendre la direction du supermarché ; les roues dérapent et soulèvent des gerbes de neige sale. La chenillette suit, Robbie au volant.

43. Int. Le 4 × 4, avec Hatch et Kirk

HATCH *(à la radio) :* Ursula ? Tu m'entends, Ursula ? Si tu me reçois, réponds !

44. Int. Bureau hôtel de ville

Il y a pas mal de monde ; les gens, très anxieux, se sont regroupés autour d'Ursula. Parmi eux, Ferd Andrews, qui a ôté sa parka et qui sirote une boisson chaude, une couverture sur les épaules. Il y a aussi Molly, Carla et Sandy, tenant Don dans ses bras pour le réconforter.

HATCH *(sa voix, à la radio, est déformée et parasitée) :* ..sula ?...éponds-moi... à toi...

Ursula ignore la voix, tenant le micro appuyé contre son épaule et regardant autour d'elle les gens qui se rapprochent de plus en plus, avides de nouvelles. Ce sont ses voisins, d'accord, mais...

Molly voit sa réaction agoraphobique et se tourne vers la petite foule.

MOLLY : Voyons, les amis, vous allez étouffer Ursula. Reculez... Si on apprend quoi que ce soit, on vous le dira aussitôt.

TESS MARCHANT *(faisant chorus) :* Reculez ! Allez, reculez ! Si vous n'avez rien d'autre à faire, descendez au sous-sol et regardez donc les informations sur le canal météo !

UNE VOIX : Impossible ! Le câble a déclaré forfait !

Ils reculent néanmoins et laissent un peu de place à Ursula. Elle adresse un sourire plein de reconnaissance à Molly et Tess, puis elle approche le micro de ses lèvres et appuie sur le bouton d'émission.

URSULA : Le signal n'est pas fameux, mais je t'entends, Hatch. Parle fort et lentement, à toi...

45. Int. Le 4 × 4, avec Hatch

HATCH : Robbie et Henry vont bien. J'ai pensé que vous auriez aimé le savoir. À toi.

46. Int. Hôtel de ville, cadrage sur Ursula

Sandra Beals et Carla Bright poussent un soupir de soulagement. Don, jamais en reste quand il s'agit de jouets à mettre en pièces ou d'un de ses pairs à humilier, s'arrache des bras de sa mère et fonce au sous-sol.

DON BEALS *(voix) :* Mon papa va très bien ! C'est lui le maire ! Il peut lancer le ballon à dix kilomètres ! L'an dernier, il a vendu pour des milliards de milliards d'assurances ! Qui veut faire le singe avec moi ?

URSULA : C'est bien vrai que Lloyd Wishman est mort, Hatch ?

47. Int. Le 4 × 4, avec Hatch et Kirk

Hatch hésite avant de répondre et échange un coup d'œil avec Kirk. Hatch sait qu'il doit être prudent ; décider quelles informations donner et lesquelles taire, c'est le boulot de Mike, en réalité. Il regarde dans le rétroviseur, pour être sûr que la chenillette le suit toujours.

HATCH : Euh... Je ne suis pas au courant de tous les détails, Ursula. Dis simplement à Sandy et à Clara que leurs gars ne vont pas revenir tout de suite. Mike a besoin d'eux au magasin pendant un petit moment.

URSULA : Pourquoi... chose ? Est-ce... Bouclé ? Molly voud... savoir... à toi.

HATCH : Je te reçois de plus en plus mal, Ursula. Trop de parasites. Je vais réessayer dans un petit moment. Ici services de l'île, terminé.

Il raccroche le micro avec une expression de soulagement mâtiné de culpabilité et voit Kirk qui le regarde. Il hausse les épaules.

HATCH : Bon sang ! Je ne savais pas quoi leur dire ! Mike n'aura qu'à s'en charger – c'est pour ça qu'il est payé.

KIRK : Ouais, des clopinettes... De quoi se payer un billet de loto.

48. Int. Mike et Linoge, bureau du constable, nuit

Mike est assis sur la chaise qu'il a prise avec lui. Linoge est installé sur sa banquette, adossé au mur, genoux écartés. Ils se regardent entre les barreaux. À l'arrière-plan, Jack Carver observe la scène depuis le bureau.

MIKE : Où est passée votre canne ? *(Aucune réaction de Linoge.)* Vous aviez une canne, je le sais. Où est-elle ? *(Toujours aucune réaction de Linoge.)* Comment êtes-vous arrivé sur Little Tall Island, monsieur ?

Pas de réaction. Mike brandit la photo sur laquelle on voit le message laissé dans le séjour de Martha.

MIKE : « Donnez-moi ce que je veux et je m'en irai. » Est-ce vous qui avez écrit ça ? C'est bien vous, n'est-ce pas ? *(Pas de réaction.)* Et que voulez-vous au juste, monsieur ?

Toujours aucune réaction. Mais les yeux du prisonnier luisent ; la pointe de ses dents apparaît, alors que s'esquisse, sur ses lèvres, son petit sourire inquiétant. Mike lui laisse tout le temps de répondre, mais c'est en vain.

MIKE : André Linoge... Je suppose que vous êtes français. Il y a beaucoup de gens d'origine française, sur l'île. Nous avons les Saint-Pierre... les Robichaux... les Bissonette... *(Pas de réaction.)* Qu'est-il arrivé à Peter Godsoe ? Avez-vous quelque chose à voir avec son geste ? *(Pas de réaction.)* Comment saviez-vous qu'il trafiquait de la marijuana depuis son entrepôt ? Qu'il le faisait depuis toujours ?

LINOGE : Je sais beaucoup de choses, constable. Par exemple, que lorsque vous étiez à l'université du Maine et que vous risquiez de perdre votre bourse, à cause d'une mauvaise note en chimie pendant votre première année, vous avez triché lors de l'examen semestriel. Vous ne l'avez jamais dit à personne, même pas à votre femme, n'est-ce pas ?

Mike est très secoué. Il voudrait que Linoge ne s'en rende pas compte, mais cela n'a pas échappé au prisonnier.

MIKE : Je ne sais pas d'où vous tenez cette information, mais je peux vous dire qu'elle est fantaisiste. J'étais sur le point de... d'accord, je m'étais préparé des antisèches et j'avais bien l'intention de les utiliser, mais je les ai jetées au dernier moment.

LINOGE : Je ne doute pas qu'au bout de toutes ces années, vous ayez fini par vous convaincre que telle était la vérité... mais aujourd'hui, nous savons très bien ce qui s'est passé, tous les deux. Vous devriez en parler à Ralphie, un de ces jours. Voilà qui ferait une belle histoire à lui raconter, avant qu'il s'endorme. « Comment papa a brillamment réussi ses études »... *(Il reporte son attention sur Jack.)* Vous, vous n'avez jamais triché pendant un examen à l'université, n'est-ce pas ? D'autant moins que vous n'avez jamais mis les pieds à l'université, et que personne n'a éprouvé le besoin de vous coller un zéro pendant que vous étiez au lycée. *(Jack le regarde fixement, en écarquillant les yeux.)* N'empêche, on pourrait tout de même vous mettre en taule pour agression... si on vous retrouve. Vous avez eu de la chance, l'an dernier, n'est-ce pas ? Vous et vos copains Lucien Fournier et Alex Haber. Beaucoup de chance.

JACK : La ferme !

LINOGE : Ce type ne vous avait pas caressé dans le sens du poil, hein ? Il zozotait un peu... et il avait cette tignasse blonde, frisée comme celle d'un fille... sans parler de la façon dont il marchait... mais tout de même, trois contre un... et des queues de billard... quel manque de fair-play...

Linoge émet un petit *ts-ts* réprobateur. Jack fait un pas en direction du bureau, les poings serrés.

JACK : Faites attention à ce que vous dites, monsieur !

LINOGE *(souriant) :* Le gosse a perdu un œil – qu'est-ce que vous en dites, hein ? Vous pouvez aller vérifier vous-même. Il habite à Lewiston. Il porte un bandeau en cachemire sur l'œil. C'est sa sœur qui le lui a fait. Il ne peut pas pleurer par cet œil. Le canal pour les larmes est foutu. Il reste réveillé tard la nuit, allongé sur son lit, à écouter les voitures qui passent sur Lisbon Street et les groupes qui jouent dans les boîtes – ceux qui peuvent faire de la musique tant qu'ils veulent, pourvu qu'ils donnent des airs comme « Louie Louis » ou « Hang on Sloopy ». Et il prie saint André de lui rendre la vue à son œil gauche. Il ne peut plus conduire ; il a perdu le sens de la profondeur. Ce sont des choses qui arrivent lorsqu'on vous a crevé un œil. Il ne peut même pas lire longtemps, ça lui donne des maux de tête. Il a pourtant toujours son petit zozotement… et cette démarche ondulante… et vous, les trois rigolos, vous aimiez bien cette chevelure blonde qui lui encadrait le visage, en fin de compte – mais vous ne vous le seriez jamais avoué les uns aux autres, évidemment. Ça vous excitait plus ou moins. Vous vous demandiez vaguement quel effet ça vous ferait de passer la main dedans…

Jack s'empare du pistolet et le pointe sur la cellule.

JACK : Ferme-la, ou je te la fais fermer, moi ! Je suis sérieux !

MIKE : Pose ça, Jack.

Linoge ne bronche pas ; on dirait cependant que son visage émet une sorte de lueur sombre. Pas de lentilles de contact ou de tour à la *X-Files* : tout est dans le visage. Il les nargue, débordant de haine et de force.

LINOGE : Encore une belle histoire à raconter à son petit garçon en le mettant au lit. Je vous vois bien, allongé sur le lit, le bras passé autour des épaules du bambin. « Buster, papa a envie de te raconter comment il a crevé l'œil d'un sale petit pédé avec une queue de billard, parce que… »

Jack appuie sur la détente. Mike tombe de la chaise sur laquelle il était assis, tandis que l'on entend le sifflement d'un ricochet. Il émet un cri de douleur. Linoge n'a pas bougé de sa place, mais Mike gît maintenant à terre, le visage contre le sol.

Fondu au noir. Fin de l'acte 1.

Acte 2

49. Ext. Le supermarché, nuit

La tempête fait toujours rage et hurle ; la neige tombe tellement dru et à une telle vitesse que le magasin prend un aspect fantomatique.

Bruit : un craquement grinçant, violent. Un arbre s'effondre sur la partie gauche du magasin ; il manque de peu la camionnette de Godsoe, mais il enfonce une partie du toit qui recouvre le porche et pulvérise l'extrémité de la rambarde.

JACK *(voix off) :* Mike ! Mike ! Ça va, Mike ?

50. Int. Bureau du constable

Mike se met péniblement à genoux ; il serre son biceps droit de sa main gauche, et un peu de sang lui coule entre les doigts. Jack est submergé de remords et d'effroi à l'idée de ce qu'il vient de faire... ou a failli faire. Il laisse tomber l'arme sur le bureau et se précipite. Mike, pendant ce temps, se remet debout.

JACK *(bafouillant) :* Je suis désolé, Mike... Je ne voulais pas... est-ce que tu vas b...

Mike le repousse violemment.

MIKE : Reste loin de lui ! Je te l'ai déjà dit, il me semble.

Mais ce n'est pas pour cette raison que Mike l'a repoussé ; il l'a repoussé parce que Jack s'est montré un vrai crétin – et Jack le sait. Il reste planté entre la cellule et le bureau, la bouche agitée de tressaillements et des larmes dans les yeux. Mike enlève sa main pour examiner les dégâts. Sa chemise est déchirée et le sang s'écoule par là.

Bruit : moteurs. Le 4 × 4 et la chenillette approchent.

MIKE : Elle n'a fait que m'égratigner. J'ai eu de la chance. *(Soulagement de la part de Jack.)* Mais vingt centimètres à gauche, j'étais mort et il rigolerait.

Mike se tourne vers la cellule. L'un des barreaux présente une marque toute fraîche de métal brillant. Mike la touche du bout du doigt, l'expression songeuse.

MIKE : Je me demande où...

LINOGE : Ici.

Il tend son poing fermé. Comme s'il agissait en rêve, Mike passe la main entre les barreaux, paume ouverte.

JACK : Non, Mike !

Mike ne fait pas attention. Le poing de Linoge vient se placer au-dessus de la paume ouverte de Mike et y laisse tomber quelque chose de petit et de noir. Mike retire sa main. Jack avance d'un ou deux pas. Mike prend le petit objet entre le pouce et l'index et le tient de manière à ce qu'ils puissent tous les deux l'examiner. C'est la balle de la cartouche tirée par Jack.

Le bruit des moteurs devient plus fort.

MIKE *(à Linoge) :* Vous l'avez attrapée ? C'est bien ça, vous l'avez attrapée ?

Linoge se contente de le regarder sans répondre, souriant.

51. Ext. Supermarché, nuit

Le 4 × 4 entre dans le parking et la chenillette vient se garer à côté. Les quatre hommes descendent et regardent l'arbre qui s'est abattu sur le porche.

HATCH : Alors, Robbie, l'assurance paiera les dégâts ?

ROBBIE *(du ton « Ne m'embêtez pas avec des questions aussi triviales ») :* Ne perdons pas de temps ici. Entrons.

Ils grimpent l'escalier menant sur le porche.

52. Int. Bureau du constable

Mike a relevé la manche de sa chemise ; on voit une plaie peu profonde à son biceps. Une trousse de première urgence est posée sur le bureau, à côté du pistolet. Jack met un pansement sur la blessure et le maintient en place avec du ruban adhésif.

JACK : Je suis vraiment désolé, Mike.

Mike prend une profonde inspiration, retient l'air un instant, puis l'expulse, s'efforçant de ne plus être en colère. Ce n'est pas facile, mais il y parvient.

La porte principale du supermarché s'ouvre. La clochette tinte au-dessus du battant. On entend un bruit de bottes et le murmure de voix qui se rapprochent.

MIKE : Voilà Hatch...

JACK : Et à propos de ce qu'a dit le type...

Jack adresse à Linoge un regard où se mêlent la haine et la stupéfaction ; le prisonnier ne cille pas. Mike lève la main avec un geste apaisant pour calmer Jack. La porte s'ouvre. Hatch entre, suivi de Henry Bright et Kirk Freeman. Robbie Beals ferme la marche ; il donne l'impression d'être à la fois agressif et mort de frousse. Une mauvaise combinaison.

ROBBIE : Bon, qu'est-ce qui se passe, ici ?

MIKE : J'aimerais bien le savoir, Robbie.

53. Ext. Carrefour Atlantic Street et Main Street, nuit

La tempête fait rage. Les bancs de neige continuent de gagner de la hauteur.

54. Ext. Vitrine de la pharmacie, nuit

On voit un décor de scènes hivernales, avec des gens faisant du traîneau, du ski, du patin à glace. Devant, accrochées à des fils, pendent des fioles contenant des vitamines. RENFORCEZ VOS RÉSISTANCES AVEC LES VITAMINES DAY-GLOW ! lit-on au-dessus du décor. Sur la gauche, une horloge à balancier indique l'heure : 20h30.

Bruit : encore un de ces horribles craquements. Une branche vient fracasser la vitrine et détruire le décor. La neige entre en virevoltant dans la pharmacie.

55. Ext. Hôtel de ville, nuit

C'est à peine si nous le distinguons au milieu des épais tourbillons de neige.

56. Int. Un coin du sous-sol, hôtel de ville

C'est le coin des enfants. Pippa Hatcher, Harry Robichaux, Heidi Saint-Pierre et Frank Bright dorment déjà. Molly est assise près de la couchette de Ralphie, lequel se sent gagné par le sommeil.

À l'extérieur, le vent hurle de plus belle. Le bâtiment, pourtant construit en briques, émet des craquements. Molly lève les yeux.

RALPHIE : Le vent va pas nous emporter, hein, maman ? Comme la maison de paille du petit cochon ?

MOLLY : Non, l'hôtel de ville est en briques, comme la maison du troisième. Le vent aura beau souffler et souffler toute la nuit, on ne risquera rien.

RALPHIE *(voix ensommeillée) :* Et papa, il ne risque rien ?

MOLLY : Non, absolument rien.

Elle dépose un baiser sur la selle aux fées, sur le nez de Ralphie.

RALPHIE : Il empêchera le méchant monsieur de sortir et de nous faire du mal, hein ?

MOLLY : Oui, il l'en empêchera, je te le promets.

DON BEALS *(il est en colère et crie à pleins poumons) :* Mets-moi par terre ! Arrête ! Laisse-moi tranquille !

Molly se tourne vers :

57. Int. Escalier conduisant au sous-sol, nuit

Sandra Beals est en train de le descendre, tenant le petit Don dans ses bras ; l'enfant se débat comme un beau diable et hurle. Elle est habituée à ces crises de colère... trop habituée, peut-être.

Au moment où elle arrive en bas de l'escalier, Molly se précipite pour l'aider ; Don finit par se libérer des mains de sa mère. Il est fatigué et furieux, et manifeste ce comportement qui fait dire aux jeunes mariés qu'ils n'auront jamais d'enfant.

MOLLY : Un coup de main ?

SANDRA BEALS *(avec un sourire fatigué) :* Non... il est simplement un peu énervé...

DON BEALS : C'est papa qui doit me mettre au lit, pas toi !

SANDRA : Voyons, mon chéri...

Il donne un coup de pied à sa mère. Ce n'est que le coup de pied d'un petit garçon, donné avec une chaussure de sport, mais il fait tout de même mal.

DON BEALS : Mon papa ! Pas toi !

Un instant, c'est une expression de mépris écœuré pour cet enfant qu'on lit sur le visage de Molly. Elle tend une main – Don a un léger mouvement de recul et plisse les yeux...

SANDRA : Non, Molly !

Mais Molly se contente de lui faire faire volte-face en lui donnant un léger coup sur les fesses.

MOLLY *(gentiment) :* Va attendre ton papa là-haut.

Don Beals, charmant jusqu'au bout, crache une framboise en direction de Molly, l'aspergeant en même temps de salive. Puis il file dans l'escalier. Les deux femmes le regardent partir, Sandra embarrassée par le comportement de son fils et Molly reprenant son sang-froid. Celle-ci a beau être à la fois mère et institutrice de maternelle, cela ne l'empêche pas d'avoir eu – au moins passagèrement – envie de coller une bonne gifle au petit morveux, plutôt que de lui donner une légère tape sur les fesses.

SANDRA : Je suis désolée, Molly. Je croyais qu'il était prêt à dormir. Il... il a l'habitude que ce soit son père qui le couche.

MOLLY : Autant le laisser là-haut. Je crois que Buster s'y trouve encore à courir partout. Ils vont jouer à chat perché pendant un moment et ils s'endormiront dans un coin.

Pendant cette conversation, les deux femmes se sont rapprochées du coin des enfants, baissant la voix au fur et à mesure.

SANDRA : Tant qu'il ne gêne pas les autres...

MOLLY : Mais non... ils dorment tous à poings fermés.

Ce qui inclut Ralphie. Molly lui remonte la couverture jusqu'au menton et l'embrasse sur le coin des lèvres. Sandra la regarde avec envie.

SANDRA : Je m'inquiète parfois pour Don. Je l'aime, mais je m'inquiète pour lui.

MOLLY : Ils passent par des périodes comme ça, Sandy. Don a parfois des... mauvais moments, mais ça finira par s'arranger.

Elle en doute, cependant ; elle espère avoir raison, mais elle n'y croit pas elle-même. Dehors, le vent rugit. Les deux femmes lèvent les yeux, mal à l'aise... et Sandra est prise d'un soudain besoin de se confier.

SANDRA : Je vais quitter Robbie au printemps. J'emmènerai Donnie avec moi, chez mes parents, sur Deer Isle. Je n'avais pas l'impression de m'être vraiment décidée, mais cette fois-ci, ça y est.

Molly la regarde, éprouvant à la fois de la sympathie et un peu de gêne. Elle ne sait pas comment réagir.

58. Int. Cuisine de l'hôtel de ville, nuit

C'est une cuisine fort bien équipée ; beaucoup de fêtes aux haricots et de repas y ont été préparés pour de grandes occasions. Pour l'instant, un certain nombre de femmes s'activent en vue du petit déjeuner du lendemain matin. Parmi elles, Mrs Kingsbury et Joanna Stanhope. La belle-mère de Joanna trône comme une reine, assise à côté de la porte, et surveille ce que font les femmes. Cat Withers entre dans la pièce, habillée pour sortir.

MRS KINGSBURY : Tu vas aller aider Billy ?

CAT : Oui, madame.

MRS KINGSBURY : Profites-en pour regarder s'il ne reste pas des céréales sur l'étagère du fond. Et dis à Billy de ne pas oublier les jus.

CORA : Oh, je n'ai pas l'impression qu'il risque d'y avoir un problème dans le rayon des boissons. N'est-ce pas, Katrina ?

Cora, qui ignore tout de ce qui est arrivé lorsque Linoge est passé par le magasin et qui, par conséquent, n'a pas la moindre idée du problème qu'il y a maintenant entre Cat et Billy, termine par un petit rire salace de vieille femme. Cat ne trouve pas ça drôle. Elle va jusqu'à la porte du fond. Son visage (du moins ce que nous en voyons entre son cache-nez remonté et son capuchon rabattu) arbore une expression soucieuse et malheureuse. Elle est cependant bien déterminée à parler à Billy et à sauver leur relation si elle le peut.

59. Ext. Arrière de l'hôtel de ville, nuit

Une modeste allée piétonne, actuellement envahie par la neige, conduit à une petite annexe en briques servant de remise pour les provisions. La porte est ouverte et la faible lueur d'une lampe Coleman éclaire vaguement les tourbillons de neige ainsi qu'un passage où la neige a été tassée mais qui commence à être recouvert.

La caméra prend le bâtiment et nous voyons Billy Soames, lui aussi tout emmitouflé, qui entasse des provisions sur un traîneau. Il s'agit surtout des concentrés dont Ursula a parlé – versez de l'eau sur la poudre et avalez le tout – mais il y a également des boîtes de céréales, un panier de pommes et plusieurs sacs de pommes de terre.

CAT : Billy ?

Il se retourne.

60. Int. Remise, nuit

Cat se tient dans l'encadrement de la porte. Billy la regarde. Leur haleine lance des nuages de vapeur dans la lueur incertaine de la lampe. C'est un gouffre de méfiance qui les sépare, à présent.

CAT : Je peux te parler, Billy ?

BILLY : Si tu veux.

CAT : Billy, je v...

BILLY : C'est vrai ce qu'il a dit ? Tu es allée à Derry pour te faire avorter ?

Elle ne dit rien, mais c'est une réponse suffisante.

BILLY : À mon avis, c'est tout ce qu'on a à se dire, tu crois pas ? Ça résume tout.

Il lui tourne délibérément le dos et se remet à farfouiller sur les étagères. Cat, frustrée et en colère, entre dans le bâtiment, en enjambant le traîneau à demi chargé pour cela.

CAT : Tu ne veux pas savoir pourquoi ?

BILLY : Pas spécialement. C'était notre bébé – enfin, je suppose – et il est mort. Je n'ai pas besoin de savoir autre chose.

Cat est de plus en plus en colère. Elle en oublie qu'elle est venue ici pour sauver le village, pas pour le détruire. Étant donné l'attitude de Billy, on la comprend.

CAT : Tu m'as posé une question, je vais t'en poser une. C'est quoi, cette histoire avec Jenna Freeman ?

Il y a un ton de défi dans sa voix. Les mains de Billy s'immobilisent sur les boîtes qu'il trie. Ce sont des jus de pomme, dans des conditionnements de cafétéria. Sur chaque étiquette, on peut lire MCCALL'S BRAND au-dessus d'une pomme bien mûre. Sous la pomme, les mots QUALITÉ SUPÉRIEURE. Billy se tourne vers Cat, le menton tendu agressivement en avant.

BILLY : Pourquoi me poser la question, si tu connais déjà la réponse ?

CAT : Peut-être pour que t'arrêtes de prendre ton air offensé. Oui, je le savais. La plus grande pute de la côte, et toi qui lui cours après comme si elle avait le feu au derrière et que tu voulais l'éteindre.

BILLY : Ce n'était pas comme ça.

CAT : Ah bon ? Et c'était comment ? J'aimerais bien savoir.

Il ne répond pas. Adossé aux étagères, il lui fait face mais évite de la regarder dans les yeux.

CAT : Il y a quelque chose que je ne comprends pas. Je ne t'ai jamais dit non. Pas une seule fois je ne t'ai dit non. Et malgré cela... Combien de fois ça te prend par jour, Billy ?

BILLY : Quel rapport avec notre bébé ? Celui dont j'ai entendu parler par un étranger, et devant la moitié de la ville, en plus ?

CAT : Je savais que tu lui courais après, t'as pas compris ? Comment pouvais-je penser que tu te comporterais correctement ? Comment aurais-je pu te faire confiance ?

Il ne répond pas. Il garde les mâchoires serrées. S'il y a quelque chose de vrai dans ce qu'elle lui reproche, il ne le voit pas. Ou, plus probablement, il ne veut pas le voir.

CAT : Peux-tu imaginer ce qu'on ressent, lorsqu'on découvre un jour qu'on est enceinte et que son petit ami passe ses après-midi avec la catin de la ville ? Qu'il lui court après comme si elle avait le cul en or ?

Elle est maintenant nez à nez avec lui et lui crie en plein visage.

BILLY *(criant lui aussi) :* Ce bébé était autant à moi qu'à toi ! Tu as été à Derry et tu l'as assassiné, et il était à moitié à moi !

CAT *(avec un ricanement) :* Tiens, pardi ! Maintenant qu'il n'est plus là, voilà qu'il est à moitié à toi.

61. Int. Bureau du constable, Linoge en premier plan

Les cinq hommes (Mike, Hatch, Kirk, Jack et Robbie) sont rassemblés autour du bureau, tandis que Mike tente de joindre la police d'État à Machias avec la radio. Hatch regarde Mike, mais les autres ne peuvent détacher les yeux de Linoge.

Soudain le prisonnier se redresse, ses yeux s'écarquillent. Jack donne un coup de coude à Mike ; Mike se tourne pour regarder. Linoge tend une main, l'index pointé vers le bas, et lui fait décrire un tour en l'air.

62. Int. Remise, avec Cat et Billy

Billy change de position pour faire face aux étagères, et tourne le dos à Cat. Ce geste reproduit exactement le mouvement que Linoge vient d'exécuter avec sa main.

BILLY : Ce qui veut dire quoi, exactement ?

CAT : Que je ne suis pas idiote. Si j'étais venue te voir pendant que tu courais après Jenna, je sais ce que tu aurais pensé : cette petite salope s'est fait mettre enceinte pour être sûre que je ne vais pas la laisser tomber.

BILLY : Tu penses un peu beaucoup à ma place, tu trouves pas ?

CAT : Tu devrais me remercier ! Parce que sur ce chapitre, tu ne fais pas d'excès !

BILLY : Et le bébé ? Celui que tu as assassiné ? Tu y as pensé, au bébé ? *(Cat ne répond pas.)* Sors d'ici. Je ne supporte pas de t'entendre.

CAT : Dieu du ciel ! Tu es infidèle, ce qui est déjà assez moche, mais en plus tu es un froussard, ce qui est pire ! T'es trop nul pour être digne de cette moitié que tu revendiques ! J'avais pensé qu'on pouvait peut-être sauver ce qui restait de notre couple, mais il n'y a rien à sauver. Tu n'es qu'un pauvre idiot, en fin de compte.

Elle se tourne pour repartir. Le visage de Billy est déformé par la rage. Il est face aux étagères et il voit :

63. Int. Les boîtes de jus de pomme, vues par Billy

À la place de McCALL'S BRAND, on lit maintenant McCANNE BRAND. La pomme mûre de l'étiquette a laissé la place à une canne noire, dont le pommeau est une tête de loup en argent. Et au lieu de QUALITÉ SUPÉRIEURE on peut lire : QUALITÉ ORDURIÈRE.

64. Int. Bureau du constable, Linoge en premier plan

Linoge tend les mains et fait le geste d'attraper un objet.

KIRK : Qu'est-ce qu'il fabrique ?

Mike secoue la tête. Il l'ignore.

65. Int. Remise, avec Billy et Cat

Billy saisit une des boîtes et la brandit comme une massue, tandis que Cat prend la direction de la porte et enjambe le traîneau en cours de chargement.

66. Int. Bureau du constable, Linoge

MIKE : Qu'est-ce qui vous arrive, monsieur ? Vous pourriez me le dire ?

Linoge n'y fait pas attention. Il est totalement absorbé dans ses pensées. Il refait avec son doigt le mouvement tournant, puis mime avec l'index et le majeur le mouvement de la marche.

67. Int. Remise, avec Billy et Cat

Elle est à la porte, tournant le dos à Billy, quand celui-ci se retourne en brandissant la grosse boîte de jus de pomme. Il fait un pas vers elle...

68. Int. Bureau du constable

Mike se dirige vers la cellule au moment où Linoge se met debout et lève les bras au-dessus de la tête. Il a les mains en coupe, comme s'il tenait un objet que lui seul peut voir.

69. Int. La remise, avec Billy et Cat

Au moment où Cat sort dans la tourmente, Billy brandit la boîte au-dessus de sa tête.

70. Int. La cellule, avec Linoge

Il lève son autre bras, mimant à présent le geste de saisir quelque chose à deux mains.

71. Ext. Devant la remise, avec Cat, nuit

Elle se tient devant la porte, face à la piste laissée par le traîneau, piste qui disparaît à toute vitesse. Elle essuie les larmes qui coulent sur ses joues de sa main gantée et rajuste son écharpe.

Cela donne tout son temps à Billy. Il apparaît sur le seuil, derrière elle, brandissant toujours la boîte à deux mains, le visage déformé par une grimace haineuse.

72. Int. La cellule, avec Linoge

Mike se tient de l'autre côté des barreaux, examinant son prisonnier avec un mélange de perplexité et de peur. Les autres hommes sont massés derrière lui. Linoge les ignore tous et abaisse les mains.

73. Ext. La remise, avec Billy et Cat

Billy manque de peu de passer à l'acte. Nous voyons même la boîte de jus de pomme entamer un mouvement de descente qui serait le pendant du geste fait par Linoge, puis il s'arrête. L'expression de rage aveugle, sur son visage, laisse la place à l'effarement et à l'horreur – mon Dieu, il était à deux doigts de lui fracasser le crâne !

Cat ne se rend compte de rien, n'a pas la moindre intuition de ce qui se passe. Elle commence à marcher, non sans peine, en direction de l'hôtel de ville, la tête baissée, l'extrémité de son écharpe volant derrière elle dans le vent.

74. Int. La cellule, avec Linoge

Il est toujours penché, ses mains jointes descendent rapidement : on dirait qu'il vient de donner un coup violent avec un objet lourd. Il sait cependant qu'il a échoué. Des gouttes de sueur perlent sur son visage et ses yeux brûlent de fureur.

LINOGE : Elle a raison. Vous n'êtes qu'un froussard !

MIKE : Que diable racontez-vous ?

LINOGE *(rageant)* : La ferme !

Sur la table, l'une des deux lampes Coleman explose, éparpillant du verre partout. Les hommes massés près du bureau ont un mouvement de recul.

Linoge fait volte-face, l'air farouche et préoccupé, ayant plus que jamais l'aspect d'un tigre en cage. Puis il se jette à plat ventre sur la banquette, se cachant la tête dans les bras. Il marmonne. Mike s'incline vers les barreaux – autant qu'il l'ose – et tend l'oreille.

LINOGE : Le perron ! Près du perron...

75. Ext. Perron à l'arrière de l'hôtel de ville, nuit

Nous regardons dans la cuisine, à travers les vitres barbouillées de neige : Cora est toujours assise et observe Joanna et Mrs Kingsbury en train de s'activer. Les ont rejointes Carla Saint-Pierre et une femme d'une quarantaine d'années, Roberta Coign ; ces deux dernières vident le lave-vaisselle. L'impression est celle d'une ambiance chaleureuse et agréable, en particulier avec les hurlements du vent et la tempête de neige à l'extérieur.

La caméra zoome vers le bas. À côté du perron couvert de neige se trouve un coffre pour ranger le lait. La canne de Linoge est appuyée contre ce coffre, enfoncée dans la neige de la moitié de sa longueur. La tête de loup a une expression mauvaise.

La main gantée de Cat vient toucher le pommeau d'argent. Un de ses doigts court le long de la gueule menaçante du loup.

76. Ext. Cat, gros plan

Les yeux écarquillés, fascinée.

77. Int. La cellule, avec Linoge

Toujours allongé à plat ventre sur la banquette, les bras sur la tête, il marmonne à toute vitesse. Psalmodie. Mike ignore ce qui se passe, mais sait que cela ne présage rien de bon.

MIKE : Arrêtez ça, Linoge !

L'homme n'y prête aucune attention. Tout au plus se met-il à marmonner un peu plus rapidement.

78. Ext. Perron à l'arrière de l'hôtel de ville, nuit

Cat est partie, mais on peut voir ses empreintes de pas ; elle a fait demi-tour et est retournée vers la remise.

La canne a disparu, elle aussi. La neige virevoltante ne tarde pas à faire disparaître le trou qu'elle a laissé dans la congère.

79. Int. Remise, avec Billy

Il est accroupi à côté du traîneau, qui est maintenant complètement chargé. Il dispose une bâche par-dessus le chargement et entreprend de la fixer à l'aide de sandows.

Nous ne voyons pas la porte, sous cet angle, mais seulement une ombre qui tombe sur Billy... et nous voyons également l'ombre de la canne tandis qu'elle se sépare de la forme humaine et commence à s'élever. Le mouvement attire aussi l'œil de Billy. Il change de position... lève la tête...

80. Int. Cat Withers, vue par Billy

Elle a tout d'une harpie vengeresse ; un ricanement retrousse ses lèvres et laisse voir ses dents ; elle tient la canne par le bois, la tête de loup en avant.

Elle hurle et abat la canne.

81. Int. Linoge à plat ventre sur sa banquette

Poussant un hurlement de triomphe dans son oreiller, les bras toujours autour de la tête.

82. Int. Bureau du constable, champ plus large

Rendu nerveux par ce cri, Mike recule d'un ou deux pas. Les autres se tiennent en groupe serré, comme des moutons sous la grêle. Les quatre hommes sont terrifiés. Linoge continue de hurler.

83. Ext. Plan sur la remise, nuit

D'ici, nous ne voyons pas ce qui se passe, et sans doute vaut-il mieux. On aperçoit cependant l'ombre de Cat... et l'ombre de la canne, qui s'élève et s'abat, s'élève et s'abat.

Fondu au noir. Fin de l'acte 2.

Acte 3

84. Ext. Le phare, nuit

La marée, maintenant en phase descendante, continue de l'assaillir en explosions successives de ses eaux écumeuses sans que la lumière cesse de tourner. À son sommet, certaines des vitres sont brisées, mais le phare a triomphé de la tempête. Pour l'instant, du moins.

85. Ext. La vitrine de la pharmacie, nuit

Les allées du magasin se remplissent de neige, et celle-ci commence même à recouvrir le cadran de la pendule, sur lequel on peut cependant encore lire l'heure : 20 h 47.

86. Int. Un coin du sous-sol de l'hôtel de ville, avec Molly

Elle est assise dans un gros fauteuil, un Walkman sur la tête. Les écouteurs se sont déplacés et continuent de glisser de ses oreilles. On entend, faiblement, de la musique classique. Elle dort à poings fermés.

Des mains entrent dans le cadre et lui retirent les écouteurs. Molly ouvre les yeux. Une jeune fille d'environ dix-sept ans se tient à côté d'elle. Annie sourit, un peu gênée, et lui tend les écouteurs.

ANNIE HUSTON : Vous les voulez ? Ils avaient glissé, et...

MOLLY : Non merci, Annie. Avec ces trucs-là, je finis toujours par m'endormir et écouter Schubert par l'intermédiaire de mes plombages.

Elle se lève, s'étire, et pose le Walkman sur son siège. Le sous-sol a été séparé en deux au moyen de rideaux improvisés et, par l'ouverture du milieu, on peut voir, dans la partie servant de dortoir, les enfants tous endormis, imités en cela par quelques adultes.

Dans la partie réservée aux activités, une quarantaine de personnes sont rassemblées autour d'une télé posée contre un mur ; certaines sont assises sur le sol, d'autres sur les chaises pliantes qui servent lors des parties de loto, les dernières se tiennent debout dans le fond. La télé diffuse une image brouillée qui montre le Monsieur Météo de WVII, la filiale d'ABC qui émet de Bangor. Debout à côté de la télé et tournant l'antenne mobile dans un sens et dans l'autre dans l'espoir d'obtenir une meilleure image (une cause à peu près perdue, à mon avis), se tient un assez bel homme d'une trentaine d'années, en veste de caribou. Il s'agit de Lucien Fournier, l'un des copains chasseurs d'homosexuels de Jack Carver.

MONSIEUR MÉTÉO : En ce moment, la tempête continue de monter en puissance ; les chutes de neige les plus denses ont lieu dans les zones du Centre et de la côte. Ici, à Canal 7, nous avons tout d'abord cru que les chiffres qu'on nous donnait étaient erronés, mais la station de Machias signale déjà une hauteur de quarante-cinq centimètres de neige fraîche... et, n'oubliez pas, sans parler de l'effet cumulatif du blizzard ni de la visibilité, réduite à néant. Pas la moindre circulation sur les routes (*rires*) – hé, les routes ? Quelles routes ? La situation est presque aussi mauvaise à Bangor, et on signale des coupures de courant un peu partout sur le réseau. Brewer est entièrement plongée dans l'obscurité, et à Southwest Harbor, le clocher d'une église aurait été emporté. C'est du très, très mauvais temps, d'autant que nous n'avons pas encore vu le pire. Vous parlerez de celle-là à vos petits-enfants... et ils ne vous croiront probablement pas. Je suis moi-même obligé d'aller regarder de temps en temps par la fenêtre du bureau pour le croire.

À l'arrière du groupe et suivant l'émission parmi ceux qui se tiennent debout, on voit Ursula Godsoe. Molly lui met la main sur l'épaule et Ursula se retourne ; elle ne sourit pas.

MOLLY *(mouvement de tête vers la télé) :* Qu'est-ce qu'ils racontent ?

URSULA : Blizzards et ouragans suivis d'ouragans et blizzards, en gros. Devrait continuer pendant toute la journée de demain, jusqu'à la nuit. Les choses ne commenceront à se calmer qu'à ce moment-là. Il n'y a plus de courant de Kittery à Millinocket. Les agglomérations de la côte sont coupées du reste du pays. Quant à nous, les insulaires, même pas la peine d'en parler.

Elle a une expression vraiment pitoyable, et Molly la remarque ; elle réagit par un mouvement de sympathie mêlée d'un peu de curiosité.

MOLLY : Qu'est-ce qu'il y a ?

URSULA : Je ne sais pas. J'ai comme un mauvais pressentiment. Un très mauvais pressentiment.

MOLLY : Il faut dire qu'il y a de quoi... Martha Clarendon assassinée... Lloyd Wishman qui se suicide... la Tempête du Siècle qui nous tombe sur la tête... oui, il y a vraiment de quoi.

URSULA : Je crois qu'il y a autre chose.

87. Ext. Cadrage sur la remise, nuit

L'encadrement de la porte reste vide pendant un instant, puis Cat s'avance lentement et s'y arrête. Elle a les yeux écarquillés, le regard vide. Sur la partie visible de son visage (entre le cache-nez remonté et le bas de son capuchon) on voit des petites gouttes de sang. On dirait presque des taches de rousseur. Elle tient encore la canne à la main. Une fois de plus, la tête de loup est couverte de sang.

La caméra part en travelling avant pendant qu'un début de compréhension (de ce qu'elle vient de commettre) se manifeste dans l'œil de Cat. Elle abaisse les yeux sur la canne et la laisse tomber.

88. Ext. La canne, vue par Cat

Elle gît juste devant le seuil, dans la neige, et semble lui adresser son ricanement. Les yeux du loup en argent sont remplis de sang.

89. Ext. Retour sur Cat, encadrement de la porte de la remise

Elle porte une main gantée à sa joue. Ayant peut-être senti quelque chose, elle examine le bout de ses doigts. Elle affiche toujours son expression vide, droguée... elle est en état de choc.

90. Int. Sous-sol de l'hôtel de ville, avec Molly et Ursula

Ursula regarde autour d'elle pour voir si on ne risque pas de les entendre. Il semble que non mais, pour plus de prudence, elle entraîne Molly vers un endroit relativement tranquille, au pied de l'escalier. Molly la regarde, inquiète, soucieuse. Dehors le vent rugit plus que jamais. Les deux femmes paraissent toutes petites.

URSULA : Quand j'ai ce genre de pressentiment, j'en

tiens compte. Avec les années, j'ai appris à m'y fier. Je... Molly, je crois qu'il est arrivé quelque chose à Peter.

MOLLY *(soudain inquiète) :* Pourquoi ? Quelqu'un est-il revenu du magasin ? Est-ce que Mike a...

URSULA : Personne n'est revenu de l'autre bout de la ville depuis huit heures, mais Mike va bien.

Elle voit que Molly n'est pas convaincue et a un petit sourire amer.

URSULA : Non, il ne s'agit pas de transmission de pensée ou d'un truc parapsychologique... J'ai pu capter des fragments de transmission radio. Une fois c'était Hatch ; l'autre, j'en suis sûre, c'était Mike.

MOLLY : Qui disait quoi ? Et à qui ?

URSULA : Avec les antennes cassées, c'était impossible à comprendre ; ce n'étaient que des voix, parlant d'un émetteur à l'autre. Je suppose qu'ils essayaient de joindre la police d'État à Machias.

MOLLY : Dans ce cas, tu n'as rien entendu de spécial à propos de Peter et tu ne peux donc pas savoir...

URSULA : Non... mais d'une certaine manière, si. Si je peux convaincre Lucien Fournier d'arrêter de tripoter son antenne de télé et de me conduire jusqu'au supermarché en motoneige, pourras-tu t'occuper des choses, ici ? Sauf si le toit s'effondre, cela consiste avant tout à dire que tout va bien, petit déjeuner à sept heures, et que nous aurons besoin de gens pour le service et la vaisselle, ensuite. Pour ce soir, il n'y a à peu près plus rien à faire, Dieu soit loué. Les gens ont commencé à aller se coucher.

MOLLY : Je vais t'accompagner. Tavia pourra prendre le relais. Je veux voir Mike.

URSULA : Non. Pas avec Ralphie ici et un prisonnier qui est peut-être dangereux là-bas.

MOLLY : Toi aussi tu as une gosse. Sally est ici.

URSULA : C'est pour le père de Sally que je m'inquiète, pas pour celui de Ralphie. Quant à Tavia Godsoe... je ne le lui dirai jamais en face parce que je l'aime beaucoup, mais elle souffre de la maladie des vieilles filles – elle est en adoration devant son frère. Si elle se doute un seul instant qu'il est arrivé quelque chose à Peter...

MOLLY : Très bien. Mais tu diras à Mike que je veux qu'il organise un tour de garde. Peu importe le nombre d'hommes dont il a besoin, puisqu'ils n'ont de toute façon rien d'autre à faire, ce soir. Et qu'il revienne ici. Dis-lui que sa femme veut le voir.

URSULA : Je transmettrai le message.

Elle quitte Molly et, passant au milieu des gens, s'approche de Lucien.

91. Ext. Cadrage sur la remise, nuit

Cat contemple toujours ses mains, mais elle commence vraiment à prendre conscience de ce qui est arrivé. Elle regarde tour à tour la canne ensanglantée et les gants tachés de sang... la canne... les gants... puis lève les yeux vers la tempête. Elle ouvre alors la bouche démesurément et se met à hurler.

92. Int. Cuisine de l'hôtel de ville, nuit

Joanna, qui lave des casseroles dans l'évier et se trouve être la plus près de la porte donnant sur l'extérieur, lève la tête, sourcils froncés. Elle est la seule à s'interrompre dans sa tâche.

JOANNA : Vous n'avez rien entendu ?

CORA : C'était juste le vent.

JOANNA : On aurait dit un cri.

CORA *(sur un ton de patience exagérée) :* Eh oui, c'est le bruit que fait le vent, ce soir.

Joanna, qui commence à en avoir par-dessus la tête de sa belle-mère, regarde Mrs Kingsbury.

JOANNA : Cette fille qui travaille au supermarché... Est-ce qu'elle est revenue ? Elle n'est toujours pas là, n'est-ce pas ?

MRS KINGSBURY : Non. En tout cas, elle n'est pas rentrée par ici.

CORA : Ils devaient avoir à parler de certaines choses, j'imagine, Joanna.

Regard entendu. Et l'accompagnant, probablement le geste le plus obscène que l'on puisse se permettre sur une chaîne de télévision (ou peut-être est-il même trop obscène) : la vieille femme présente un index sur sa main refermée en poing, tapotant le bord du trou ainsi formé – et souriant en même temps.

Joanna l'observe avec un certain dégoût, puis prend une parka sur le portemanteau ; elle est trop grande, mais elle l'enfile tout de même.

CORA : Ma mère disait toujours : « Ne regarde pas par les trous de serrure, tu risquerais de le regretter. »

JOANNA : On aurait dit un cri.

CORA : C'est ridicule.

JOANNA : La ferme... maman.

Cora est abasourdie. Mrs Kingsbury est surprise, mais également contente ; elle doit manifestement s'empêcher de crier : « Allez, ma fille ! » Joanna, qui a bien compris que comme réplique de sortie, elle venait de faire très fort, rabat le capuchon de sa parka et sort dans la tourmente par la porte de derrière.

93. Int. Sous-sol de l'hôtel de ville, avec Molly

Elle regarde Ursula parler à Lucien, qui arrête de manipuler la petite antenne et l'écoute attentivement. Sur l'écran à l'image enneigée de la télé, on voit une carte du Maine. Elle est presque entièrement recouverte de rouge avec TEMPÊTE DE NEIGE écrit en grosses lettres. Dessous, on lit également : 1 MÈTRE À 1,5 MÈTRE ! ! ! CONGÈRES, BLIZZARD. Pendant ce temps :

> MONSIEUR MÉTÉO : Si vous vous trouvez dans la zone délimitée en rouge, il vous est vivement conseillé de rester où vous vous trouvez, même si vous n'avez plus d'électricité ni de chauffage. Être à l'abri est ce soir une priorité absolue. Si vous êtes dans un endroit abrité, ne le quittez pas. Restez au chaud, emmitouflez-vous, partagez votre nourriture et vos forces. Si jamais il y a eu une nuit pour les bons voisins, c'est celle-ci. On en est au stade de l'alerte maximum pour les chutes de neige concernant le Maine central et côtier ce soir – je répète, alerte maximum dans le centre et sur les côtes du Maine.

Johnny Harriman et Jonas Stanhope arrivent par l'escalier, portant de grands plateaux chargés de gâteaux et de biscuits. Ils sont suivis par Annie Huston qui tient dans ses bras le corps ventru d'une machine à café de taille industrielle. Molly, toujours très inquiète, s'efface pour les laisser passer. Elle suit très attentivement la conversation qui se poursuit entre Ursula et Lucien.

JOHNNY : Tout va comme vous voulez, Molly Anderson ?

MOLLY : Impeccable.

JONAS STANHOPE : On peut dire que si ça continue, ce sera une histoire à raconter à nos petits-enfants.

MOLLY : C'en est déjà une.

94. Ext. Entre l'hôtel de ville et la remise, nuit

Arrive Joanna, avançant laborieusement. La parka qu'elle a enfilée au passage bat comme une voile, et le vent n'arrête pas de rabattre son capuchon. Elle approche enfin de la remise. La porte est toujours ouverte, mais Cat a disparu.

Joanna s'arrête néanmoins à deux mètres du seuil. Il y a quelque chose qui cloche ici, et, comme Ursula, elle éprouve un mauvais pressentiment.

JOANNA : Katrina ? Cat ?

Rien. Elle avance de deux pas et passe dans la lumière dure et vacillante émise par la lampe à gaz. Elle baisse les yeux sur :

95. Ext. La neige sur le seuil de la porte, vue par Joanna

L'essentiel des traces a disparu, emporté par la tourmente ou recouvert par la neige, mais on distingue encore des taches rosâtres à l'endroit où Cat a laissé tomber la canne de Linoge ; la canne elle-même a disparu. Au-delà, on voit une tache plus brillante, sur le seuil, à l'endroit où s'est tenue Cat.

96. Ext. Cadrage sur Joanna

JOANNA : Cat... ?

Elle aurait bien envie de faire demi-tour, à présent – c'est effrayant ici, avec ce blizzard –, mais elle ne peut plus reculer. Elle avance très lentement vers la porte, retenant le capuchon de la parka à hauteur de son cou en le pinçant, comme font les vieilles femmes avec leur châle.

97. Int. Seuil de la remise, vers l'extérieur, nuit

Joanna se présente dans l'encadrement et s'immobilise, ses yeux s'agrandissant lentement d'horreur.

98. Int. Remise, vue par Joanna

Il y a du sang partout – sur les boîtes de taille industrielle de céréales et de lait en poudre, sur les sacs de riz, de farine et de sucre, sur les grandes bouteilles en plastique étiquetées COCA-COLA, JUS D'ORANGE ou NECTAR DE FRUITS. Du sang grésille sur le côté de la lanterne, il y a du sang sur le calendrier mural et des empreintes de gant ensanglanté sur les planches et les poutres en bois brut (c'est un local avant tout utilitaire). Il y a aussi du sang sur ce que Billy avait déjà empilé sur son traîneau. On le voit d'autant mieux que la bâche a disparu.

99. Int. Retour sur Joanna, dans l'encadrement de la porte

Elle regarde vers :

100. Int. Un coin de la remise, vu par Joanna

C'est là qu'est la bâche. Elle a été utilisée pour recouvrir le corps de Billy, mais ses pieds bottés dépassent.

La caméra zoome sur le fond de la remise. Dans l'autre angle, on voit Cat Withers recroquevillée en position fœtale, les genoux remontés contre la poitrine et tous les doigts d'une main fourrés dans sa bouche. Elle lève des yeux écarquillés vers Joanna (la caméra). On lit surtout de la folie dans son regard.

101. Int. Retour sur Joanna, seuil de la remise

JOANNA : Cat ? Qu'est-ce qui est arrivé, Cat ?

102. Int. Retour sur Cat, recroquevillée dans son coin

CAT : Je l'ai recouvert. Je ne voulais pas que les gens voient dans quel état il était, alors je l'ai recouvert... Je l'ai recouvert parce que je l'aimais.

103. Int. Retour sur Joanna, seuil de la remise

Elle est pétrifiée d'horreur.

104. Int. Retour sur Cat, recroquevillée dans son coin

CAT : Je crois que c'est la canne avec la tête de loup qui me l'a fait faire. À votre place, je n'y toucherais pas. *(Elle regarde autour d'elle.)* Tellement de sang... Je l'aimais, et maintenant, regardez. Je suis venue ici et je l'ai tué.

Lentement, elle se remet les doigts dans la bouche.

105. Int. Retour sur Joanna, seuil de la remise

JOANNA : Oh, mon Dieu, Cat !

Elle fait demi-tour et disparaît d'un pas vacillant dans la nuit, prenant la direction de l'hôtel de ville.

106. Int. Retour sur Cat, recroquevillée dans son coin

Pelotonnée sur elle-même, elle regarde autour d'elle avec de grands yeux. Puis elle se met à chanter d'un filet de voix, celle d'une petite fille. Les paroles sont étouffées par ses doigts mais on arrive tout de même à les distinguer :

CAT *(chantonne) :*
J'suis une petite théière, toute trapue...
Voici ma poignée, voici mon bec
On peut me prendre et me renverser...
Je suis une petite théière, toute trapue...

107. Ext. Joanna, nuit

Elle avance péniblement en direction de l'hôtel de ville. Le vent a une fois de plus rabattu en arrière le capuchon de sa parka, mais ce coup-ci elle ne fait aucun effort pour le remettre en place. Elle s'arrête et voit :

108. Ext. Parking de l'hôtel de ville, vu par Joanna

Deux silhouettes pataugent dans la neige en direction des motoneiges rangées sur le côté du bâtiment.

109. Ext. Retour sur Joanna

JOANNA : Hé ! À l'aide ! À l'aide !

110. Ext. Parking de l'hôtel de ville

Les deux silhouettes continuent de progresser. Avec les hurlements du vent, elles n'ont pas entendu Joanna.

111. Ext. Retour sur Joanna

Elle change de direction, prenant celle du parking et non plus celle de la porte de la cuisine, et essaie de courir. Elle jette par-dessus son épaule un coup d'œil terrifié à la remise avec sa porte ouverte.

112. Ext. Parking, avec Ursula et Lucien

Ils atteignent l'une des motoneiges. Lucien s'installe au guidon.

> URSULA *(criant pour se faire entendre) :* Et ne m'expédie pas dans un banc de neige, Lucien Fournier !
>
> LUCIEN : Entendu, madame.

Ursula l'observe un instant, comme pour s'assurer qu'il a répondu sérieusement, puis enfourche à son tour la motoneige. Lucien tourne la clef de contact. Les phares et les lumières du tableau de bord rudimentaire s'allument. Il appuie sur le démarreur. Le moteur tourne mais ne réagit pas tout de suite.

> URSULA : Qu'est-ce qui se passe ?
>
> LUCIEN : Rien, elle est simplement de mauvaise humeur.

Il tire le starter à fond et se prépare à appuyer de nouveau sur le démarreur.

> JOANNA *(d'une voix très faible) :* Hé ! Au secours ! À l'aide !

Ursula retient la main de Lucien avant qu'il ait eu le temps d'appuyer sur le démarreur ; ils entendent tous les deux l'appel. Ils se tournent vers :

113. Ext. Joanna, vue par Lucien et Ursula

Elle s'approche d'eux, dérapant et vacillant tant la couche de neige est épaisse ; elle agite une main comme si elle était sur le point de se noyer. Elle est couverte de neige (elle a sans doute fait une chute, je dirais) et hors d'haleine.

114. Ext. Cadrage sur le parking, nuit

Lucien descend de la motoneige et s'avance vers Joanna. Il arrive juste à temps pour la retenir avant qu'elle ne fasse une nouvelle chute. Il l'aide à revenir jusqu'à la motoneige où ils retrouvent Ursula, laquelle arbore une expression très inquiète.

> URSULA : Qu'est-ce qu'il y a, Joanna ?
>
> JOANNA : Billy... mort... là-bas ! *(Geste en direction de la remise.)* Katrina Withers l'a tué.
>
> URSULA : Cat ?
>
> JOANNA : Elle est assise dans un coin... D'après ce qu'elle a dit, j'ai cru comprendre qu'elle l'avait frappé avec une canne... mais il y a tellement de sang !... Quand je suis partie, je crois qu'elle chantait...

Ursula et Lucien réagissent avec des expressions choquées et stupéfaites. C'est Ursula qui est la première à reprendre un peu ses esprits.

> URSULA : Es-tu en train de nous dire que Cat Withers a vraiment assassiné Billy Soames ? *(Joanna acquiesce*

vigoureusement de la tête.) Tu en es sûre ? Joanna, es-tu bien sûre que Billy est mort ?

JOANNA *(acquiesçant toujours) :* Elle l'a recouvert d'une bâche, mais j'en suis sûre... si tu avais vu tout ce sang...

LUCIEN : Il vaudrait mieux aller voir nous-mêmes.

JOANNA *(terrifiée) :* Il n'est pas question que je retourne là-bas ! Il n'est même pas question que je m'approche de la remise ! Elle est dans le coin... Si vous l'aviez vue... l'expression qu'elle avait...

URSULA : Lucien, me laisserais-tu conduire cet engin ?

LUCIEN : Si tu vas doucement, il n'y aura pas de problème. Mais...

URSULA : J'irai lentement, fais-moi confiance. Joanna et moi allons descendre la rue pour aller parler à Mike Anderson. N'est-ce pas, Joanna ?

Joanna acquiesce avec une vivacité pitoyable et enfourche la place du passager, sur le véhicule de Lucien. Elle est d'accord pour aller n'importe où, pourvu que ce ne soit pas dans la direction du local des fournitures.

URSULA *(à Lucien)* . Prends deux hommes avec toi et va voir ce qui s'est passé dans la remise, d'accord ? Mais pour l'instant ne dis rien de ce que tu sais... et montre-toi intelligent

LUCIEN : Mais qu'est-ce qui se passe ici, Ursula ?

Elle s'installe à son tour sur la motoneige, à la place du conducteur, et appuie sur le démarreur. Avec le starter, le moteur part facilement. Elle donne un coup d'accélérateur et saisit les poignées de ses mains gantées.

URSULA : Je n'en ai pas la moindre idée.

Elle embraie et démarre dans un tourbillon de neige poudreuse, Joanna s'accrochant à elle. Lucien, pétrifié sur place, les regarde partir – l'image même de la stupéfaction.

115. Ext. Le supermarché, nuit

Il est maintenant presque entièrement réduit à une forme recouverte de neige dans le blizzard. Les quelques lumières que l'on voit paraissent faibles et perdues, là au milieu.

116. Ext. Le quai de livraison, à l'arrière du magasin

La motoneige sur laquelle Jack Carver et Kirk Freeman sont arrivés est pratiquement enterrée dans la neige. Sur le quai lui-même, une forme allongée, celle du corps de Peter Godsoe. On l'a enroulé dans une couverture et attaché, et il a l'air d'un cadavre prêt pour une inhumation en haute mer.

117. Int. Linoge, gros plan

Il affiche son expression carnassière et a l'air prêt à bondir. Ses yeux brillent, intéressés.

La caméra part lentement en travelling arrière à travers les barreaux. Au fur et à mesure qu'il est cadré plus large, on voit que Linoge a repris sa position préférée : adossé au mur, les talons sur le bord de la banquette, les yeux à hauteur des genoux.

118. Int. Bureau du constable, cadrage sur le bureau

Sont présents Mike, Hatch, Robbie, Henry Bright, Kirk Freeman et Jack Carver. Mike observe Linoge avec perplexité ; les cinq autres avec un mélange de méfiance et de peur.

KIRK : Je n'ai jamais vu quelqu'un piquer une crise pareille de toute ma vie.

HENRY *(à Mike) :* Pas la moindre pièce d'identité ?

MIKE : Pas la moindre. Pas de portefeuille, pas d'argent, pas de clefs. Même pas d'étiquettes sur ses vêtements, y compris le jean. Il est juste... là. Et ce n'est pas tout. *(À Robbie :)* Est-ce qu'il vous a dit quelque chose ? Lorsque vous êtes entré dans la maison de Martha, ne vous a-t-il pas dit quelque chose qu'il n'aurait jamais dû savoir ?

Robbie est tout de suite nerveux. Il n'a pas du tout envie d'être entraîné sur ce terrain, comme on dit. Mais :

LINOGE *(voix off) :* Vous étiez à Boston avec une putain lorsque votre mère est morte à Machias.

MIKE : Robbie ?

119. Int. Séjour de Martha Clarendon (flash-back)

Linoge regarde, l'air brutal, par le côté du haut fauteuil de Martha, le visage barbouillé du sang de la vieille femme.

LINOGE : Elle t'attend en enfer. Et elle est devenue cannibale... C'est de cela qu'est fait l'enfer, la répétition... Né dans le péché, pas la peine de vous cacher... Attrape !

Le ballon de basket maculé de sang de Davey Hopewell bondit vers la caméra.

120. Int. Retour au bureau du constable

Robbie a un mouvement de recul comme si le ballon lui avait été lancé à la tête ; telle est la force évocatrice du souvenir.

MIKE : Il a dit quelque chose, n'est-ce pas ?

ROBBIE : Il... Il a dit quelque chose à propos de ma mère. Cela ne vous regarde pas.

Il a un coup d'œil méfiant pour Linoge qui, toujours dans la même position, ne les quitte pas des yeux. Le prisonnier ne devrait pas pouvoir entendre leur conversation ; ils parlent à voix basse et ils sont presque à l'autre bout de la salle. Mais Robbie croit (mieux : il sait) qu'il en est capable. Il y a autre chose aussi qu'il sait : Linoge pourrait dire aux autres ce qu'il a déjà dit à Robbie, à savoir qu'il folâtrait avec une prostituée pendant que sa mère se mourait.

HATCH : À mon avis, il n'est pas humain.

Il regarde Mike, l'air suppliant, comme s'il attendait d'être contredit. Mais Mike ne répond pas tout de suite.

MIKE : Je pense la même chose. Je ne sais pas ce qu'il est.

JACK : Dieu nous vienne en aide !

121. Int. Linoge, gros plan

Il les regarde tous avec intensité, les yeux grands ouverts. Dehors la tempête rugit.

Fondu au noir. Fin de l'acte 3.

Acte 4

122. Ext. Le supermarché, nuit

Nous regardons en direction de Main Street, vers le centre de la ville. Un phare apparaît et nous entendons le bourdonnement de guêpe d'une motoneige qui se rapproche. C'est Ursula, Joanna accrochée derrière elle comme si sa vie en dépendait.

123. Int. Seuil de la remise, nuit

CAT *(voix off)* :

J'suis une petite théière, toute trapue...
Voici ma poignée, voici mon bec...

Lucien Fournier se tient dans l'encadrement de la porte. Derrière lui, on aperçoit Upton Bell, Johnny Harriman, le vieux George Kirby et Sonny Brautigan. Tous affichent une même expression d'horreur effarée.

124. Int. Cat, dans son coin

Elle se balance d'avant en arrière, les doigts toujours dans la bouche, son visage, constellé de gouttes de sang, vide de toute expression.

CAT :

On peut me prendre et me renverser...
Je suis une petite théière, toute trapue...

125. Int. Retour sur les hommes à la porte

LUCIEN *(faisant un effort)* : Allons-y. Aidez-moi à la ramener à l'intérieur.

126. Int. Bureau du constable, avec Mike et les autres

KIRK : Cette crise qu'il a piquée... À quoi cela rimait-il ?

Mike secoue la tête. Il ne sait pas. Il se tourne vers Robbie.

MIKE : Avait-il une canne lorsque vous l'avez vu ?

ROBBIE : Et comment ! Avec une grosse tête de loup en argent comme pommeau. Elle était pleine de sang. Je me suis dit que c'était ce qu'il avait dû utiliser pour... pour...

Bruit : la motoneige. Une lumière balaie la fenêtre fermée de barreaux, éclairant le haut de la cellule. Ursula s'est engagée dans l'allée qui donne sur l'arrière. Mike reporte son attention sur Linoge. Comme toujours, il s'adresse à lui avec le calme que doit afficher un officier de police, mais on peut dire qu'il a de plus en plus de mal à conserver cette attitude.

MIKE : Où est votre canne, monsieur ? Où est-elle passée ? *(Pas de réaction.)* Et que voulez-vous donc ?

Linoge refuse toujours de le dire. Jack Carver et Kirk Freeman se dirigent vers la porte du fond pour voir qui arrive. Hatch s'est donné beaucoup, beaucoup de mal pour garder son sang-froid, mais plus le temps passe, plus la terreur le gagne, et cela se voit. Il se tourne vers Mike.

HATCH : Ce n'est pas nous qui l'avons emmené de chez Martha, n'est-ce pas ? Il s'est laissé emmener. Il voulait peut-être même se faire prendre.

ROBBIE : On devrait le tuer.

Hatch n'en revient pas et ouvre de grands yeux. Mike paraît moins surpris.

ROBBIE : Pas besoin d'aller le crier sur les toits, ensuite. Les affaires de l'île ne regardent que les gens de l'île ; les choses ont toujours été comme ça, pas de raison qu'elles changent. Comme ce qu'a bien pu faire Dolores Claiborne à son mari pendant l'éclipse. Ou ce que faisait Peter avec sa marijuana.

MIKE : Mais nous, on le saurait.

ROBBIE : Je prétends juste qu'on pourrait... et que peut-être on devrait. Ne me dites pas que l'idée ne vous a pas déjà traversé l'esprit, Michael Anderson.

127. Ext. Derrière le magasin, nuit

La motoneige de Lucien vient se ranger à côté de celle, à moitié enfouie dans la neige, sur laquelle sont arrivés Jack et Kirk. Ursula descend et aide Joanna à en faire autant. Au-dessus d'elle, la porte du bureau du constable donnant sur le quai de livraison est ouverte. Jack Carver se tient dans la lumière.

JACK : Qui êtes-vous ?

URSULA : Ursula Godsoe et Joanna Stanhope. Il faut que nous parlions à Mike. Il est arrivé quelque chose au...

Elle grimpait les marches tout en répondant, et maintenant elle voit la forme allongée que l'on a mise ici, à cause du froid. Jack et Kirk échangent un regard navré. Jack tend la main pour la prendre par le bras et l'aider à entrer avant qu'elle ait le temps de bien regarder.

JACK : Ursula, si j'étais toi, je ne regarderais pas trop par là...

Elle se dégage et se laisse tomber à genoux à côté du cadavre de son mari.

KIRK *(par-dessus son épaule) :* Mike ! Il vaudrait mieux que tu viennes ici, Mike !

Ursula n'entend plus rien. Les bottes vertes de Peter dépassent toujours de la couverture, des bottes qu'elle connaît bien, qu'elle a même peut-être réparées elle-même. Elle touche l'une d'elles et commence à pleurer sans bruit. Joanna se tient derrière elle dans les bourrasques de neige, sans savoir que faire.

Mike apparaît sur le seuil, Hatch derrière lui. Mike comprend aussitôt la situation et s'exprime avec beaucoup de douceur.

MIKE : Je suis désolé, Ursula.

Elle ne fait pas attention à lui, et reste simplement agenouillée dans la neige, tenant la botte rapiécée et sanglotant. Mike se penche sur elle, passe un bras autour de ses épaules et l'aide à se relever.

MIKE : Entre vite, Ursula. Entre où il y a de la lumière et où il fait bon.

Il la guide, passant devant Jack et Kirk. Joanna suit, ne jetant qu'un rapide coup d'œil timide à la forme allongée d'où dépassent des bottes. Jack et Kirk ferment la marche et Kirk referme la porte sur la nuit et la tempête.

128. Ext. Hôtel de ville, nuit

Le bâtiment disparaît sous d'épais nuages tourbillonnant de neige.

129. Int. Cuisine de l'hôtel de ville, avec Cat Withers

Elle est assise sur un tabouret, enroulée dans une couverture, les yeux perdus dans le vide. Melinda Hatcher apparaît dans le champ. Elle tient une serviette humide avec laquelle elle entreprend d'essuyer les éclaboussures de sang sur le visage de Cat. Elle le fait avec douceur et bonté.

> SONNY BRAUTIGAN : Je me demande si vous avez le droit de faire ça, Mrs Hatcher. Ce sont des preuves, ou quelque chose comme ça.

Pendant ce temps, la caméra part en travelling arrière et nous voyons le groupe de curieux qui s'est formé ; les gens sont alignés le long du mur de la cuisine ou se pressent dans l'entrée. À côté de Sonny – la bedaine naissante et un caractère de cochon –, son ami Upton Bell. On aperçoit peut-être également Lucien Fournier et l'équipe qui s'est rendue dans la remise, ainsi que Jonas Stanhope et la jeune Annie Huston. Melinda regarde un instant Sonny, méprisante, sans lui répondre ; puis elle reprend le nettoyage du visage maculé de sang de Cat.

Mrs Kingsbury se tient près de la cuisinière et verse du bouillon dans une grosse tasse à café. Elle présente la tasse à Cat.

> MRS KINGSBURY : Prends un peu de bouillon, Katrina. Ça te réchauffera.

> UPTON BELL : Vous auriez dû l'assaisonner à la mort aux rats, Mrs Kingsbury... Voilà qui l'aurait réchauffée comme il faut !

Il y a un petit murmure approbateur... et Sonny éclate de rire à la délicate plaisanterie de son copain Upton. Melinda leur adresse un regard furieux.

MRS KINGSBURY : On ferait mieux de se taire quand on ne sait pas de quoi on parle, Upton Bell !

SONNY *(défendant son pote) :* Vous la traitez comme si elle lui avait sauvé la vie alors qu'elle lui a fait exploser la cervelle en le prenant en traître !

Nouveau murmure approbateur. Molly Anderson se fraie un chemin au milieu de la foule. Elle fixe Sonny d'un œil débordant d'un tel mépris que le jeune homme détourne le regard ; puis elle se tourne vers Upton et les autres.

MOLLY : Sortez d'ici, tous ! Vous n'êtes pas au spectacle !

Il y a quelques mouvements, mais pas de véritable reflux.

MOLLY *(ton plus raisonnable) :* Enfin, voyons ! Vous connaissez Cat depuis toujours. Quoi qu'elle ait fait, elle a le droit de respirer un peu.

JONAS STANHOPE : Allons, les gars, sortons d'ici. La séance est terminée.

Jonas exerce un métier plus ou moins prestigieux – il est avocat, peut-être – et dispose de suffisamment d'autorité morale pour qu'on lui obéisse. Sonny et Upton résistent un moment au mouvement général.

JONAS STANHOPE : Vous aussi, Sonny, Upton. Vous n'avez rien à faire ici.

SONNY : On pourrait toujours la conduire jusque chez le constable et foutre cette salope de meurtrière en taule !

UPTON BELL *(séduit par l'idée)* : Ouais !

JONAS STANHOPE : J'ai bien l'impression que la cellule est déjà occupée… et elle n'a pas exactement l'air de vouloir tout casser, hein ?

Il fait un geste en direction de la jeune fille qui est (excusez le jeu de mots) CATatonique. Elle n'a prêté aucune attention à ce qui vient de se passer, elle ne sait peut-être même pas qu'il se passe quelque chose. Sonny voit bien ce que veut dire Jonas Stanhope et sort en traînant les pieds, suivi d'Upton.

MOLLY : Merci, Mr Stanhope.

Mrs Kingsbury, pendant ce temps, a mis le bouillon de côté – c'est une cause perdue. Elle regarde Cat avec une perplexité fatiguée.

JONAS STANHOPE : Pas de problème. Savez-vous où se trouve ma mère ?

MOLLY : Je crois qu'elle s'apprête à se coucher.

JONAS STANHOPE : Bien, bien.

Il s'adosse au mur, toute son attitude et son expression proclamant : « Seigneur, quelle journée ! »

130. Int. Salle de réunion de l'hôtel de ville

Les bancs et le podium de l'orateur sont vides ; quelques personnes, en vêtements de nuit, vont et viennent dans l'allée latérale. La seule femme présente est Cora Stanhope, reine autoproclamée de Little Tall Island. Elle tient un petit sac de voyage à la main.

Un vieux monsieur du nom d'Orville Boucher la croise. Il est en robe de chambre, chaussettes et pantoufles. Il a aussi quelque chose à la main : son dentifrice et sa brosse à dents.

ORVILLE : Hé, Cora ! Vous ne trouvez pas qu'on se croirait un peu chez les scouts ? Il ne manque plus qu'on tende un drap sur le mur pour nous passer des dessins animés !

Cora a un petit reniflement, redresse légèrement le nez en l'air et passe sans dire mot... mais non sans pouvoir s'empêcher de jeter un regard horrifié aux tibias blancs et poilus d'Orville, dont on voit une généreuse portion entre les chaussettes et l'ourlet de la robe de chambre.

131. Ext. Arrière de l'hôtel de ville, nuit

Au premier plan, un petit bâtiment en briques dont on comprend la destination en entendant le grondement d'un moteur : c'est l'abri de la génératrice. Tout à coup, son ronronnement régulier se met à cafouiller et à devenir irrégulier.

132. Int. Retour salle de réunion de l'hôtel de ville, avec Orville et Cora

Les lumières vacillent ; on voit les deux vieilles personnes (ainsi que tous ceux venus faire un brin de toilette dans les installations de la municipalité) lever les yeux, dans les intervalles éclairés.

ORVILLE : Ne vous affolez pas, Cora, c'est juste la gégène qui s'éclaircit la gorge.

133. Ext. L'abri de la génératrice

Elle reprend son ronronnement régulier.

134. Int. Retour salle de réunion de l'hôtel de ville, avec Orville et Cora

> ORVILLE : Vous voyez ? On y voit aussi clair qu'on pourrait le souhaiter !

Il cherche simplement à se montrer amical, mais Cora, elle, se comporte comme s'il essayait de l'attirer vers l'un de ces bancs puritains bien durs (très Nouvelle-Angleterre) afin de pouvoir faire des cochonneries avec elle. Elle presse le pas sans dire un mot, le nez pointé plus haut que jamais. Au bout de l'allée, deux portes marquées des symboles homme/dame habituels. Cora pousse celle correspondant à son sexe et disparaît à l'intérieur. Orville l'a suivie des yeux, plus amusé qu'offensé.

> ORVILLE *(strictement à part soi) :* Toujours aussi sympathique, cette chère Cora, ouais...

Il reprend la direction de l'escalier conduisant au sous-sol.

135. Int. Bureau du constable, nuit

Hatch entre, venant du supermarché, tenant précautionneusement un plateau dans les mains. Dessus, neuf tasses à café en polyuréthane. Il le pose sur le bureau de Mike, regardant Ursula avec nervosité ; elle est assise dans le fauteuil de Mike, le capuchon rabattu en arrière mais emmitouflée dans sa parka. Elle paraît toujours frappée de stupeur. Et lorsque Mike lui tend une tasse, on dirait tout d'abord qu'elle ne la voit pas.

> MIKE : Bois ça, Ursula. Ça te réchauffera.

> URSULA : Je crois que j'aurai plus jamais chaud...

Elle prend néanmoins deux tasses et en tend une à Joanna, qui se tient juste derrière elle. Mike en prend une, lui aussi. Robbie en fait passer deux à Jack et Kirk, Hatch en donne une à Henry.

Lorsque tout le monde est servi, il reste une tasse sur le plateau. Hatch regarde en direction de Linoge.

HATCH : Oh, et puis après tout... Une tasse ?

Pas de réponse de Linoge, qui est assis dans sa posture habituelle et regarde devant lui.

ROBBIE *(provocateur) :* On ne boit pas de café sur votre planète, monsieur ?

MIKE *(à Joanna) :* Redis-moi tout ça.

JOANNA : Cela fait au moins six fois que je te le répète.

MIKE : Ce sera la dernière. Promis.

JOANNA : Elle a dit : « Je crois que c'est la canne avec la tête de loup qui me l'a fait faire. À votre place, je n'y toucherais pas. »

MIKE : Mais tu n'as pas vu de canne. Avec ou sans tête de loup.

JOANNA : Non... Qu'est-ce que nous allons faire, Mike ?

MIKE : Attendre que la tempête se calme. C'est tout ce que nous pouvons faire.

URSULA : Molly voudrait te voir, Mike. Elle m'a dit de te le dire. Que tu organises un tour de garde et que tu ailles la voir. Que tu pouvais disposer d'autant d'hommes que tu voudrais, vu qu'ils n'ont pas grand-chose à faire cette nuit, de toute façon.

MIKE : Ça, c'est bien vrai... Hatch, viens avec moi une minute. J'ai besoin de te parler.

Ils prennent la direction de la porte conduisant au magasin. Mike hésite un instant et regarde Ursula.

MIKE : Ça va aller ?

URSULA : Oui.

Mike et Hatch sortent. Ursula se rend compte que Linoge l'observe.

URSULA : Qu'est-ce que vous regardez ?

Linoge ne cille même pas. Esquisse même un sourire. Puis :

LINOGE : J'suis une petite théière, toute trapue...

136. Int. Toilettes dames de l'hôtel de ville

Angela Carver, portant une jolie et délicate chemise de nuit, se tient devant l'un des lavabos et se brosse les dents. De l'une des cabines fermées, derrière elle, proviennent des bruits de vêtements qu'on fait glisser et les claquements de solides élastiques : Cora se change pour la nuit.

CORA *(chantonne dans la cabine) :* ...Voici ma poignée, voici mon bec...

Angela regarde dans cette direction, tout d'abord un peu intriguée, puis décidant d'en sourire. Elle finit de se rincer la bouche, prend son sac et quitte la pièce. Cora sort à ce moment-là de la cabine, vêtue d'un rose laineux de la tête aux pieds... un bonnet de nuit sur la tête. Eh oui ! Elle pose son sac de voyage près de l'un des lavabos, l'ouvre et en sort un tube de crème.

CORA : On peut me prendre et me renverser...

137. Int. Bureau du constable

Les quatre hommes et les deux femmes regardent Linoge, surpris et perplexes. Il mime les mouvements de quelqu'un qui se met de la crème sur le visage.

LINOGE *(chante) :* Je suis une petite théière, toute trapue !

HENRY BRIGHT : Il est complètement cinglé, ce type. Y a pas d'autre explication.

138. Int. Comptoir boucherie du supermarché, avec Mike et Hatch

L'endroit est plongé dans la pénombre et pas très rassurant ; il est seulement éclairé par les néons du rayon boucherie.

MIKE : Tu vas me remplacer ici pendant un petit moment.

HATCH : Oh, Mike, j'aimerais autant pas...

MIKE : Juste pour un moment. Je tiens à ramener ces femmes à l'hôtel de ville avec le 4 × 4 tant qu'on peut encore se déplacer avec. Je tiens aussi à voir si Molly va bien – et je veux qu'elle voie que je vais bien. Embrasser Ralphie. Après quoi je ferai grimper tous les hommes à peu près valides dans le bahut et je les ramènerai ici. Nous le garderons par groupes de trois ou quatre jusqu'à la fin de la tempête. Par groupes de cinq, même, si c'est ce qu'il faut pour qu'on se sente à l'aise.

HATCH : Je ne me sentirai à l'aise que lorsqu'il sera derrière les barreaux, à Derry.

MIKE : Je comprends ce que tu ressens.

HATCH : Cat Withers... je n'arrive pas à y croire, Mike. Elle était incapable de faire du mal à Billy.

MIKE : Je suis bien d'accord.

HATCH : Qui contrôle l'autre prisonnier, ici ? Tu peux me le dire ? Sans hésiter ?

Cette question fait profondément réfléchir Mike. Au bout d'un moment, il secoue la tête.

HATCH : C'est un vrai gâchis.

MIKE : Ouais. Ça va aller, avec Robbie ?

HATCH : Il va bien falloir... je n'ai pas le choix. Salue Melinda pour moi, si elle est encore debout. Dis-lui que je vais bien. Et embrasse Pippa pour moi.

MIKE : Entendu.

HATCH : Combien de temps va-t-il te falloir ?

MIKE : Trois quarts d'heure, une heure tout au plus. Et je serai de retour avec tout un chargement de petits malins. En attendant, tu as Jack, Robbie, Kirk Freeman...

HATCH : Et tu crois que ça changera quelque chose, si ce type commence à faire son numéro ?

MIKE : Et toi, crois-tu que l'hôtel de ville soit un endroit plus sûr ? Ou n'importe quel coin de l'île ?

HATCH : Si l'on considère ce qui est arrivé à Cat et Billy... non.

Mike retourne dans le bureau, suivi de Hatch.

139. Int. Linoge, gros plan

Se massant les joues avec une crème invisible tout en fredonnant « J'suis une petite théière... ».

140. Int. Toilettes de l'hôtel de ville, avec Cora

Elle se masse vraiment les joues avec de la crème – elle se fait un masque nocturne – et fredonne toujours « Je suis une petite théière... ». Elle paraît vraiment heureuse pour la première fois depuis que son fils et sa belle-fille l'ont traînée jusqu'à l'hôtel de ville. La pièce, maintenant vide, se reflète dans le miroir.

Tout d'un coup les lumières s'éteignent, tandis que la gégène se remet à bégayer.

CORA *(voix dans l'obscurité)* : Oh, flûte !

Les lumières reviennent. Cora paraît soulagée et reprend son massage. Tout d'un coup, elle s'arrête. La canne de Linoge est appuyée contre le mur, en dessous du sèche-mains. Elle n'y était pas l'instant d'avant, mais elle y est maintenant, Cora voit son reflet dans le miroir. Pas la moindre trace de sang dessus. La tête d'argent brille de manière tentante.

Cora la regarde, fait demi-tour et se dirige vers la canne.

141. Int. Linoge, gros plan

LINOGE : Comme celle de papa !

142. Int. Bureau du constable

Les hommes sont regroupés autour du bureau de Mike. Ursula est assise, Joanna toujours debout derrière elle. Aucun ne remarque le retour de Mike et Hatch dans la salle. Ils sont fascinés par le nouveau numéro de crétin de Linoge.

JOANNA : Mais qu'est-ce qu'il fabrique ?

Ursula secoue la tête. Les hommes sont tout autant perplexes.

143. Int. Toilettes de l'hôtel de ville, avec Cora

CORA *(prenant la canne) :* Comme celle de papa !

144. Int. Retour bureau du constable

Mike et les autres regardent Linoge. Celui-ci les ignore, concentré sur sa manipulation de Cora. Il saisit deux objets invisibles, un dans chaque main, et les tourne. Il pousse autre chose du pouce, comme s'il enfonçait un bouchon ou une petite bonde. Puis il mime le geste de fouiller dans quelque chose et de trouver un petit objet qu'il saisit entre le pouce et l'index et le majeur de sa main gauche.

145. Int. Retour toilettes dames, avec Cora

Elle a posé la canne de papa en travers de deux des lavabos et est retournée à celui devant lequel elle se tenait quand elle a aperçu la canne. Elle prend un robinet dans chaque main et les ouvre. Pendant que l'eau coule, elle referme la bonde du pouce, et le lavabo commence à se remplir. Elle fouille alors dans son sac de voyage et en retire un bâton de rouge à lèvres. Elle le prend entre le pouce et l'index et le majeur de la main gauche.

146. Int. Retour bureau du constable

Assis sur sa banquette, Linoge s'adosse de nouveau au mur, l'air d'un homme qui vient d'accomplir une tâche difficile et fatigante.

Il regarde les huit personnes rassemblées dans la pièce et esquisse un sourire.

LINOGE : Allez-y, Mike, allez-y – tout se passera bien ici. Donnez un gros bécot de ma part à votre bon petit diable. Dites-lui que son copain du supermarché lui envoie le bonjour.

Le visage de Mike se tend. Il meurt d'envie de lancer son poing dans la figure de Linoge.

HATCH : Comment se fait-il que vous sachiez tant de choses ? Et bon Dieu, qu'est-ce que vous voulez ?

Linoge pose ses avant-bras sur ses genoux et ne répond pas.

MIKE : Pendant que je ne serai pas ici, Hatch, vous devriez vous partager en deux groupes ; deux d'entre vous resteront là avec lui et les autres pourront aller faire un tour dans le supermarché. Il suffira de régler le miroir pour voir ce qui se passe là-dedans.

HATCH : Tu aimerais autant qu'il ne nous cravate pas tous en même temps, c'est ça ?

MIKE : Eh bien... c'est un plan comme un autre, non ?

Il se tourne vers les deux femmes avant que Hatch ait le temps de répondre.

MIKE : Mesdames, je vous ramène à l'hôtel de ville avec le 4 × 4.

Ursula lui tend une clef.

URSULA : C'est celle de la motoneige de Lucien Fournier, qui est là dehors. Vous en aurez peut-être besoin, non ?

Mike passe la clef à Hatch puis se tourne de nouveau vers Ursula.

URSULA : Peter sera bien là dehors, n'est-ce pas ?

MIKE : Oui. Et quand tout ça sera terminé, nous veillerons à ce que les choses se passent comme il faut... comme elles se sont toujours passées, ici. Allez, viens.

Ursula se lève et referme sa parka.

147. Int. Salle de réunion de l'hôtel de ville

Jill Robichaux remonte l'allée en robe de chambre, sa trousse de toilette à la main. Dehors, le vent hurle.

148. Int. Toilettes dames, cadrage sur la porte

La porte s'ouvre et Jill entre. Un instant, son visage reste calme – celui d'une femme qui s'apprête à procéder à sa toilette habituelle pour la nuit. Puis il se remplit d'horreur. Elle laisse tomber sa trousse et porte les mains à sa bouche pour étouffer un cri. Elle reste pétrifiée sur place quelques instants, paralysée par le spectacle qu'elle a sous les yeux. Puis elle fait volte-face et s'enfuit en courant.

149. Int. Sous-sol de l'hôtel de ville, le dortoir

On a baissé les lumières. Dans le coin des enfants, tous les petits dont Molly a la charge à sa maternelle dorment profondément ; même l'insupportable Don Beals a fini par être vaincu par le sommeil. Environ la moitié des lits prévus pour les adultes sont occupés, surtout par les habitants âgés de l'île.

Molly Anderson relève un des rideaux improvisés (il s'agit peut-être simplement de couvertures accrochées à une corde à linge pour l'occasion) afin qu'Andy Robichaux puisse passer. Andy tient Cat dans ses bras. Il la porte jusqu'à une couchette libre. Molly et Mrs Kingsbury lui emboîtent le pas.

Lorsqu'ils atteignent la couchette, près du fond de la pièce et loin de la plupart des autres dormeurs, Molly rabat la couverture et le drap de dessus. Ils parlent à voix basse pour ne pas déranger les autres.

> ANDY ROBICHAUX : Bon sang ! Elle est vraiment aux abonnés absents !

Molly adresse un regard interrogatif à Mrs Kingsbury.

> MRS KINGSBURY : C'est un somnifère très léger... Le stade en dessous, et on pourrait les acheter sans ordonnance, d'après ce que m'a dit le Dr Grissom. Je crois que c'est surtout le choc. Quoi qu'elle ait fait, ou qu'on lui ait fait faire, elle n'y pense pas, pour le moment, et c'est probablement mieux ainsi.

Mrs Kingsbury se penche et, se surprenant peut-être elle-même, dépose un baiser sur la joue de la jeune fille endormie.

> MRS KINGSBURY : Dors bien, pauvre petite.

> ANDY : Est-ce qu'il ne vaudrait pas mieux que quelqu'un la veille ? Qu'on fasse un tour de garde ?

Molly et Mrs Kingsbury échangent des regards affolés qui montrent bien à quel point la situation est devenue incontrôlable. Faire surveiller une pauvre petite innocente comme Cat Withers ? C'est du délire...

> MOLLY : Elle n'a pas besoin d'être surveillée, Andy.

> ANDY : Mais...

> MOLLY : Allez, viens.

Elle se tourne pour partir, imitée par Mrs Kingsbury. Andy s'attarde encore un instant auprès de la couchette, puis les suit.

150. Int. Sous-sol, coin séjour

Molly, Andy et Mrs Kingsbury franchissent les rideaux improvisés. Sur leur gauche, une bonne quarantaine de personnes, dont beaucoup sont en pyjama ou en chemise de nuit, regardent l'image brouillée de la télé. L'escalier est à leur droite. On voit descendre Sandra Beals, Melinda Hatcher et Jill Robichaux. Sandra est terrifiée ; Melinda, en plus d'avoir peur, affiche une mine sinistre ; Jill est sur le point de piquer une crise, mais se retient... jusqu'au moment où elle voit son mari. Elle se jette dans ses bras, en larmes.

> ANDY : Jill ? Qu'est-ce qu'il y a, ma chérie ?

Quelques-unes des personnes qui regardent la télé se tournent pour voir ce qui se passe. Molly observe le visage blême de Melinda et comprend qu'il s'est encore passé quelque chose de grave... mais ce n'est pas le moment d'ameuter les autres, qui sont sur le point d'aller se coucher.

> MOLLY : Venez. On monte. Je ne sais pas ce qui est arrivé, mais on en parlera en haut.

Ils montent l'escalier ; Andy a passé un bras autour de la taille de sa femme.

151. Ext. Carrefour de Main Street et Atlantic Street, nuit

Le 4 × 4 municipal s'avance à petite vitesse dans la neige. Il parvient à progresser, mais il lui arrive de devoir labourer des bancs de neige qui montent jusqu'à la hauteur de son capot. Il ne pourra bientôt plus circuler à travers un tel blizzard.

152. Int. Le 4 × 4 avec Mike, Ursula et Joanna

JOANNA : J'ai affreusement peur.

MIKE : Moi aussi.

153. Int. Devant les toilettes dames, hôtel de ville

Melinda Hatcher et Molly sont tout à côté de la porte ; Andy et Jill Robichaux sont en retrait, se tenant par les épaules ; Sandra Beals se trouve entre les deux groupes.

SANDRA : Je suis désolée. Je peux pas... Je peux pas en supporter davantage...

Elle frôle Jill et Andy et remonte vivement l'allée.

154. Int. Bureau de l'hôtel de ville

Sandra, en larmes, traverse rapidement cette salle avec l'intention de regagner le sous-sol. Mais auparavant, la porte d'entrée s'ouvre et Mike s'y encadre, couvert de neige et frappant de ses bottes pour faire tomber celle qui y est restée collée. Il est suivi d'Ursula et Joanna. Sandra s'immobilise et regarde les nouveaux arrivants avec une expression de stupéfaction affolée.

MIKE : Sandra ? Qu'est-ce qu'il y a ? Il est arrivé quelque chose ?

155. Int. Toilettes dames, cadrage sur la porte

Elle s'ouvre lentement, comme à contrecœur. Molly et Melinda entrent ensemble, épaule contre épaule pour se rassurer mutuellement. Derrière elles, on aperçoit Andy et Jill Robichaux. Une expression horrifiée et stupéfaite se peint sur les visages de Molly et Melinda.

MELINDA : Oh, Mon Dieu !

156. Int. Les lavabos, vus par Molly et Melinda

Agenouillée devant l'un des lavabos, Cora Stanhope. La vasque est remplie à ras bord et les cheveux blancs de Cora flottent à la surface de l'eau. Elle s'est suicidée en se noyant de cette façon. Au-dessus d'elle, sur les miroirs, est écrite toujours la même rengaine, avec du rouge à lèvres : DONNEZ-MOI CE QUE JE VEUX ET JE M'EN IRAI. À chaque extrémité du message, Cora a dessiné des cannes rendues sanglantes par le rouge à lèvres. Quant à la vraie canne, celle avec la tête de loup, on n'en voit pas trace.

Fondu au noir. Fin de l'acte 4.

Acte 5

157. Ext. Le phare, nuit

Les vagues continuent de déferler sur le promontoire du bout de l'île avec assez de violence pour projeter leur écume jusque sur le phare, mais la marée descend et la situation est moins critique. Du moins en apparence parce que :

158. Int. Salle de contrôle du phare, nuit

Sa lumière continue de clignoter et de tourner mais les lentilles commencent à se couvrir de gouttes de glace et la neige s'accumule peu à peu dans les coins de la salle. Le vent siffle et l'anémomètre indique encore un peu plus de cent à l'heure.

Bruit : un bip-bip aigu d'ordinateur. La caméra se braque sur un écran passé au rouge et sur lequel apparaissent à cet instant des lettres blanches : MÉTÉOROLOGIE NATIONALE. AVIS DE RENFORCEMENT DE LA TEMPÊTE POUR TOUTES LES ÎLES DE LA CÔTE, Y COMPRIS CRANBERRY, JERROD BLUFF, KANKAMONGUS, BIG TALL ET LITTLE TALL ISLANDS. MARÉE HAUTE À 7H09 POUVANT PROVOQUER IMPORTANTES INONDATIONS ET DÉGÂTS SUR TERRES PROCHES NIVEAU DE LA MER. IL EST FORTEMENT CONSEILLÉ AUX INSULAIRES DE SE RÉFUGIER SUR LES PARTIES LES PLUS ÉLEVÉES DE LEURS ÎLES RESPECTIVES.

Comme pour venir souligner cela, une vague particulièrement monstrueuse réussit à passer par les vitres brisées et à asperger cet écran d'écume.

159. Int. Atlantic Street, nuit

De Godsoe Fish & Lobster il ne reste plus rien, sinon des éléments structurels tordus. Le quai lui-même est dans le même état. À sa place, les vagues viennent s'abattre sur un éboulis de rochers ; des débris de casiers à homards sont ballottés par les flots... et un unique ballot de marijuana surnage au milieu.

160. Int. Bureau de l'hôtel de ville

Ursula s'efforce de réconforter Sandra. Mike se dirige vers la salle de réunion, lorsque Joanna passe à côté de lui à toute allure.

> MIKE : Doucement, Mrs Stanhope... rien ne sert de courir.

La porte donnant sur la salle de réunion s'ouvre sur Molly et Melinda Hatcher. Le chagrin de Molly se transforme en joie lorsqu'elle aperçoit Mike et elle se jette presque dans ses bras. Il la serre très fort contre lui. Joanna, elle, n'a que faire des réflexions sentencieuses de Mike. Elle évite Melinda et fonce dans l'allée qui conduit aux toilettes. Ursula et Sandra se dirigent vers Mike et Molly, qui se sont mis un peu à l'écart.

161. Int. Salle de réunion de l'hôtel de ville

Andy et Jill sont assis sur un banc, à peu près au milieu de la salle. Andy a passé un bras autour des épaules de sa femme, lui offrant ce qu'il peut de réconfort ; Joanna déboule devant eux, courant presque.

> ANDY : À votre place, Joanna, je ne...

Elle ne lui prête pas attention et poursuit sa course.

162. Int. Toilettes dames, cadrage sur la porte

Elle s'ouvre. Joanna s'encadre dedans. Elle écarquille les yeux et reste bouche bée. Au bout d'un instant, Mike la rejoint. Il jette un coup d'œil et s'éloigne. Tandis que la porte commence à se refermer sous l'effet du groom :

MIKE : Molly ! Viens m'aider.

163. Int. Salle de réunion de l'hôtel de ville

Avec douceur, Mike confie une Joanna paralysée par le choc à Molly ; les deux femmes remontent l'allée jusqu'à la hauteur de Jill et Andy. Là, Joanna trébuche et laisse échapper un petit cri où se mêlent stupéfaction et chagrin.

JILL : Permettez-moi...

Jill la fait asseoir et passe un bras autour de ses épaules. Joanna se met à pleurer.

Molly repart vers les toilettes des dames. Mike en ressort, les bras mouillés au moins jusqu'aux coudes. Molly lui adresse un regard interrogateur. Mike secoue la tête et passe un bras autour de ses épaules. Tandis qu'ils repassent devant le trio assis sur le banc :

MIKE : Andy ? Peux-tu venir une minute ?

Andy interroge Jill du regard ; celle-ci acquiesce. Elle est occupée à réconforter Joanna.

164. Int. Retour bureau de l'hôtel de ville

Mike, Molly et Andy entrent ; Ursula et Sandra sont là et interrogent Mike du regard.

> MIKE : Elle est morte... Sandra, pourriez-vous me trouver deux couvertures pour l'envelopper ?

> SANDRA *(faisant un gros effort) :* Oui, je dois pouvoir faire ça. Je reviens le temps de le dire.

Mike doit faire de grands efforts pour conserver son calme et avoir le comportement approprié, vu les circonstances – comme s'il vérifiait au fur et à mesure (et pourquoi pas ?) son code de procédure : mais quelles procédures a-t-on prévues pour des circonstances pareilles ?

Sonny Brautigan et Upton Bell arrivent par l'escalier, curieux de savoir ce qui se passe. Mike les aperçoit.

> MIKE : Vous êtes bien sûr que Billy Soames est mort ?

> SONNY : Ouais. Et maintenant, c'est quoi ?

> MIKE : La vieille Mrs Stanhope est morte, elle aussi. Dans les toilettes des dames.

> UPTON BELL : Sainte Mère de Dieu ! Elle a eu une crise cardiaque ? Une attaque cérébrale ?

> MOLLY : Elle s'est suicidée.

> MIKE : Billy est toujours dans la remise ?

> SONNY : Ouais. Ça paraissait le meilleur endroit. On l'a recouvert. Mais que diable...

Sandra arrive en haut de l'escalier avec une brassée de couvertures.

MIKE : Andy ? Toi et Sonny, allez recouvrir Mrs Stanhope. Vous irez ensuite mettre le corps dans la remise, avec Billy. Passez par la porte du fond, dans la salle de réunion. Je ne tiens pas à ce que les gens voient le cadavre, si on peut l'éviter.

SONNY : Et Jonas ? Son fils ? Je l'ai vu en bas, qui se préparait à se coucher...

MIKE : Espérons qu'il l'a fait. Sa femme pourra toujours le lui dire demain matin. Upton Bell ?

UPTON : Présent !

MIKE : Va au sous-sol et trouve-moi cinq ou six hommes encore debout. Des types capables de faire un petit kilomètre à pied dans la neige sans nous faire une crise cardiaque, s'il faut en arriver là. Dis-leur seulement que je veux les voir. D'accord ?

UPTON : D'accord !

Très excité, Upton se précipite vers le sous-sol.

165. Int. Supermarché

Hatch, Jack Carver et Kirk Freeman sont assis autour d'une table de jeu qu'ils ont dressée dans une allée réservée aux boîtes de conserve, et jouent au gin rummy. Hatch lève les yeux vers :

166. Int. Miroir de surveillance, vu par Hatch

Le miroir est incliné de manière à ce que Hatch puisse voir dans le bureau du constable. Henry somnole derrière le bureau de Mike, renversé dans le fauteuil, menton sur la poitrine et bras croisés. Robbie, assis un peu plus loin, surveille Linoge ; celui-ci a repris sa position habituelle – talons sur la banquette, la tête pendant entre ses genoux écartés.

167. Int. Retour sur les joueurs de cartes

Rassuré, Hatch tire une carte, sourit et étale tout son jeu devant lui.

HATCH : Gin !

KIRK : Ah, l'animal !

168. Int. Le miroir de surveillance, gros plan

Robbie regarde dans le miroir pour s'assurer qu'on ne l'observe pas. Il estime que personne ne fait attention à lui. Il tend la main vers le coin du bureau, prend le pistolet qui s'y trouve toujours, et se lève.

169. Int. Bureau du constable

Henry somnole. Les hommes jouent aux cartes dans le magasin. Robbie s'approche de la cellule, le pistolet à la main. Linoge ne bouge pas et le regarde venir vers lui. Quand il se met à parler, c'est avec la voix d'une vieille femme, celle de la mère de Robbie.

LINOGE : Où est Robbie ? Je veux voir mon Robbie avant de partir... Il a dit qu'il viendrait... Où es-tu, Robbie ? Je veux qu'il me tienne la main quand je vais mourir...

Henry remue un peu, puis se rendort plus profondément. Robbie a une réaction de surprise et d'horreur... de honte. Puis son visage se durcit.

ROBBIE : Je crois que votre présence est devenue insupportable sur cette île, Linoge.

Il braque son arme entre les barreaux.

170. Ext. Hôtel de ville

Une porte latérale s'ouvre et un certain nombre d'hommes en sortent, ceux qui doivent aller renforcer l'équipe qui se trouve déjà au magasin. Comme promis, ce sont tous de gros gabarits : Upton, Sonny, Johnny Harriman, Alex Haber et Stan Hopewell, le père du petit Davey. Stan est le pêcheur de homards que nous avons brièvement vu au début, occupé à ses préparatifs en vue de la tempête, sur le quai maintenant réduit à néant. Ils se dirigent vers le 4 × 4 municipal, luttant contre le blizzard et la neige. Deux silhouettes s'attardent sur le seuil : celles de Mike et de Molly. Molly a mis un châle autour de ses épaules et le serre contre elle.

> MOLLY : C'est cet homme, hein ? Celui qui a attrapé Ralphie au supermarché… n'est-ce pas ?

Il ne répond pas.

> MOLLY : Ça va aller, n'est-ce pas ?

> MIKE : Impec.

> MOLLY : Cet homme… si c'en est un… jamais on ne le verra dans un tribunal, Michael. J'en ai la certitude. Toi aussi… *(Elle hésite un instant.)* Tu devrais peut-être nous en débarrasser. T'arranger pour qu'il y ait un accident.

> MIKE : Rentre avant d'être complètement gelée.

Elle l'embrasse de nouveau, de manière plus appuyée cette fois.

> MOLLY : Nous t'attendons.

> MIKE : Je reviendrai.

Elle ferme la porte. Mike part en direction du véhicule, empruntant les traces laissées par les autres et penché en avant pour lutter contre les bourrasques incessantes.

171. Int. Une chambre inondée de soleil, jour

C'est une pièce splendide, très lumineuse. La fenêtre est ouverte et les rideaux s'incurvent paresseusement vers le lit, sous l'effet de la brise d'été. Henry Bright sort de la salle de bains, portant seulement son pantalon de pyjama, une serviette autour du cou. Alors qu'il se dirige vers la fenêtre, Frank Bright, son fils, passe le nez par l'entrebâillement de la porte.

> FRANK : Maman a dit de venir en bas pour le petit déjeuner, papa !

Au-dessus de la tête de Frank, on voit maintenant apparaître celle de Carla.

> CARLA : Non ! Maman a dit de dire à papa la marmotte de venir en bas pour le petit déjeuner !

Frank met la main devant la bouche et pouffe. Henry sourit.

Il va jusqu'à la fenêtre.

172. Ext. Little Tall Island, vue par Henry, jour

Le paysage a la splendeur que seule possède une île de la côte du Maine au plus fort de l'été : un ciel bleu, de longues prairies vertes descendant en pente douce vers une mer bleue piquetée de blanc. On aperçoit quelques bateaux de pêche au large. Des mouettes virevoltent en poussant leur cri.

173. Int. Retour chambre, avec Henry, jour

Il prend une profonde inspiration, retient l'air un instant puis l'expulse.

> HENRY : Dieu merci, il y a la réalité. J'ai fait un drôle de rêve, cette nuit... On était en hiver, et il y avait une tempête... Et cet homme est venu ici...

LINOGE *(voix off)* : Cet homme effrayant...

Surpris, Henry se retourne.

174. Int. Linoge, vu par Henry

Bien que ce soit l'été dans le rêve de Henry, Linoge est habillé comme lorsqu'il l'a vu pour la première fois, sur Atlantic Street, devant la maison de Martha Clarendon : un caban, une casquette de marin, des gants d'un jaune brillant. Il adresse à la caméra une grimace qui découvre une bouche hérissée de crocs. Ses yeux deviennent noirs. Il projette la canne à pommeau d'argent vers Henry et la tête prend vie : sa mâchoire claque, elle montre les dents.

175. Int. Chambre d'été, avec Henry

Il a un mouvement de recul pour éviter le loup d'argent. L'arrière de ses genoux heurte le rebord de la fenêtre et il tombe à la renverse dans le vide, hurlant.

176. Ext. Henry dans sa chute

Sauf que ce n'est pas de la fenêtre de sa maison qu'il tombe, ce n'est pas vers le sol de Little Tall Island qu'il se précipite, si dur que puisse être le sol. Il dégringole dans une fosse que dévore un feu noir et rouge. C'est le trou de l'enfer ; c'est aussi le bouillonnement noir et rouge que nous avons vu de temps en temps dans les yeux de Linoge.

Henry tombe et son hurlement diminue en même temps qu'il s'éloigne dans le champ de la caméra.

177. Int. Bureau du constable, cadrage sur Henry

Il sursaute violemment dans son fauteuil, en tombe, et pousse un cri étranglé au moment où il heurte le sol. Il ouvre les yeux et regarde autour de lui, hébété.

178. Int. Le supermarché, cadrage sur les joueurs de cartes

Ils lèvent les yeux en entendant le cri de Henry et voient Robbie debout près de la cellule. Et...

> KIRK : Hatch ! Robbie a pris le pistolet ! Je crois qu'il veut tuer le type !

Hatch bondit sur ses pieds, renversant la table à jouer.

> HATCH : Robbie ! Éloignez-vous de lui ! Et posez-moi ça !

179. Int. Bureau du constable, avec Henry

> HENRY : Robbie ? Qu'est-ce que...

Henry se relève. Il est vaseux, encore à moitié pris par son rêve.

180. Int. La cellule, avec Robbie et sa fausse mère

Elle est assise sur la banquette, à la place de Linoge (naturellement : elle est Linoge). Elle est très vieille, quatre-vingts ans environ, et très menue. Elle porte une tenue blanche d'hôpital, elle a les cheveux en bataille et son visage est plein de reproches. Robbie la regarde, hypnotisé.

> FAUSSE MÈRE : Pourquoi tu n'es pas venu, Robbie ? Après tout ce que j'ai fait pour toi, tout ce à quoi j'ai renoncé pour que tu puisses...

HATCH *(voix)* : Non, Robbie, non !

FAUSSE MÈRE : Pourquoi m'as-tu laissée mourir au milieu d'étrangers ? Pourquoi m'as-tu laissée mourir toute seule ?

Elle tend vers lui une main maigre et tremblante.

181. Int. Le supermarché

Hatch, Jack et Kirk se précipitent vers la porte ouverte donnant dans le bureau du constable.

182. Int. Bureau du constable

Henry, n'ayant toujours que très vaguement conscience de ce qui se passe, se dirige vers la cellule. Linoge est assis sur la banquette et tend la main à Robbie. Du point de vue de Henry, c'est bien de Linoge qu'il s'agit.

Linoge regarde la porte donnant sur le magasin. Elle se referme brutalement au nez de Hatch.

183. Int. Côté supermarché de la porte, avec Hatch, Jack, Kirk

Hatch rentre carrément dans la porte mais rebondit dessus. Il tente de tourner la poignée, mais celle-ci refuse de bouger. Il lui donne vainement un coup d'épaule, puis se tourne vers les deux autres.

HATCH : Ne restez pas plantés là ! Donnez-moi un coup de main !

184. Int. Retour bureau du constable

Nous entendons les coups sourds que donnent les hommes contre le battant, de l'autre côté de la porte. La fausse mère est assise sur la banquette, dans sa tenue d'hôpital, et regarde son garnement de fils.

> FAUSSE MÈRE : Je t'ai attendu, Robbie, et je t'attends toujours. Au fond de l'enfer, je t'attends toujours.
>
> ROBBIE : Arrête, ou je tire !
>
> FAUSSE MÈRE : Avec ça ?

Elle regarde l'arme avec mépris. Robbie suit son regard.

185. Int. La main de Robbie, de son point de vue

Le pistolet a disparu ; à la place, il tient un serpent qui se tord. Il pousse un hurlement et ouvre la main.

186. Int. Bureau du constable

Nous voyons le reste de la scène du point de vue de Henry Bright, autrement dit à peu près exactement de la manière dont elle se passe. C'est le pistolet que laisse échapper la main de Robbie et non un serpent, et c'est Linoge qui se lève de la banquette, dans la cellule, et se dirige vers les barreaux.

> LINOGE : Je t'attendrai en enfer, Robbie, et quand tu arriveras, je serai là avec une cuillère. Je m'en servirai pour te cueillir les yeux. Je vais manger tes yeux, Robbie, les manger et les remanger sans fin, car l'enfer, c'est la répétition. Né dans le péché, pas la peine de te cacher !

Henry se penche pour attraper l'arme. Linoge regarde le pistolet, et celui-ci se met à glisser sur le plancher. Puis Linoge se tourne de nouveau vers Robbie, le fixe furieusement, et soudain Robbie est propulsé en arrière. Il heurte le mur, rebondit dessus et tombe à genoux.

HENRY *(horrifié) :* Mais qu'est-ce que vous êtes ?

LINOGE : Votre destin.

Il se tourne et soulève le matelas de la banquette. La canne se trouve dessous. Il la prend et la brandit. Une lumière bleue et brillante commence à en émaner.

Henry recule, levant un bras pour s'abriter les yeux. Robbie, qui a réussi à se relever, se cache aussi les yeux. La lumière devient de plus en plus forte, de plus en plus violente. Le bureau du constable se transforme en une explosion de lumière aveuglante.

187. Int. Côté supermarché de la porte

La lumière passe par le trou de serrure, par les gonds, par la fente sous le battant. Les trois hommes reculent, effrayés.

JACK : Qu'est-ce que c'est ? Qu'est-ce qui se passe ?

HATCH : Je ne sais pas.

188. Int. Bureau du constable

Henry et Robbie, réfugiés à l'autre bout de la salle, ont battu en retraite devant cette lumière aveuglante. Dans celle-ci, nous voyons pour la première fois ce qu'est réellement Linoge : un magicien des temps jadis dont la canne est l'instrument magique – une version diabolique de la verge d'Aaron. Elle dégage cette lumière par vagues.

Les papiers se détachent du tableau d'affichage et se mettent à flotter en l'air. Le sous-main de Mike s'élève à son tour et reste suspendu en l'air. Les tiroirs du bureau s'ouvrent lentement, l'un après l'autre, et les objets qu'ils contiennent s'en élèvent, puis se mettent à décrire des cercles autour du meuble : stylos, pinces à papier, menottes, un reste oublié de sandwich au jambon. Les corbeilles destinées au courrier valsent en l'air avec le portable de Hatch.

Au pied du mur opposé, le pistolet que Robbie avait eu l'intention d'utiliser (quelle idée insensée, comprend-on maintenant, que de vouloir tuer Linoge) s'élève lui aussi, dirige son canon vers le mur et se décharge par six fois.

189. Int. Côté supermarché de la porte

Hatch, Kirk et Jack réagissent au bruit des détonations. Hatch regarde autour de lui ; il voit le rayon quincaillerie et y prend une hachette. Aussitôt il se met à attaquer la zone autour de la serrure. Jack veut l'arrêter.

JACK : Hatch ! Il vaudrait peut-être mieux ne pas...

Hatch le repousse et continue à donner de la hache. Il ne devrait peut-être pas, en effet, mais il fera son devoir, s'il le peut.

190. Int. Bureau du constable

Les barreaux bricolés par un soudeur amateur commencent à tomber les uns après les autres, presque comme des feuilles mortes. Robbie et Henry, pétrifiés par la peur, écarquillent les yeux. Les barreaux tombent de plus en plus vite, créant une ouverture de forme humaine. Lorsqu'elle est terminée, Linoge la franchit facilement. Il regarde vers les deux hommes muets de terreur, puis se tourne et dirige sa canne vers la porte qui conduit dans le supermarché.

191. Int. La porte, côté supermarché

Hatch brandit sa hachette pour porter un autre coup, lorsque le battant s'ouvre soudain, comme de lui-même. Une lumière d'un bleu argenté en émane.

> LINOGE *(voix off)* : Hatch...

Hatch s'avance dans le flot de lumière. Jack essaie de le retenir.

> JACK : Non, Hatch !

Hatch l'ignore. Il s'avance dans la lumière et la hachette lui glisse des doigts.

192. Ext. Le supermarché, nuit

Le 4 × 4 des services municipaux s'engage dans le parking, devant le magasin. Les volets roulants sont abaissés, devant les vitrines, mais on voit néanmoins une lumière bleuâtre brillante passer à travers la porte.

193. Int. Le 4 × 4

Un certain nombre de costauds y sont entassés. Mike est au volant.

> JOHNNY *(stupéfait)* : Qu'est-ce que c'est encore que ce truc ?

Mike ne prend pas la peine de répondre : il saute du véhicule avant même que celui-ci soit arrêté ou presque. Les autres le suivent, mais il est le premier en haut des marches.

194. Int. Bureau du constable

Hatch avance comme un somnambule dans la lumière éclatante, sans se soucier des objets qui flottent et tourbillonnent dans l'air. Le portable lui heurte la tête. Il le repousse, et l'objet s'éloigne comme s'il se déplaçait sous l'eau. Il rejoint Linoge qui dégage à présent une lumière presque aveuglante.

En réalité, Linoge est un très vieil homme, constatons-nous, avec des cheveux blancs en désordre qui lui retombent jusque sur les épaules. Ses joues et son front sont creusés de rides profondes, ses lèvres enfoncées, mais c'est néanmoins un visage à l'aspect vigoureux. Dans ses yeux tourbillonnent des éclats noirs et rouges. Il ne porte plus ses vêtements ordinaires, mais une robe sombre sur laquelle brillent des motifs argentés changeants. Il continue à brandir son bâton d'une main (il comporte toujours la tête de loup argentée à son extrémité, mais on se rend compte à présent que le bois est couvert de runes magiques et de symboles), et il agrippe l'épaule de Hatch de l'autre... à ceci près que ce n'est pas une main qui termine son bras, mais une serre aux multiples griffes.

Linoge incline la tête jusqu'à effleurer le front de Hatch avec le sien. Ses lèvres s'écartent, révélant des dents pointues. Hatch ne fait rien d'autre que de le fixer de ses yeux écarquillés et vides de toute expression.

> LINOGE : Donnez-moi ce que je veux et je m'en irai. Dis-leur. *Donnez-moi ce que je veux... et je m'en irai.*

Il fait demi-tour, l'ourlet de sa robe se soulève et il s'avance à grands pas vers la porte donnant sur l'extérieur.

195. Int. Le supermarché, cadrage sur la porte d'entrée

Les doubles battants s'ouvrent brusquement et Mike entre au pas de course, suivi de son équipe. Il remonte l'allée et saisit Kirk Freeman par un bras.

MIKE : Qu'est-ce qui se passe ? Où est Hatch ?

Kirk, hébété, lui indique d'un geste le bureau du constable. Il est incapable de parler. Mike se précipite – et s'immobilise dans l'encadrement.

196. Int. Bureau du constable, vu par Mike

On dirait qu'un cyclone s'est acharné sur la pièce. Des papiers et du matériel de bureau sont éparpillés partout, les feuilles s'agitant dans le courant d'air en provenance du quai de livraison. Le portable de Hatch gît sur le sol, détruit. La cellule est vide. Des débris de barreaux sont sur le sol, mais ce qui reste de la porte est grand ouvert, même si le cadenas est toujours en place. Le trou a vaguement la forme d'une silhouette humaine.

Robbie et Henry sont réfugiés contre le mur, se tenant dans les bras l'un de l'autre comme des petits enfants perdus dans la nuit. Hatch, debout au milieu de la pièce, tourne le dos à Mike ; il se tient la tête baissée.

Mike s'approche prudemment de lui. Les autres hommes se sont massés sur le seuil de la porte, découvrant la scène avec de grands yeux, l'expression solennelle.

MIKE : Hatch ? Qu'est-ce qui s'est passé ?

Hatch ne commence à réagir que lorsque Mike le touche à l'épaule.

MIKE : Qu'est-ce qui s'est passé ?

Hatch se retourne. Son visage a subi une transformation fondamentale, lors de sa rencontre avec Linoge : il est marqué du sceau de la terreur, par quelque chose qui ne le quittera peut-être plus jamais, même s'il survit à la Tempête du Siècle.

MIKE *(sursautant) :* Hatch... mon Dieu...

HATCH : Il faut lui donner ce qu'il veut. Si on le fait, il partira. Il nous laissera tranquilles. Si on ne le fait pas...

Hatch regarde par la porte ouverte donnant sur le quai. Dehors, la neige tourbillonne. Robbie rejoint Mike et Hatch d'un pas lent de vieillard.

ROBBIE : Où est-il passé ?

HATCH : Là dehors. Dans la tempête.

À présent, tous regardent par la porte.

197. Ext. En ville, caméra tournée vers l'océan, nuit

La neige tombe toujours à verse, les congères se font de plus en plus hautes et la mer continue de marteler la côte et de lancer des gerbes d'écume. Linoge est quelque part là au milieu, tel un autre élément de la tempête.

Fondu au noir. Fin de l'acte 5.

Acte 6

198. Ext. Carrefour Main Street et Atlantic Street

Les bancs de neige sont plus profonds que jamais, et plusieurs vitrines se sont rompues sous la charge. Les rues sont devenues impraticables, même avec un 4 × 4, et seule la moitié supérieure des lampadaires dépasse de la neige.

La caméra revient sur la pharmacie, où les allées sont aussi pétrifiées par le froid que la toundra ; la gelée scintille sur les lettres du panneau ORDONNANCES, au fond du magasin. Sur une publicité, près de l'entrée, on peut lire : TENEZ TÊTE AU BONHOMME HIVER AVEC UN CHAUFFAGE GEN II ! Mais le bonhomme Hiver a eu le dernier mot, cette fois. Les appareils sont presque entièrement enfouis dans la neige.

Trop de neige recouvre la pendule pour qu'on puisse lire l'heure, mais elle fonctionne toujours. Elle commence à égrener l'heure. Un... deux... trois... quatre...

199. Int. Vestibule de Martha, nuit

Nous voyons son corps recouvert de la nappe. Et nous entendons une autre horloge sonner l'heure. Cinq... six... sept... huit...

200. Int. La maternelle, nuit

Un coucou (les enfants que garde Molly doivent l'adorer) entre et sort par la petite porte de son chalet, impudent comme un gosse qui tire la langue. Neuf... dix... onze... douze... Sur ce dernier coup, l'oiseau retourne définitivement se cacher. La pièce est impeccable mais on ne s'y sent pas rassuré, en dépit des petites chaises, des tables basses, des images sur les murs et du tableau noir sur lequel on peut lire : ON DOIT TOUJOURS DIRE « S'IL VOUS PLAÎT » ET « MERCI ». Il y a trop d'ombres, trop de silence.

201. Ext. Quai de livraison du supermarché

Nous voyons le corps de Peter Godsoe, dans son linceul improvisé, simple forme raidie par le gel, sous la bâche... mais ses bottes dépassent toujours.

202. Int. Bureau du constable

Le sol est toujours jonché des papiers et du petit matériel de bureau ; il y en a partout. Les barreaux sont restés par terre, à l'endroit où ils sont tombés. Sinon, la salle est vide. La caméra franchit la porte pour passer dans le magasin. Lui aussi est déserté. La table renversée et les cartes éparpillées prouvent qu'il vient de se passer quelque chose de brutal et de soudain, mais la cause de ce désordre a disparu. La grosse horloge à piles, au-dessus des caisses, indique qu'il est minuit et une minute.

203. Int. La remise derrière l'hôtel de ville, nuit

Là, ce sont deux cadavres enveloppés dans des couvertures qui gisent : ceux de Billy Soames et Cora Stanhope.

204. Int. Cuisine de l'hôtel de ville

Elle est aussi propre qu'un sou neuf : comptoirs sans une trace, sol balayé, vaisselle lavée s'entassant dans l'égouttoir. Un petit bataillon de ces dames, n'ayant rien d'autre à faire (et sans doute sous les ordres de Mrs Kingsbury), a mis de l'ordre ; la pièce est prête pour le petit déjeuner – des crêpes pour quelque deux cents personnes. L'horloge murale indique qu'il est minuit deux. Comme la maternelle, cette pièce dégage quelque chose d'inquiétant, avec le faible éclairage distribué par la gégène et le vent qui hurle, dehors.

Jack Carver et John Freeman sont installés sur des tabourets, près de la porte. Chacun tient un fusil de chasse sur les genoux. Ils ne sont pas loin de s'endormir.

> KIRK : Comment veux-tu qu'on voie la moindre chose, avec un temps pareil ?

Jack secoue la tête : il ne sait pas.

205. Int. Bureau de l'hôtel de ville

La CB émet des craquements sans signification. Le son est bas. Rien que de l'électricité statique, en fait. Près de la porte, Hatch et Alex Haber montent la garde, tous les deux armés d'un fusil de chasse. Ou du moins, Hatch monte la garde. Alex somnole. Hatch le regarde, se demandant s'il doit ou non le réveiller d'un coup de coude. Il décide d'avoir pitié de lui.

La caméra se braque sur le bureau d'Ursula, où Tess Marchant s'est endormie, la tête dans les bras. La caméra la détaille un instant, puis se tourne et descend l'escalier. Pendant ce temps, on entend, à peine distincte sous le chuintement d'électricité statique, une voix :

> PRÉDICATEUR *(voix) :* Vous savez, mes frères, c'est dur de ne pas pécher... Il est tellement facile de suivre les

conseils de soi-disant amis qui vous disent que pécher n'est pas bien grave, qu'être négligent est sans importance, que Dieu ne vous regarde pas, que vous pouvez y aller, faire ce que vous voulez, que vous vous en tirerez de toute façon – dites alléluia !

RÉPONSE *(à peine audible)* : Alléluia...

Il reste une dizaine de personnes dans le coin télévision. Elles se sont réfugiées dans les rares fauteuils à peu près confortables et occupent deux vieux canapés tout au plus bons pour la brocante. Tout le monde est endormi, sauf Mike. Sur l'écran de la télé, à peine visible tant l'image est brouillée, on peut voir le prédicateur – personnage gominé ayant l'air tout aussi digne de confiance que son collègue Jimmy Swaggart dans le parking d'un motel à gagneuses.

MIKE *(s'adressant à la télé)* : Alléluia, mon frère. J'l'ai dit...

Il est installé dans un gros fauteuil rembourré, un peu à l'écart des autres. Il paraît très fatigué et il ne va sans doute pas rester réveillé bien longtemps. Sa tête commence d'ailleurs à dodeliner. Son revolver est à sa hanche, dans son étui.

PRÉDICATEUR *(continue)* : Mes frères, j'aimerais vous parler tout spécialement, ce soir, du péché secret. Et j'aimerais aussi vous rappeler – dites alléluia – que le péché a un goût suave sur la lèvre mais amer sur la langue, et qu'il empoisonne les entrailles du juste. Dieu vous bénisse – pouvez-vous dire amen ?

Mike ne peut pas : son menton a fini par rejoindre sa poitrine et ses yeux se sont fermés.

PRÉDICATEUR *(continue)* : Mais le péché secret ! Le cœur égoïste qui dit : je n'ai pas besoin de partager, je peux tout garder pour moi et personne ne le saura jamais... Pensez à cela, mes frères ! Il est facile de dire :

> oh, je n'aurai pas de mal à garder ces sales petits secrets, ça ne regarde personne d'autre, et cela ne me fera aucun mal... Puis on peut toujours essayer d'ignorer la gangrène et la corruption qui commencent à en essaimer... cette maladie qui ronge l'âme et croît autour de lui...

Pendant ce temps, la caméra zoome sur quelques-uns des visages endormis, parmi lesquels on reconnaîtra Sonny Brautigan et Upton Bell, ronflant sur l'un des canapés, tête contre tête, tandis que sur l'autre sont installés Jonas et Joanna Stanhope, se tenant dans les bras l'un de l'autre. Puis la caméra s'éloigne à nouveau, en direction des rideaux improvisés. Derrière nous, la voix du prédicateur s'estompe, mais il continue de parler de péchés secrets et d'égoïsme.

Nous franchissons les rideaux. Ici, dans la partie dortoir, nous entendons les sons habituels dans ce genre de salle : des toux, des respirations sibilantes, des ronflements atténués.

Nous passons Davey Hopewell, qui dort sur le dos, le visage froncé. Robbie Beals est allongé de côté, tenant la main de sa femme, Sandra, tout en dormant. Ursula Godsoe dort avec sa fille, Sally ; sa belle-sœur Tavia est tout à côté ; elles se sont rassemblées le plus étroitement possible, toutes les trois, après la mort tragique de Peter.

Melinda Hatcher et Pippa dorment sur des lits de camp rapprochés, front contre front, et Ralphie est pelotonné dans les bras de sa mère endormie.

Nous nous déplaçons vers l'endroit où l'on avait initialement couché les enfants ; un certain nombre sont encore là, Buster Carver, Harry Robichaux, Heidi Saint-Pierre et Don Beals.

Les habitants de Little Tall Island dorment ; leur sommeil est agité, mais ils dorment.

206. Int. Robbie Beals, gros plan

Il marmonne, tenant des propos incohérents. Ses yeux bougent à toute vitesse sous ses paupières baissées. Il rêve.

207. Ext. Main Street, Little Tall Island, jour

Debout dans la rue – en réalité au-dessus de la chaussée, celle-ci étant enterrée sous au moins un mètre vingt de neige – se tient un journaliste de la télévision. Il est jeune, d'une beauté conventionnelle, habillé d'une tenue de ski Therma-Pak violette, avec gants assortis... et il a des skis aux pieds, seul moyen de tenir debout comme il le fait dans ces conditions, suppose-t-on.

Ces cent vingt centimètres de neige dans la rue ne sont que le début du problème. Des congères monstrueuses ont enterré tous les magasins. Les lignes électriques abattues disparaissent dans la neige comme des vieilles toiles d'araignées.

> JOURNALISTE : Celle que l'on appelle aujourd'hui la Tempête du Siècle fait maintenant partie du passé, en Nouvelle-Angleterre. Tout le monde, de New Bedford à New Hope, est en train de pelleter des monceaux de neige qui vont se traduire non pas par un nouveau paragraphe, mais par plusieurs pages dans le prochain Livre des Records.

Le journaliste commence à glisser lentement le long de Main Street ; il passe devant la pharmacie, la quincaillerie, le restaurant Handy Bob, le bar, le salon de coiffure.

> JOURNALISTE : Partout on est en train de dégager la neige – enfin, sauf ici, à Little Tall Island, un bout de terre au large de la côte du Maine abritant presque quatre cents âmes, d'après le dernier recensement. La moitié de la population, environ, a cherché refuge sur le continent quand il devint clair que la tempête allait frapper, et frapper durement. Dans ce nombre, il faut

compter la plupart des enfants d'âge scolaire. Mais presque tous les autres... deux cents hommes et femmes, les plus jeunes enfants... ont disparu. Les rares exceptions sont encore plus inquiétantes et désolantes.

208. Ext. Les restes de la jetée, jour

Quatre équipes de sauveteurs à l'expression sinistre transportent des civières jusqu'au bateau de la police, amarré à ce qui reste de la jetée. Sur chacune des civières, une forme dans un sac fermé.

> JOURNALISTE *(voix off) :* Jusqu'ici, on a retrouvé les corps de quatre personnes sur Little Tall Island. Deux d'entre elles se sont peut-être suicidées, d'après des sources policières, mais les deux autres, frappées à mort à l'aide d'un même objet contondant, ont certainement été victimes d'un assassinat.

209. Ext. Retour sur Main Street, avec le journaliste

Tiens, tiens... L'homme porte toujours sa tenue de ski violette, il a toujours son petit air soigné et son allure BCBG, mais les gants violets ont été remplacés par d'autres, d'un jaune brillant. Si nous n'avions pas déjà eu le malheur de reconnaître Linoge, c'est maintenant fait.

> JOURNALISTE *(Linoge) :* L'identité des morts n'a pas été communiquée, la reconnaissance par un proche n'ayant pas encore eu lieu, mais tous seraient des habitants de l'île. Et les policiers, dépassés, se posent sans fin la même question : mais où sont passés tous les autres résidants de Little Tall Island ? Où est passé Robert Beals, le maire de la ville ? Où est passé Michael Anderson, propriétaire de l'unique supermarché de l'île et son officier de police en tant que constable ? Où est passé Davey Hopewell, âgé de quatorze ans, en convalescence chez lui au moment de la tem-

pête, à la suite d'une mononucléose ? Où sont les commerçants, les pêcheurs, les conseillers municipaux ? Personne ne le sait. On ne connaît qu'un cas semblable dans toute l'histoire des États-Unis.

210. Int. Molly Anderson endormie, gros plan, nuit

Ses yeux se déplacent rapidement sous ses paupières closes.

211. Int. Cadrage sur une gravure : un village du XVIIIe siècle

VOIX DE FEMME JOURNALISTE : Voici l'aspect qu'avait le village de Roanoke, en Virginie, en 1587, avant que tout le monde disparaisse : hommes, femmes, enfants. On n'a jamais su ce qu'ils sont devenus. On n'a découvert qu'un seul indice, un mot gravé sur un arbre...

212. Incrust : gravure sur un tronc d'arbre

Un seul mot dans l'écorce entaillée : CROATON.

FEMME JOURNALISTE *(voix off)* : Ce mot, Croaton. Est-ce un lieu ? Est-il mal écrit ? Appartient-il à une langue depuis longtemps disparue ? Personne ne peut le dire.

213. Ext. Retour sur Main Street, femme journaliste

Elle est très jolie, dans sa tenue de ski violette Therma-Pak ; la couleur met en valeur sa longue chevelure blonde, ses joues empourprées... et ses gants d'un jaune brillant. Oui, c'est encore Linoge, s'exprimant à présent avec une voix de femme et ayant adopté un physique séduisant. Il ne s'agit pas d'un déguisement destiné à s'amuser, mais de quelqu'un qui a tout à fait l'air d'une jeune femme et qui parle avec une voix féminine. L'affaire est on ne peut plus sérieuse.

La journaliste enchaîne à l'endroit exact où nous avons quitté la version de Robbie, tandis qu'elle parle en marchant (ou plutôt en skiant), sur Main Street, en direction de l'hôtel de ville.

> FEMME JOURNALISTE *(Linoge) :* La police continue d'affirmer aux journalistes que cette énigme sera résolue, mais même elle ne peut nier un fait essentiel : l'espoir de retrouver vivants les habitants de Little Tall Island va inexorablement en diminuant.

Elle s'avance vers l'hôtel de ville, lui aussi enseveli sous une montagne de neige.

> FEMME JOURNALISTE *(Linoge) :* Tout semble indiquer que la plupart des insulaires ont passé la première nuit de tempête, la plus terrible, dans le sous-sol de ce bâtiment, l'hôtel de ville de Little Tall Island. Après quoi... personne ne sait ce qui s'est passé. On se demande s'ils auraient pu faire quoi que ce soit pour échapper à leur étrange destin.

Elle passe au-dessus de ce qui est, en été, la pelouse de l'hôtel de ville, et se dirige vers la petite coupole qui abrite la cloche. La caméra s'est immobilisée et la regarde s'éloigner.

214. Int. Davey Hopewell, gros plan

Il dort d'un sommeil agité. Ses yeux bougent en tous sens sous ses paupières. Il rêve pendant que hurle le vent, dehors.

215. Ext. Devant l'hôtel de ville, jour

Le journaliste en tenue de ski violette atteint la coupole ; même de dos, on se rend compte que le reporter du rêve de Davey est un homme. Il se tourne. Il est chauve, porte lunettes et moustache... mais c'est toujours Linoge.

JOURNALISTE *(Linoge) :* On se demande si, dans leur égoïsme insulaire et leur fierté yankee, ils n'auraient pas refusé de donner quelque chose... une chose toute simple... une chose qui aurait tout changé pour eux. Pour le journaliste que je suis, voilà qui paraît plus que possible, voilà qui paraît tout à fait plausible. Le regrettent-ils, à présent ? *(Courte pause.)* S'en trouve-t-il encore en vie pour le regretter ? Que s'est-il réellement passé à Roanoke en 1587 ? Et que s'est-il passé ici, à Little Tall Island, en 1989 ? Nous ne le saurons peut-être jamais. Il y a cependant une chose dont je suis sûr, Davey : tu es fichtrement trop petit pour jouer au basket... sans compter que tu raterais le panier même s'il était grand comme une piscine.

Le journaliste version Davey fait demi-tour et passe la main sous la coupole. Là se trouve la cloche du mémorial, mais, dans le rêve de Davey, ce n'est pas une cloche. Ce qu'en sort le journaliste est un ballon de basket taché de sang, qu'il lance directement à la caméra. Au moment où il fait son geste, il esquisse un sourire, découvrant des dents qui, en réalité, sont de véritables crocs.

JOURNALISTE : Attrape !

216. Int. Retour sur Davey endormi, nuit

Il gémit et se tourne de côté. Sa main s'élève un instant, comme pour parer le ballon.

DAVEY : Non... non...

217. Int. Coin télé du sous-sol, avec Mike, nuit

Sa tête retombe mollement, mais ses yeux s'agitent derrière ses paupières closes ; comme les autres, il rêve.

> PRÉDICATEUR *(voix off) :* Soyez assuré que votre péché vous retombera sur la tête, que vos secrets seront connus. Tous les secrets seront connus...

218. Int. Prédicateur sur l'écran brouillé, gros plan

Oui, maintenant c'est clair : le prédicateur est également Linoge.

> PRÉDICATEUR *(continue) :* ... si vous disiez alléluia ? Oh, mes frères, ne pourriez-vous dire amen ? Car je vous demande de contempler l'aiguillon du péché et le prix du vice, je vous demande de contempler la juste fin de ceux qui ferment leur porte au vagabond, à l'étranger qui demande pourtant si peu de chose.

La caméra se rapproche de l'écran enneigé de la télé. Le prédicateur se dissout dans l'obscurité... une obscurité neigeuse, car le vent a jeté à bas la parabole de l'hôtel de ville et la réception est mauvaise. N'empêche, une image tout à fait nette commence à apparaître. La neige est à présent de la neige véritable, celle de la Tempête du Siècle, et la population se déplace au milieu de ses tourbillons : une file sinueuse et serpentine de gens s'ouvrant laborieusement un chemin le long d'Atlantic Street, vers la côte.

219. Ext. Atlantic Street, plan plus rapproché, nuit

> PRÉDICATEUR *(voix off) :* Car la poussière est le prix de la luxure, et la mort le prix du péché.

> PRÉDICATEUR *(voix off) :* Car si celui qui quémande est repoussé, si celui qui est dans le besoin ne connaît pas

le répit, est-ce que ceux qui ont un cœur de pierre ne seront pas envoyés ici ?

220. Int. Mike, gros plan

MIKE *(dans son sommeil) :* Alléluia... amen...

221. Ext. Ce qui reste de la jetée

Ils s'avancent en direction de la caméra – et vers leur mort, dans l'océan – comme des lemmings. Nous n'arrivons pas à y croire... Et cependant si, n'est-ce pas ? Après Jonestown et la secte du Temple solaire, nous y croyons...

ROBBIE *(le premier de la file) :* Je suis désolé que nous ne vous ayons pas donné ce que vous vouliez...

Arrivé à l'extrémité de la jetée détruite, il dégringole dans les vagues.

ORVILLE BOUCHER *(le deuxième de la file) :* Désolé de ne pas vous l'avoir donné, Mr Linoge.

Il se jette à son tour dans l'océan. Les suivants sont Angie et Buster.

ANGIE CARVER : Je suis désolée... Nous sommes tous les deux désolés, n'est-ce pas, Buster ?

Tenant l'enfant dans ses bras, Angela saute de la jetée ; les suivants sont Molly et Ralphie.

222. Int. Retour sur Mike, dans le coin télé

Il est de plus en plus agité... et qui ne le serait, s'il fallait subir un rêve aussi cauchemardesque que celui-ci ?

MIKE : Non... non... Molly...

PRÉDICATEUR *(voix off) :* Car ce que l'on vous demande est si peu de chose... dites alléluia... et cependant, si vous endurcissez votre cœur, si vous fermez vos oreilles, vous devez payer. Vous êtes marqués du sceau de l'ingratitude et envoyés ici.

223. Ext. Molly, sur la jetée, nuit

Elle est tout aussi hypnotisée que les autres, mais Ralphie, lui, est éveillé ; il a peur.

MOLLY : Nous avons endurci nos cœurs. Nous avons fermé nos oreilles. Et maintenant, nous payons. Je suis désolé, Mr Linoge...

RALPHIE : Papa ! Au secours, papa !

MOLLY : Nous aurions dû vous donner ce que vous vouliez.

Elle franchit le bord de la jetée et tombe dans les eaux noires, tenant Ralphie dans ses bras.

224. Int. Coin télé avec Mike, nuit

Il se réveille en sursaut, haletant. Regarde la télé.

225. Int. Télé vue par Mike

Rien que de la neige. Soit l'antenne de la station a été détruite par la tempête, soit les émissions ont été arrêtées pour la nuit.

226. Int. Retour sur Mike

Il s'est redressé et essaie de retrouver sa respiration.

SONNY BRAUTIGAN : Mike ?

Sonny se dirige vers Mike d'un pas lourd ; ses vêtements sont froissés, il a les yeux gonflés de sommeil et les cheveux hirsutes.

SONNY : Mon vieux, je viens de faire un de ces rêves... épouvantable... ce reporter...

Upton Bell les rejoint.

UPTON : C'était sur Main Street... il racontait comment tout le monde était parti...

Il s'interrompt. Lui et Sonny se regardent, aussi stupéfaits l'un que l'autre.

SONNY : Comme dans cette petite ville de Virginie, il y a des siècles.

MELINDA *(voix off) :* Personne ne sait où ils sont allés... et dans le rêve, personne ne savait où nous allions, nous.

Ils regardent vers les rideaux. Melinda se tient devant, en chemise de nuit.

MELINDA : Tout le monde fait le même rêve ! Ne comprenez-vous pas ? Ils sont tous en train de faire le même rêve !

Elle se tourne vers :

227. La partie dortoir du sous-sol, nuit

Les dormeurs s'agitent et se tordent, au ralenti, sur leurs lits de camp. Ils gémissent et protestent sans se réveiller.

228. Int. Retour sur le coin télé

MELINDA : Mais deux cents personnes ne peuvent pas disparaître comme ça !

Sonny et Upton secouent la tête. Tess descend l'escalier et s'arrête à mi-chemin. Ses cheveux sont en désordre et elle paraît encore endormie.

TESS MARCHANT : En particulier sur une petite île, quand on est coupé de tout par une grosse tempête...

Mike se lève et coupe la télé.

MIKE : Si. Dans l'océan.

MELINDA : Quoi ?

MIKE : Dans l'océan. Suicide en masse. Si nous ne lui donnons pas ce qu'il veut.

SONNY : Mais comment pourrait-il... ?

MIKE : Je ne sais pas. Mais je crois qu'il le pourrait.

Molly apparaît entre les rideaux tirés, tenant Ralphie dans ses bras. L'enfant dort profondément, mais elle n'a pu se résoudre à le laisser.

MOLLY : Mais que veut-il, en fin de compte ? Mike, qu'est-ce qu'il veut ?

MIKE : Je suis sûr que nous allons le savoir. Quand il sera prêt.

229. Ext. Le phare, nuit

La lumière continue de tourner avec régularité, illuminant brièvement les tourbillons de neige à chacun de ses passages. Une silhouette se tient devant l'une des fenêtres fracassées, au sommet.

La caméra se rapproche de Linoge qui, les mains dans le dos, regarde vers la ville. Il a l'air d'un souverain qui surveille son royaume. Finalement, il se détourne de la vue.

230. Int. Salle de contrôle du phare, nuit

Linoge, qui n'est guère plus qu'une silhouette sombre dans la lueur rougeâtre des panneaux de contrôle, traverse la pièce circulaire et ouvre la porte donnant sur l'escalier. La caméra se rapproche de l'écran d'ordinateur que nous avons déjà vu. On y lit de haut en bas (à la place de l'avis de tempête) cette phrase répétée à chaque ligne : DONNEZ-MOI CE QUE JE VEUX.

231. Int. L'escalier du phare, nuit

Plongée dans la vertigineuse cage d'escalier ; Linoge descend rapidement.

232. Ext. Le phare, nuit

Linoge sort du phare, tenant sa canne à tête de loup à la main, et s'avance dans la neige, en route pour Dieu sait quelle destination, avec Dieu sait quelle mauvaise intention en tête. Plan maintenu sur le phare, puis

Fondu au noir. Fin de l'acte 6.

Acte 7

233. Ext. Centre-ville, matin

La neige tombe toujours aussi abondamment et vite. Les bâtiments sont à demi enterrés. Les lignes électriques disparaissent dans la neige. La ville ressemble au reportage que nous avons vu dans les rêves, si ce n'est que la tempête continue.

234. Ext. L'hôtel de ville, matin

La coupole qui protège la cloche du mémorial est presque entièrement enfouie sous la neige, et l'édifice de brique a lui-même pris un aspect fantomatique. Le vent hurle, toujours aussi violent.

235. Int. Salle de réunion de l'hôtel de ville, matin

Environ la moitié des personnes venues s'abriter dans le sous-sol y sont rassemblées ; assises sur les durs bancs de bois, une assiette sur les genoux, elles mangent des crêpes en buvant des jus de fruits. On a dressé une sorte de buffet improvisé à l'arrière de la salle, et Mrs Kingsbury (portant une casquette aux couleurs éclatantes dont la visière est tournée à l'envers, dans le style mauvais garçon) y officie, aidée de Tess Marchant. Il y a des jus de fruits, du café et des céréales en plus des crêpes.

Tout le monde mange en silence... les gens sont songeurs : non pas de mauvaise humeur, mais introspectifs et un peu effrayés. Toutes les familles ayant de petits enfants sont debout – évidemment, car la marmaille se réveille de bonne heure, pleine de vitalité – et parmi eux nous voyons les Hatcher et les Anderson, formant un groupe de six personnes plus ou moins bien réveillées. Mike donne des morceaux de crêpe à Ralphie et Hatch fait à peu près la même chose avec Pippa. Leurs épouses boivent du café et parlent paisiblement.

La porte latérale s'ouvre et, dans le hurlement du vent et un tourbillon de neige, c'est un Johnny Harriman excité qui fait son apparition.

> JOHNNY : Mike ! Hé, Mike ! Jamais vu une tempête pareille de toute ma vie ! Je crois que le phare va être emporté ! Sérieusement !

Les insulaires s'agitent et murmurent. Mike pose Ralphie sur les genoux de Molly et se lève. Hatch l'imite, ainsi qu'un certain nombre d'autres.

> MIKE : Si vous sortez, les gars, restez près du bâtiment ! Nous sommes dans des conditions de visibilité quasi nulle, ne l'oubliez pas !

236. Ext. Le promontoire et le phare, matin

La marée sera bientôt haute et d'énormes vagues martèlent les rochers. Le promontoire est inondé presque à chaque fois. Le bas du phare est la plupart du temps dans l'eau. L'édifice a tenu, face à la marée haute de la nuit, mais il ne va probablement pas résister à celle-ci.

237. Ext. Côté de l'hôtel de ville, matin

Les insulaires sortent du bâtiment. Ils bavardent, certains boutonnent leur manteau, d'autres nouent des foulards sous leur menton, ou remontent leur capuchon, ou enfilent des passe-montagne.

238. Int. Salle de réunion de l'hôtel de ville, matin

Les derniers à sortir franchissent la porte latérale. Les quelques personnes restantes sont celles qui n'ont pas fini de manger, plus sept mamans et un papa (Jack Carver) obligés de faire face à des petits enfants qui n'ont qu'une envie, participer aux réjouissances.

RALPHIE : Je peux aller voir, maman ?

Molly échange un coup d'œil avec Melinda – exaspérée et amusée en même temps –, un regard que seuls savent échanger les parents d'enfants d'âge préscolaire.

PIPPA *(ajoutant son grain de sel) :* S'il te plaît, maman, s'il te plaît, je voudrais y aller !

Don Beals, pendant ce temps, emploie avec sa mère, Sandra, une tactique plus autoritaire.

DON BEALS : Mets-moi mon manteau ! Je veux y aller ! Dépêche-toi, espèce de traînarde !

MOLLY *(à Ralphie) :* Bon, d'accord... *(À Melinda :)* Moi aussi, j'ai envie de voir ça. Viens, Ralphie... Où est ton manteau ?

La plupart des autres parents, Linda Saint-Pierre, Carla Bright, Jack Carver, Jill Robichaux, suivent son exemple. Ursula Godsoe, en revanche, résiste aux supplications de Sally.

URSULA : Je ne peux pas y aller, ma chérie. Je suis trop fatiguée. Je suis désolée.

SALLY : Papa va m'emmener... Où est papa ?

Ursula n'arrive pas à imaginer une réponse et est sur le point d'éclater en sanglots. Les autres femmes qui l'ont entendue se sentent bouleversées. Sally ne sait pas encore que son père est mort.

JENNA FREEMAN : Tu n'as qu'à venir avec moi, ma chérie. Si ta maman veut bien.

Ursula acquiesce avec gratitude.

239. Ext. L'hôtel de ville côté pelouse, matin

Environ soixante-dix insulaires sont là, alignés en une file irrégulière ; ils nous tournent le dos et tous regardent vers l'océan. Les parents sortent par la porte latérale, portant dans les bras des enfants emmitouflés jusqu'au cou, ou les tenant par la main. Il leur arrive d'enfoncer dans la neige fraîche jusqu'aux hanches et ils s'aident les uns les autres à sortir des congères. Il y a quelques rires ; l'excitation du moment les a aidés à sortir de leur état méditatif du réveil.

Au premier plan, le cylindre allongé d'une canne vient s'enfoncer dans la neige.

240. Ext. Arrière de l'hôtel de ville, matin

Linoge se tient là, regardant les habitants de Little Tall Island à travers l'averse de neige. Personne ne le voit, puisqu'ils ont tous le dos tourné.

241. Ext. Le promontoire et le phare, vus de l'hôtel de ville

D'ici, le phare est à peine visible, à cause de la neige... par moments, il disparaîtra complètement... mais pour l'instant, on le distingue assez bien, ainsi que les vagues géantes qui viennent battre ses flancs.

242. Ext. Mike et Hatch, matin

HATCH : Tu crois qu'il va être emporté, Mike ?

Molly et Melinda, accompagnées de Ralph et Pippa, viennent rejoindre leurs époux respectifs. Mike se penche pour prendre Ralphie dans ses bras, sans quitter le phare des yeux.

MIKE : J'ai bien peur que oui.

243. Ext. Promontoire et phare, vus de l'hôtel de ville

Une vague titanesque vient se fracasser sur la pointe rocheuse et le phare. Le vent se met à hurler plus fort, la neige s'épaissit, et c'est à peine si l'on distingue le bâtiment, maintenant ; il est réduit à une silhouette fantomatique dans les tourbillons de neige.

244. Int. Salle de contrôle du phare

Des paquets d'eau entrent par les fenêtres brisées et inondent le matériel électrique. Des étincelles jaillissent. Les ordinateurs sont court-circuités.

245. Ext. Promontoire et phare, vus de l'hôtel de ville

Tant et si bien qu'on ne voit pratiquement plus rien, sinon une ou deux maisons et quelques arbres aux formes spectrales, en contrebas de la pente. La neige est plus drue que jamais et le vent la chasse en tous sens, réduisant la visibilité à néant.

246. Ext. Les insulaires, panoramique, matin

Les gens sont plus ou moins divisés en groupes familiaux ou d'amis (Sonny et Upton sont ensemble, Kirk et Jenna Freeman, en compagnie de la petite Sally Godsoe, sont en compagnie des Beals) ; quelques-uns se tiennent à part des autres. Derrière eux, la neige crée une sorte d'écran blanc mouvant ; l'hôtel de ville lui-même n'est qu'une sorte d'ombre rose.

Pendant le panoramique :

KIRK : On ne voit plus rien !

FERD ANDREWS : C'est la blancheur totale !

DON BEALS : Dis, papa, où est le phare ?

ROBBIE : Attends que le vent tombe un peu, mon chou.

DON BEALS : Fais-le tomber tout de suite !

DAVEY HOPEWELL *(à Mrs Kingsbury) :* Regardez ! On voit la lumière ! Elle vient de passer ! Il marche encore !

247. Ext. Dans la « blancheur totale » vue par les insulaires

Dans les tourbillons de neige, le phare brille par saccades, son éclat grandit, diminue, puis disparaît à la vue dans son mouvement. À ce moment, on recommence à distinguer le petit promontoire sur lequel il est édifié.

248. Ext. Retour au panoramique sur la foule

HATCH : Il bouge !

Mrs Kingsbury se tient à la gauche des Hopewell, sa casquette tournée maintenant correctement, la visière vers le front. Des gants d'un jaune brillant (sans doute Linoge devait-il en avoir une autre paire en réserve quelque part) surgissent de la neige. L'un vient se poser fermement sur la bouche de Mrs Kingsbury, l'autre l'attrape par le cou. Elle est brusquement entraînée en arrière et disparaît dans la blancheur. Aucun des Hopewell, pourtant tout près d'elle, n'a vu ce qui s'est passé ; ils scrutent les tourbillons de neige autant qu'ils peuvent.

249. Ext. Promontoire et phare, vus de l'hôtel de ville

Une nouvelle vague gigantesque enfle démesurément et vient briser directement contre le phare ; on le voit qui commence à s'incliner.

250. Ext. Sonny Brautigan et Upton Bell

> SONNY : Il va dégringoler ! Mon Dieu, sûr qu'il va être emporté !

Près d'eux se tient un homme emmitouflé dans une parka tachée de graisse avec, sur la poitrine, le logo d'une marque de carburant. Une forme – Linoge – se profile derrière lui et s'immobilise un instant ; puis la canne se retrouve en travers de la gorge du pompiste, agrippée de part et d'autre par des mains gantées de jaune. L'homme disparaît à son tour dans la blancheur totale. Ni Sonny ni Upton n'ont remarqué quoi que ce soit. Ils sont fascinés par le cataclysme qui se déroule sous leurs yeux.

251. Ext. En regardant vers l'hôtel de ville

On voit deux formes noires – les semelles des bottes appartenant au pompiste – flotter un instant au milieu de toute cette blancheur, puis s'évanouir.

252. Ext. Le phare, matin

Une nouvelle vague géante fait disparaître la moitié inférieure du phare. Nous entendons le bruit sourd de l'eau et les craquements des briques qui cèdent. L'inclinaison de l'édifice devient encore plus prononcée.

253. Int. Salle de contrôle du phare, matin

La salle se met à pencher... à pencher... l'eau pénètre partout... L'inclinaison devient de plus en plus importante et tout ce qui n'est pas fixé commence à glisser le long de la pente de plus en plus raide du plancher...

254. Ext. Les insulaires devant l'hôtel de ville

La caméra est derrière eux (panoramique de gauche à droite) ; entre eux ou par-dessus leurs épaules, on aperçoit le phare en train de basculer.

255. Ext. Jack, Angie et Buster Carver

Jack est complètement excité. Il prend Buster dans ses bras et s'avance de quelques pas dans l'épaisse couche de neige.

> JACK : Regarde, Buster ! Le phare est en train de se flanquer par terre !
>
> BUSTER : Le phare se flanque par terre !

Angela se trouve à quelques pas derrière eux. Ni Jack ni Buster ne voient les gants jaunes qui flottent hors du rideau de neige, la saisissent et l'entraînent brutalement dans la tourmente.

256. Ext. Retour sur le phare, matin

La déferlante bat en retraite. Pendant quelques instants, on pourrait croire que le phare va encore tenir debout... C'est alors qu'il s'effondre, tandis que la lumière continue encore à tourner à son sommet. Une nouvelle vague vient se briser pendant sa chute, noyant les débris.

257. Ext. Les insulaires, panoramique

Ils gardent le silence ; leur bref moment d'excitation est passé. Maintenant que l'événement a eu lieu, ils se sentent pris de regrets. Le panoramique s'achève sur Jack et Buster.

BUSTER : Où est le phare, papa ? Il est parti pour tout le temps ?

JACK *(avec tristesse) :* Oui, mon chéri, j'en ai bien peur. Il est parti pour toujours... *(Se tournant :)* Angie, est-ce que tu as vu...

Mais il n'y a plus personne à l'endroit où elle se tenait.

JACK : Angie ? Angela ?

Il parcourt des yeux les rangs des insulaires, étonné mais ni inquiet ni effrayé. Il ne la voit pas.

JACK : Hé, Angie...

BUSTER : Hé, maman !

Jack se tourne vers Orville Boucher, son voisin le plus proche.

JACK : Tu n'as pas vu ma femme, Orv ?

ORVILLE : S'cuse-moi, Jack, j'ai pas fait attention. Elle avait peut-être froid et elle aura préféré retourner à l'intérieur.

258. Ext. La famille Hopewell : Stan, Mary, Davey, matin

Les parents de Davey continuent de contempler l'endroit où se trouvait encore le phare un instant auparavant (comme s'ils attendaient le ralenti), mais Davey, en revanche, regarde autour de lui, sourcils froncés.

DAVEY : Mrs Kingsbury ?

MARY HOPEWELL *(en l'entendant) :* Davey ? Qu'est-ce qu'il y a ?

DAVEY : Elle était juste là à l'instant.

Jack revient en pataugeant dans la neige, il tient à présent Buster par la main.

JACK : Angie ? *(À Buster :)* Orville doit avoir raison... elle a dû avoir froid et rentrer.

Près de lui se tiennent Alex Haber et Cal Freese.

CAL *(regardant autour de lui) :* Hé, où est passé le vieux George ?

259. Ext. Les Anderson et les Hatcher, matin

Au milieu des insulaires sortis pour assister à l'écroulement du phare et alignés en rangs d'oignons approximatifs, Cal et Alex appellent George Kirby ; Jack et Buster appellent Angela, Davey Hopewell appelle Mrs Kingsbury, et deux autres personnes appellent un certain Bill, très certainement le pompiste de tout à l'heure.

On voit une prise de conscience déprimante se peindre sur le visage de Mike. Il regarde Hatch, et découvre sur le visage de l'adjoint une expression identique à la sienne. Mike pose Ralphie au sol et se tourne vers les insulaires.

MIKE : Retournez dedans ! Allez, tout le monde dedans !

MOLLY : Qu'est-ce qui ne va pas, Mike ?

Mike ne répond pas. Il commence à remonter en courant la file de ses concitoyens, l'air frénétique.

MIKE : Dedans, je vous dis ! Tout le monde ! Rentrez tout de suite ! Et restez groupés !

Sa peur se communique aux gens, qui commencent à faire demi-tour et à retourner vers l'hôtel de ville. Robbie s'approche de Mike.

ROBBIE : Qu'est-ce que c'est encore que ce truc ?

MIKE : Rien, peut-être. Pour l'instant, retournez simplement à l'intérieur. Avec votre femme et votre gamin.

Alors qu'il vient à peine de convaincre Robbie de rentrer avec Sandra et Don, Jack Carver arrive à grandes enjambées pesantes, à travers la neige, tenant Buster.

JACK *(gagné par la peur) :* Tu n'as pas vu Angela, Michael ? Elle était juste ici !

Robbie commence à comprendre. Il court vivement jusqu'à Sandra et Don, désirant soudain les avoir avec lui.

MIKE : Conduis ton gosse à l'intérieur, Jack.

JACK : Mais...

MIKE : Tout de suite ! Ne discute pas !

260. Ext. Champ de neige près de l'hôtel de ville, avec Hatch

Autour de lui, les gens se pressent de gagner la porte latérale. La plupart ont l'air affolé. Hatch les ignore, s'efforçant de regarder partout à la fois... la chose est impossible – surtout avec cette neige.

HATCH : Mrs Kingsbury ?... George ?... George Kirby ?... Bill Timmons ? Où êtes-vous ?

Il voit une grosse éclaboussure écarlate et s'en rapproche. Il ramasse la casquette de Mrs Kingsbury, en chasse la neige de sa main gantée et l'étudie, l'air grave, tandis que Mike s'approche de lui, tout en repoussant les gens vers l'hôtel de ville. Les yeux de Mike, eux aussi, tentent de regarder partout à la fois. Les deux hommes sont comme deux bergers s'escrimant à préserver les brebis qui leur restent.

Mike prend la casquette des mains de Hatch et l'étudie à son tour un instant.

MIKE : À l'intérieur ! Tous ! Et plus vite que ça ! Restez ensemble !

261. Int. Salle de réunion de l'hôtel de ville, avec Jack et Buster

BUSTER : Où est maman ? On a laissé maman dehors ! Papa, on a laissé maman dehors !

JACK *(les larmes aux yeux)* : T'en fais pas, mon garçon. Maman va très bien.

Il lui faut presque traîner Buster le long de l'allée, pour atteindre la porte qui conduit au bureau et à l'escalier.

262. Int. Plans d'insulaires, matin

Ils avancent dans l'allée – Molly et Ralphie, les Stanhope, Johnny Harriman, Tavia Godsoe, Kirk et Jenna Freeman, ainsi que nos nouvelles connaissances – et tous les visages sont marqués par la peur.

Fondu enchaîné sur :

263. Ext. L'hôtel de ville, après-midi

Incrust : 14 h.

La neige continue à tomber en tourbillonnant, le vent à gémir. Garée près de la porte latérale, se trouve la plus grosse chenillette de l'île, le moteur tournant au ralenti.

264. Ext. Porte latérale de l'hôtel de ville, après-midi

Regroupés devant l'entrée se tiennent Mike, Sonny, Henry Bright et Kirk Freeman. Également là pour assister à leur départ et étreignant leur chandail pour lutter contre le froid, on voit Molly, Hatch et Tess Marchant. Une fois de plus, il leur faut hurler pour se faire entendre, avec le vacarme de la tempête.

MOLLY : Tu es bien sûr que c'est indispensable ?

MIKE : Non, mais nous sommes à court de prévisions météo, et il vaut mieux être prudent. Sans compter qu'il y a des produits frais, au supermarché, qui seront périmés si on ne les utilise pas rapidement.

MOLLY : On ne risque tout de même pas sa vie pour un peu de jus d'orange !

MIKE : Il ne va pas s'en prendre à quatre hommes à la fois.

MOLLY : Promets-moi d'être prudent.

MIKE : Je te le promets. *(Il se tourne vers Hatch.)* Le système des copains, d'accord ? Personne ne doit se retrouver seul un instant.

HATCH : Entendu. Et vous faites attention, les gars.

SONNY : Tu peux nous faire confiance.

Tandis qu'il commence à se diriger vers la chenillette :

MOLLY : Dis-moi, Mike... étant donné que la maison est sur votre chemin...

Elle s'interrompt, un peu gênée de demander ce qui lui est venu à l'esprit ; mais Mike lui sourit avec bonté et elle se sent encouragée.

MOLLY : Eh bien... Les enfants se tiennent aussi sages qu'ils le peuvent, mais si tu pouvais par hasard prendre quelques jeux et deux ou trois boîtes de Lego, n'importe quoi, tu nous sauverais la vie.

MIKE *(il l'embrasse) :* C'est comme si c'était fait.

Il va jusqu'à la chenillette et se glisse derrière les manettes. Il lance le moteur. Ils se saluent tous de la main, et le véhicule s'éloigne dans la tempête.

TAVIA : Ils ne vont pas avoir de problèmes ?

HATCH : Bien sûr que non.

Il a cependant l'air inquiet. Ils retournent tous à l'intérieur, et referment la porte sur le blizzard.

265. Ext. Maison Anderson, après-midi

La chenillette s'arrête devant. La barrière disparaît complètement sous la neige. Le panneau indiquant la présence de la maternelle est posé au sommet d'une congère de trois mètres de haut.

266. Int. Chenillette

MIKE *(aux autres)* : J'en ai juste pour une minute.

Il ouvre la porte de son côté et descend.

267. Ext. Devant la maison Anderson, avec Mike

Il fait le tour de la chenillette, courbé en avant pour résister à la tourmente, et manque de peu de se heurter à Kirk Freeman. Ils doivent crier pour s'entendre.

MIKE : Retourne au chaud, Kirk, ça va aller !

KIRK : Le système « toujours avec un copain », tu te souviens ?

Du doigt, il montre Henry et Sonny, restés dans la chenillette.

KIRK : On copine à deux dehors, ils copinent à deux dedans, et nous copinerons à quatre dans le supermarché.

MIKE : Bon, d'accord.

Ils commencent à remonter laborieusement ce qui devrait être l'allée conduisant au porche ; ce dernier, envahi par des bancs de neige, fait penser à un bateau en train de sombrer lentement.

268. Int. Cat Withers, gros plan

Elle est assise sur une chaise pliante, hébétée, le visage dépourvu de toute expression. Elle tient une tasse remplie d'un liquide quelconque à la main ; un chandail est posé sur ses épaules. Elle est toujours sonnée – autant par le choc que par les tranquillisants.

En fond sonore, on entend les enfants chanter : « Je suis une petite théière toute trapue... »

Cat sursaute, mais c'est tout ; il se peut qu'elle ne se souvienne pas de la chanson.

La caméra part en travelling arrière pour nous montrer les enfants de la maternelle ; ils sont sous la surveillance de Robbie et Sandra Beals – toujours le système des copains. Sandra dirige la chorale et s'efforce de paraître gaie et enjouée. Robbie est assis sur une chaise de bois, l'air à peu près aussi réjoui que Cat.

Les enfants jouent à être des petites théières ; tandis qu'ils chantent, ils font des poignées avec leurs bras et se tirent sur le nez pour montrer qu'ils savent où se trouve leur bec. Autour d'eux, dans ce coin de la salle commune situé à mi-chemin de l'escalier et du mur du fond, sont éparpillés des distractions improvisées : livres, pâte à modeler, revues condamnées au découpage, quelques jouets.

Au-delà, sur une porte fermée, est apposée la plaque GARDIEN.

ENFANTS ET SANDRA : Voici ma poignée, voici mon bec...

Ferd Andrews descend l'escalier et s'approche de Robbie.

ROBBIE : J'ai cette chanson en horreur.

FERD : Pourquoi ?

ROBBIE : Je la déteste, c'est tout. Comment va Carver ?

FERD : Il s'est un peu calmé. Encore une chance que les femmes aient emporté le gosse avant qu'il craque. *(Il a un signe de tête en direction de Buster.)* Il faudrait organiser des recherches pour retrouver Angela et les autres. Si Alton Hatcher refuse d'en prendre la tête, vous pourriez peut-être...

ROBBIE : Et si ceux qui font les recherches ne reviennent pas, qu'est-ce qu'on fait ? On organise une autre patrouille ?

FERD : C'est-à-dire... on ne peut pas simplement rester assis ici...

ROBBIE : Bien sûr que si. Et c'est exactement ce que nous allons faire. Rester assis ici et attendre la fin de la tempête. Excusez-moi, Ferd. J'ai besoin d'un café.

Adressant un regard méprisant à Ferd, Robbie se lève et prend la direction de l'escalier. Ferd le suit.

FERD : Je voulais juste dire qu'on devrait faire quelque chose, Robbie...

La caméra revient sur Cat. Elle cligne des yeux. Elle voit :

269. La canne de Linoge

Elle s'élance vers la caméra, la tête de loup en argent donnant l'impression de montrer les dents.

270. Int. Retour coin jeux des enfants, après-midi

Cat laisse tomber sa tasse et porte les mains à son visage ; elle se met à sangloter. Les enfants s'arrêtent de chanter et se tournent pour la regarder. Pippa et Heidi commencent à renifler, par contagion.

FRANK BRIGHT : Qu'est-ce qu'elle a, Katrina ?

SANDRA : Rien, Frankie... Elle est fatiguée, c'est tout... On va ranger les affaires, les enfants, d'accord ? Mr Anderson va vous ramener de quoi jouer bientôt, je crois, alors...

DON : Je veux pas ranger les affaires ! Papa va me donner un beignet !

Il fonce vers l'escalier.

SANDRA : Don ! Reviens, Don ! Reviens aider les autres...

RALPHIE : On n'a pas besoin de lui. Les singes ne savent rien ranger.

Les autres se mettent à pouffer – elle est bien bonne, celle-là ; mais lorsque Ralphie commence à ramasser les affaires éparpillées, ils suivent son exemple. Sandra se dirige vers Cat pour essayer de la consoler.

271. Int. Cadrage sur Ralphie, seul

Il s'éloigne un peu des autres tout en ramassant des revues. Il se dirige vers la porte marquée GARDIEN et lève la tête lorsqu'il la voit s'ouvrir.

LINOGE *(voix off) :* Ralphie ! Hé, mon p'tit gars !

Les autres n'entendent pas, mais lui, si.

272. Int. Maternelle (maison des Anderson), avec Mike et Kirk

Kirk tient une imposante brassée de jeux avec, notamment, ces puzzles à grandes pièces pour enfants. Mike a récupéré les Lego et d'autres petits jouets.

KIRK : Ça ira ?

MIKE : Oui, ça devrait. Il n'y a plus qu'à...

Quelque chose a accroché son regard : les lettres d'un alphabet en bois éparpillées sur une petite table. Il s'agenouille à côté, regarde les blocs, songeur, puis commence à les disposer en ligne.

KIRK *(se penchant pour regarder) :* Qu'est-ce que tu fais ?

Utilisant six lettres, Mike a écrit LINOGE. Il étudie un instant le mot, puis intervertit les blocs et compose NILOGE. Non, ça ne veut rien dire. Vient ensuite GONILE.

KIRK : Aller au Nil... Comme une pub pour des vacances en Égypte.

273. Int. Coin jeux des enfants

Sandra s'occupe de Cat et les enfants se sont regroupés autour de paniers, dans un coin, dans lesquels ils rangent les jouets, les revues et les livres. Ils s'amusent bien. Personne ne remarque Ralphie, lorsqu'il se relève et s'avance d'un pas hésitant vers la porte entrouverte – celle du placard du gardien.

LINOGE *(voix off) :* J'ai quelque chose pour toi, mon gars – un cadeau !

Ralphie tend la main vers la porte... puis hésite.

LINOGE *(provocant) :* Tu ne vas pas me dire que tu as peur, tout de même ?

Ralphie tend de nouveau la main, d'un geste plus décidé, cette fois.

274. Int. Maternelle, avec Mike et Kirk

Du coup, Kirk est intéressé. Il se met lui aussi à déplacer les blocs et transforme LINOGE en LONIEG. Et tout d'un coup, Mike comprend. Ses yeux s'agrandissent d'horreur.

MIKE : Quand Jésus et ses disciples sont dans le pays des Gadaréniens... Dans l'Évangile selon saint Marc, si je ne me trompe.

KIRK : Quoi ?

MIKE : Ils ont rencontré un homme possédé d'un esprit impur, c'est ce qu'on raconte dans la Bible. Un homme avec des démons en lui. Il vivait au milieu des sépulcres et personne ne pouvait l'attacher, même pas avec des chaînes. Jésus a fait passer les démons dans un troupeau de pourceaux ; les cochons se sont jetés dans l'océan et se sont tous noyés. Mais avant, Jésus leur avait demandé leur nom. Et ils lui avaient répondu...

Kirk observe Mike avec de plus en plus d'inquiétude, tandis que celui-ci manipule à nouveau les lettres.

MIKE : « Notre nom est légion, parce que nous sommes nombreux. »

Tel est le mot que forment maintenant les lettres : légion. Mike et Kirk se regardent, les yeux écarquillés.

275. Int. Devant la porte du placard

Ralphie ouvre la porte et lève les yeux vers André Linoge. De la main droite, Linoge tient la canne à pommeau d'argent. Sa main gauche est cachée derrière son dos. Il sourit.

LINOGE : C'est un cadeau pour le petit garçon avec une selle pour les fées sur le nez. Viens voir.

Ralphie entre dans le placard du gardien. La porte se referme.

Ainsi s'achève la deuxième partie.

Troisième partie

L'EXPIATION

Acte 1

1. Ext. Le supermarché, après-midi

La neige continue de tomber, toujours aussi drue. Le porche est presque complètement enseveli sous une énorme congère, haute comme une dune, qui atteint l'avant-toit. La grosse chenillette de l'expédition de réapprovisionnement est garée devant ; de sa porte latérale jusqu'à celle du magasin, c'est pratiquement un tunnel qui a été creusé. Les quatre hommes – Mike Anderson, Sonny Brautigan, Henry Bright et Kirk Freeman – sont sur le point d'entrer.

2. Int. Le supermarché, près des caisses, après-midi

Les hommes entrent dans le magasin, haletant, s'ébrouant pour faire tomber la neige. Sonny et Henry ont chacun une pelle à la main. Leur respiration forme de la buée. L'endroit est plongé dans la pénombre.

SONNY : La gégène s'est arrêtée. *(Mike acquiesce.)* Depuis combien de temps, à ton avis ?

MIKE : Difficile à dire. Au moins depuis ce matin, à en juger par la température. La neige a dû se tasser et finir par boucher l'échappement.

Il passe derrière les caisses et commence à en retirer de grands cartons.

MIKE : Sonny et Henry, vous êtes de corvée de viande. Prenez les gros morceaux de bœuf, les dindes et les poulets. Les meilleures pièces sont dans le congélateur.

HENRY : Tu crois qu'elles ne se sont pas abîmées ?

MIKE : Tu plaisantes ? Elles n'ont même pas commencé à dégeler. Allons-y, vite. Il va faire nuit de bonne heure.

Sonny et Henry se dirigent vers les armoires réfrigérées et les congélateurs. Kirk vient aux caisses pour prendre un carton.

MIKE : Nous, on va s'en tenir aux conserves pour ce voyage. Et nous reviendrons tous ensemble pour le pain, les pommes de terre et les légumes. Et le lait. Il faut du lait pour les gosses.

KIRK : Est-ce que tu vas leur raconter le nom que tu as découvert en faisant bouger les lettres, Mike ?

MIKE : À quoi cela servirait-il ?

KIRK : Je ne sais pas. Bon Dieu, Mike, ça m'a fichu la frousse.

MIKE : À moi aussi. Mais pour le moment... autant qu'on ne soit que deux à avoir la frousse, hein ? Nous avons encore au moins une nuit à passer.

KIRK : Mais...

MIKE : Allez, viens. Les conserves. On charge.

Il s'engage dans l'allée où se trouve encore la table à jouer renversée et, après un instant d'hésitation, Kirk lui emboîte le pas.

3. Ext. L'hôtel de ville, après-midi

C'est à peine si on le distingue, avec toute cette neige, mais on entend un avertisseur se déclencher à intervalles réguliers.

4. Ext. Parking, après-midi

Le 4 × 4 municipal tourne au ralenti, à proximité de la porte latérale de l'hôtel de ville. Il n'est pas question qu'il se rende quelque part – même un véhicule à quatre roues motrices n'est pas capable d'avancer dans un mètre cinquante de neige – mais les phares sont branchés ; un homme est à l'extérieur, un autre à l'intérieur. C'est Hatch qui est au volant ; Ferd Andrews, emmitouflé dans sa parka, debout à côté de la portière, scrute anxieusement le rideau de neige. La vitre est baissée et la neige entre par paquets dans l'habitacle du véhicule. Mais à ce stade, ni l'un ni l'autre ne s'en préoccupent.

Ferd forme un porte-voix avec ses mains et crie du plus fort qu'il peut, au milieu du vacarme de la tempête.

> FERD : Angie Carver ! Billy Timmons !

> HATCH : Alors, rien ?

> FERD : Non, je te le dirais ! Continue de klaxonner.

Hatch se remet à donner de longs coups de klaxon, sur un rythme régulier. Ferd scrute toujours aussi anxieusement la neige, puis il se tourne et ouvre brusquement la portière.

> FERD : C'est toi qui regardes et moi qui klaxonne. Tu as de meilleurs yeux que moi.

Ils échangent leurs places.

> HATCH *(plissant les yeux pour essayer de distinguer quel-*

que chose) : George Kirby ! Janie Kingsbury ! Où êtes-vous passés ?

Ferd se met à donner à son tour de longs coups de klaxon réguliers.

5. Int. La garderie improvisée de l'hôtel de ville

Sons étouffés : les coups d'avertisseur.

Les enfants ont fini de mettre de l'ordre et ne savent plus quoi faire d'eux-mêmes, à présent. Personne n'a remarqué que Ralphie Anderson n'est plus parmi eux. Sandra a réussi à calmer Cat et c'est elle, maintenant, qui paraît agitée. Cat s'en rend compte et lui adresse un faible sourire tout en la tapotant sur le bras.

CAT : Je vais mieux, maintenant. Montez. Allez retrouver votre mari et votre petit garçon.

SANDRA : Mais... les enfants...

Cat se lève et s'approche des petits. Sandra l'observe, un peu tendue : c'est la jeune femme qui vient de battre à mort son petit ami, la nuit précédente.

CAT : Qui veut jouer au pas de géant ?

HEIDI : Moi, moi !

SALLY GODSOE : Moi aussi !

Les enfants commencent à se mettre en rang, face à Cat. Seul Buster Carver reste à la traîne.

BUSTER : Où est ma maman ?

SANDRA : Je vais aller jeter un coup d'œil en haut,

voir si elle n'est pas là, d'accord ? Ou je t'enverrai ton papa...

BUSTER : Oui, s'il vous plaît, Mrs Beals.

PIPPA : Et envoyez-nous aussi Don ! Il oublie toujours de dire « Puis-je ? ».

Les autres éclatent joyeusement de rire, y compris Buster.

FRANK *(prenant Buster par le bras)* : Allez, viens jouer avec moi. On se mettra ensemble.

BUSTER *(s'avance d'un pas et s'arrête)* : Mais où est Ralphie ?

Il y a un moment d'inquiétude, quand tous se mettent à regarder autour d'eux et à prendre conscience que Ralphie a disparu. Cat se tourne vers Sandra, l'expression interrogative.

SANDRA : Il a dû courir après Donnie pour voir s'il ne pourrait pas avoir un beignet, lui aussi. Je vous les renvoie tous les deux.

Elle monte au rez-de-chaussée. L'explication paraît suffisante aux enfants, sauf à Pippa, qui regarde autour d'elle, les sourcils froncés.

PIPPA : Il n'est pas monté en haut avec Donnie... en tout cas, il me semble pas...

Upton Bell arrive à ce moment-là, avec son sourire habituel, celui du sympathique écervelé qu'il est.

SALLY GODSOE : Qui c'est qui donne ces coups de klaxon, Mr Bell ?

UPTON : C'est quelqu'un qui essaie d'appeler les oiseaux-neige, sans doute.

FRANK : C'est quoi, les oiseaux-neige ?

UPTON : Comment ? vous n'avez jamais entendu parler des oiseaux-neige ?

LES ENFANTS : Non ! non !... qu'est-ce que c'est ?... racontez-nous ! (Etc.)

UPTON : Oh, ils sont grands comme des réfrigérateurs, oui, grands comme ça, blancs comme la neige et absolument délicieux... mais ils ne volent que quand il y a un grand blizzard. Seulement quand le vent est assez fort pour qu'ils puissent s'envoler. Pour eux, un klaxon, c'est comme un chant, mais ils sont fichtrement difficiles à attraper, même comme ça. Je peux jouer, moi aussi ?

LES ENFANTS : Ouais ! Ouais ! Bien sûr ! (Etc.)

Pippa, qui jusqu'ici cherchait encore Ralphie des yeux, finit par se joindre aux autres, arrachée à son inquiétude par le plaisir d'avoir une grande personne qui accepte de jouer avec eux.

CAT : Mettez-vous bien en ligne, Upton. Ne faites pas le malin et n'oubliez pas de dire « Puis-je », vous non plus. Bon, on commence. Frank Bright, deux pas d'hélicoptère.

Frank avance de deux pas, tournant sur lui-même, bras écartés, et imitant le bruit d'un hélicoptère.

LES ENFANTS : Tu as oublié de dire « Puis-je » !

Souriant et un peu honteux, Frank reprend sa place. La caméra s'éloigne des enfants pour se rapprocher de la porte fermée marquée GARDIEN.

6. Salle de réunion de l'hôtel de ville, après-midi

Sons étouffés : l'avertisseur.

Au premier plan, nous voyons Molly Anderson assise à côté de Jack Carver sur l'un des durs bancs de bois, essayant de le consoler. À l'arrière-plan, au fond de la longue salle, des gens vont et viennent devant le buffet, se servant un café ou se préparant quelque chose à manger. Certains jettent parfois un coup d'œil en direction de Molly et Jack, apitoyés et pleins de sympathie, mais pas Robbie Beals ni son fils, Don. Ils mangent des beignets dans la plus parfaite quiétude. Robbie a pris un café ; Don ingurgite du Coca.

JACK : Il faut absolument que je la trouve !

Il veut se lever, mais Molly le retient par le bras.

MOLLY : Tu sais bien comment c'est, là dehors.

JACK : Si ça se trouve, elle tourne en rond et elle va mourir de froid dans ce blizzard, à cinquante mètres de l'hôtel de ville !

MOLLY : Et si toi tu sors, c'est aussi ce qui risque de t'arriver, Jack. S'ils ne sont pas loin, ils entendront le klaxon et ils viendront. C'est comme quand il y a du brouillard en mer. Tu le sais très bien.

JACK : Je vais aller rejoindre Ferd pour les aider.

MOLLY : Hatch a dit...

JACK : Ce n'est pas Alton Hatcher qui va me dire ce que je dois faire ! C'est ma femme, qui a disparu là dehors !

Cette fois, elle ne peut l'arrêter et se lève aussi. Derrière eux, arrivant du bureau, apparaît Sandra ; elle regarde autour d'elle et repère son mari et son fils.

MOLLY : D'accord, va jusqu'au 4 × 4, mais pas plus loin. Surtout, ne pars pas tout seul dans le blizzard.

Mais Jack est incapable de lui faire une telle promesse. Il est totalement pris par son obsession. Molly le regarde tristement remonter l'allée, puis elle lui emboîte le pas. Sandra n'a pas encore remarqué Molly.

SANDRA *(à Don)* : Où est Ralphie ?

DON *(la bouche pleine)* : Ch'ais pas.

SANDRA : Il n'est pas monté ici avec toi ?

Molly est à ce moment-là bien placée pour l'entendre ; elle est brusquement prise d'inquiétude, naturellement.

DON : Non. Il est resté avec les autres pour ramasser les affaires. Je peux avoir un autre beignet, papa ?

MOLLY *(à Sandra)* : Il n'est pas en bas ? Qu'est-ce que c'est que cette histoire ? Il n'est pas avec les autres ?

SANDRA *(nerveuse)* : Je n'ai pas vu... Cat s'est mise à pleurer... elle a laissé tomber sa tasse et l'a cassée...

MOLLY : Vous aviez pour consigne de les surveiller !

Sandra fait la grimace. Depuis dix ans qu'elle est la femme de Robbie, elle a l'habitude qu'on lui adresse des reproches quand quelque chose va de travers.

ROBBIE *(égal à lui-même)* : Je n'aime pas trop le ton dont vous...

MOLLY *(elle ignore complètement l'interruption)* : Vous

aviez pour consigne de les surveiller, vous entendez ? *(Elle fonce vers l'escalier.)* Ralphie ! Ralphie !

7. Ext. Le supermarché, après-midi

Les hommes sont regroupés autour de la chenillette et passent des cartons remplis de victuailles à Mike ; celui-ci les charge à l'arrière du véhicule. Mike crie pour se faire entendre tout en rangeant le dernier carton.

> MIKE : Encore un voyage ! Sonny, toi et Henry, occupez-vous du pain et des viennoiseries ! Tout est sur les étagères ! Kirk, les pommes de terre ! Moi, je m'occupe du lait ! Allons-y ! Il faut être de retour le plus vite possible !

Ils s'avancent en file indienne dans la tranchée ouverte dans la neige, Sonny et Henry en tête, suivis de Mike et Kirk. Les deux premiers entrent dans le magasin, mais Mike s'arrête si brusquement que Kirk manque de peu de le heurter.

> KIRK : Qu'est-ce que...

Mike est tombé en arrêt à hauteur du mannequin installé sur le porche – la petite plaisanterie imaginée par Hatch aux dépens de Robbie. Le mannequin est presque entièrement enterré dans la neige et le visage a beau être recouvert d'une pellicule de givre et le vêtement être toujours un ciré jaune de pêcheur, on se rend compte que la tête a changé.

Mike chasse la neige gelée du visage. C'est Mrs Kingsbury. Elle est complètement raidie par le gel. Kirk, navré, regarde Mike dégager la neige autour du cou et retirer le panneau qui signait la plaisanterie... mais ce n'est plus le même, et ce sont maintenant eux, les cibles de la blague. DONNEZ-MOI CE QUE JE VEUX ET JE M'EN IRAI, peut-on lire.

Les deux hommes échangent un regard horrifié.

8. Ext. L'hôtel de ville, après-midi

Bruits : toujours les coups d'avertisseur, longs et réguliers.

MOLLY : Ralphie ! Ralphie !

9. Int. Le coin des enfants

Les coups de klaxon sont étouffés.

Molly est prise de frénésie, regardant partout, à la recherche de son fils qui ne se trouve nulle part. Cat et Upton Bell, pas très rassurés, se sont rapprochés l'un de l'autre. Robbie, Don, Tess Marchant et Tavia Godsoe sont dans l'escalier. Sally Godsoe voit sa tante et se précipite vers elle. Les autres enfants se blottissent les uns contre les autres, apeurés.

PIPPA : J'ai déjà dit qu'il n'était pas allé avec Don...

Tous les autres adultes arrivent ; ils ont quitté les sièges qui entourent la télé à présent hors service, d'autres descendent du rez-de-chaussée, quelques-uns viennent du dortoir. Parmi eux, Ursula Godsoe, l'air démoli par le chagrin.

URSULA : Mon Dieu ! Et quoi encore, maintenant ?

Molly l'ignore. Elle va jusqu'à Pippa, s'agenouille devant elle et la prend avec douceur par les bras. Elle scrute le visage effrayé de la fillette.

MOLLY : Où était Ralphie la dernière fois que tu l'as vu, Pippa ? Tu t'en souviens ?

La fillette réfléchit, puis montre la zone qui se trouve entre l'escalier et le mur. Molly regarde dans cette direction et voit la porte marquée GARDIEN. Il régnerait un silence absolu s'il n'y avait les coups d'avertisseur réguliers et les gémissements du vent, à l'extérieur, pendant que Molly se dirige vers cette porte, effrayée à l'idée de ce qui pourrait se trouver derrière. Elle approche la main de la poignée mais n'arrive pas à se résoudre à la toucher, encore moins à la tourner.

MOLLY : Ralphie ? Ralphie, est-ce que tu es...

RALPHIE *(voix étouffée) :* Maman ? Maman ?

Oh, quel soulagement ! On a l'impression que tout le monde dans la salle, enfants compris, a retenu sa respiration et la relâche maintenant. Molly se sent brusquement épuisée. Elle se met à pleurer tout en ouvrant la porte.

Ralphie est debout dans le placard de rangement du gardien, joyeux, excité, intact – et inconscient de l'émotion qu'il vient de susciter. Mais son expression se transforme en étonnement lorsque sa mère le soulève et le prend dans ses bras. Dans l'excitation générale, on ne remarque pas forcément que le garçonnet tient un petit sac en cuir à la main, un de ces sacs qui se ferment en tirant sur un cordon.

RALPHIE : Hé, maman, qu'est-ce qu'il y a ?

MOLLY : Qu'est-ce que tu fabriquais là-dedans ? Tu m'as fichu une de ces frousses !

RALPHIE : Le monsieur était dedans. Il voulait me voir.

MOLLY : Le monsieur ?

RALPHIE : Oui, celui que papa a arrêté. Sauf qu'il n'est pas vraiment méchant, maman, parce que...

Molly pose son fils par terre et le fait passer derrière elle à une telle vitesse que l'enfant manque de tomber. Upton le rattrape et le tend à Jonas Stanhope et Andy Robichaux, qui sont au premier rang des adultes rangés en demi-cercle. Molly avance de deux pas et franchit l'entrée du placard. Elle regarde :

10. Int. Le placard du gardien, vu par Molly

Les étagères sont encombrées de toutes sortes de produits d'entretien, et on voit aussi le matériel habituel, des balais, des fauberts, des seaux, des réserves d'ampoules et de néons. Mais il n'existe aucune autre issue... et il n'y a personne.

11. Int. Retour sur Molly

Elle est sur le point de se retourner vers Ralphie, lorsque quelque chose arrête son regard. Du coup, elle entre dans le placard.

12. Int. Le placard à balais, avec Molly

Dans le coin le plus éloigné est posée une feuille de papier verte. C'est une publicité du supermarché donnant la liste des promotions de la semaine. Elle la prend et la retourne. En grosses lettres rouges, au dos, on peut lire : DONNEZ-MOI CE QUE JE VEUX ET JE M'EN IRAI.

Andy Robichaux est entré à son tour dans le local. Elle lui tend la feuille.

MOLLY : Mais qu'est-ce qu'il veut ?

Andy ne peut que secouer la tête. Molly sort du placard.

13. Int. Le coin des enfants

Molly va retrouver Ralphie, qui se tient avec les autres enfants. Ils ont une attitude craintive à son égard, car ils pensent qu'il a des ennuis. Ralphie regarde sa maman, agrippant son petit sac de cuir et espérant follement, pour sa part, qu'il n'a rien fait de mal.

MOLLY : Où est-il parti, Ralphie ? Où est parti le monsieur ?

Ralphie regarde derrière elle, vers le placard.

RALPHIE : Je ne sais pas. Il a dû partir pendant que j'avais le dos tourné.

DON *(depuis l'escalier) :* Que t'es idiot ! Y a pas d'autre porte là-dedans pour sortir.

MOLLY : La ferme, Don Beals.

Don, qui n'est pas habitué à se faire rabrouer aussi sèchement par Molly, se colle à son père. Robbie ouvre la bouche avec l'intention de protester, mais finit par se dire que le moment n'est pas très bien choisi.

Molly s'agenouille devant son fils comme elle l'a fait devant Pippa ; pour la première fois, elle voit l'élégant petit sac en cuir que Ralphie tient à la main.

MOLLY : Qu'est-ce que c'est, Ralphie ?

RALPHIE : C'est un cadeau. Le monsieur m'a donné un cadeau. C'est pourquoi je crois qu'il n'est pas méchant comme ceux de la télé, parce que les messieurs méchants donnent pas de cadeaux aux enfants.

Molly regarde le sac comme s'il s'agissait d'une bombe, mais elle garde une attitude calme et apaisante. Elle n'a pas le choix. Ralphie ignore tout de ce qui se joue en ce moment, mais il peut voir les visages graves qui l'entourent, et sentir l'atmosphère tendue qui règne dans la salle. Le pauvre petit est sur le point d'éclater en sanglots.

MOLLY *(prenant le sac) :* Qu'est-ce que c'est ? Laisse maman v...

JOANNA *(au bord de l'hystérie) :* Ne l'ouvrez pas ! Ne l'ouvrez pas, c'est peut-être une bombe, ça va exploser !

JONAS : Tiens-toi tranquille, Joanie !

Trop tard. Deux des enfants (Heidi et Sally, peut-être) commencent à brailler. Tous les adultes reculent d'un pas. Nous assistons à la naissance d'une crise d'hystérie collective. Mais, étant donné tout ce qui est arrivé jusqu'ici, qui peut reprocher à ces gens de sombrer dans l'hystérie ?

CAT : Ne l'ouvrez pas, Molly, ne l'ouvrez pas !

Molly étudie le sac. Le fond pend en forme de goutte d'eau sous le poids de son contenu. On peut imaginer qu'elle effleure cette forme incurvée.

RALPHIE : Ça ne risque rien, maman, n'aie pas peur.

MOLLY : Tu sais ce qu'il y a là-dedans, Ralphie ? Tu as regardé ?

RALPHIE : Bien sûr ! On a même fait un jeu, Mr Linoge et moi. Il dit qu'elles sont spéciales, que ce sont les plus spéciales au monde. Et il a dit que je devais les partager avec les autres, qu'elles n'étaient pas juste pour moi, mais pour tout le monde. Pour tout le monde sur l'île !

Molly prend le sac. Alors qu'elle s'apprête à tirer sur les cordons, un homme, habillé d'une chemise noire et d'un col romain sous son veston, s'avance et place une main sur l'épaule de la maman de Ralphie. Il s'agit de Bob Riggins, le pasteur méthodiste.

RÉVÉREND RIGGINS : Je crois qu'à votre place je ne

l'ouvrirais pas, Mrs Anderson. Étant donné les rêves que nous avons tous faits, la nuit dernière, et la nature possible de... de cet homme...

MOLLY : En effet, je crois que vous n'oseriez pas l'ouvrir, révérend Riggins. Mais comme cet individu a posé ses sales pattes sur mon fils par deux fois...

Elle ouvre le sac et regarde à l'intérieur. Les autres l'observent, retenant leur souffle. Molly voit une casquette d'enfant posée par terre, et elle verse le contenu du sac dedans.

FRANK BRIGHT *(qui s'est approché pour mieux voir)* : Hé ! Chouette !

Réaction qui n'a rien d'étonnant : c'est un cadeau que n'importe quel petit garçon apprécierait. Dans le fond du chapeau, roulent dix ou douze billes. Elles sont toutes blanches, à l'exception d'une seule. Cette dernière est noire avec des filets torsadés de rouge ; elle devrait nous rappeler les yeux de Linoge.

Molly relève la tête, et son regard croise celui de Melinda Hatcher. Aucune des deux ne sait ce que signifie le cadeau fait à Ralphie, mais Melinda attire instinctivement Pippa à elle ; elle a besoin du réconfort que lui procure la présence de sa fille.

14. Ext. Carrefour Main Street et Atlantic Street, après-midi

Lentement, devant lutter pour chaque mètre de progression accompli à travers la tourmente, la chenillette surgit, avançant dans la direction de l'hôtel de ville.

15. Int. Chenillette, après-midi

Les quatre hommes (Mike, Sonny, Henry et Kirk) se sont entassés dans l'étroite cabine. Les cartons d'épicerie sont derrière eux, dans la soute. Ils ont le visage fermé, étant encore secoués par ce qu'ils ont vu. Ils gardent le silence pendant que le véhicule cahote au milieu des bancs de neige. Puis, finalement :

> SONNY : Rien que la pauvre Mrs Kingsbury. Pas trace des autres. Où peuvent-ils être passés ? George, Angie, Bill Timmons ? *(Personne ne répond.)* Comment l'a-t-il amenée jusque-là en bas ? *(Personne ne répond.)* Et le mannequin, le vrai, personne ne l'a vu dans le magasin, n'est-ce pas ? *(Toujours aucune réponse.)* Comment a-t-il fait pour la faire rentrer là-dedans ?

> HENRY : Laisse tomber, Sonny.

Pendant quelques instants, Sonny garde le silence. Puis il se tourne vers Mike.

> SONNY : Pourquoi tout cela arrive-t-il ? C'est toi qui fais la lecture de la Bible pour le révérend Riggins, à l'église méthodiste... tu as toujours une citation de la Bible à nous sortir... Tu dois bien avoir une idée des raisons de... de ce...

Mike réfléchit à la question, tout en dirigeant la chenillette au milieu du paysage de désolation tout blanc sous lequel Main Street a disparu.

> MIKE : Tu connais l'histoire de Job ? Le Job de la Bible ? *(Sonny et les autres acquiescent.)* Eh bien, je vais vous raconter la suite, parce qu'elle n'y est pas. Une fois le concours entre Dieu et le diable pour l'âme de Job gagné par Dieu, Job se jette à genoux et dit : « Pourquoi m'avoir fait tout cela à moi, Seigneur ? Toute ma vie, je t'ai adoré, et cependant tu as fait périr mes troupeaux, fait pourrir mes récoltes, fait mourir ma femme et mes enfants, et tu m'as infligé cent maladies horribles... tout cela parce que tu avais fait un pari avec le démon ? Bon, à la rigueur... mais ce que je voudrais savoir, Seigneur – la seule chose que ton humble serviteur souhaiterait savoir : *Pour-*

quoi moi ? » Et il attend ; et juste à l'instant où il se dit qu'il n'aura pas de réponse, un gros nuage se forme dans le ciel, des éclairs le sillonnent et une grande voix l'interpelle : « Job ! Je crois qu'il y a simplement quelque chose en toi qui me tape sur les nerfs ! »

Sonny, Henry et Kirk regardent Mike, ne sachant pas ce qu'il faut en penser. Sonny, en particulier, paraît complètement ahuri.

MIKE : Ça ne vous aide pas à comprendre ? *(Toujours pas de réponse.)* Moi non plus.

Bruits lointains : les coups de klaxon réguliers.

KIRK : Ils les cherchent toujours.

SONNY *(pensant à Mrs Kingsbury) :* Bonne chance.

16. Ext. Main Street, avec la chenillette, après-midi

Elle avance lentement mais sûrement. Ils n'ont pas encore atteint l'hôtel de ville, mais tout indique qu'ils vont y arriver.

Sons : le klaxon.

17. Ext. À côté de l'hôtel de ville, avec le 4 × 4, après-midi

Ferd est maintenant assis sur le siège du passager, pendant que Hatch donne de longs coups d'avertisseur. Jack Carver décrit des cercles frénétiques autour du véhicule, trébuchant dans les congères, se relevant, scrutant le blizzard.

JACK : Angie ! Angie ! Par ici, Angie !

Sa voix est devenue rauque à force de crier, mais il est incapable d'abandonner. Finalement, il se laisse tomber sur la vitre ouverte, côté chauffeur et, plié en deux, essaie de retrouver sa respiration. Il est tout rouge et dégoulinant de sueur ; celle-ci s'est déjà pétrifiée en une moustache gelée qui lui descend des coins des lèvres au menton.

HATCH : Monte, Jack. Viens te réchauffer un peu.

JACK : Non ! Elle est là dehors, quelque part ! Continue de klaxonner !

18. Int. Plan sur Ferd, siège du passager

Il s'est redressé et ses yeux s'écarquillent, tandis qu'à sa gauche se poursuit la conversation. Il n'arrive pas à croire ce qu'il voit.

HATCH : Tu ferais mieux de t'asseoir avant de t'effondrer, Jack.

JACK *(mauvais) :* Ma femme est quelque part là dehors et elle est vivante, je le sens... Alors continue simplement à klaxonner !

HATCH : Voyons, Jack, il me semble que...

Ferd lève une main que l'excitation fait trembler ; il est l'image même de l'incrédulité.

FERD : Hatch !... Jack ! Regardez !

19. Ext. L'étendue neigeuse vue du 4 × 4

C'est la blancheur la plus totale qui règne... mais au milieu des tourbillons, on distingue une silhouette qui avance péniblement en oscillant et dérapant. Ce pourrait être celle d'une femme.

20. Ext. Retour sur le véhicule avec Jack, Hatch et Ferd

HATCH : Mon Dieu ! Oh, mon Dieu ! Ce doit être l'un d'eux !

FERD : Impossible à dire...

JACK *(fou d'espoir) :* Angie ! ! !

Il se met à courir maladroitement vers la silhouette indistincte. Il tombe, roule dans la neige, se remet debout. Derrière lui, Hatch sort du 4 × 4 ; Ferd en fait autant de son côté.

HATCH : Jack ! Attends, Jack ! Ce n'est peut-être pas...

Mais c'est inutile. Jack lui-même commence à devenir une forme à peine visible dans la tourmente, tandis qu'il se rapproche de la silhouette à la démarche titubante. Hatch s'élance derrière Jack, imité par Ferd.

21. Ext. Jack Carver, après-midi

Il réussit à poursuivre sa progression, hurlant le nom de sa femme sans s'arrêter. Hatch n'arrive pas à le suivre, et Ferd n'en peut plus. On se rend maintenant compte que la silhouette est bien celle d'une femme. Au moment où Jack s'en rapproche, elle tombe en avant dans la neige.

JACK : Angie ! Ma chérie !

La femme s'efforce de se relever, avec des gestes à la détermination mécanique d'un mouvement d'horlogerie. Et lorsque enfin elle y parvient, on voit qu'il s'agit en effet d'Angie Carver... mais quel changement ! La jolie maman de Buster n'est plus. Cette créature vacillante au visage vide d'expression paraît avoir soixante-dix ans et non vingt-huit, et ses cheveux que le vent emmêle sont devenus gris. Elle regarde droit devant elle et ne remarque pas son mari. Sous la pellicule de neige qui les recouvre, ses traits sont pâles et creusés de rides.

> JACK *(il la prend dans ses bras) :* Angie ! Ma chérie ! Oh, Angie, on n'a pas arrêté de te chercher ! Si tu savais combien Buster est inquiet, ma chérie !

Il couvre son visage de baisers tout en parlant, et ne cesse de la toucher, de la tapoter et de la serrer contre lui comme on fait avec un enfant lorsqu'il vient de réchapper de quelque danger. Jack est tout d'abord tellement soulagé qu'il ne se rend pas compte du manque de réaction d'Angie. Puis il en prend progressivement conscience.

> JACK : Angie ? Ma chérie ?

Il recule d'un pas – la voyant telle qu'elle est pour la première fois, voyant le vide hébété de son regard et ses cheveux naguère noirs et maintenant gris. Il réagit avec horreur et stupéfaction.

Hatch arrive à ce moment-là, trébuchant, fortement essoufflé. Ferd est encore à quelques pas. On entend alors le grondement de la chenillette, de retour de son expédition au supermarché.

> JACK : Angie, qu'est-ce qui t'est arrivé ? Qu'est-ce qui ne va pas ?

Il regarde Hatch, mais il n'a aucune aide à en attendre sur ce point-là. Hatch est lui aussi stupéfait du changement intervenu ; Ferd, également. Jack se tourne à nouveau vers sa femme et la prend par les épaules.

> JACK : Qu'est-ce qui t'est arrivé, Angela ? Qu'est-ce qu'il t'a fait ? Où t'a-t-il emmenée ? Et les autres, où sont-ils ? Le sais-tu ?

Un grand œil jaune se profile au milieu des rideaux de neige : le phare de la chenillette. Angie le voit et, lorsque Mike arrête le véhicule, elle semble sortir de la profonde hébétude dans laquelle

elle était plongée. Son regard se reporte sur son mari et elle éclate alors en sanglots frénétiques.

ANGIE : Il faut lui donner ce qu'il veut !

JACK : Qu'est-ce que tu dis, ma chérie ? J'ai pas bien compris.

HATCH *(lui a bien entendu) :* Linoge ?

Les portes de la chenillette s'ouvrent. Mike et les autres en descendent et commencent à se diriger vers Hatch, Ferd et les Carver. Angie n'y fait pas attention. Elle fixe Jack intensément et, lorsqu'elle reprend la parole, c'est avec une note d'hystérie croissante dans la voix.

ANGIE : Linoge, oui, lui. Il faut lui donner ce qu'il veut, c'est ça qu'il m'a envoyé vous dire. C'est pour cette seule raison qu'il ne m'a pas laissée tomber... pour que je puisse vous le dire. Il faut lui donner ce qu'il veut ! Tu comprends ça ? Nous devons lui donner ce qu'il veut !

Mike la prend par les épaules et la tourne vers lui.

MIKE : Mais qu'est-ce qu'il veut, Angela ? Il te l'a dit ?

Sur le moment, elle ne répond pas. Tous l'entourent, attendant, anxieux.

ANGIE : Il a dit qu'il nous le dirait ce soir. Il a dit que nous aurions une assemblée extraordinaire de la ville et qu'il nous le dirait alors. Il a dit que s'il y en avait qui ne voulaient pas venir... qui ne voulaient pas faire ce qui est le mieux pour l'île... qu'ils feraient mieux de se souvenir des rêves que nous avons faits la nuit dernière. Qu'ils n'avaient qu'à se rappeler ce qui était arrivé à Roanoke. Se rappeler Croaton, mais je ne sais pas ce que c'est.

MIKE *(à part soi)* : Son nom, peut-être. Son vrai nom...

ANGIE : Amène-moi à l'intérieur. Je gèle. Et je veux voir Buster.

JACK : Tout de suite.

Il passe un bras autour des épaules de sa femme et l'entraîne lentement vers l'hôtel de ville. Mike s'approche de Hatch.

MIKE : Pas trace de Bill Timmons ou de George Kirby ?

HATCH : Non. Ni de Mrs Kingsbury.

Mike voit la petite lueur d'espoir dans les yeux de Hatch et secoue négativement la tête. Puis il se tourne vers Sonny.

MIKE : Va garer la chenillette, tu veux bien ?

Sonny remonte dans la cabine et lance le moteur. Mike et Hatch repartent à pied vers l'hôtel de ville.

22. Ext. Côté de l'hôtel de ville, plan cadré de haut, après-midi

D'ici, c'est à peine si l'on distingue le petit groupe des insulaires qui avancent avec une lenteur désespérante au milieu des bancs de neige ; on dirait des fourmis parties en expédition au milieu d'un désert de sucre en poudre. La chenillette, pilotée par Sonny, les dépasse lentement et se dirige vers le bâtiment. Plan fixe puis :

Fondu au noir. Fin de l'acte 1.

Acte 2

23. Ext. La jetée, fin de l'après-midi

Euh... du moins ce qu'il en reste. La marée monte à nouveau et des vagues monstrueuses viennent marteler le rivage. On voit des bateaux retournés, des casiers à homards fracassés, des débris de piliers, des lambeaux de filets déchirés.

24. Ext. Le promontoire, fin de l'après-midi

L'océan va et vient au-dessus des ruines du phare. Une vague vient déposer quelque chose à côté de la fenêtre circulaire brisée de la salle de contrôle.

25. Ext. À côté de la salle de contrôle, fin de l'après-midi

C'est le corps gonflé d'eau de George Kirby. Un grondement enfle et la vague suivante s'abat, emportant le corps dans son reflux.

26. Ext. Centre-ville, fin de l'après-midi

La tempête fait toujours rage et les bâtiments de la partie commerçante de la ville ont de la neige jusqu'à mi-vitrine.

27. Int. Pharmacie, fin de l'après-midi

Les vitres ont toutes sauté et une avalanche de neige est venue remplir les vitrines, envahissant aussi une bonne partie des allées.

28. Int. La quincaillerie, fin de l'après-midi

Comme dans la pharmacie, les allées sont remplies de neige. Près des caisses, un étalage de tondeuses à gazon est enseveli dans la neige jusqu'aux bouchons de réservoir. C'est à peine si l'on peut lire le panneau qui en fait la promotion : RABAIS SUR LES TONDEUSES ! N'ATTENDEZ PAS LE PRINTEMPS !

29. Int. Le salon de coiffure, fin de l'après-midi

La neige l'a également envahi. Les sèche-cheveux ont l'air de Martiens pétrifiés par le gel. Écrit en travers du grand miroir, on peut lire : DONNEZ-MOI CE QUE JE VEUX ET JE M'EN IRAI.

30. Ext. L'hôtel de ville, fin de l'après-midi

C'est à peine si on distingue le bâtiment, en partie à cause de l'intensité du blizzard, mais surtout parce que c'est le crépuscule et que la nuit ne va pas tarder.

31. Int. Coin des enfants, sous-sol, fin de l'après-midi

Les enfants sont assis en cercle. Au milieu d'eux, Cat Withers leur lit un livre, *Le Petit Chiot*.

> CAT : Alors, le petit chien a dit : Je sais où doit se trouver ma balle. Le petit garçon l'a mise dans sa poche et l'a emportée. Mais je suis capable de la retrouver parce que j'ai un nez qui...

SALLY GODSOE *(chantonne)* : Je suis une petite théière...

CAT : Sally, ma puce, on ne chante pas pendant qu'on raconte une histoire.

Cat se sent très mal à l'aise, sans pouvoir cependant se rappeler pourquoi cette rengaine absurde lui est si désagréable. La fillette ne fait pas attention, et Ralphie se joint à elle ; puis c'est au tour de Heidi, de Buster, de Pippa, de Frank Bright et de Harry Robichaux. Bientôt tous les enfants chantent, même Don Beals.

LES ENFANTS : ... toute trapue...

Ils se lèvent. Ils montrent leurs poignées et leurs becs aux moments appropriés. Cat les regarde, de plus en plus mal à l'aise. Joanna Stanhope, Molly et Melinda Hatcher viennent la rejoindre.

MELINDA : Qu'est-ce qui leur prend ?

CAT : Je ne sais pas... ils doivent avoir envie de chanter.

LES ENFANTS :

Voici ma poignée, voici mon bec.
On peut me prendre et me renverser,
Je suis une petite théière, toute trapue...

Cette manifestation ne plaît pas à Molly. À sa droite se trouve une étagère sur laquelle ont été posés quelques livres ainsi que le sac en peau contenant les billes. Elle y jette un coup d'œil puis part en silence pour le rez-de-chaussée.

32. Int. Salle de réunion de l'hôtel de ville

Angie Carver est assise sur l'un des bancs du premier rang. Elle est emmitouflée dans une chaude robe de chambre matelassée, et une serviette entoure ses cheveux mouillés. Jack, aux petits soins, est assis à côté d'elle, l'aidant à boire un bouillon fumant à la tasse. Elle ne paraît pas capable d'y arriver toute seule, tant ses mains tremblent.

Assis au bord du podium, face à elle, Mike Anderson la regarde. Derrière eux, sur les autres bancs – et assis du bout des fesses, pourrait-on dire –, se trouvent la plupart des autres réfugiés de la tempête de Little Tall Island. Hatch se fraie un chemin au milieu de la foule et vient s'asseoir à côté de Mike. Il a l'air passablement épuisé.

HATCH *(avec un mouvement de tête vers les badauds) :* Tu veux que je les fasse sortir ?

MIKE : Tu crois que tu pourrais ?

C'est une bonne question, et Hatch le sait. Molly arrive à son tour, se glisse au milieu des gens et vient s'asseoir à côté de Mike, se demandant comment avoir un instant d'intimité dans un endroit aussi public.

MOLLY : Les enfants se comportent bizarrement.

MIKE : Bizarrement... comment ?

MOLLY : Ils chantent. Cat était en train de leur lire une histoire et tout d'un coup ils se sont levés et ont commencé à chanter. *(Mike prend une expression étonnée.)* Je sais que ça ne paraît pas tellement...

MIKE : Si tu dis que c'est un comportement bizarre, c'est qu'il est bizarre. Je viendrai voir ce qui se passe quand j'en aurai terminé ici.

Il a un coup d'œil significatif pour Angie. Celle-ci s'est mise à parler ; mais elle ne s'adresse ni à Mike ni à Jack, ni à personne en particulier.

ANGIE : Maintenant je sais à quel point il est facile

de... d'être arraché au monde. J'aurais préféré ne pas le savoir, mais c'est trop tard.

Jack lui tend à nouveau la tasse de bouillon, mais lorsqu'elle veut la prendre, ses mains tremblent tellement qu'elle s'en renverse sur les doigts et crie au contact du liquide brûlant. Molly prend son mouchoir, s'assied à côté d'elle et lui essuie la main. Angie la regarde avec gratitude et prend la main de Molly. Elle la serre fort. C'est de réconfort qu'elle a besoin, plus que d'une toilette.

ANGIE : J'étais juste là avec les autres à regarder le phare, et alors... il m'a attrapée.

MOLLY : Ça y est... c'est fini.

ANGIE : J'ai l'impression que je n'aurai plus jamais chaud. Je viens de me brûler les doigts... tiens, regarde, ils sont encore rouges... et pourtant ils sont glacés. C'est comme s'il m'avait transformée en neige.

MOLLY : Mike a besoin de te poser quelques questions, mais pas forcément ici... Veux-tu aller dans un endroit plus tranquille ? C'est possible, si tu préfères.

ANGIE : Non... c'est pour tout le monde. Tout le monde doit entendre.

RÉVÉREND RIGGINS : Qu'est-ce qui vous est arrivé, Angie Carver ?

Pendant ce qui suit, la caméra zoome lentement sur le visage d'Angie, jusqu'à l'avoir en gros plan. La séquence est entrecoupée de plans aussi nombreux que possible sur des têtes d'insulaires. Ils ont des expressions horrifiées, terrifiées, et on sent qu'ils croient de plus en plus ce qu'elle leur dit, si étrange que soit son récit. Il n'y a en principe pas d'athée dans les tranchées, et peut-être pas d'incroyants quand la Tempête du Siècle se déchaîne et menace de faire s'écrouler la maison. Il s'agit d'une expérience quasi religieuse et à la fin on voit se concrétiser une idée qui n'a besoin d'aucun support verbal : quand Linoge apparaîtra, ils lui donneront ce qu'il veut. Quoi que ce soit, ils lui donneront. Tiens pardi, on lui donnera, comme ils le diraient eux-mêmes.

> ANGIE : On regardait le phare en train de s'écrouler, quand je me suis sentie propulsée en arrière dans la neige. J'ai tout d'abord pensé que quelqu'un voulait me faire une blague. Puis je me suis tournée et ce qui me tenait... ce n'était pas un homme. Ça portait des vêtements d'homme et ça avait un visage d'homme, mais à la place des yeux, il n'y avait qu'un vide noir avec de petites choses rouges qui se tortillaient dedans, comme des serpents dans du feu. Et quand il m'a souri, j'ai vu ses dents... Je me suis évanouie. Pour la première fois de ma vie, je me suis évanouie.

Elle prend une gorgée de bouillon dans sa tasse. Il règne un silence absolu dans la salle. Molly et Jack sont toujours assis près d'elle, la tenant par les épaules. Angie s'agrippe toujours à la main de Molly.

> ANGIE : Quand je suis revenue à moi, je volais. Vous allez me prendre pour une folle, mais c'est vrai. Moi et George Kirby, on volait. C'était comme dans *Peter Pan*, moi dans le rôle de Wendy et le vieux George dans celui de John. Ce... cette chose nous tenait, chacun sous un bras. Et droit devant nous, comme si cela nous avait conduits ou nous tenait en l'air, il y avait une canne. Une canne noire avec un pommeau d'argent représentant une tête de loup. Si vite que nous volions, la canne restait toujours devant nous. *(Mike et Hatch échangent un long regard.)* Ce qu'on voyait ? L'île. La tempête était finie et il faisait soleil, mais il y avait des flics et des motoneiges partout. Des flics venus du continent, la police d'Etat, même des gardes-chasse. Des journalistes aussi, des stations locales comme des chaînes nationales. Tous nous cherchaient. Sauf que nous avions disparu... disparu dans

un endroit où personne ne pourrait jamais nous trouver...

ORVILLE BOUCHER : Comme dans les rêves...

ANGIE : Oui, comme dans les rêves. Puis il s'est mis à faire noir à nouveau. J'ai tout d'abord pensé que c'était la nuit, mais non. C'étaient les nuages de la tempête. Ils étaient revenus, il ne faisait plus soleil. Puis il s'est rapidement remis à neiger, et j'ai compris ce qui se passait. J'ai dit : « Vous nous montrez l'avenir, c'est ça ? Comme dans le *Conte de Noël* de Dickens, où le dernier fantôme montre son avenir à Mr Scrooge. » Et il m'a répondu : « Exact, vous êtes très intelligente. Pourtant, vous feriez mieux de bien vous accrocher. » On s'est mis à monter, la neige est devenue plus épaisse et le vieux George a commencé à crier, il disait qu'il ne pouvait pas le supporter à cause de son arthrite, qu'il fallait qu'il redescende... pourtant, il ne faisait pas du tout froid, en tout cas, je n'avais pas l'impression qu'il faisait spécialement froid. Alors le... l'homme a ri et a dit que George pouvait redescendre tout de suite s'il le voulait, qu'il pouvait même prendre la voie express, car en réalité il n'avait besoin que d'un seul d'entre nous. Qu'un seul suffisait pour revenir ici et raconter. Nous pénétrions juste dans le nuage, à cet instant...

JOANNA STANHOPE : C'était un rêve, Angela, ça ne pouvait être qu'un rêve.

ANGIE : Je te dis que non. Je sentais le nuage autour de moi, non pas froid comme on pourrait le croire pour un nuage de neige, mais humide, comme du coton mouillé. Et George a vu ce que l'autre voulait faire, et il a crié, mais le... la chose qui nous tenait a ouvert son bras droit... il me tenait sous le gauche... et...

33. Ext. Le vieux George Kirby, nuit

Il tombe, s'éloignant de la caméra, poussant des hurlements et agitant frénétiquement les bras. Il disparaît dans l'obscurité et la neige.

34. Int. Retour sur Angie et les insulaires

JACK : Et alors ? Qu'est-ce qui s'est passé ?

ANGIE : Il m'a dit qu'il allait me ramener. Me ramener dans le temps, me ramener à travers la tempête. Qu'il allait me laisser vivre pour que je puisse raconter – que je puisse raconter à tout le monde – que nous devions lui donner ce qu'il veut quand il viendra ce soir.

ROBBIE : Si nous possédons quelque chose que ce Linoge veut, pourquoi ne le prend-il pas, tout simplement ?

ANGIE : Je crois qu'il ne peut pas. Je crois qu'il faut que ce soit nous qui le lui donnions... Il m'a dit de vous dire qu'il ne nous le demanderait qu'une fois. Il m'a demandé si je me souvenais de Roanoke et de Croaton et il a dit qu'il ne le demanderait qu'une fois. Et j'ai dit oui. Parce que je savais que si je disais non, ou même si j'essayais de lui demander des explications, il me laisserait tomber comme il avait laissé tomber le vieux George. Il n'avait même pas besoin de me le dire. Je le savais. C'est alors qu'on a arrêté de monter. On a basculé en l'air et j'ai senti mon estomac me remonter dans la gorge, comme si nous avions été sur des montagnes russes, et non pas en plein ciel... je crois que je me suis encore évanouie. Ou il m'a fait quelque chose, peut-être, je ne sais pas. Quand j'ai repris connaissance, en tout cas, je dégringolais dans la neige... dans le blizzard... et j'entendais le klaxon... Je me suis dit que le phare n'avait pas été démoli, en fin de compte, puisque j'entendais la corne de brume... j'ai essayé d'aller dans cette direction... et j'ai vu quelqu'un qui venait vers moi dans la neige... et j'ai cru que c'était lui... encore lui, qui voulait m'emporter de nouveau dans les airs... mais pour me laisser tomber, cette fois... Et j'ai essayé de courir... mais c'était toi, Jack. C'était toi.

Elle pose la tête sur l'épaule de son mari, épuisée par l'effort qu'elle vient de faire. Il y a un instant de silence. Puis :

JILL ROBICHAUX *(voix hystérique) :* Mais pourquoi nous ? *Pourquoi nous ?*

Un long silence. Puis :

TAVIA GODSOE : Peut-être parce qu'il sait que nous sommes capables de garder un secret.

35. Int. Coin des petits, sous-sol de l'hôtel de ville

LES ENFANTS *(chantant) :* Je suis une petite théière, toute trapue...

Cat Withers se tient toujours au milieu du groupe, restant à ce qui est sa place dans *Le Petit Chiot.* On voit qu'elle est au bord de la panique, mais qu'elle essaie de le dissimuler aux enfants. Melinda et Joanna se trouvent encore dans l'escalier. Elles sont rejointes par Kirk Freeman, qui n'a même pas enlevé sa parka, et qui porte les jouets et les puzzles que lui et Mike ont ramenés de la maternelle.

CAT : Si vous tenez tellement à chanter, les enfants, on pourrait peut-être trouver autre chose pour changer, non ? « Le pont de Londres », par exemple, ou « Le fermier du vallon », ou...

Elle y renonce. Ils ne l'écoutent pas. Ils ne paraissent même pas être présents. Ces petits enfants parfaitement normaux et heureux sont tout d'un coup devenus distants d'une manière inquiétante.

LES ENFANTS *(chantant) :*
Voici ma poignée, voici mon bec,
On peut me prendre...

Ils s'arrêtent sur le mot « prendre », tous en même temps, aussi nettement qu'un coiffeur coupe une mèche de cheveux. Ils se tiennent à présent en cercle autour de Cat.

KIRK : Les enfants ! J'ai apporté des jeux et... mais qu'est-ce qui se passe ?

36. Int. Cat et les enfants, plan rapproché

La panique la gagne de plus en plus. Elle les regarde les uns après les autres : sur les petits visages, il n'y a plus rien de la vivacité habituelle de l'enfance. Ils ont l'air de zombies. Des yeux comme de grands zéros. Plantés là comme des bûches.

CAT : Buster ? *(Pas de réponse.)* Heidi ? *(Pas de réponse.)* Pippa ? *(Pas de réponse.)* Ralphie ? Ça va, Ralphie ? *(Pas de réponse.)*

Melinda Hatcher se précipite si vivement dans le cercle qu'elle bouscule au passage Sally Godsoe et Harry Robichaux. Elle s'agenouille auprès de sa fille, Pippa, et la saisit par les bras.

MELINDA : Pippa, ma chérie, qu'est-ce qui ne va pas ?

Cat sort brusquement du cercle ; elle en a assez.

37. Int. L'escalier avec Cat, Joanna et Kirk Freeman

KIRK : Qu'est-ce qui se passe ? Qu'est-ce qui leur arrive ?

CAT *(commence à pleurer) :* Je ne sais pas... mais leurs yeux... Oh, mon Dieu, il n'y a plus rien dedans...

38. Int. Melinda et Pippa, gros plan

Cat a raison : le regard de Pippa est effrayant, tellement il est vide ; et bien que sa mère la secoue de plus en plus fort – poussée par la panique et non par la colère –, elle n'obtient aucun résultat.

MELINDA : Réveille-toi, Pippa ! Réveille-toi !

Elle frictionne vivement les mains de sa fille, toujours sans le moindre résultat.

MELINDA : *Réveillez-vous tous !*

39. Int. Ralphie, gros plan

Il tourne légèrement la tête et un peu de vie revient dans son regard. Il sourit. On a l'impression qu'il a entendu Melinda et qu'il réagit à son admonition... à ceci près que ce n'est pas dans la direction de Melinda qu'il s'est tourné.

RALPHIE : Regardez !

Il montre l'étagère sur laquelle on a posé le sac de billes.

40. Int. Sous-sol, coin des petits, fin de l'après-midi

Tout le monde tourne la tête. Les enfants reprennent vie comme vient de le faire Ralphie. Que regardent-ils donc qui leur plaît autant ? Les billes ? Non, il ne semble pas. Ils ont les yeux fixés sur un point un peu plus bas... sur un endroit où il n'y a rien.

HEIDI *(avec ravissement) :* C'est une tête de petit chien ! Une tête de petit chien en argent ! Elle est chouette !

Cat comprend brusquement ; elle est horrifiée.

CAT *(à Kirk) :* Va chercher Mike !

JOANNA STANHOPE : Je ne comprends pas... qu'est-ce que...

CAT : Tout de suite !

Kirk pose n'importe comment les jouets sur les marches et obéit à l'injonction de Cat.

41. Int. Don Beals, gros plan

DON BEALS : Une tête de petit chien ! Ouais !

42. Int. L'étagère, vue par Don Beals

La canne de Linoge pend, accrochée à l'étagère. La tête de loup menaçante est maintenant celle d'un saint-bernard sympathique et souriant.

43. Int. Retour au cercle des enfants

Melinda est toujours agenouillée devant Pippa, mais la fillette regarde par-dessus la tête de sa mère ; elle fait comme les autres.

PIPPA : Un chien-chien ! Un chien-chien !

Prise au dépourvu et effrayée, Melinda se tourne et ne voit rien.

44. Int. Salle de réunion de l'hôtel de ville

Mike quitte à l'instant le podium ; Angela vient de terminer ses révélations.

> MIKE *(à Jack) :* Occupe-toi d'elle. Ce serait bien qu'elle s'allonge un moment.

> JACK : C'est une bonne...

Kirk surgit brusquement au milieu de la foule agglutinée autour du podium.

> KIRK : Mike ! Mike ! Il y a quelque chose qui ne tourne pas rond chez les petits !

Murmures effrayés parmi les insulaires... mais certains font plus que murmurer : Jill et Andy, Mike et Molly, Robbie et Sandy, les Bright, les Hatcher, Ursula... bref, tous les parents se précipitent vers l'escalier.

> ANGIE *(donne l'impression de se réveiller) :* Buster ? Il est arrivé quelque chose à Buster ? Buster ! *Buster !*

Elle se lève brusquement, renversant le gobelet de bouillon que tient Jack.

> JACK : Attends, ma chérie.

> ANGIE *(l'ignore) :* Buster !

45. Int. Buster, gros plan

Il rompt le cercle et court jusqu'à l'étagère où la canne pend, retenue par la courbure du pommeau. Il la touche... et s'effondre au sol, comme s'il venait de recevoir une décharge.

46. Int. Coin des enfants, plan plus large

Les autres enfants ont suivi le mouvement. Ils rient et sont excités, comme si on venait de leur donner un billet pour aller à Disneyland toute la journée. Ils tendent la main les uns après les autres vers un point dans le vide de l'air... ou vers quelque chose qu'eux seuls peuvent voir... et un à un s'effondrent au sol autour de Buster.

CAT : Non ! Il ne faut pas les laisser... !

Un groupe de parents effrayés, avec Jill et Andy en tête, apparaît en haut des marches.

ROBBIE : Dégagez !

Il bouscule Jill au point que celle-ci serait tombée si Andy n'avait pas eu le réflexe de la retenir, et fonce vers le sous-sol.

Cat ignore le tumulte de l'escalier et se précipite à travers la salle. Harry Robichaux lève à son tour la main dans le vide et tombe auprès des autres. Il ne reste plus que Ralphie Anderson et Pippa, laquelle se débat dans les bras de sa mère. Cat saisit Ralphie et le fait reculer au moment où il est sur le point de toucher... de toucher ce qu'il croit distinguer.

PIPPA : Lâche-moi ! Je veux voir le chien-chien ! Je veux voir le chien-chien !

47. Int. Cat et Ralphie, gros plan

Cat ne voit pas la canne qui pend de l'étagère, mais dans ce plan, nous, nous la voyons. Ralphie également. Il tend la main... la touche presque... et Cat le met hors de portée à cet instant-là.

CAT : Qu'est-ce que tu vois, Ralphie ?

RALPHIE *(se débat comme un beau diable) :* Lâche-moi ! Lâche-moi !

Il tend de nouveau la main... Cat le retient encore. Et c'est alors que débarque Robbie à la hussarde ; il bouscule violemment Cat, ne voulant qu'une chose, rejoindre son fils qui gît au milieu de ses camarades, dans un enchevêtrement de membres, les yeux clos et des miettes de beignet encore autour de la bouche. Cat, sous l'impact, a lâché Ralphie et s'est étalée par terre.

ROBBIE *(à genoux) :* Donnie !

Ralphie est libre. Il se précipite et touche la canne. Un instant, il arbore une expression de béatitude absolue.

RALPHIE : Génial !

Ses yeux roulent, ne laissant voir que le blanc, et il s'étale parmi les autres.

48. Int. Pippa et Melinda, gros plan

De tous les enfants, Pippa est la seule encore debout. Elle se débat furieusement dans les bras de sa mère, déchirant son T-shirt dans ses efforts pour se dégager, ne quittant pas des yeux le mur vide au-dessus des autres gosses emmêlés.

MELINDA : Pippa... Pippa, non...

PIPPA : Lâche-moi !

Hatch arrive à son tour, descendant l'escalier quatre à quatre. Il se précipite vers sa femme et sa fille.

HATCH : Voyons, Pippa, qu'est-ce que...

Melinda tourne son attention vers son mari. Fatale erreur. L'adorable petit visage de Pippa se déforme sous l'effet de la rage et elle griffe la joue de sa mère, y laissant trois lignes sanglantes.

PIPPA : Lâche-moi, salope !

Abasourdie autant par la douleur que par le terme que vient d'employer sa fille, Melinda relâche un peu sa prise. Pas beaucoup, et un instant seulement, mais cela suffit. Pippa s'arrache aux bras de sa mère et traverse la salle en courant.

HATCH : Non, ma chérie !

Il lui court après.

49. Int. Pippa, gros plan

Hatch arrive trop tard. Pippa touche la canne un instant avant qu'il ait le temps de la saisir par la taille. Nous voyons l'expression de béatitude se peindre sur le visage de la fillette, puis elle s'évanouit comme les autres.

HATCH : Non, non, non !

Il la prend dans ses bras, regarde l'endroit vers lequel elle a tendu la main, ne voit rien du tout. Il fait demi-tour en la tenant toujours, incrédule.

50. Int. Sous-sol de l'hôtel de ville, fin de l'après-midi

C'est un véritable pandémonium – tel qu'il a été chorégraphié par notre impavide maître de ballet – qui règne dans la salle : les insulaires continuent de se bousculer dans l'escalier et viennent tous s'agglutiner dans le coin réservé aux enfants. La note dominante est celle d'une terreur confuse.

Robbie secoue Donnie, essayant de le réveiller. Hatch, debout avec Pippa dans les bras, se met à pleurer. Mike se fraie un passage au milieu de la foule, au pied de l'escalier, et regarde, incrédule, les petits corps emmêlés.

DELLA BISSONETTE : Ils sont morts ! Il les a tués !

URSULA : Oh, mon Dieu, non ! Non, pas Sally, pas ma Sally !

Elle s'ouvre un chemin en poussant carrément ceux qui sont sur son passage, faisant même tomber deux personnes. Elle est folle de chagrin et de terreur... Il ne faut pas oublier que la malheureuse a déjà perdu son mari la veille.

Dégringolant le long des marches à toute vitesse, voici qu'arrive Andy Robichaux, tirant Jill par la main. Andy fait tomber le vieux Burt Soames au passage ; on entend le craquement de l'os du bras qui se brise. Le vieil homme pousse un cri de douleur.

BETTY SOAMES *(hurle) :* Vous allez l'écraser ! Arrêtez ! Vous allez le tuer !

Mais Andy et Jill n'entendent même pas. Ils se moquent pas mal de Burt Soames ; la seule chose qui compte pour eux, pour le moment, c'est Harry, qui gît parmi les autres enfants.

En attendant, les propos hystériques de Della ont été repris et passent de l'un à l'autre comme quelque mauvais virus : ils sont morts, les enfants sont morts ! Linoge a réussi à tuer les enfants !

51. Int. Mike, Molly, Ralphie

Au moment où Molly arrive, gémissant de terreur, Mike dégage doucement son fils et l'installe en position assise ; puis il porte une oreille au visage de l'enfant et à sa poitrine.

MOLLY : Est-ce qu'il...

Mike prend la main de Molly et l'approche du nez et de la bouche de Ralphie. Elle sent sa respiration. Une expression de profond soulagement se peint sur son visage. Ses épaules retombent.

MOLLY : Dieu soit loué, il n'est qu'endormi... ou alors...

MIKE : Je ne sais pas.

Il prend Ralphie dans ses bras et se lève.

52. Int. Sous-sol, coin des enfants, cadrage sur l'escalier

Robbie a pris Don dans ses bras. Il se rue vers l'escalier ; sa femme, paniquée, terrifiée, le suit comme elle peut. Mais les Soames leur barrent le passage. Betty est en train d'aider son mari à se remettre debout. À côté se tiennent Johnny Harriman, Sonny Brautigan et Upton Bell. Mais ce sont les Soames, les malheureux parents de feu Billy, qui constituent le premier obstacle pour Robbie.

ROBBIE *(sans grande diplomatie) :* Sortez de mon chemin !

Il repousse Burt, dont le bras cassé va heurter la rampe. Le vieillard se met à hurler, et Betty le rattrape à nouveau. Johnny, scandalisé, bloque le passage à Robbie.

JOHNNY HARRIMAN : Hé là, dites donc ! On ne bouscule pas les personnes âgées comme ça ! Et où allez-vous donc, de toute façon, Robbie Beals ?

ROBBIE : Laissez-moi passer ! Il faut l'amener chez un médecin !

SONNY : Bonne chance à vous, Robbie. Le plus proche est de l'autre côté du détroit, à Machias, et le vent a atteint la vitesse de l'ouragan.

Robbie le regarde, les yeux écarquillés, et paraît retrouver un peu de bon sens. Sonny a raison, bien évidemment. Sandra rejoint son mari et dégage délicatement les cheveux qui retombent sur le visage de Don. Betty Soames, tenant son mari en larmes dans ses bras, leur jette des regards furieux.

53. Int. Le coin des enfants, sous-sol, cadrage sur les Anderson

Mike a bien conscience de la panique des parents, ce qui n'est pas bon, et de celle de l'ensemble des insulaires, ce qui pourrait être pire encore. Il prend une profonde inspiration et pousse le rugissement le plus puissant qu'il soit capable de produire.

MIKE : *La ferme, tout le monde !!!*

Ceux qui sont le plus près de lui se taisent aussitôt... et ce silence se propage de proche en proche ; seul Robbie Beals ne se tourne pas vers le constable, une attitude qui, à présent, ne devrait plus nous surprendre.

ROBBIE : Où est Ferd ? Il a suivi une formation de secouriste, au moins... Ferd Andrews, où diable êtes-vous passé ?

FERD *(perdu au milieu de la foule)* : Je suis ici...

Nous le voyons qui s'efforce de se frayer un chemin.

ROBBIE : Magnez-vous un peu le train ! Laissez-le passer, les gars. Mon fils...

HATCH : La ferme ! Ça suffit maintenant !

ROBBIE : C'est pas vous qui allez me dire de la fermer, gros lard ! J'en ai plus qu'assez de toutes vos conneries, vous m'entendez !

Les deux hommes sont face à face, chacun tenant un enfant inconscient dans les bras, mais ils sont prêts, néanmoins, à en venir aux mains.

MIKE : Arrêtez ça ! Tous les deux ! Robbie, je ne crois pas que la vie de Don soit en danger, pour l'instant. Ni celle de Pippa ou de Ralphie, ni celle d'aucun autre.

Ursula, agenouillée auprès de Sally, a commencé à gémir. Molly lui murmure quelque chose à l'oreille, et Ursula se relève.

MARY HOPEWELL : Alors... ils ne sont pas morts ?

Tout le monde s'est tu et attend, sentant renaître l'espoir. Andy a pris son fils Harry dans ses bras. Jill se tient près de lui. Non loin, Jack tient Buster contre lui tandis que sa femme – Angie, hagarde, les cheveux gris depuis moins d'une heure – donne des baisers sur la joue du petit et lui parle doucement à l'oreille.

ANDY : Je crois que... qu'il dort.

URSULA : Ce n'est pas un vrai sommeil. S'ils dormaient vraiment, on pourrait les réveiller.

FERD *(qui s'est finalement retrouvé au premier rang de la foule)* : Alors de quoi s'agit-il ?

MIKE : Je l'ignore.

Il regarde le visage à l'expression sereine de son fils, comme s'il essayait de deviner ce qui se passe derrière les yeux fermés de l'enfant. La caméra suit son regard, dans un zoom avant qui le cadre de plus en plus étroitement.

Fondu enchaîné du visage de Ralphie à :

54. Ext. Ciel bleu, nuages blancs, jour

Le ciel est de ce bleu profond que l'on voit seulement depuis un avion. Nous nous trouvons à environ sept mille mètres au-dessus de la terre. En dessous de nous, très près du sol, s'étend la mer de nuages. Une énorme salle de bal céleste. Des volutes blanches s'en échappent et montent vers le bleu. À l'altitude où nous sommes, tout est ensoleillé et serein. Mais en dessous, toujours aussi déchaînée, la Tempête du Siècle fait encore rage.

Une forme en V se détache au milieu des nuages, grisâtre sur le fond blanc. On a un peu l'impression de voir un sous-marin naviguer juste en dessous de la surface de l'eau, ou un avion sur le point de passer dans un ciel dégagé. Étant donné l'endroit, on aurait davantage tendance à penser à un avion qu'à un sous-marin, mais ce n'en est pas un.

La forme en V s'élève au-dessus des nuages. À la pointe du V se trouve Linoge, vêtu de son caban, de sa casquette, de son jean et de ses gants jaunes. Devant lui, lui ouvrant le chemin comme l'étoile des mages, se dresse la canne. Linoge se tient les bras légèrement écartés. Agrippée à l'une de ses mains, on reconnaît Pippa Hatcher ; agrippé à l'autre, Ralphie Anderson. Agrippés à leurs mains, on voit ensuite Heidi et Buster ; puis Sally et Don ; ce sont Harry et le petit Frank Bright qui, si l'on peut dire, ferment la marche. Ils ont les cheveux fouettés par le vent, le front découvert ; leurs vêtements ondulent. Ils sont au comble de l'extase.

LINOGE *(les interpelle) :* Alors les gosses... on s'amuse ?

LES ENFANTS : Oui... ouais... génial... super ! (Etc.)

55. Ext. Linoge, gros plan

Ses yeux sont noirs et injectés de veines rouges convulsées. Lorsqu'il sourit, il nous révèle une fois de plus des crocs acérés. L'ombre de la canne lui barre le visage comme une cicatrice. Les enfants s'imaginent qu'ils se sont envolés en compagnie du plus fabuleux des amis. Nous, nous savons la vérité : ils sont aux mains d'un monstre.

Fondu au noir. Fin de l'acte 2.

Acte 3

56. Ext. L'hôtel de ville, nuit

Il est toujours presque entièrement enfoui sous les amas de neige, ses quelques lumières brillant courageusement.

57. L'abri de la génératrice derrière l'hôtel de ville, nuit

C'est à peine s'il est visible, sous les congères, mais il est impossible de se méprendre sur le ronronnement du moteur. Celui-ci se met soudain à avoir des ratés, à tousser...

58. Ext. L'hôtel de ville, nuit

Les lumières se mettent à vaciller...

59. Int. Cuisine de l'hôtel de ville, nuit

Tess Marchant, Tavia Godsoe et Jenna Freeman prennent des boîtes de bougies dans le placard de l'arrière-cuisine et les empilent sur le comptoir de la cuisine. Les lumières de la pièce continuent à faiblir irrégulièrement. Tavia et Jenna lèvent les yeux vers elles, inquiètes.

TAVIA GODSOE *(s'adresse à Tess, nerveuse) :* Tu n'as pas l'impression que la génératrice va nous lâcher ?

TESS : Tout juste. C'est déjà un miracle qu'elle ait tenu aussi longtemps alors que personne n'était capable de la maintenir bien dégagée. Sans doute que le vent soufflait du bon côté et devait laisser l'échappement libre, jusqu'ici, mais il a dû tourner. En un sens, c'est une bonne nouvelle. Ça veut dire que la tempête est bientôt finie.

Elle tend plusieurs boîtes de bougies à Jenna, plus quelques autres à Tavia. Elle prend une pile pour elle-même.

JENNA : La salle de réunion ?

TESS : Oui-oui. Mike tient à ce qu'elle soit prête la première. Il y a bien deux lumières de secours, mais il trouve que ça ne suffit pas. Autant en faire un maximum tant qu'on y voit quelque chose, les filles.

60. Int. Un couloir de l'hôtel de ville

Devant nous, l'escalier conduisant au sous-sol et le bureau vitré d'Ursula Godsoe ; la grande salle de réunion est à droite, derrière une paroi vitrée que longe le couloir. Au travers de cette paroi, on voit environ cent vingt insulaires, certains en train de piller le buffet (où il ne reste plus grand-chose), la plupart des autres dispersés sur les bancs, parlant tout en buvant leur café.

Des chaises sont alignées le long du mur du couloir ; en périodes moins désastreuses, elles sont à la disposition de ceux qui attendent leur tour pour régler quelque problème administratif, comme retirer une carte grise, faire enregistrer un chien ou un bateau, payer les taxes locales, se faire inscrire sur les listes électorales ou faire renouveler un permis de pêche. Deux douzaines de personnes occupent ces chaises, s'entretenant calmement ou somnolant. Elles patientent en attendant la suite des événements.

Tess, Tavia et Jenna arrivent d'un pas pressé, leurs paquets de bougies dans les bras.

HATCH : J'ai pu capter une partie du bulletin météo de NWS sur ondes courtes. D'après eux, on a des chances de voir la lune cette nuit.

TAVIA GODSOE : Ça, c'est une bonne nouvelle !

Les personnes assises dans le couloir comme si elles attendaient chez le médecin sont aussi de cet avis ; plusieurs applaudissent, tirant de leur léthargie les somnolents qui se redressent et demandent ce qui se passe.

TAVIA : Savez-vous où est passée Ursula ?

HATCH : Elle est en bas, avec Sally et les autres. Elle dormait, la dernière fois que je l'ai vue... mais pas du même sommeil que les gosses, si tu vois ce que je veux dire.

TAVIA : Oui... Mais je suis sûre qu'ils s'en sortiront indemnes. Ils vont se réveiller et seront en pleine forme.

HATCH : J'espère que tu as raison, Tavia. Je prie pour que tu aies raison...

Il emprunte l'escalier. Les trois femmes le suivent des yeux avec une expression de profonde sympathie, puis vont leur chemin. Au moment où elles passent à la hauteur de l'escalier (elles se dirigent vers la salle de réunion), Joanna Stanhope émerge en haut des marches.

JOANNA STANHOPE : Je peux vous donner un coup de main ?

TAVIA : Oui. Descends dans la cuisine chercher le reste des bougies. J'ai bien peur que la génératrice nous lâche.

Tavia, Tess et Jenna entrent dans la salle de réunion. Joanna (qui a surmonté le choc de la mort de sa désagréable belle-mère en un temps record) reprend la direction du sous-sol.

L'éclairage vacille, s'éteint complètement, se rétablit. Les personnes assises dans le couloir lèvent les yeux et chuchotent tout bas.

61. Int. Coin dortoir des enfants, sous-sol, nuit

L'endroit fait maintenant davantage penser à une salle de soins intensifs, dans un hôpital d'enfants ; on pourrait croire qu'il vient de se dérouler quelque tragédie hideuse, comme ce massacre d'enfants dans une école écossaise.

Ursula a tiré un lit de camp auprès de celui de Sally et dort en tenant les deux mains de sa fille dans la sienne. Mike et Molly sont avec Ralphie, et Melinda avec Pippa – elle lui caresse les cheveux. Les Robichaux sont avec Harry, les Carver avec Buster, les Bright avec Frank, Linda Saint-Pierre avec Heidi. À côté d'elle, seule aussi, se trouve Sandra Beals. À l'aide d'un gant de toilette, elle débarrasse, d'un geste tendre, la bouche de Don de ses miettes de beignet. Dans leur profond sommeil, on pourrait les prendre pour les plus petits anges du paradis – même Don.

Assis dans un coin, mains jointes, le révérend Riggins prie discrètement.

Hatch se glisse entre les rideaux improvisés, s'arrête et lève la tête quand les lumières se remettent à vaciller. Puis l'éclairage se rétablit et il s'avance vers les enfants et leurs parents.

> HATCH *(à Melinda)* : Aucun changement ? *(Elle secoue la tête.)* Chez aucun d'entre eux ?
>
> MELINDA *(ton retenu, note de désespoir)* : Non, rien.
>
> MOLLY : Mais leur respiration est normale, leurs réflexes sont normaux et leur pupille réagit à la

lumière quand on leur soulève la paupière. Tout ça est plutôt bon signe.

Hatch s'assoit près de Melinda et étudie attentivement le visage de sa fille. Il voit ses paupières tressaillir.

HATCH : Elle rêve.

MIKE : Ils rêvent tous.

Les deux hommes échangent un regard, puis Hatch se tourne vers Sandra.

HATCH : Où est passé Robbie, Sandra ?

SANDRA : Je ne sais pas.

« Et je m'en fiche », semble dire son intonation. Elle continue d'essuyer la bouche de Don. Les miettes ont disparu depuis longtemps ; elle ne fait que le caresser, le câlinant du mieux qu'elle peut.

62. Int. L'un des bancs, dans la salle de réunion, avec Robbie Beals, nuit

Il est assis tout seul – il a beau être leur élu, peu de ses concitoyens apprécient Robbie Beals en tant que personne. À l'arrière-plan, les gens poursuivent leurs conversations. Certains aident Tess, Tavia et Jenna à disposer les bougies dans les chandeliers ornementaux fixés aux murs. Robbie glisse la main dans la poche droite de son veston de sport et en retire le pistolet que nous lui avons vu au cours de la première nuit. Il le tient sur ses genoux et le regarde, pensif.

Les lumières papillotent ; l'éclairage de secours papillote aussi de manière identique. Les gens lèvent la tête, nerveux. Les trois femmes essaient de faire encore plus vite pour disposer leurs bougies. Plusieurs personnes se lèvent pour les aider.

Robbie n'est pas d'humeur à se joindre à elles et reste sans réaction devant l'imminence de la panne d'électricité. Il est perdu dans son petit monde, là où les rêves de vengeance occupent toute la place. Il regarde le pistolet une seconde ou deux de plus avant de le remettre dans sa poche, où il sera à portée de sa main. Puis il reste comme il est, le regard perdu dans le vide. Rien qu'un maire ulcéré, attendant l'arrivée de Linoge.

63. Int. Cuisine de l'hôtel de ville

Entrée de Joanna Stanhope, qui elle aussi regarde avec inquiétude les lumières vaciller.

64. Ext. L'abri de la génératrice, nuit

Le moteur a plusieurs ratés... toussote... Et, cette fois-ci, ne repart pas. Complètement étouffé, il devient brusquement silencieux et on n'entend plus que les hurlements du vent.

65. Int. Dortoir des enfants

Les lumières s'éteignent. Après un instant d'obscurité complète, l'éclairage de secours se met à luire faiblement, depuis un boîtier fixé haut sur le mur, tout au fond de la salle.

> MIKE *(à Hatch) :* Tu ne veux pas me donner un coup de main, pour les bougies ?
>
> HATCH *(à Melinda) :* Ma chérie ?
>
> MELINDA : Vas-y.

Mike et Hatch se lèvent et s'en vont.

66. Int. Coin télé du sous-sol

Mike et Hatch franchissent les rideaux et se dirigent vers l'escalier.

> HATCH : D'après la radio, la tempête devrait avoir pratiquement cessé vers minuit. Si Linoge a l'intention de faire quelque chose...
>
> MIKE : Je crois qu'on peut tout à fait compter sur lui.

67. Int. Cuisine de l'hôtel de ville, avec Joanna

Il fait très sombre dans la pièce : elle compte bien deux éclairages de secours, mais l'un d'eux est en panne et l'autre se contente d'émettre une lueur jaunâtre des plus pâles. Au moment où Joanna s'avance dans la pièce, l'éclairage de secours s'éteint complètement.

Joanna, qui n'est plus maintenant qu'une ombre parmi les ombres, continue d'avancer ; mais elle se heurte au coin de la table en se dirigeant vers le comptoir. Elle pousse un léger cri – plus d'impatience que de douleur. Elle atteint le comptoir et sort une bougie de la boîte ; à l'aide d'une allumette en bois, prise dans la réserve posée à côté des bougeoirs, elle allume une bougie. Lorsque la flamme a bien pris, elle fixe la bougie dans l'un des bougeoirs.

Elle prend ensuite le reste des bougies, calant soigneusement les boîtes dans le creux de son bras, et se retourne. Posée sur la table – alors que celle-ci a été nettoyée pour la nuit et n'avait rien dessus quand Joanna est entrée dans la cuisine – elle voit la canne à tête de loup de Linoge.

Elle pousse un cri étouffé, se tourne... Linoge est debout devant elle, son visage éclairé d'en dessous par la bougie. On dirait un lutin malfaisant, ainsi. Elle crie à nouveau, cherche sa respiration et laisse échapper toutes les bougies – celle qui est allumée comme celles des boîtes. Bien entendu, la bougie allumée s'éteint, la laissant (et nous laissant) plongée une fois de plus dans l'obscurité.

LINOGE : Bonsoir, Joanna Stanhope. Bien contente que la vieille bique soit morte, hein ? Je vous ai fait une petite faveur – pouvez pas dire le contraire. Vous avez gardé la mine contrite adéquate, mais intérieurement, vous dansiez de joie. Je le sais ; je le sens comme si vous vous étiez parfumée de musc.

Joanna commence à hurler – dans le bon sens, cette fois, avec l'air qui sort de ses poumons et non le contraire. Puis ses deux mains viennent se poser sèchement sur sa bouche avant qu'elle ait réellement commencé. Elle a les yeux exorbités de terreur et on comprend qu'elle ne s'est pas tue volontairement.

LINOGE *(tendrement) :* Voyons... voyons...

68. Int. Le couloir de l'hôtel de ville, avec Mike et Hatch

Le couloir est obscur ; il n'y a que deux éclairages de secours, bien faibles, quelques bougies, des lampes-torches... peut-être même deux ou trois briquets brandis. À travers le vitrage, nous voyons les femmes allumer les bougies de la salle de réunion.

STAN HOPEWELL : Qu'est-ce qui arrive à la génératrice, Mike ?

UN INSULAIRE : Croyez-vous que nous allons rester sans courant jusqu'à la fin de la tempête ?

UN AUTRE INSULAIRE : Et le chauffage ? On a fait enlever ce fichu poêle il y a trois ans ! Je leur ai dit que c'était une ânerie, qu'on risquait d'en avoir besoin en cas de gros blizzard, un jour ou l'autre, mais plus personne n'écoute les anciens...

MIKE *(arrive de l'escalier et continue d'avancer vers la cuisine) :* On aura toute la chaleur et tout l'éclairage nécessaires, ne vous inquiétez pas. Et le gros de la tempête sera passé vers minuit. N'est-ce pas, Hatch ?

HATCH : Exact.

Le révérend Riggins a suivi Mike et Hatch dans l'escalier, prenant un peu de retard (c'est une belle âme, mais dans un corps corpulent) ; il les rattrape maintenant.

RÉVÉREND RIGGINS : Ce n'est pas tant la chaleur et la lumière qui inquiètent ces braves gens, Mike, vous le savez.

Mike s'arrête et se retourne ; toutes les conversations ont cessé, dans le couloir. Riggins vient de toucher un nerf à vif ; il parle au nom de tout le monde, disant ce que les autres ne peuvent dire, et Mike le sait bien.

RÉVÉREND RIGGINS : Lorsque cet individu viendra, Michael, nous devrons lui donner ce qu'il veut. J'ai prié pour savoir ce que nous devions faire et telle est la voie que le Seigneur m'a...

MIKE : Nous l'écouterons et nous prendrons une décision.

Un murmure désapprobateur accueille cette réponse.

ORVILLE BOUCHER : Comment peux-tu dire une chose pareille alors que ton propre fils...

MIKE : Parce que je me méfie des chèques en blanc.

Il se tourne pour partir.

RÉVÉREND RIGGINS : Il y a un temps pour l'opiniâtreté, Michael... mais peut aussi venir le moment où il faut savoir lâcher les rênes et considérer le bien général, si difficile que ce soit. « L'arrogance précède la ruine et l'orgueil précède la chute », dit le Livre des Proverbes.

MIKE : « Rendez donc à César ce qui est à César et à Dieu ce qui est à Dieu », dit l'Évangile selon saint Matthieu.

Que Mike essaie de lui clouer le bec à coups de citations bibliques met le révérend Riggins en colère. Il s'avance, peut-être pour continuer la dispute, mais Mike secoue la tête.

MIKE : Restez ici, s'il vous plaît – nous contrôlons la situation.

RÉVÉREND RIGGINS : Je sais que vous le croyez... mais tout le monde n'en est pas aussi convaincu, ici.

ORVILLE BOUCHER : Il serait peut-être bon de te rappeler que nous sommes en démocratie, Michael Anderson, tempête ou pas !

Murmures d'approbation.

MIKE : Je ne doute pas que si ma mémoire flanche, Orville, tu sauras me la rafraîchir. Viens donc, Hatch.

69. Int. Seuil de la cuisine, avec Mike et Hatch

Ils s'apprêtent à entrer mais restent paralysés sur place, stupéfaits et horrifiés.

LINOGE *(voix off) :* Entrez ! Entrez !

70. Int. Cuisine, nuit

Des bougies allumées sont posées sur la table et le comptoir ; Linoge se tient devant eux, dans une pose élégante, les mains (les gants jaunes ont disparu, pour le moment) posées sur le pommeau de sa canne. On voit également Joanna Stanhope. Elle flotte près du mur du fond, la tête touchant presque le plafond, les pieds pendant dans le vide. Elle écarte les bras – elle a les mains à hauteur des hanches –, dans une position qui, sans imiter la crucifixion, l'évoque néanmoins. Dans chacune de ses mains elle tient une bougie allumée. La cire fondue lui coule sur les doigts. Elle ouvre de grands yeux. Elle est dans l'incapacité de bouger mais a conscience de sa situation... et elle est terrifiée.

Mike et Hatch n'ont pas bougé.

> LINOGE : Entrez donc, les gars. Entrez tout de suite, mais sans précipitation... si vous ne voulez pas que cette salope se brûle le visage.

Il lève légèrement sa canne ; Joanna lève en même temps un bras, approchant la bougie de sa tête.

> LINOGE : Une si belle chevelure... la verrons-nous brûler ?

> MIKE : Non.

Il entre dans la pièce. Hatch le suit, après avoir jeté un coup d'œil dans le corridor. Il voit Bob Riggins parler aux insulaires. Impossible de savoir ce qu'il leur raconte, mais apparemment ils sont un bon nombre à acquiescer.

> LINOGE : Des problèmes avec le sorcier du coin, on dirait... Eh bien, je vais vous dire quelque chose que vous pouvez mettre de côté pour plus tard. Au cas où il y aurait un plus tard, bien entendu. Le révérend Bobby Riggins a deux nièces du côté de Castine. Elles ont onze et neuf ans, et ce sont de ravissantes petites

blondinettes. Il les aime beaucoup. En fait, il les aime même un peu trop. Elles courent se cacher quand elles voient arriver sa voiture. En réalité...

MIKE : Faites-la redescendre. Ça va, Joanna ?

Elle ne répond pas, roulant des yeux terrifiés. Linoge fronce les sourcils.

LINOGE : Si vous ne voulez pas voir Mrs Stanhope transformée en bougie géante, je vous conseille vivement de ne parler que lorsque vous y serez invité. Fermez la porte, Hatch.

Hatch obéit. Linoge le regarde faire, puis se tourne à nouveau vers Mike.

LINOGE : Vous n'aimez pas être mis au courant, on dirait ?

MIKE : Pas de ce genre d'information, non.

LINOGE : C'est trop bête. Vraiment ridicule. Peut-être ne me croyez-vous pas ?

MIKE : Oh si, je vous crois. L'embêtant, c'est que vous ne voyez que le mal et jamais le bien.

LINOGE : Tant de hauteur de vue me met la larme à l'œil. Mais considéré dans l'ensemble, constable Anderson, le bien est une illusion. Ce sont de petites histoires que se racontent les gens pour pouvoir se supporter sans hurler trop fort.

MIKE : Je ne le crois pas.

LINOGE : Je sais. Bon garçon jusqu'à la fin, c'est tout à fait vous... Mais je crois que vous allez passablement en revenir, ce coup-ci.

Il regarde Joanna. Lève sa canne, puis la rabaisse lentement. Joanna descend le long du mur. Lorsque ses pieds touchent le sol, Linoge met la bouche en cul de poule et souffle légèrement. Les flammes des bougies, sur le comptoir et la table, se couchent toutes ; celles que tient Joanna s'éteignent. À ce moment-là, le maléfice qui paralysait Joanna disparaît. Elle laisse tomber les bougies et court jusqu'à Mike en sanglotant. Elle s'écarte le plus possible de Linoge au moment où elle est obligée de passer près de lui. Il lui adresse un sourire paternel tandis que Mike pose un bras autour des épaules de Joanna.

> LINOGE : Votre patelin est plein d'adultères, de pédophiles, de voleurs, de goinfres, d'assassins, de brutes, de crapules et de crétins cupides. Moi aussi, je les connais tous. Nés dans la luxure, tombés en pourriture. Nés dans le péché, pas la peine de vous cacher.

> JOANNA *(sanglotant) :* C'est le démon ! C'est le démon ! Ne le laisse pas m'approcher, je suis capable de faire n'importe quoi, ne le laisse pas m'approcher !

> MIKE : Que voulez-vous, Mr Linoge ?

> LINOGE : Que tout le monde se retrouve sur ces bancs, là-bas, pour commencer. Nous allons tenir une petite assemblée extraordinaire à vingt et une heures pile. Après quoi... eh bien, nous verrons.

> MIKE : Et que verrons-nous ?

Linoge s'avance jusqu'à la porte du fond. Il lève sa canne et le battant s'ouvre de lui-même. Une rafale de vent pénètre dans la pièce, éteignant toutes les bougies. La silhouette qu'est Linoge se tourne sur le seuil. Dans la forme sombre de sa tête on voit les torsades rouges se tortillant qui éclairent ses yeux.

> LINOGE : Si j'en ai fini avec cette tempête... ou si les choses ne font que commencer. Vingt et une heures

pile, constable. Vous... lui... elle... le révérend Bobbie... le maire Robbie... tout le monde.

Il sort. La porte claque dans son dos.

71. Int. Cuisine avec Mike, Hatch et Joanna

HATCH : Qu'est-ce qu'on fait ?

MIKE : Que pouvons-nous faire ? Trouve-moi Robbie. Dis-lui que Linoge exige une réunion de tous les habitants. Qu'il veut que tout le monde écoute ce qu'il a à dire.

HATCH : Et les enfants ?

JOANNA : Je les surveillerai... J'aime autant ne pas me trouver là où il est. Plus jamais ça.

MIKE : Non, ce n'est pas possible. Il exige que tout le monde soit présent, ce qui veut dire toi aussi, Joanna. *(Il réfléchit.)* Nous les transporterons en haut. Avec les lits de camp, tout. On les installera au fond de la salle de réunion.

HATCH : Ouais. Ça devrait être possible. *(Tandis que Mike rouvre la porte de la cuisine :)* Je n'ai jamais eu aussi peur de toute ma vie.

MIKE : Pareil pour moi.

Ils sortent expliquer aux survivants de la tempête ce qui est attendu d'eux.

72. Ext. Façade de l'hôtel de ville, nuit

La petite coupole qui protège la cloche du mémorial est presque entièrement enfouie sous son banc de neige. Sur le haut d'une autre congère – tour presque aussi miraculeux que s'il marchait sur l'eau – se tient André Linoge, la canne plantée bien droite entre ses pieds. Il surveille l'hôtel de ville... il monte la garde... il attend son heure.

Fondu au noir. Fin de l'acte 3.

Acte 4

73. Ext. Carrefour de Main Street et Atlantic Street, nuit

Le vent continue de souffler en rafales, poussant des rideaux de neige le long de Main Street et continuant d'édifier des congères, mais la chute de neige proprement dite a pratiquement cessé.

74. Ext. Les restes de la jetée, nuit

Les vagues continuent de s'écraser contre le brise-lames, mais moins violemment. Un bateau de pêche gît au bas d'Atlantic Street, coque retournée, la proue enfoncée dans la vitrine du seul magasin de brocante de l'île, Little Tall Gift & Antiques.

75. Ext. Le ciel, nuit

Nous ne voyons tout d'abord que ténèbres et nuages, puis un éclair lance un trait argenté. Dans cette lumière, on distingue mieux les formes troublées et fumeuses des nuages ; puis, pendant un bref instant, on voit briller la lune par une échappée ; mais elle disparaît bien vite.

76. Ext. L'hôtel de ville, nuit

Le bâtiment, visible à travers les tourbillons de neige soulevés par le vent, a encore un peu l'air d'un mirage. Sous sa coupole, la cloche du mémorial oscille sous l'effet du vent et tinte légèrement.

77. Int. Horloge ancienne à balancier, gros plan

Elle martèle bruyamment les secondes. Quand la grande aiguille atteint exactement la verticale, elle se met à sonner les neuf coups de l'heure. Pendant qu'elle sonne, la caméra fait un zoom arrière et se retourne pour donner un plan général de la salle de réunion, dans l'hôtel de ville de Little Tall Island.

C'est une vision à la fois belle et spectrale. Tous les membres de la communauté que nous connaissons y sont assis, plus tous les autres insulaires ; en tout, deux cents personnes. Ils ont quelque chose de surnaturel, dans l'éclairage des bougies, comme s'il s'agissait de villageois des temps anciens... du temps de Salem et de Roanoke, par exemple.

Assis au premier rang, on voit Mike et Molly, Hatch et Melinda, le révérend Riggins et sa femme, Cathy, Ursula Godsoe et Sandra Beals. Robbie Beals est sur l'estrade, assis à une petite table sur la gauche. Devant lui, une plaque proclame son titre de premier magistrat de l'île.

À l'arrière de la salle, dans un coin, ont été installés huit lits de camp sur lesquels dorment les enfants. Assis de chaque côté sur des chaises pliantes, dans cette petite enclave, se trouvent Angie Carver, Tavia Godsoe, Joanna Stanhope, Andy Robichaux, Cat Withers et Lucien Fournier. Ils font ce qu'ils peuvent pour surveiller les enfants.

Les derniers coups du carillon retentissent et leur son meurt dans les gémissements du vent qui assaille toujours le bâtiment. Les gens regardent autour d'eux, nerveux, s'attendant à voir Linoge surgir à tout instant. Au bout d'un petit moment, Robbie quitte sa petite table et s'approche sur le devant de l'estrade, tirant sur l'ourlet de son veston en faisant des manières.

ROBBIE : Mesdames et messieurs... comme vous, je ne sais pas très bien ce que nous attendons ici, mais...

JOHNNY HARRIMAN : Alors pourquoi tu t'assois pas pour attendre avec nous, Robbie ?

Des rires nerveux accueillent cette saillie. Robbie fait les gros yeux à Johnny.

ROBBIE : Je voulais simplement dire, Johnny, que je suis sûr que nous trouverons un moyen de nous sortir de ce... de cette situation... si nous nous serrons les coudes, comme nous l'avons toujours fait sur l'île...

78. Int. Entrée principale de l'hôtel de ville

La porte s'ouvre avec fracas, et l'écho de son bruit se répercute longuement. Sur le perron, debout dans la neige, se tient Linoge dont nous ne voyons que les bottes et le bas de la canne.

79. Int. Robbie Beals

Il s'interrompt et regarde en direction de la porte. Son visage est littéralement inondé de sueur.

80. Int. Divers plans d'insulaires

Tavia... Jonas Stanhope... Hatch... Melinda... Orville... le révérend Riggins... Lucien... d'autres. Tout le monde est tourné vers la porte.

81. Int. Couloir de l'hôtel de ville

Les bottes s'avancent sur le carrelage noir et blanc. La canne accompagne le mouvement, retombant à intervalles réguliers. La caméra suit les bottes jusqu'au moment où elles atteignent la porte donnant sur la salle de réunion. À cet instant, elle se redresse et se braque sur le double battant à panneaux de verre. Dessus on peut lire : SALLE DE RÉUNION MUNICIPALE DE LITTLE TALL ISLAND. Et, en dessous : AYONS CONFIANCE EN DIEU ET LES UNS DANS LES AUTRES. Nous pouvons voir les insulaires tournés vers le visiteur, les yeux écarquillés, l'expression terrorisée.

Des mains gantées de jaune viennent saisir les deux boutons de porte. Elles poussent les battants en direction de la caméra...

82. Int. Porte donnant sur la salle de réunion, vue dans l'autre sens

Linoge se tient dans l'encadrement, habillé de son caban, ganté de jaune, la canne glissée sous un bras. Il sourit. Ses yeux sont à peu près normaux et ses dents monstrueuses prudemment cachées. Il se débarrasse de ses gants et les glisse dans les poches de son caban.

Lentement, et dans un silence si intense qu'il en est assourdissant, Linoge entre dans la salle. Le seul bruit est celui du balancier de l'horloge.

83. Int. Salle de réunion de l'hôtel de ville

Linoge remonte lentement l'allée qui passe entre les bancs et les tables, encore couvertes de miettes, disposées pour le buffet. Tous les insulaires, et en particulier ceux qui occupent les deux ou trois dernières rangées de bancs (ceux qui sont le plus près de lui, en d'autres termes), se tournent pour le regarder, pleins de méfiance et effrayés.

Lorsque Linoge s'approche du coin où sont regroupés les lits de camp sur lesquels dorment les enfants, ceux qui se sont institués leurs gardiens lui font face pour former une barrière et le séparer physiquement des petits.

Linoge atteint l'endroit où il lui suffira de tourner à droite pour s'engager dans l'allée centrale qui conduit jusqu'à l'estrade. Il s'arrête là un instant, souriant avec bonhomie, prenant manifestement plaisir aux sentiments de peur et de méfiance qui montent autour de lui dans la pièce silencieuse. S'en rassasiant même, vraisemblablement.

Toute cette scène est entrecoupée de plans sur les insulaires que nous connaissons. Cat arbore une expression de défi : vous ne toucherez à ces enfants qu'après avoir passé sur mon corps démembré, semble dire son visage. La bouille ronde et honnête de Hatch déborde de tension et de détermination ; Melinda exprime un mélange d'abattement et de peur. Nous en voyons également d'autres : Jack Carver... Ferd Andrews... Upton Bell... Tous ont peur, tous sont saisis d'un effroi démesuré devant la présence du surnaturel... car cet être est surnaturel ; ils le ressentent tous.

Et finalement, plan sur Robbie, dont les traits dégoulinent de transpiration et qui a plongé la main dans la poche où est caché le pistolet.

Linoge donne un coup de canne au banc sur sa gauche, puis à celui sur sa droite, comme il l'avait fait contre le portail de Martha. On entend un fort chuintement et des volutes de fumée montent des points carbonisés touchés par la canne. Les personnes situées à proximité ont toutes un mouvement de recul ; à droite, il s'agit de la famille Hopewell, soit Stan, Mary et Davey. Linoge leur sourit, écartant suffisamment les lèvres, cette fois, pour exhiber la pointe de ses crocs. Les trois Hopewell réagissent, Mary passant un bras autour des épaules de son fils et regardant Linoge avec de la terreur dans les yeux.

> LINOGE : Salut, Davey. Ces vacances involontaires feraient un beau sujet de rédaction, tu ne trouves pas ?

Davey ne répond pas. Linoge le regarde encore un instant, souriant toujours.

> LINOGE : Ton père est un voleur... Au cours des six derniers mois, à peu près, il a subtilisé plus de quatorze mille dollars à la compagnie maritime qui l'emploie. Il s'en est servi pour jouer... *(ton confidentiel)*... mais il a perdu.

Davey se tourne et a pour son père un regard de stupéfaction incrédule. « Je ne le crois pas », dit ce regard, pas mon papa, pas lui, jamais ! Mais pendant un bref instant il lit sur le visage de Stan la culpabilité, la panique de celui qui est pris la main dans le sac. Rien qu'un bref instant, mais c'est assez pour ébranler fortement la confiance du garçon pour son père – jusqu'ici, il l'idolâtrait.

> DAVEY : Papa ?

> STAN HOPEWELL : Je ne sais pas qui vous êtes, monsieur, mais vous mentez... vous mentez !

C'est pas mal, mais pas suffisant. Personne, y compris sa femme et son fils, ne croit un instant à ses dénégations. Linoge sourit.

> LINOGE : Né dans la luxure, tombé en pourriture... Hé, Davey ? Qu'est-ce que t'en penses ?

Sa tâche terminée auprès des Hopewell, toute une vie de famille fondée sur la confiance ruinée en quelques secondes, Linoge commence à remonter lentement l'allée centrale en direction de l'estrade. Tous les yeux qui croisent son regard se détournent ; toutes les joues pâlissent, tous les cœurs évoquent les erreurs passées, les tromperies faites. Lorsqu'il arrive à la hauteur de Johnny Harriman, Linoge s'arrête et sourit.

> LINOGE : Tiens-tiens, Johnny Harriman... Le garçon qui a mis le feu à la scierie de Machias, de l'autre côté du détroit...

JOHNNY HARRIMAN : Je... vous... jamais je n'ai fait ça !

LINOGE : Bien sûr que si ! Il y a deux ans, juste après qu'on vous a flanqué à la porte. *(Il se tourne vers Kirk Freeman.)* Et Kirk vous a donné un coup de main... n'est-ce pas, Kirk ? Bien évidemment – après tout, il faut bien s'aider entre amis, n'est-ce pas ? *(Il revient à Johnny.)* Soixante-dix hommes ont perdu leur travail, mais vous, vous avez eu satisfaction et c'est tout ce qui compte, n'est-ce pas ? Et ouais, tout juste, sûr ! comme vous dites...

Les insulaires regardent Johnny comme si c'était la première fois qu'ils le voyaient. Et regardent Kirk aussi. Johnny se recroqueville tellement sous ces regards qu'il finit par ne plus mesurer que trente centimètres de haut.

KIRK : T'es content maintenant, espèce de crétin ! Regarde dans quel merdier tu nous as foutus !

JOHNNY : La ferme !

Kirk ne réplique pas, mais c'est trop tard. Souriant, Linoge continue d'avancer. Chacune des personnes qu'il regarde a un mouvement de recul comme celui d'un chien habitué à prendre des coups. Tous évitent de croiser son regard. Chacun espère qu'il ne s'arrêtera pas auprès de lui, comme il l'a fait pour Stan et Johnny.

Mais il s'arrête une nouvelle fois à la hauteur de Jack Carver. Jack est assis entre les deux hommes dont Linoge a parlé quand il a raconté l'agression du jeune homosexuel. Jack jette un rapide coup d'œil à Linoge puis détourne le regard. Alex Haber et Lucien Fournier sont eux aussi mal à l'aise.

LINOGE : Dites, les gars, vous devriez vraiment aller rendre visite à cet homosexuel que vous avez battu. Très chic, vraiment, le bandeau qu'il porte sur l'œil. Ce bandeau en cachemire que lui a fabriqué sa sœur...

84. Int. Angie Carver

Elle fronce les sourcils, sa curiosité éveillée. Qu'est-ce que Linoge est en train de raconter à propos de son mari ? Qu'il aurait battu quelqu'un ? Voyons, jamais Jack ne ferait une chose pareille... ce n'est pas possible...

85. Int. Retour sur l'aile centrale de la salle

JACK *(à peine plus fort qu'un murmure)* : La ferme.

LINOGE : Le type habite dans l'une de ces allées qu'on trouve le long de Canal Street, tout de suite derrière Lisbon Street. Je peux vous donner l'adresse, si vous voulez. Je ne sais pas, moi, vous pourriez avoir envie, tous les trois, de le priver de ce qui lui reste de lumière. Qu'est-ce que vous en pensez, Lucien ? Ça ne vous dirait pas de lui crever le deuxième œil, de finir le boulot ? *(Lucien baisse les yeux sans répondre.)* Et vous, Alex ? *(Alex est muet, lui aussi.)* Nés dans le péché, pourquoi vous cacher ?

Linoge les laisse et reprend la direction de l'estrade.

86. Int. Robbie Beals

Il se tient entre sa petite table ridicule et le pupitre, et il dégouline toujours de sueur au point d'en avoir le col de chemise trempé. Il voit :

87. Int. La salle de réunion, vue par Robbie

Remontant lentement l'allée centrale vers lui, toujours habillée de la chemise des patientes d'hôpital, ses cheveux blancs dressés en mèches hirsutes, il voit la fausse mère. C'est Linoge, bien entendu, qui agrippe toujours sa canne à tête de loup.

FAUSSE MÈRE : Pourquoi m'as-tu laissée mourir au milieu d'étrangers, Robbie ? Tu ne me l'as toujours pas expliqué. Pourquoi a-t-il fallu que je meure en t'appelant ? Tout ce que je voulais, c'était un dernier baiser...

88. Int. Salle de réunion, cadrage sur l'estrade

Tandis que Linoge (il est bien Linoge, dans ce plan) s'approche, Robbie sort brusquement le pistolet de sa poche et le pointe sur lui.

ROBBIE : Partez ! Je vous avertis ! Partez !

LINOGE : Posez donc ça.

La main de Robbie s'ouvre. Nous le voyons lutter pour essayer de retenir l'arme, mais tout se passe comme si une main géante, une main qu'on n'arriverait pas tout à fait à voir, lui redressait les doigts un à un. Le pistolet heurte bruyamment le plancher de l'estrade au moment où Linoge pose le pied sur la première des marches.

89. Int. Le devant de l'estrade, vu par Robbie

C'est la fausse mère qui monte les marches, la chemise d'hôpital trop grande battant son corps efflanqué. Elle pointe le bout de sa canne sur Robbie ; une lueur malveillante brille dans ses yeux chassieux.

FAUSSE MÈRE : Tu devrais expliquer à tous ces gens où tu étais et ce que tu faisais pendant que j'agonisais, Robbie... Je crois que cela devrait intéresser tout particulièrement ta femme – qu'en penses-tu ?

90. Int. Cadrage sur Robbie, Linoge et les premiers rangs

ROBBIE : Vous allez la fermer, oui ? Sandra, ne l'écoute pas ! Ce ne sont que des mensonges !

Sandra Beals, intriguée et apeurée, commence à se lever. Ursula l'attrape par le poignet et l'oblige à se rasseoir.

Sur l'estrade, Linoge tend la main vers la figure de Robbie, les doigts joints comme pour saisir...

LINOGE : Tes yeux...

91. Int. La fausse mère, vue par Robbie

FAUSSE MÈRE : Je vais te bouffer les yeux directement sur la tête...

La main osseuse *(celle qui ne tient pas la canne)* continue de faire le geste de saisir.

92. Int. L'estrade

Robbie chancelle en reculant d'un pas, s'emmêle les pieds et tombe. Il part à reculons sur les fesses, poussant des pieds, fuyant devant sa mère – Linoge. Il se retrouve finalement recroquevillé sous la petite table avec le panneau le proclamant premier magistrat de la ville. Il s'immobilise alors, marmonnant des propos incohérents. Il a oublié son arme, posée par terre à moins de deux mètres de lui.

Les insulaires murmurent, effrayés, et Linoge passe derrière le pupitre d'orateur, qu'il saisit par les bords comme un vieux briscard de la politique s'apprêtant à faire un discours.

LINOGE : Ne vous inquiétez pas, les amis, il va s'en sortir ; il ira parfaitement bien, j'en suis sûr. Et en attendant, c'est plutôt agréable, vous ne trouvez pas, de l'avoir sous la table plutôt que tapant du poing dessus... c'est reposant. Allez, dites la vérité... *(pendant ce silence, il sourit)* ... et qu'il aille au diable !

Tous le regardent en silence, terrorisés. Lui parcourt l'assemblée des yeux, à l'aise et souriant.

LINOGE : On y est maintenant, n'est-ce pas ? Je vais vous expliquer tout ; après quoi j'irai au sous-sol et attendrai votre décision.

93. Int. Les insulaires

Sonny Brautigan se lève. Il a peur, mais il est bien déterminé à parler.

SONNY : Qu'est-ce que vous êtes venu faire ici ? Pourquoi nous ?

94. Int. Mike et Molly, gros plan

MIKE *(à part soi)* : Je parie que c'est simplement parce qu'il y a quelque chose chez nous qui lui tape sur les nerfs.

Molly lui prend la main. Mike serre celle de sa femme et la porte contre sa joue, trouvant du réconfort à cette caresse.

95. Int. Cadrage sur l'estrade avec Linoge en premier plan

LINOGE : Je suis ici parce que les habitants d'une île sont des gens qui savent se serrer les coudes en vue du bien commun, quand il le faut... et qui savent garder un secret. C'était déjà vrai sur l'île de Roanoke en 1587 et c'est encore vrai sur Little Tall Island en 1989.

HATCH *(se lève) :* Dites-le-nous. Arrêtez de tourner autour du pot. Dites-nous ce que vous voulez.

Hatch se rassoit. Linoge se tient tête baissée, comme s'il réfléchissait. Les insulaires retiennent leur souffle en attendant qu'il poursuive. Dehors, le vent gémit. Finalement, l'étranger relève la tête et regarde son public.

LINOGE : Vos enfants sont ici avec vous... mais ils n'y sont pas vraiment. Il en va de même pour moi ; une partie de moi-même est avec eux.

Il fait un geste vers les fenêtres du mur de droite, celles qui donnent sur l'extérieur. Par beau temps, on verrait la pente de la colline qui descend jusqu'au quai, le détroit, et au-delà le continent. Pour le moment, les fenêtres sont opaques... sauf lorsque Linoge pointe dans cette direction avec sa canne, qu'il tient toujours à la main.

Une lumière bleue éclatante remplit les fenêtres. Un murmure de peur et d'émerveillement monte de l'assemblée. Plusieurs s'abritent les yeux de la main.

LINOGE : Regardez !

La caméra cadre la fenêtre centrale de plus près. Nous voyons un ciel bleu... des nuages en dessous... des oiseaux (peut-être des canards) qui volent dans une formation en V et s'élèvent au-dessus des nuages. Sauf que ce ne sont pas des canards ou des oies... ce sont... ce sont...

96. Int. Le coin des enfants dans la salle de réunion

Andy Robichaux se met lourdement debout, sans que ses yeux quittent un instant les fenêtres lumineuses. Son visage reflète l'accablement.

ANDY : Harry... oh, mon Dieu, c'est Harry !

Il se tourne brusquement vers son fils, pour s'assurer qu'il est toujours là, endormi, puis revient à l'image de la fenêtre. C'est maintenant Angie qui se lève à côté de lui.

ANGIE *(elle crie)* : Buster ! Jack, c'est Buster !

97. Int. Linoge, gros plan

LINOGE : Ils y sont tous.

98. Ext. Linoge et les enfants en vol, jour

Linoge est à leur tête, comme auparavant, toujours précédé par la canne. Il tient Pippa et Ralphie par la main, les autres enfants se tenant entre eux, toujours dans la même formation en V. Les enfants sont heureux, ils rient, ils sont complètement extatiques. Jusqu'à ce que...

LINOGE *(voix off)* : Et si jamais je les lâche maintenant...

Linoge ouvre les mains, lâchant Ralphie et Pippa. L'expression de béatitude des enfants se transforme sur-le-champ en mimique de terreur. Hurlant, se détachant les uns des autres, les huit petits dégringolent vers le sol et sont avalés par la mer de nuages, en dessous d'eux.

99. Int. Linoge, gros plan

LINOGE : Ils mourront.

100. Int. Retour sur l'estrade et l'assemblée, Linoge en premier plan

Linoge abaisse sa canne et la lumière bleue éclatante disparaît des fenêtres, laissant place à l'obscurité. Les insulaires sont terriblement secoués par ce qu'ils viennent de voir. Les plus traumatisés sont évidemment les parents.

LINOGE : Vous le verrez se produire. Ils s'éteindront....

Il se tourne un peu sur sa gauche, souffle légèrement, et plusieurs bougies (huit, exactement), dans les candélabres fixés au mur, s'éteignent d'un seul coup.

LINOGE *(enchaîne avec le sourire) :* ... comme des bougies dans le vent.

Ursula Godsoe se lève, chancelante. Son si joli visage est maintenant déformé et meurtri par le chagrin. Elle oscille sur place et manque de tomber. Melinda Hatcher se lève et la soutient. C'est de tout son cœur qu'Ursula supplie.

URSULA : Je vous en prie, ne faites pas de mal à ma Sally, monsieur. Elle est tout ce qui me reste, maintenant que Peter n'est plus. On vous donnera ce que vous voudrez, s'il le faut. Je vous le jure ! N'est-ce pas, que nous le donnerons ?

101. Int. Salle de réunion, plans divers

Cat Withers... Sonny... Della Bissonette... Jenna Freeman... Jack, Lucien et Alex Haber forment un petit groupe honteux... Tous murmurent qu'ils sont d'accord et acquiescent. Oui, ils donneront à Linoge tout ce qu'il veut. Ils y sont prêts.

102. Int. Première rangée

HATCH *(debout près de sa femme) :* De quoi s'agit-il ? Dites-le-nous !

103. Int. Retour sur l'estrade et l'assemblée, Linoge au premier plan

> LINOGE : J'ai vécu longtemps – des milliers d'années – mais je ne suis pas un dieu, et je ne fais pas partie des immortels.

La tenant par le milieu, Linoge brandit la canne au-dessus de sa tête puis l'abaisse horizontalement à hauteur devant lui. Une ombre légère, créée par la lumière des bougies, passe sur son visage. À ce moment-là, ses traits vigoureux et beaux d'homme dans la force de l'âge se transforment... ils vieillissent. La figure de Linoge devient celle, profondément ridée et aux chairs affaissées, d'un homme non pas simplement âgé, mais *ancien*. Les yeux brillent au fond d'orbites creuses, sous des paupières gonflées.

Les gens poussent des sons étouffés et murmurent. Ici aussi, le metteur en scène interpolera des plans de visage, montrant les différentes réactions. Nous voyons Andy Robichaux, par exemple, assis derrière son fils et tenant et caressant la petite main du garçonnet.

> LINOGE : Vous voyez donc comment je suis, en réalité. Vieux. Et malade. Mourant, en fait.

Linoge lève de nouveau sa canne et, au fur et à mesure que l'ombre remonte sur ses traits, sa jeunesse lui revient. Il attend, tandis que des murmures s'élèvent de nouveau dans la salle.

> LINOGE : Selon les normes de vos vies éphémères de moucherons, j'ai encore longtemps à vivre. Je parcourrai encore cette terre lorsque même les plus jeunes et les plus solides d'entre vous... Davey Hopewell, par exemple, ou le jeune Don Beals...

Plans de coupe montrant Davey avec ses parents et Don endormi sur son lit de camp.

> LINOGE *(continue) :* ... seront déjà dans leur tombe. Mais selon les normes de mon existence à moi, mes

jours sont comptés. Vous me demandez ce que je veux ?

104. Int. Mike et Molly Anderson

Mike a déjà compris et son visage se remplit d'horreur, d'une furieuse envie de protester. Quand il commence à parler, sa voix passe du murmure au hurlement et Molly le saisit par le poignet.

MIKE : Non, non, NON, NON !

105. Int. Linoge, toujours devant son pupitre

LINOGE *(ignorant Mike) :* Je veux quelqu'un – quelqu'un que j'élèverai et à qui je dispenserai mon enseignement ; quelqu'un à qui je puisse transmettre tout ce que j'ai appris, tout ce que je sais ; quelqu'un qui poursuivra mon œuvre quand je ne pourrai plus le faire moi-même.

106. Int. Mike

Il se lève et entraîne Molly avec lui.

MIKE : Non, non ! Jamais !

107. Int. Linoge

LINOGE *(ignorant Mike) :* Il me faut un enfant. L'un des huit qui dorment ici. Peu m'importe lequel ; à mes yeux, ils se valent tous. Donnez-moi ce que je veux. Donnez-le-moi librement, et je m'en irai.

108. Int. L'estrade et l'assemblée, cadrage sur Mike et Linoge

MIKE : Jamais ! Jamais nous ne vous donnerons l'un de nos enfants ! Jamais !

Il s'écarte de Molly et fonce vers l'estrade avec l'intention de s'en prendre à Linoge. Dans sa fureur, tous les doutes qu'il aurait pu nourrir sur sa capacité à l'emporter sur les pouvoirs surnaturels de Linoge ont disparu.

LINOGE : Emparez-vous de lui ! À moins que vous ne préfériez que je laisse tomber les enfants ! Et je le ferai ! Je vous promets que je le ferai !

109. Int. Coin des enfants

Les enfants gémissent et s'agitent sur leurs lits de camp, leur sérénité rompue par quelque peur intérieure... ou par quelque chose qui leur arrive très loin et très haut dans le ciel.

JACK CARVER *(de la panique dans la voix) :* Attrapez-le ! Attrapez-le ! Pour l'amour du ciel, arrêtez-le !

110. Int. Retour sur l'estrade

Le révérend Riggins passe les bras autour des épaules de Mike avant que celui-ci ait eu le temps d'atteindre le pied des marches. Hatch se joint au pasteur et saisit Mike, ne lui laissant pas le temps de se débarrasser de son premier assaillant, qui est grand, mais un peu trop enveloppé.

HATCH : Non, Mike, non ! Il faut l'écouter ! Il faut au moins écouter tout ce qu'il a à dire !

MIKE *(il se débat) :* Non, il ne faut pas ! Lâche-moi, Hatch ! Bon Dieu...

Il réussit presque à se libérer, mais Lucien, Sonny, Alex et Johnny sont venus prêter main-forte à Hatch et Riggins, et Mike se retrouve paralysé ; ils le ramènent jusqu'à son siège, au premier rang. On se rend compte qu'ils sont gênés d'avoir à agir ainsi, mais néanmoins bien déterminés à le faire.

JOHNNY : Reste assis bien tranquillement un moment, Michael Anderson, et laisse-le dire ce qu'il a à dire. Nous voulons l'entendre.

LUCIEN : On peut pas faire autrement.

MIKE : Vous vous trompez. L'écouter, c'est la pire chose que nous puissions faire.

Il regarde Molly, à la recherche d'aide et de soutien, et ce qu'il voit le laisse abasourdi... une sorte d'incertitude désespérée.

MIKE *(horrifié) :* Molly... Molly ?

MOLLY : Je ne sais pas, Mike... Je crois qu'il vaut mieux l'écouter.

MELINDA : Ça ne peut pas nous faire de mal de l'écouter.

SONNY : Il nous a piégés, Mike.

Tous se tournent vers Linoge.

111. Int. Les insulaires

Tous se tournent vers Linoge, attendant le mot de la fin.

112. Int. Retour sur Linoge

Tandis qu'il parle, la caméra fait un zoom avant jusqu'à l'avoir en gros plan.

> LINOGE : Quand il s'agit de cette question, je ne peux pas prendre... mais je peux punir, je vous assure que je peux punir. Donnez-moi l'un des bébés qui dorment là-bas ; je l'élèverai comme mon enfant et je vous laisserai en paix. Il vivra longtemps, bien plus longtemps que les autres qui dorment ici avec lui, il verra beaucoup de choses. Donnez-moi ce que je veux, et je partirai. Refusez-le-moi, et les rêves que vous avez tous faits la nuit dernière se réaliseront. Les enfants tomberont du ciel, et tous les habitants de l'île iront se jeter dans l'océan, deux par deux ; lorsque la tempête sera finie, on trouvera l'île dans l'état où était celle de Roanoke : vide, désertée. Je vous donne une demi-heure. Discutez-en, puisque c'est à cela que servent les assemblées municipales. Et ensuite...

Il s'interrompt. Nous sommes en gros plan très rapproché.

> LINOGE : Choisissez.

Fondu au noir. Fin de l'acte 4.

Acte 5

113. Ext. L'hôtel de ville de Little Tall Island, nuit

Le vent continue à faire virevolter la neige, mais plus rien ne tombe du ciel. La Tempête du Siècle – ou du moins la version inventée par Mère Nature – a cessé.

114. Ext. Le ciel nocturne

Les nuages commencent à se déchirer et à partir en lambeaux. Cette fois, lorsque la pleine lune apparaît, elle reste visible.

115. Int. Salle de réunion de l'hôtel de ville, vue du couloir

Nous regardons à travers la paroi vitrée et on peut lire en bas du cadrage, comme un texte d'accompagnement dans une émission de télé : AYONS CONFIANCE EN DIEU ET LES UNS DANS LES AUTRES.

On voit Robbie Beals qui se remet debout (les cheveux encore en bataille après son séjour sous la table) et se dirige vers le pupitre.

116. Int. Salle de réunion de l'hôtel de ville, nuit

(Dans ce fragment, le metteur en scène emploiera les cadrages de son choix, mais il devrait le traiter en plan-séquence, c'est-à-dire dans l'esprit dans lequel il a été écrit.)

Robbie atteint le pupitre et regarde l'assemblée, qui reste silencieuse, dans l'attente. En contrebas, Mike est assis à sa place, mais on le sent tendu, vibrant comme une ligne à haute tension. Hatch est à sa droite et Molly à sa gauche. Mike lui tient la main et elle le regarde avec anxiété. Sur le deuxième banc sont assis Lucien, Sonny, Alex et Johnny – l'équipe qui s'est autodésignée pour le maintien de l'ordre : si jamais Mike tente d'interférer pendant la discussion, ils se chargeront de le retenir.

À l'arrière de la salle, là où dorment les enfants, le cercle des adultes s'est agrandi. Ursula a rejoint Tavia auprès de Sally Godsoe ; Andy et Jill sont tous les deux auprès de Harry ; Jack est allé retrouver Angie pour être plus près de Buster... néanmoins, lorsque Jack tente de passer un bras autour des épaules de sa femme, Angie s'écarte et refuse de se laisser faire. Comme aurait pu le dire Ricky Ricardo, « Jackie, faudrait peut-t'êt' voir à t'esspliquer ». Melinda est assise près de Pippa et Sandra près de Don, tout à côté. Carla et Henry Bright sont assis au pied du lit de camp de Frank, et se tiennent par les mains. Linda Saint-Pierre est avec Heidi. L'attention de tous ces parents, cependant, n'est pas tournée vers les enfants, mais vers Robbie, le modérateur lui aussi autodésigné de l'assemblée... et vers leurs compatriotes de Little Tall Island, qui devront décider du sort de leurs enfants.

Obligé de produire un effort colossal pour être à la hauteur de la situation, Robbie regarde sous le pupitre et en retire un marteau de bois, une antiquité pesante, transmise religieusement de génération en génération depuis le XVIIe siècle. Robbie le regarde quelques instants comme si c'était la première fois qu'il le voyait, puis l'abat tellement fort sur le plateau du pupitre, devant lui, que le bruit fait sursauter plusieurs personnes.

ROBBIE : Je déclare la séance ouverte. Je pense qu'il vaut mieux traiter cette affaire comme nous le ferions pour toute autre concernant notre communauté. D'ailleurs, n'est-ce pas de cela qu'il s'agit ? D'une affaire concernant la communauté ?

Un grand silence et des visages tendus accueillent ce préambule. Mike paraît avoir envie de réagir, mais il ne bouge pas. Molly continue de regarder son mari anxieusement et de lui caresser la main avec celle qu'il ne retient pas prisonnière (en la serrant sans doute trop fort).

ROBBIE : Des objections ?

Silence. Robbie abat de nouveau son marteau – *bam !* – et, de nouveau, des gens sursautent. Mais pas les enfants. Ils sont toujours aussi profondément endormis. Ou comateux.

ROBBIE : La question à débattre consiste à savoir si nous devons donner un de nos enfants à... ce... à cette chose qui a débarqué ici. Il affirme qu'il s'en ira si nous le faisons, et qu'il nous tuera tous – y compris les enfants – dans le cas contraire. Ai-je résumé correctement la situation ? *(Silence.)* Très bien. Alors qu'avez-vous à dire, gens de Little Tall Island ? Qui veut prendre la parole ?

Silence. Puis Cal Freese se lève lentement. Il regarde les gens autour de lui, ses concitoyens.

CAL : Je ne vois pas tellement le choix que nous avons, si nous croyons qu'il peut faire ce qu'il prétend pouvoir faire.

ROBERTA COIGN : Et toi, tu le crois ?

CAL : C'est la première question que je me suis posée... et pour tout dire, je le crois. J'en ai vu assez pour être convaincu. Je crois que si nous ne lui donnons pas ce qu'il veut, il prendra tout ce que nous avons... y compris nos enfants.

Cal se rassoit.

ROBBIE : Roberta Coign vient de poser une bonne question. Combien d'entre vous pensent que Linoge ne ment pas ? Qu'il peut tous nous faire disparaître de l'île, si nous refusons de nous plier à ses exigences ?

Silence. Tous croient à ce qu'a dit Linoge, mais personne ne veut être le premier à lever la main.

DELLA BISSONETTE : Nous avons tous fait le même rêve... et il ne s'agissait pas de rêves ordinaires. C'est clair. Nous le savons tous. Il nous a donné un avertissement honnête.

Elle lève la main.

BURT SOAMES : Il n'y a rien d'honnête là-dedans. Mais...

L'un des bras de Burt est en écharpe, mais il lève cependant la main, lui aussi. D'autres suivent leur exemple – peu, tout d'abord, puis de plus en plus, et finalement presque tous. Hatch et Molly sont parmi les derniers à lever la main. Seul Mike reste assis, la mine sombre, sans bouger la main que Molly ne tient pas dans les siennes.

MOLLY *(à voix basse, à Mike) :* La question n'est pas de savoir ce que nous allons faire, Mike. Simplement de savoir si oui ou non nous croyons...

MIKE : J'ai bien compris la question. Sauf qu'une fois qu'on commence comme ça, la suite vient toute seule. Ça aussi, je l'ai bien compris.

ROBBIE *(abaissant la main) :* Très bien, je considère qu'on peut dire que nous le croyons. Voilà déjà une question de réglée. À présent, si quelqu'un veut prendre la parole sur la question de fond...

MIKE *(il se lève) :* J'ai quelque chose à dire.

ROBBIE : Volontiers. Vous êtes un contribuable comme un autre, c'est certain. Vous avez la parole.

Mike s'avance lentement jusqu'aux marches. Molly le regarde avec inquiétude. Mike ne se soucie pas d'aller se placer derrière le pupitre ; il se tourne simplement vers ses concitoyens. Quelques secondes passent, le temps de le cadrer plus serré et de laisser monter la tension pendant qu'il réfléchit à ce qu'il va dire.

MIKE : Non, ce n'est pas un homme. Je n'ai pas levé la main, mais je suis tout de même d'accord avec cette idée. J'ai vu ce qu'il a fait à Martha Clarendon, ce qu'il a fait à Peter Godsoe, ce qu'il a fait à nos enfants... non, ce n'est pas un homme. J'ai fait les mêmes rêves que vous et je comprends aussi bien que vous la réalité des menaces qu'il a proférées. Mieux, peut-être : je suis votre constable, vous m'avez élu pour faire respecter vos lois. Cependant... mes amis... on ne donne pas comme ça ses enfants à des voyous. Comprenez-vous cela ? Des enfants, ça ne se donne pas !

Au fond de la salle, Andy Robichaux quitte le coin des enfants et s'avance de quelques pas.

ANDY : D'accord, mais quel choix nous reste-t-il, alors ? Que pouvons-nous faire ?

Un profond murmure d'approbation accueille cette remarque et nous pouvons voir que Mike est troublé. Car si ce qu'il a dit a le mérite d'être juste, cela n'a aucun sens vis-à-vis de la question posée.

MIKE : Lui tenir tête, épaule contre épaule, en serrant les rangs. Lui dire non d'une seule voix. Faire ce qui est écrit sur la porte par laquelle nous sommes entrés ici : avoir confiance en Dieu et les uns dans les autres.

Et alors... peut-être... il s'en ira. De la même manière que s'en vont les tempêtes, une fois qu'elles ont épuisé leurs forces.

ORVILLE BOUCHER *(se lève) :* Et s'il commence à brandir sa canne dans tous les sens ? Hein ? Qu'est-ce qu'on fera, quand on commencera tous à tomber comme des mouches ?

Le murmure d'approbation est plus marqué.

RÉVÉREND RIGGINS : Il faut rendre à César ce qui est à César. Vous l'avez dit vous-même il y a moins d'une heure, Michael. Évangile selon saint Matthieu.

MIKE : Arrière de moi, Satan, car tes pensées ne sont pas les pensées de Dieu, mais celles des hommes... Matthieu aussi. *(Il regarde autour de lui.)* Mes amis... si nous donnons un de nos enfants... un de nos propres enfants... comment pourrons-nous vivre les uns à côté des autres, en admettant qu'il nous laisse vivre ?

ROBBIE : Comment ? Très bien. Nous vivrons très bien.

Mike se tourne pour le regarder, stupéfait. Jack Carver, depuis le fond de la salle, remonte l'allée centrale. Quand il prend la parole, Mike regarde dans sa direction ; on l'attaque de tous côtés.

JACK : Nous avons tous des choses avec lesquelles nous vivons, Mike. À moins que toi, tu ne sois différent de nous.

Touché. On voit Mike se souvenant.

Il s'adresse à tout le monde au travers de Jack.

MIKE : Non, je ne suis pas différent. Mais ce n'est pas la même chose que d'essayer de vivre avec le souvenir d'un examen où l'on a triché, ou celui d'une nuit où, parce qu'on était saoul et dans un état d'esprit malsain, on a fait du mal à quelqu'un. Il s'agit d'un enfant, Jack ! Tu ne peux pas comprendre cela ?

Il les a peut-être un peu ébranlés... mais Robbie prend la parole.

ROBBIE : Supposons un instant que vous ayez raison et que nous soyons capables de le renvoyer en nous ralliant tous et en lui criant non comme un seul homme... Supposons que nous fassions cela et qu'il disparaisse, qu'il retourne là d'où il est venu... *(Mike le regarde, sur la défensive, se demandant quel est le piège.)* Vous avez vu nos enfants. Je ne sais pas ce qu'il leur a fait, mais il n'y a aucun doute, dans mon esprit, que voler haut au-dessus de la terre en est une assez bonne représentation. Qu'ils peuvent donc tomber. Je le crois. Tout ce qu'il aura à faire sera de brandir sa maudite canne, et ils dégringoleront. Comment vivrions-nous, alors, si cela se produisait ? Nous dirions-nous que ces huit enfants sont morts parce que nous étions trop bons pour sacrifier un seul d'entre eux ?

MIKE : Il bluffe peut-être...

MELINDA *(d'un ton peu amical) :* Non, Michael, il ne bluffe pas, et tu le sais. Tu l'as vu toi-même.

D'un pas hésitant, Tavia Godsoe s'avance à son tour dans l'allée centrale ; le haut bout de cette allée semble avoir la préférence des insulaires, quand ils veulent s'adresser aux autres. Elle cherche ses mots, au début, puis prend peu à peu confiance.

TAVIA : Tu parles comme s'il allait tuer l'enfant, Michael... comme s'il s'agissait d'une sorte de... de sacrifice humain. Moi, je trouve que ça ressemble davantage à une adoption.

Elle regarde autour d'elle en esquissant un sourire – s'il faut en passer par là, essayons de voir le bon côté des choses, semble-t-elle dire.

JONAS : Et il vivra longtemps, en plus... Si on croit ce qu'il nous a dit, bien sûr. Et après l'avoir vu, je... eh bien, je le crois.

Murmures d'approbation.

MIKE : Linoge a battu Martha Clarendon à mort avec sa canne ! Il lui a arraché un œil de la tête ! Nous nous interrogeons pour savoir si nous allons ou non donner un de nos enfants à un monstre !

Le silence accueille cette sortie. Les gens se mettent à regarder le plancher et le rouge de la honte monte à de nombreuses joues.

HENRY BRIGHT : C'est bien possible, mais les autres enfants ? Allons-nous dire non et les voir mourir sous nos yeux ?

KIRK : Ouais, Mike. Où est le bien général, là-dedans ?

Mike n'a pas vraiment de réponse à cette question.

MIKE : Il pourrait aussi bluffer pour les enfants. Satan est le prince des menteurs et ce type doit en être un proche.

JILL ROBICHAUX *(hystérique et en colère)* : C'est un risque que tu veux courir, toi ? D'accord... mais avec ton fils, dans ce cas. Pas avec le mien !

LINDA SAINT-PIERRE : Exactement ce que je pense.

HENRY BRIGHT : Tu veux savoir ce qui serait le pire à mon avis, Michael ? Supposons que tu aies à moitié raison ? Supposons que nous vivions, nous, mais que les enfants meurent ? *(Il fait un geste vers le coin des enfants.)* Comment pourrons-nous nous regarder en face, dans ce cas-là ? Comment pourrons-nous vivre ensemble ?

JACK : Et comment pourrions-nous vivre avec toi ?

D'ignobles murmures d'assentiment montent de l'assemblée. Jack le casseur de pédés retourne s'asseoir auprès de son petit garçon endormi. Là non plus, Mike n'a pas de réponse valable à donner. Nous le voyons qui en cherche une, désespérément, sans y parvenir.

Robbie se tourne vers l'horloge. Il est vingt et une heures vingt.

ROBBIE : Il nous a donné une demi-heure. Cela nous laisse dix minutes.

MIKE : On ne peut pas faire une chose pareille ! Ne le voyez-vous pas ? Ne comprenez-vous pas ? On ne peut pas le laisser...

SONNY *(pas très gentiment)* : Je crois que nous avons assez entendu ton point de vue, Mike. Tu devrais t'asseoir, à présent.

Mike les regarde, impuissant. Il n'est pas stupide et il voit bien vers où souffle le vent.

MIKE : Il faut y penser, les gars. Il faut y penser soigneusement.

Il redescend les marches et va s'asseoir à côté de Molly. Il lui prend la main. Elle le laisse la tenir une ou deux secondes et la retire.

MOLLY : Je vais aller retrouver Ralphie, Mike.

Elle se lève et, par l'allée centrale, va rejoindre le coin où dorment les enfants. Elle disparaît au milieu du cercle des parents sans se retourner.

> ROBBIE : D'autres interventions, les amis ? Que décidez-vous ?

Un moment de silence.

> URSULA : Que Dieu nous prenne en pitié, mais il faut lui donner ce qu'il veut. Qu'il prenne ce qu'il veut et qu'il aille son chemin. Pour moi, ça m'est égal de mourir... mais les enfants... même si c'est Sally. Je préfère qu'elle vive avec un homme mauvais que... que de la voir mourir... *(Elle regarde autour d'elle, en larmes.)* Mon Dieu, Michael Anderson, tu n'as pas de cœur ? Ce sont des enfants ! On ne peut pas le laisser tuer des enfants, tout de même !

Elle retourne auprès des petits dormeurs. Mike se retrouve isolé au milieu des regards hostiles.

> ROBBIE *(coup d'œil à l'horloge) :* Quelqu'un d'autre ?

Mike commence à se relever. Hatch le prend par le bras et serre. Lorsque Mike le regarde, surpris et interrogatif, Hatch a, de la tête, un geste de dénégation presque imperceptible. Ne bouge pas, dit ce léger mouvement ; tu as fait tout ce que tu as pu.

Mike se débarrasse d'une secousse de la main et se lève de nouveau. Il ne va pas jusqu'à l'estrade, cette fois ; il s'adresse à ses concitoyens d'où il est.

> MIKE : Ne le faites pas. Je vous en prie. Les Anderson sont ici, sur Little Tall Island, depuis 1735. Je vous le demande en tant que natif de l'île et père de Ralphie Anderson : ne faites pas cela... C'est la damnation assurée.

Il parcourt l'assemblée des yeux, désespéré. Aucun d'eux, pas même sa propre femme, ne veut le regarder dans les yeux. Le silence est total, seulement rompu par le tic-tac de l'horloge et les gémissements du vent.

MIKE : Très bien. Je demande que le droit de vote soit réservé aux seuls parents. Ce sont tous des résidants de...

LINDA SAINT-PIERRE : Non, ce n'est pas juste. *(Elle touche le front de sa fillette endormie d'un geste plein de tendresse.)* Je l'ai élevée toute seule – oh, ce n'est pas l'aide qui m'a manqué de la part des habitants de l'île, y compris de toi et de ta femme, Mike – mais fondamentalement, je l'ai élevée toute seule. Je ne devrais pas être obligée de prendre une telle décision moi-même. À quoi sert une communauté, si ce n'est pour aider les gens quand il se passe quelque chose de terrible ? Quand aucun des choix n'est acceptable ?

ANDY : J'aurais pas pu mieux dire, Linda.

MIKE : Mais...

NOMBREUSES VOIX : Assieds-toi ! Aux voix, la question ! Aux voix ! (Etc.)

ROBBIE : Quelqu'un veut-il soumettre aux voix la question de qui aura le droit de voter ? Ce n'est probablement pas très réglementaire, comme procédure, mais il faut avancer. Je préférerais que cela vienne d'un des parents.

Il y a un moment de silence tendu. Puis :

MELINDA HATCHER : Je propose que tout le monde vote.

CARLA BRIGHT : J'appuie cette proposition.

ROBBIE : La proposition est que tout le monde puisse voter pour déterminer si nous devons ou non donner à Mr Linoge ce qu'il a demandé. Qui est pour ?

Toutes les mains se lèvent, à l'exception de celle de Mike. Il voit que Molly a elle aussi levé la main et qu'elle évite de le regarder ; quelque chose meurt un peu en lui.

ROBBIE : Qui est contre ?

Pas une main ne se lève. Mike reste simplement assis à sa place, tête baissée.

ROBBIE *(donne un coup de marteau) :* La proposition est adoptée.

TESS MARCHANT : Passons à l'autre question, Robbie. La vraie question.

117. Int. Sous-sol, avec Linoge

Il regarde le plafond ; ses yeux luisent dans la pénombre. Ils vont voter et il le sait. Il se lève alors et va prendre le sac de billes, sur l'étagère. Puis il se dirige vers l'escalier.

118. Int. Retour à l'assemblée

JOANNA : Oui, pour l'amour du ciel, votons et qu'on en finisse !

MIKE : Mon fils ne fait pas partie de ça. Que cela soit bien clair, hein ? Mon fils n'est pas engagé dans ce... cette obscénité.

MOLLY : Si, il l'est.

Un silence total accueille cette intervention. Mike se lève et regarde vers sa femme, n'en croyant pas ses oreilles. Ils se font face d'un bout à l'autre de la salle.

MOLLY : Nous n'avons jamais esquivé nos responsabilités, Michael. Nous avons toujours pris part à la vie de l'île, et nous le ferons encore aujourd'hui.

MIKE : Tu n'es pas sérieuse ! Tu ne peux pas...

MOLLY : Si.

MIKE : C'est de la folie.

MOLLY : Peut-être. Mais si folie il y a, elle ne vient pas de nous. Écoute, Michael...

MIKE : Je pars. Allez vous faire foutre. Allez tous vous faire foutre. Je prends mon fils et je m'en vais.

Il a à peine fait trois pas que l'équipe de surveillance auto-instituée le saisit et l'oblige à se rasseoir à sa place. Molly voit Mike se débattre, voit les autres se montrer brutaux – ils n'apprécient pas du tout qu'il ait désapprouvé une décision aussi controversée – et elle se précipite vers lui, remontant l'allée.

MIKE : Hatch ! Aide-moi, Hatch !

Mais Hatch se détourne, le rouge aux joues, gêné. Et lorsque Mike tente de s'élancer vers lui, Lucien lui donne un coup de poing dans le nez. Le sang coule.

MOLLY : Arrêtez ! Arrêtez de lui faire mal ! Mike, ça va ? Est-ce que tu...

MIKE : Sors de mon chemin. Et tout de suite, avant que je perde mon sang-froid et que je te crache à la figure.

Elle recule d'un pas, les yeux écarquillés, choquée.

MOLLY : Si seulement tu voulais voir les choses comme elles sont, Mike... Ce n'est pas à nous à prendre une décision seuls dans notre coin. C'est toute la communauté qui est concernée !

MIKE : Je le sais – je n'ai pas dit autre chose. Éloigne-toi de moi, Molly.

Elle recule, envahie d'un immense chagrin. Sonny Brautigan tend un mouchoir à Mike.

MIKE : Vous pouvez me lâcher. Je vais m'asseoir.

Ils le lâchent mais restent sur leurs gardes. Derrière son pupitre, Robbie affiche un indiscutable air satisfait. Nous sommes peut-être dans une sale situation, semble dire son visage, mais au moins notre vertueux constable, ce grand crétin, s'est rudement fait moucher, et c'est déjà quelque chose.

Molly, entre-temps, s'est éloignée de Mike, lequel refuse de la regarder. Les traits de Molly se tordent, s'affaissent et elle repart en larmes pour le fond de la salle. Les gens assis près de l'allée lui tapotent les mains et murmurent des encouragements et des paroles de réconfort – ça ira, tu verras... il se fera une raison... c'est toi qui vois juste... Melinda, Jill et Linda l'entourent quand elle arrive près des lits de camp.

Hatch se glisse près de Mike, débordant de honte.

HATCH : Écoute, Mike, je...

MIKE *(sans lever les yeux)* : Fiche-moi la paix. Tire-toi.

HATCH : Quand tu prendras le temps d'y réfléchir calmement, tu comprendras. Tu changeras d'avis. C'est la seule chose que nous puissions faire. Sinon, quoi ? Mourir pour un principe ? Tous, jusqu'au dernier ? Y compris ceux qui sont trop jeunes pour se rendre compte de ce qui leur arrive ? Tu dois y réfléchir, Mike.

Mike, enfin, lève la tête.

MIKE : Et si c'est Pippa que Linoge prend, finalement ?

Il s'ensuit un long silence pendant que Hatch réfléchit. Puis il regarde Mike dans les yeux.

HATCH : Je me dirai qu'elle est morte encore bébé. Que c'était un décès prématuré que personne n'avait pu prévoir ni empêcher. Et j'y croirai. Melinda et moi, nous y croirons.

Robbie donne plusieurs coups de marteau sur son pupitre.

ROBBIE : Oyez, oyez, la question a été posée. Est-ce que nous donnons à Mr Linoge ce qu'il a demandé, en échange de sa promesse de nous laisser en paix ? Qu'en dites-vous, gens de Little Tall Island ? Ceux qui sont en faveur de cette proposition, faites-le savoir de la manière habituelle.

Un instant, tout le monde retient son souffle, puis, dans le fond de la salle, Andy Robichaux lève la main.

ANDY : Je suis le père de Harry et je vote oui.

JILL ROBICHAUX : Je suis sa mère et je vote oui.

HENRY : Carla et moi votons oui.

Linda Saint-Pierre lève la main, comme Sandra Beals, elle-même imitée par Robbie sur l'estrade.

MELINDA *(levant la main) :* Oui. Nous n'avons pas le choix.

Hatch : Pas le choix.

Il lève à son tour la main.

Ursula : Je vote oui... c'est la seule possibilité.

Elle lève la main, imitée par Tavia.

Jack : Bien obligé.

Sa main se dresse. Angela adresse un long regard plein d'amour à Buster endormi et lève aussi la main.

Tous les yeux se tournent à présent vers Molly. Elle s'agenouille, embrasse Ralphie sur la petite selle pour les fées, puis se remet debout. Elle s'adresse à tout le monde... mais, d'une certaine manière, c'est à Mike qu'elle parle, une expression suppliante sur le visage.

Molly : En perdre un qui restera vivant est mieux que de les perdre tous dans la mort. Je vote oui.

Elle lève la main. Bientôt, d'autres mains suivent. La caméra passe parmi ceux que nous avons fini par connaître, centrée sur les mains qui se lèvent... toutes, sauf une.

Robbie laisse se prolonger l'attente, parcourant des yeux la forêt de mains levées et de visages solennels. Il faut rendre justice à ces gens : ils ont pris une décision terrible et le savent.

Robbie : Qui vote contre ?

Les mains levées s'abaissent. Mike, regardant toujours le plancher, lève bien haut la main en l'air.

Robbie : Unanimité moins une voix. La proposition est adoptée.

119. Int. L'horloge à balancier, gros plan

L'aiguille des minutes atteint la verticale ; il est vingt et une heures trente. L'horloge sonne une fois.

120. Int. Retour assemblée, nuit

La porte s'ouvre. Linoge apparaît, tenant sa canne d'une main et le petit sac de cuir de l'autre.

> LINOGE : Alors, gens de Little Tall Island, avez-vous pris une décision ?
>
> ROBBIE : Oui... la proposition a été acceptée.
>
> LINOGE : Parfait.

Il longe la dernière rangée puis s'arrête à la hauteur de l'allée centrale, tourné vers les parents.

> LINOGE : Vous avez fait le bon choix.

Molly se détourne, écœurée par le sourire d'approbation du monstre. Linoge se rend compte de sa réaction, et son sourire s'élargit. Il remonte lentement l'allée, tenant le sac de billes bien en vue devant lui.

Il monte les trois marches de l'estrade et Robbie s'écarte vivement de lui, les yeux pleins de terreur. Linoge se place près du pupitre et parcourt l'assemblée de ses otages d'un regard plein de bonté.

> LINOGE : Vous venez de faire quelque chose de difficile, mes amis, mais en dépit de ce que le constable a pu vous dire, c'était aussi une bonne chose. Celle qu'il fallait faire. La seule chose, en réalité, que des personnes responsables et aimantes pouvaient faire, étant donné les circonstances.

Il brandit le sac par ses cordons.

LINOGE : Ce sont des pierres de destinée. Elles étaient déjà anciennes quand le monde était jeune, et déjà utilisées pour décider des grandes questions longtemps avant qu'Atlantis s'abîme dans l'océan Africain. Ce sac contient sept billes blanches... et une noire.

Linoge marque un temps d'arrêt... sourit... d'un sourire qui exhibe la pointe de ses crocs.

LINOGE : Il vous tarde de me voir disparaître, et je vous comprends. Que l'un ou l'autre des deux parents de chacun des enfants s'avance jusqu'ici, s'il vous plaît, et qu'on en finisse.

121. Int. Les insulaires

Ils prennent conscience pour la première fois, viscéralement, de ce qu'ils viennent de faire. Prennent aussi conscience qu'il est trop tard pour faire machine arrière.

122. Int. Linoge, gros plan

Il sourit toujours. On voit la pointe de ses crocs. Il tient le sac de billes bien haut devant lui. Il est temps de choisir.

Fondu au noir. Fin de l'acte 5.

Acte 6

123. Ext. Le détroit, nuit

Il ne neige plus ; le clair de lune projette sur l'eau un chemin doré et ondoyant qui rejoint le continent.

124. Ext. Main Street, nuit

Sous une épaisse couche de neige et silencieuse.

125. Ext. L'hôtel de ville, nuit

Sombre sur la droite, brillamment éclairé par la lueur des bougies sur la gauche, là où se trouve la salle de réunion.

126. Int. La salle de réunion, nuit

Lentement, très lentement, les parents remontent l'allée centrale : Jill, Ursula, Jack, Linda, Sandra, Henry, Melinda. C'est Molly Anderson qui ferme la marche. Elle adresse un regard suppliant à Mike.

MOLLY : Je t'en prie, Mike, essaie de comprendre...

MIKE : Tu veux que je comprenne ? Eh bien, retourne t'asseoir auprès du petit. Refuse de prendre part à cette mascarade obscène.

MOLLY : Je ne peux pas. Si seulement tu pouvais...

Mike regarde le plancher entre ses pieds. Il ne veut pas la regarder, ne veut rien voir de ce qui se passe. Constatant cela, Molly poursuit son chemin, le cœur plein de chagrin.

Les parents se mettent en rang sur l'estrade. Linoge les regarde avec le sourire plein de bonhomie d'un dentiste expliquant à un enfant qu'il ne lui fera pas mal, pas mal du tout.

LINOGE : C'est tout simple. Chacun de vous va tirer une pierre du sac. L'enfant dont le parent aura retiré la bille noire viendra avec moi. Il vivra longtemps... verra loin... et connaîtra beaucoup de choses. Mrs Robichaux ? Jill ? Voulez-vous être la première ?

Il lui tend le sac. On a tout d'abord l'impression qu'elle va être incapable d'y plonger la main.

ANDY : Vas-y, ma chérie. Fais-le.

Elle lui adresse un regard plein d'effroi, plonge la main dans le sac, manipule son contenu un instant et la ressort, le poing complètement fermé sur une bille. Elle paraît sur le point de s'évanouir.

LINOGE : Mrs Hatcher ?

Melinda prend une bille. Puis Sandra s'avance à son tour. Elle avance la main... puis la retire.

SANDRA : Robbie ! Je ne peux pas, Robbie ! Fais-le, toi !

Mais Robbie n'a aucune envie de se trouver aussi près de Linoge.

ROBBIE : Non, toi ! Prends-en une !

Elle obéit puis recule d'un pas, sa petite bouche agitée d'un tremblement, les doigts serrant tellement la bille que ses articulations blanchissent. Le suivant est Henry Bright. Il tâte longuement les billes restantes – en rejetant une ou deux pour en prendre finalement une troisième. Puis vient Jack. Il choisit rapidement, regagne sa place et adresse un sourire à la fois désespéré et plein d'espoir à Angie. C'est au tour de Linda Saint-Pierre. Il ne reste plus que Molly et Ursula.

LINOGE : Mesdames ?

URSULA : Après toi, Molly.

MOLLY : Non, je t'en prie, toi d'abord.

Ursula plonge la main dans le sac et prend l'une des deux billes restantes ; puis elle recule, tenant elle aussi le poing serré. Molly s'avance alors, regarde Linoge et prend la dernière bille. Linoge jette le sac vide ; celui-ci tombe normalement vers l'estrade mais disparaît dans une lueur bleuâtre avant même de l'avoir touchée. Il n'y a aucune réaction de la part des insulaires ; le silence est d'une telle intensité qu'il en est palpable.

LINOGE : Très bien, mes amis. Jusqu'ici, tout s'est bien passé. À présent, qui va avoir le courage d'ouvrir la main le premier ou la première ? De surmonter sa peur et de se laisser envahir par le suave soulagement qui viendra la remplacer ?

Il n'y a aucune réaction. Ils restent figés sur place, huit parents tenant le poing serré devant eux, le visage blême de terreur pure.

LINOGE *(d'un ton bienveillant)* : Allons, allons...

n'avez-vous jamais entendu dire que Dieu punit ceux qui ont le cœur tiède ?

JACK *(avec force) :* Buster ! Je t'aime, Buster !

Il ouvre la main. La bille qu'il tient est blanche. Murmures dans l'assemblée.

Ursula avance d'un pas. Elle tend un poing serré, tremblant. Elle se raidit et ouvre soudainement la main. Sa bille est également blanche. Nouveaux murmures dans la salle.

ROBBIE : À toi, Sandra. Montre-nous...

SANDRA : Je... je... Robbie... je ne peux pas... je sais que c'est Donnie... je le sais... Je n'ai jamais eu de chance...

Agacé par sa femme, plein de mépris pour elle, pris de la frénésie de savoir ce qu'il en est, il s'approche d'elle, lui saisit la main et force ses doigts à s'ouvrir. Nous ne voyons pas la bille et, sur le coup, on ne lit rien sur le visage de Robbie. Puis il s'empare de la bille et la brandit pour que tout le monde puisse la voir. Il affiche un sourire de dément sur son visage. On dirait Richard Nixon dans une réunion politique.

ROBBIE : Blanche !

Il tente d'embrasser sa femme, mais elle le repousse avec une expression plus forte que le dégoût : elle est littéralement révulsée.

C'est à présent Linda Saint-Pierre qui s'avance d'un pas. Elle aussi tient son poing tendu devant elle ; elle le regarde, puis ferme les yeux.

LINDA SAINT-PIERRE : Je vous en prie, mon Dieu, ne me prenez pas ma petite Heidi.

Elle ouvre la main, mais pas les yeux.

> UNE VOIX : Blanche !

Murmures dans la salle. Linda ouvre les yeux, voit que la pierre est effectivement blanche et se met à pleurer ; elle referme la main et serre la précieuse bille contre sa poitrine.

> LINOGE : Jill ? Mrs Robichaux ?

> JILL ROBICHAUX : Je ne peux pas. Je croyais que je pourrais affronter cela, mais je n'y arrive pas. Je suis désolée...

Elle prend la direction des marches, tenant toujours le poing fermé. Mais, avant qu'elle y arrive, Linoge pointe la canne à pommeau d'argent dans sa direction. Elle est aussitôt ramenée en arrière. Linoge porte la tête de loup contre la main de Jill ; celle-ci essaie bien de garder les doigts fermés, mais ils s'ouvrent malgré elle. Le caillou rond tombe sur l'estrade et roule comme une bille (c'est d'ailleurs tout à fait son aspect), suivi par la caméra. Finalement, il vient s'arrêter contre un pied de la petite table du maire. La bille est blanche.

Jill s'effondre à genoux, en larmes. Linda l'aide à se relever et la prend dans ses bras. Il ne reste plus maintenant que Henry, Melinda et Molly. La bille noire est dans la main de l'un des trois. Plans de coupe sur leurs conjoints. Carla Bright et Hatch gardent les yeux fixés sur l'estrade avec une fascination passionnée et pleine de terreur. Mike contemple toujours le plancher.

> LINOGE : Mr Bright ? Henry ? Nous ferez-vous l'honneur ?

Henry s'avance et ouvre lentement la main. La bille est blanche. Son soulagement est tel qu'il paraît se dégonfler sur place. Carla le regarde, souriant à travers ses larmes.

Il n'y a plus maintenant que Molly et Melinda, c'est-à-dire Ralphie et Pippa. Les deux mères se regardent, tandis que Linoge sourit au second plan. Dans un instant, l'une d'elles cessera d'être mère et elles le savent toutes les deux.

127. Int. Molly, gros plan

Elle imagine :

128. Ext. Ciel bleu, jour

Volant haut au-dessus des nuages, Linoge est à la tête d'une formation en V maintenant réduite à sa plus simple expression. Sur les huit enfants, il ne reste plus que Ralphie et Pippa, agrippés chacun à une main de Linoge.

129. Int. Retour sur l'estrade, nuit

LINOGE : Mesdames ?

Molly, par le regard, transmet un message à Melinda. Melinda le comprend et acquiesce imperceptiblement. Les deux femmes tendent leur poing fermé, les tenant l'un contre l'autre. Elles se regardent, éperdues d'amour, d'espoir et de peur.

MOLLY *(très doucement) :* Maintenant.

130. Int. Les deux poings fermés, gros plan

Ils s'ouvrent. Dans l'un il y a une bille blanche, dans l'autre une noire. Il y a toutes sortes de réactions diverses dans l'assemblée, murmures, souffles coupés, cris de surprise... mais on ne sait pas encore quelle main est à qui : on voit seulement les deux billes posées sur les paumes ouvertes.

131. Int. Visage de Molly, gros plan serré

Les yeux écarquillés.

132. Int. Visage de Melinda, gros plan serré

Les yeux écarquillés.

133. Int. Visage de Hatch, gros plan serré

Les yeux écarquillés.

134. Int. Mike, gros plan serré

Il se tient toujours la tête baissée... mais il est incapable de rester dans cette position en dépit de son intention de ne prendre aucune part à ce qui se passe, même passivement. Il relève la tête et regarde en direction de l'estrade. Et c'est en voyant le visage de cet homme que nous devons apprendre qu'il vient de perdre son fils ; nous y lisons tout d'abord de l'incrédulité, puis le début d'une terrible prise de conscience.

MIKE *(bondit sur ses pieds) :* Non ! Non !

Sonny, Lucien et Alex le saisissent lorsqu'il tente de se précipiter vers l'estrade, et le contraignent à se rasseoir.

135. Int. Molly et Melinda, sur l'estrade

Elles continuent de se faire face, leurs fronts se touchant presque, pétrifiées ; leurs mains ouvertes sont toujours tendues devant elles. Dans celle de Melinda se trouve la septième bille blanche. Dans celle de Molly, la bille noire.

Le visage de Melinda se défait soudain, dans une réaction à retardement. Elle se tourne, aveuglée par les larmes, et s'avance jusqu'au bord de l'estrade.

MELINDA : Pippa ! Maman arrive, ma chérie...

Elle trébuche sur les marches et se serait étalée de tout son long si Hatch n'avait pas été là pour la rattraper. Melinda, hystérique de soulagement, ne s'en rend même pas compte. Elle se libère des bras de son mari et remonte en courant l'allée centrale.

MELINDA : Pippa ! Pippa, ma chérie ! Maman arrive, mon cœur ! Maman arrive !

Hatch se tourne vers Mike.

HATCH : Mike, je...

Mike se contente de le regarder ; c'est un regard venimeux, un regard de haine pure. « Tu as cautionné cela et ça m'a coûté mon fils », dit ce regard. Hatch ne peut le supporter. Il s'élance derrière sa femme, fuyant presque.

Pendant tout ce temps, Molly est restée comme frappée de stupeur, contemplant la bille noire ; ce n'est que maintenant qu'elle commence à se rendre compte de ce qui est arrivé.

MOLLY : Oh non... non ! Ce n'est pas... ça ne peut pas...

Elle jette la bille et se tourne vers Linoge.

MOLLY : C'est une plaisanterie, n'est-ce pas ? Ou une épreuve, peut-être ? C'est une épreuve, oui. Vous n'aviez pas réellement l'intention de...

Mais il en avait réellement l'intention et il en a toujours réellement l'intention. Elle le comprend.

MOLLY : Vous ne pouvez pas le prendre !

LINOGE : Je comprends parfaitement ce que vous ressentez, Molly... mais vous avez accepté les termes du contrat. Je suis désolé.

MOLLY : Vous avez arrangé le coup ! C'est lui que vous vouliez depuis le début ! À cause... à cause de la petite selle pour les fées qu'il a sur le nez !

Serait-ce vrai ? Nous ne saurons jamais si nous avons imaginé ou réellement vu la petite lueur fugitive dans l'œil de Linoge.

LINOGE : Je vous assure qu'il n'en est rien. La partie, comme vous le diriez, a été jouée correctement. Et étant donné que je considère que les adieux qui se prolongent trop longtemps ne font qu'ajouter au déchirement de la séparation...

Il s'avance vers les marches avec, manifestement, l'intention d'aller chercher ce qu'il vient de gagner.

MOLLY : Non ! Non ! Je ne vous laisserai pas...

Elle tente de se jeter sur lui. Linoge fait un geste avec sa canne et elle est brutalement repoussée. Elle heurte la table du maire, s'affale dessus et tombe sur l'estrade en un petit tas secoué de sanglots.

Linoge, depuis la première marche, regarde les insulaires (ils ont l'air de se réveiller de quelque cauchemar fait en commun, au cours duquel ils auraient commis quelque chose de terrible et d'irrévocable) avec un plaisir non dissimulé, rayonnant, sardonique.

LINOGE : Mesdames et messieurs, habitants de Little Tall Island, je vous remercie d'avoir satisfait à mes besoins et je déclare que cette réunion est arrivée à son terme... non sans vous suggérer auparavant que moins vous en direz au monde extérieur, relativement à notre... arrangement, mieux vous vous en porterez... même si, en fin de compte, cela ne regarde que vous.

Dans son dos, Molly se relève et s'avance. Le choc, le chagrin et l'incrédulité lui donnent un air dément.

LINOGE *(enfile ses gants, ajuste sa casquette) :* Cela étant dit, je vais prendre mon nouveau protégé et vous laisser à vos pensées. Puissent-elles être heureuses.

Il descend les marches. Son chemin le fait passer près de l'endroit où Mike se tient toujours assis. Molly se précipite jusqu'au bord de l'estrade, les yeux démesurément agrandis – ils lui dévorent tout le visage. Elle se rend compte que les gardiens de Mike ne font plus leur travail ; Lucien, Sonny et les autres sont pétrifiés sur leur chaise et regardent tous Linoge, bouche bée.

MOLLY *(hurlant) :* Mike ! Arrête-le ! Pour l'amour du ciel, Mike, arrête-le !

Mike sait parfaitement ce qui arrivera s'il essaie de s'en prendre à Linoge ; un seul mouvement de la canne à tête de loup, et il ira valser contre l'un des murs. Il lève la tête vers sa femme – la brouille est maintenant consommée, peut-on supposer – avec un regard mort épouvantable.

MIKE : Trop tard, Molly.

Elle a tout d'abord une réaction de désespoir, puis elle est prise d'une folle détermination. Si Mike refuse de l'aider à corriger l'erreur qu'ils viennent de faire, elle s'en chargera elle-même. Elle regarde autour d'elle... et voit le petit pistolet de Robbie, resté posé sur l'estrade. Elle s'en empare et dégringole les marches.

MOLLY : Arrêtez ! Je vous avertis !

Linoge poursuit son chemin, hiératique, tandis qu'il est l'objet d'une métamorphose : le caban se transforme en une longue robe d'un bleu royal, décorée de soleils, de lunes et d'autres signes cabalistiques. La casquette de marin devient un haut chapeau pointu de sorcier ou de magicien. Et la canne prend un aspect de sceptre. Elle s'orne toujours de la tête de loup, mais celle-ci surmonte à présent une baguette magique rayonnante digne de Merlin.

Ou Molly ne remarque pas la transformation, ou celle-ci lui est indifférente. Tout ce qu'elle désire, c'est l'arrêter. Elle s'avance jusqu'au début de l'allée et braque son arme.

> MOLLY : Arrêtez, ou je tire !

Mais Sonny et Alex Haber ont réagi et lui bloquent le passage, tandis que Lucien et Johnny Harriman la saisissent. Hatch lui retire habilement le pistolet des mains. Pendant tout ce temps, Mike reste assis, tête baissée, incapable de regarder.

> LUCIEN : Désolé, Mrs Anderson... mais on a conclu un accord.

> MOLLY : Nous n'avons rien compris à cet accord ! Nous n'avons rien compris à ce que nous faisions ! Mike avait raison, nous n'avons pas... nous n'avons pas... Tue-le, Hatch ! Tire ! Ne le laisse pas emporter Ralphie ! Ne le laisse pas me prendre mon fils !

> HATCH : Je ne peux pas faire une chose pareille, Molly. *(Puis, non sans quelque ressentiment :)* Et tu ne crierais pas comme ça, non plus, si c'était Melinda qui avait tiré la bille noire.

Elle le regarde, incrédule. Il soutient son regard pendant un moment, puis faiblit. Mais Melinda est là ; elle passe un bras autour des épaules de son mari et foudroie Molly, le regard brillant d'hostilité.

> MELINDA : Tu pourrais te montrer meilleure perdante !

> MOLLY : Ce... ce n'est pas une partie de base-ball !

136. Int. Le coin des enfants, avec Linoge

C'est à présent un magicien de la tête aux pieds, avançant dans une lumière bleutée qui l'entoure d'une auréole. Une fois de plus, on devine son grand âge. Les autres parents et les amis qui entourent les lits de camp où les enfants dorment toujours reculent, apeurés. Il n'y prête strictement aucune attention. Il se penche, prend Ralphie Anderson dans ses bras et contemple intensément l'enfant.

137. Int. Le haut de l'allée centrale, avec Molly

Dans son hystérie, elle réussit presque à se libérer des mains des gaillards qui la retiennent. Elle fait face à Linoge, à l'autre bout de l'allée, et le défie, au comble de la fureur.

> MOLLY : Vous nous avez trompés !

> LINOGE : Peut-être vous êtes-vous vous-mêmes trompés.

> MOLLY : Il ne vous appartiendra jamais ! Jamais !

Linoge lève l'enfant endormi vers le ciel, comme une offrande. Le rayonnement bleu s'intensifie, autour de lui, et commence à englober Ralphie. L'âge n'a pas fait de Linoge un être bon, mais quelqu'un de cruel, une entité redoutable. Et son sourire de triomphe a quelque chose d'horrible... un sourire à hanter les rêves.

> LINOGE : Bien sûr que si. Il finira par m'aimer... Il finira par m'appeler son père.

Il y a dans ces mots une affreuse vérité contre laquelle même Molly ne peut rien. Elle s'affaisse entre les mains qui la retiennent, cesse toute résistance. Linoge soutient son regard encore quelques instants puis se retourne dans un mouvement qui évase le bas de sa robe de soie bleue. Il se dirige à grands pas vers la porte. Tous les regards se tournent pour le suivre.

138. Int. Mike

Il se lève. Il a toujours cette expression totalement vide sur le visage. Hatch fait un geste vers lui.

> HATCH : Mike, je ne crois pas que...
>
> MIKE *(repousse la main de Hatch) :* Ne me touche pas. Ne remets jamais la main sur moi. Ni toi ni aucun d'entre vous. *(Il regarde Molly.)* Aucun d'entre vous.

Il s'éloigne par l'allée latérale. Personne ne tente de l'arrêter.

139. Int. Couloir de l'hôtel de ville

Mike sort de la salle de réunion juste à temps pour voir le bas de la robe de Linoge disparaître par la porte d'entrée et se fondre dans la nuit. Il marque un temps d'arrêt, puis s'élance derrière.

140. Ext. Les marches devant l'hôtel de ville, nuit

Mike sort, s'immobilise et regarde. La vapeur de sa respiration est argentée dans le clair de lune.

141. Ext. Linoge et Ralphie devant l'hôtel de ville

La même lumière bleue émane toujours de Linoge. La caméra le suit tandis qu'il emporte Ralphie vers la rue... la grève... le détroit... le continent... et les lieues et lieues de terre au-delà. Les traces de pas de Linoge sont tout d'abord très nettes, puis elles se font de plus en plus légères et deviennent presque indistinctes.

Au moment où Linoge passe près de la coupole abritant la cloche du mémorial, il commence à s'élever dans les airs. De quelques centimètres, pour commencer, mais la distance se creuse bientôt entre ses pieds et la terre ; on dirait presque qu'il grimpe un escalier que nous ne pourrions pas voir.

142. Ext. Mike, sur les marches de l'hôtel de ville

Il appelle son fils, mettant tout son chagrin, son sentiment de perte, dans ce seul mot crié :

MIKE : Ralphie !

143. Ext. Linoge et Ralphie, nuit

Ralphie ouvre les yeux et regarde autour de lui.

RALPHIE : Où je suis ? Où est mon papa ?

MIKE *(sa voix faiblit)* : Ralphie !

LINOGE : C'est sans importance, petit trône des fées. Regarde en bas.

Ralphie obéit. Ils sont en train de survoler le détroit. Leur ombre court sur les vagues, projetée par la lune. Ralphie sourit, ravi.

RALPHIE : Houlà ! Génial !... C'est pour de vrai ?

LINOGE : Tout ce qu'il y a de plus vrai.

Ralphie se retourne pour regarder vers :

144. Ext. Little Tall Island, vue par Ralphie, nuit

Nous avons là presque une image en négatif par rapport à celle qui a servi d'introduction à l'île : la nuit au lieu du jour, on s'en éloigne au lieu de s'en approcher. Au clair de lune, Little Tall

Island a presque l'air d'une illusion. Ce qu'elle ne va pas tarder à être pour Ralphie.

145. Ext. Retour sur Linoge et Ralphie, nuit

RALPHIE *(très impressionné) :* Où on va ?

Linoge lance son sceptre en l'air, devant lui. Le sceptre va prendre la position qu'il tenait dans la vision des enfants en vol avec Linoge. Son ombre, à présent projetée par la lune et non par le soleil, tombe sur le visage de Linoge. Il se penche et embrasse Ralphie sur le petit trône des fées.

LINOGE : N'importe où. Partout. Dans tous les endroits dont tu as pu rêver.

RALPHIE : Et papa et maman ? Ils vont venir ?

LINOGE *(souriant) :* On pourra s'en occuper plus tard, tu veux bien ?

Évidemment, c'est lui l'adulte... sans compter que pour le moment, Ralphie s'amuse bien.

RALPHIE : D'accord.

Linoge tourne – c'est presque un virage sur l'aile, comme un avion – et s'éloigne de nous.

146. Ext. Mike, sur les marches de l'hôtel de ville

Il pleure. Joanna Stanhope sort de l'hôtel de ville et vient poser une main sur son épaule. Elle lui parle avec une bonté infinie.

JOANNA : Viens, Mike. Ne reste pas là.

Il l'ignore, descend les marches et s'avance dans la neige fraîche. C'est dur de progresser là-dedans, quand on n'est pas magicien, mais il continue néanmoins, laborieusement, même lorsque la couche atteint la hauteur de sa taille. Il suit les empreintes de pas de Linoge, et la caméra les suit avec lui, enregistrant les impressions de plus en plus faibles, les traces de plus en plus légères, de moins en moins reliées à la terre sur laquelle doivent vivre les mortels.

Après la cloche du mémorial, il ne reste plus qu'une trace à peine visible... puis plus rien. Rien que des hectares de neige immaculée. Mike s'effondre à côté de la dernière empreinte, en larmes. Il tend la main vers le ciel vide et la lune lumineuse.

> MIKE *(à voix basse) :* Ramenez-le-moi... Je vous en prie... Je ferai tout ce que vous voudrez si vous me ramenez mon fils... Tout ce que vous voudrez.

147. Ext. Les portes de l'hôtel de ville, nuit

Les insulaires sont venus s'entasser sur le seuil et restent là, immobiles, silencieux, regardant la scène. On voit notamment Johnny et Sonny, Ferd et Lucien, Tavia et Della, Hatch et Melinda.

> MIKE *(d'une voix suppliante) :* Ramenez-le-moi !

L'expression, sur le visage des insulaires, ne change pas. On peut lire de la sympathie sur certains d'entre eux, mais aucune miséricorde, aucune pitié. Pas ici ; pas parmi ces gens-là. Ce qui est fait est fait.

148. Ext. Retour sur Mike dans le champ de neige, nuit

Il va se recroqueviller sous la coupole qui protège la cloche du mémorial. Il tend une dernière fois les bras vers la lune et les eaux argentées, mais sans espoir.

MIKE *(murmure) :* Je vous en supplie...

Peu à peu, Mike perd sa dimension humaine pour se réduire à un simple point noir sur le vaste champ de neige. Au-delà, on voit le promontoire avec le phare renversé et les vagues qui se creusent encore dans le détroit.

Fondu au noir.

MIKE *(la voix réduite à un murmure) :* Je l'aime. Ayez pitié...

Fin de l'acte 6.

Acte 7

149. Ext. Le détroit par un matin d'été

Le ciel est d'un bleu éclatant, comme le détroit. On entend le martèlement régulier et robuste des moteurs des bateaux de pêche. Des hors-bord foncent, soulevant des vagues et remorquant des skieurs joyeux et bruyants. Dans le ciel tourbillonnent des mouettes criardes.

150. Ext. Une ville portuaire, matin

Incrust : Machias, été 1989.

151. Ext. Une petite maison en planches à clins sur Main Street

Sur la façade un panneau indique : CENTRE DE SOINS ET CONSEILS PSYCHOLOGIQUES. Dessous on peut lire : *Il existe une solution. Nous la trouverons ensemble.*

La caméra s'avance à hauteur d'une fenêtre. Une femme est assise là, le regard perdu, les yeux rouges, les joues mouillées de larmes. Elle a des cheveux gris et, sur le coup, nous ne reconnaissons pas Molly Anderson. Elle a l'air d'avoir vingt ans de plus.

152. Int. Bureau de la psychologue

Molly est assise dans un rocking-chair, le regard toujours perdu sur le paysage estival. Elle pleure en silence. En face d'elle, la psychologue, une professionnelle, porte une jupe d'été couleur crème et une blouse assortie en soie légère. Impeccablement coiffée, très élégante, elle regarde Molly avec cette expression de sympathie que savent afficher les bons psychologues, une expression souvent efficace, mais effrayante tant elle est lointaine.

Le silence se prolonge. La psychologue attend que Molly le rompe, mais Molly se contente de rester passivement assise dans son rocking-chair et de contempler le paysage tandis que coulent ses larmes.

La psychologue : Vous et Mike n'avez pas dormi ensemble depuis... depuis combien de temps ?

Molly : Cinq mois. Environ. Je pourrais vous le dire exactement, si vous pensez que ça peut servir à quelque chose. La dernière fois, c'était la nuit qui a précédé la grande tempête. La Tempête du Siècle.

La psychologue : Au cours de laquelle vous avez perdu votre fils.

Molly : Exact. Quand j'ai perdu mon fils.

La psychologue : Et Mike vous tient pour responsable.

Molly : Je crois qu'il va me quitter.

La psychologue : Cela vous fait très peur, n'est-ce pas ?

Molly : Je crois qu'il commence à ne plus avoir aucune raison de rester. Comprenez-vous ce que je veux dire par là ?

LA PSYCHOLOGUE : Redites-moi ce qui est arrivé à Ralphie.

MOLLY : Pourquoi ? Quel bien cela me fera-t-il ? Pour l'amour du ciel, quel bien cela me fera-t-il ? Il n'est plus là !

La psychologue ne réagit pas. Au bout d'un moment, Molly soupire et renonce à s'entêter.

MOLLY : C'était le deuxième jour. Nous étions réfugiés dans l'hôtel de ville – pour nous abriter, comme je vous l'ai dit. La tempête... vous ne pouvez imaginer à quel point c'était terrible.

LA PSYCHOLOGUE : J'étais ici. Je l'ai vécue aussi.

MOLLY : C'est vrai, vous étiez ici, Lisa, *ici.* Sur le continent. C'est différent, sur une île... Tout est différent, sur une île... Bref, John Harriman est arrivé en courant pendant le petit déjeuner et nous a dit que le phare allait être emporté. Tout le monde voulait voir ça, bien entendu... et Mike...

153. Ext. Maison Anderson, matin d'été

Une petite voiture blanche est garée devant la maison, le coffre ouvert. On y voit deux ou trois valises. La porte de la maison s'ouvre et Mike sort, portant deux valises de plus. Il referme la porte, descend les marches du porche et s'engage sur l'allée. Chacun de ses gestes, son allure, sa façon de se retourner – tout nous dit que c'est un homme qui part définitivement.

MOLLY *(voix off) :* Mike nous a avertis qu'il y avait un blizzard total, et qu'il fallait rester près du bâtiment. Ralphie voulait voir. Pippa et tous les enfants ont aussi voulu venir voir... et nous les avons pris avec nous. Dieu nous pardonne, nous les avons pris avec nous.

Mike s'arrête près du panneau indiquant la maternelle. Ce panneau est accroché à une chaîne qui pend d'une branche de l'érable planté devant la maison, mais il a un petit air abandonné. Oublié. Sans importance. Mike l'arrache, le regarde, puis se retourne et le lance sur le porche, dans un bref accès de colère.

> MOLLY *(voix off) :* C'était une erreur de sortir, pour tout le monde, mais en particulier pour les enfants. Nous avons sous-estimé la tempête. Plusieurs personnes se sont trop avancées et se sont perdues. Ralphie en faisait partie. Angie Carver a réussi à revenir. Mais aucun des autres.

Mike regarde le porche où vient d'atterrir le panneau, puis se dirige vers la voiture. Il range les deux dernières valises puis referme le coffre. Au moment où il commence à faire le tour de la voiture pour gagner le volant, sortant les clefs de sa poche :

> HATCH *(voix off) :* Mike ?

Mike se retourne. Hatch, qui a une allure curieuse avec son T-shirt et son bermuda, s'avance vers lui. Il paraît singulièrement malheureux d'être là. Mike l'accueille fraîchement.

> MIKE : Si tu as quelque chose à me dire, autant le faire tout de suite. Le ferry part à onze heures dix et je n'ai pas l'intention de le manquer.

> HATCH : Où vas-tu ? *(Mike reste silencieux.)* Ne pars pas, Michael. Reste ici. *(Mike reste silencieux.)* Est-ce que ça pourrait t'aider, si je te disais que je n'ai pas eu une seule vraie nuit de sommeil depuis février ? *(Mike reste silencieux.)* Est-ce que ça pourrait t'aider, si je te disais que... que nous avons peut-être eu tort ?

> MIKE : Faut que j'y aille, Hatch.

HATCH : Robbie a dit que tu peux reprendre ton boulot de constable quand tu veux. Tu n'as qu'à demander.

MIKE : Dis-lui où il peut se le caler, son boulot. C'est fini pour moi, ici. J'ai essayé, mais je peux plus.

Il s'avance jusqu'à sa portière, mais juste au moment où il veut se glisser derrière le volant, Hatch le touche au bras. Mike se retourne brusquement à ce contact, des flammes dans le regard, comme s'il voulait assommer Hatch. Mais celui-ci ne recule pas. Peut-être pense-t-il qu'il mérite d'être frappé.

HATCH : Molly a besoin de toi. Tu n'as pas vu comment elle était ? Tu ne l'as donc pas regardée ?

MIKE : Tu as regardé pour moi. D'accord ?

HATCH *(baissant les yeux) :* Melinda ne va pas très bien non plus. Elle se bourre de tranquillisants. J'ai bien peur qu'elle en soit devenue dépendante.

MIKE : Quel dommage. Mais... tu as ta fille, toi. Tu dors peut-être mal, mais tu peux au moins te lever et aller regarder dormir Pippa tous les soirs, si tu veux. C'est pas vrai ?

HATCH : Tu es toujours aussi rigide et sûr d'avoir raison. Incapable de voir les choses autrement qu'à ta façon.

Mike se met au volant et lève un regard morose sur Hatch.

MIKE : Je ne suis rien du tout. Je suis vide. Complètement desséché de l'intérieur, comme une courge en novembre.

HATCH : Si seulement tu faisais l'effort d'essayer de comprendre...

MIKE : J'ai compris que le ferry part à onze heures dix et que si je n'y vais pas tout de suite, je vais le rater. Bonne chance, Hatch. J'espère que tu retrouveras le sommeil.

Il fait claquer la portière, lance le moteur et s'engage sur Main Street. Hatch le regarde partir, impuissant.

154. Ext. Pelouse de l'hôtel de ville, matin

La caméra se braque sur Main Street et cadre la voiture de Mike, en route pour le port où le ferry attend, la poupe à quai, les moteurs tournant au ralenti. Au bout de quelques secondes, la caméra zoome sur la gauche, jusqu'à la cloche du mémorial. On voit, à côté de la liste des morts à la guerre, une nouvelle plaque qui commence ainsi : MORTS AU COURS DE LA TEMPÊTE DU SIÈCLE, 1989. Suit la liste des noms : MARTHA CLARENDON, PETER GODSOE, WILLIAM SOAMES, LLOYD WISHMAN, CORA STANHOPE, GEORGIA KINGSBURY, WILLIAM TIMMONS, GEORGE KIRBY et, tout en bas : RALPH ANDERSON.

La caméra zoome sur son nom.

155. Int. Le bureau de la psychologue, matin

Molly s'est arrêtée de parler et se contente de regarder par la fenêtre. Des larmes débordent à nouveau de ses paupières et viennent rouler sur ses joues, mais elle pleure en silence.

LA PSYCHOLOGUE : Molly... ?

MOLLY : Il est allé se perdre dans le blizzard. Peut-être a-t-il fini par retrouver Bill Timmons, le pompiste de la station-service. J'aime cette idée... qu'il était avec quelqu'un, à la fin. Ils ont dû se tromper complètement de chemin et finir par se noyer. Ce sont les deux seuls qu'on n'a jamais retrouvés.

LA PSYCHOLOGUE : Il y a beaucoup d'éléments, dans cette histoire, dont vous ne m'avez pas parlé, n'est-ce pas ? *(Molly reste silencieuse.)* Tant que vous ne l'aurez pas fait, tant que vous n'en n'aurez pas parlé avec quelqu'un, elle continuera de vous ronger.

MOLLY : Elle me rongera, quoi que je fasse, vous savez. Certaines blessures ne peuvent jamais guérir. C'est une chose que je ne comprenais pas... avant... mais maintenant, si.

LA PSYCHOLOGUE : Pourquoi votre mari vous hait-il autant, Molly ? Qu'est-ce qui est réellement arrivé à Ralphie ?

La caméra zoome sur Molly. Elle regarde toujours par la fenêtre. Le soleil vient baigner la pelouse, devant la petite maison de la psychologue, l'herbe est bien verte, il y a des fleurs... mais il neige. Une neige lourde et épaisse vient recouvrir l'herbe et les trottoirs, s'entasse sur les branches feuillues des arbres.

Nous revenons sur Molly jusqu'à ce qu'elle soit en gros plan très serré, tandis qu'elle regarde tomber la neige.

MOLLY : Il s'est éloigné et il s'est perdu. Ce sont des choses qui arrivent, vous savez, et c'est arrivé à Ralphie. Il s'est perdu dans le blizzard.

Fondu sur :

156. Ext. Le ferry, matin

Il avance pesamment dans les eaux du détroit, le cap sur Machias. Les voitures, dont celle de Mike, sont garées à l'arrière. Mike se tient appuyé au bastingage, la tête levée. La brise de mer repousse les cheveux de son front. Il paraît presque en paix.

MIKE *(voix off)* : C'était il y a neuf ans. J'ai fait le plein et j'ai pris le ferry de onze heures dix. Je ne suis jamais revenu.

Fondu sur :

157. Int. Bureau de la psychologue, matin

La séance de Molly est terminée. L'horloge murale affiche : 11h 55. Molly s'appuie sur le bureau de la psychologue pour remplir un chèque. La jeune femme la regarde avec une expression troublée, sachant qu'elle a perdu, qu'une fois de plus l'île a gagné. Le secret, quel que soit celui-ci, a été gardé.

Aucune des deux ne voit passer la petite voiture blanche de Mike.

MIKE *(voix off)* : Je ne savais même pas où j'allais, au début. Je me contentais de rouler.

158. Ext. Mike vu à travers son pare-brise, crépuscule

Il a mis des lunettes noires pour se protéger du soleil éblouissant du soir. Un soleil couchant orangé se reflète dans chacun des verres.

MIKE *(voix off)* : Tout ce qui importait était que j'étais obligé de mettre des lunettes noires tous les soirs, quand le soleil se couchait. Chaque kilomètre qu'affichait le compteur était un kilomètre de plus m'éloignant de Little Tall Island.

159. Ext. Le désert américain, milieu du jour

Une route à deux voies coupe l'écran en deux. La voiture blanche pénètre dans le cadre, roulant vite, et la caméra la suit.

MIKE *(voix off)* : Le divorce s'est fait par consentement mutuel. Molly a gardé le compte en banque, le magasin, la maison et une petite parcelle de terre que nous avions à Vanceboro. Moi, j'ai eu la Toyota et la paix de l'esprit... ou en tout cas, ce qui en restait.

160. Ext. Le pont du Golden Gate à San Francisco, crépuscule

MIKE *(voix off)* : Et j'ai atterri ici... au bord de l'eau, une fois de plus. Manque pas d'ironie, non ? Mais c'est différent, ici... c'est le Pacifique. On n'y voit pas cet éclat brutal de la lumière, quand les journées commencent à raccourcir et que l'hiver s'annonce... il n'y a pas non plus les mêmes souvenirs.

161. Ext. Un gratte-ciel de Montgomery Street, jour

Mike sort de l'immeuble – un Mike plus âgé, grisonnant, le visage creusé de rides, mais un Mike qui semble avoir fait la paix avec le monde. Ou en avoir du moins trouvé un peu. Il porte un costume (décontracté, sans cravate) et tient un porte-documents à la main. Un autre homme est avec lui ; ils gagnent ensemble une voiture garée dans la rue. Ils démarrent, déboîtent pour dépasser un tramway. Pendant tout ce temps, on entend la voix de Mike.

MIKE *(voix off)* : J'ai repris mes études, décroché un diplôme de droit appliqué, un autre en comptabilité. J'ai même envisagé la licence de droit... puis j'y ai renoncé. Si bien que j'ai commencé comme commerçant sur une petite île au large de la côte du Maine pour terminer officier de police fédéral. Qu'est-ce que vous dites de ça ?

162. Ext. Mike, vu à travers le pare-brise, jour

Son collègue conduit. Mike, assis à côté de lui, a le regard perdu au loin. Le regard d'un homme qui évoque des souvenirs.

> MIKE *(voix off) :* Parfois, l'île me semble loin, très loin, et André Linoge n'être qu'un mauvais rêve. Parfois... quand je me réveille en pleine nuit... en essayant de ne pas hurler... elle me semble très proche. Et, comme je l'ai dit dès le début, je garde le contact.

163. Ext. Le cimetière de Little Tall Island, jour

Un cortège funèbre avance au milieu des pierres tombales vers une fosse qui vient d'être creusée, portant un cercueil (nous suivons la scène à une certaine distance). Des feuilles mortes aux couleurs rutilantes virevoltent à son passage.

> MIKE *(voix off) :* Melinda Hatcher est morte en octobre 1990. D'après la feuille de chou locale, elle aurait été victime d'une crise cardiaque ; Ursula Godsoe m'a envoyé l'entrefilet. J'ignore s'il y avait autre chose ou non. Trente-cinq ans, c'est jeune pour mourir du cœur, mais ce sont des choses qui arrivent... ouais. Salut, Melly.

164. Ext. L'église méthodiste de Little Tall Island, jour

C'est la fin du printemps. Des fleurs multicolores égaient l'allée qui conduit jusqu'à la porte. Nous entendons, faiblement, un passage de la « Marche nuptiale » joué à l'orgue sur un mode triomphant. Les doubles battants s'ouvrent. Il en sort Molly, rieuse, rayonnante dans sa robe de mariée. À côté d'elle, portant jaquette, Hatch la tient par la taille. Il paraît aussi heureux qu'elle. Derrière eux, tenant la traîne de Molly d'une main et un petit bouquet de l'autre, on aperçoit Pippa, un peu plus grande, à présent, et avec de superbes cheveux longs. L'époque où elle se coinçait la tête entre les balustres d'un escalier est révolue depuis longtemps.

Les gens se pressent et leur lancent des poignées de riz ; parmi eux, on reconnaît le révérend Riggins.

> MIKE *(voix off) :* Molly et Hatch se sont mariés en mai 93. Ursula m'a envoyé aussi l'article. D'après ce que j'ai compris, cela leur a réussi à tous les deux, ainsi qu'à Pippa. J'en suis content. Je leur souhaite tout le bonheur possible, à tous les trois. Je le dis du fond du cœur.

165. Int. Un meublé minable, nuit

> MIKE *(voix off) :* Tout le monde, sur Little Tall Island, n'a pas eu autant de chance.

La caméra part en travelling avant dans la pièce et passe à côté d'un lit défait dans lequel on a l'impression que de nombreux cauchemars ont été faits. La porte de la salle de bains est entrouverte, et la caméra la franchit.

> MIKE *(voix off) :* Jack et Angie Carver ont divorcé environ deux mois après le mariage de Molly et Hatch. Jack s'est battu pour obtenir la garde de Buster – j'ai l'impression que ça s'est très mal passé – et a perdu. Il est allé sur le continent, à Lewiston, où il a loué une chambre dans laquelle il s'est suicidé, un soir, à la fin de l'été 1994.

La fenêtre de la salle de bains est ouverte. C'est par là que nous parvient, faiblement, la musique d'un orchestre de bar qui joue « Hang On Sloopy ». Jack Carver est allongé dans la baignoire vide, un sac en plastique sur la tête. La caméra continue d'avancer, impitoyable, jusqu'à ce que nous voyions le bandeau en cachemire qu'il a sur un œil.

Mike *(voix off)* : Il a légué le peu qu'il possédait à un type du nom de Harmon Brodsky, lequel avait perdu un œil au cours d'une bagarre d'ivrognes, pendant les années quatre-vingt.

166. Ext. Little Tall Island, vue du détroit, matin

Tout est calme, mais quelque peu fantomatique, avec cette brume grise légère ; on entend seulement le lent tintement d'une balise acoustique. La jetée et le quai du port ont été reconstruits et on voit une nouvelle installation de pêcherie... sauf que le bâtiment est d'une couleur différente, et qu'on peut lire sur le côté : Beals Fancy Fish et non pas Godsoe Fish & Lobster.

Tandis que la caméra part en travelling arrière, nous entendons le clapotis de l'eau contre une coque de bateau. Celui-ci entre dans le champ ; c'est une petite barque à rames qui bouchonne sur la houle. Pendant ce temps :

Mike *(voix off)* : Robbie Beals a reconstruit le hangar de conditionnement du poisson, sur le quai ; Kirk Freeman faisait partie des hommes qu'il avait engagés pour y travailler. Kirk a raconté qu'un matin de printemps, en 1996, la femme de Robbie, Sandra, était descendue de bonne heure au port, habillée de son ciré jaune et de ses bottes rouges, et lui avait dit qu'elle avait envie de faire un tour en barque. Kirk lui avait fait mettre un gilet de sauvetage... il a dit aussi qu'il n'avait pas aimé l'air qu'elle avait.

La caméra a rejoint le bateau et s'élève, nous montrant la proue. Soigneusement rangés, on voit en dessous un ciré jaune de pêcheur et une paire de bottes rouges, avec, posé dessus comme un collier, le gilet de sauvetage.

Mike *(voix off)* : Il a dit qu'elle lui avait donné l'impression de dormir les yeux grands ouverts... mais que pouvait-il faire ? C'était une belle matinée, il n'y avait aucun vent et la houle était faible... sans compter qu'elle était la femme du patron. Ils retrouvèrent le bateau, mais pas Sandy. Un détail les frappa par son étrangeté, cependant...

La caméra parcourt la longueur de l'embarcation. Sur le banc placé à l'arrière, on lit un seul mot, écrit avec du rouge à lèvres ou de la peinture rouge : CROATON.

MIKE *(voix off)* : ... mais ils ne surent comment l'interpréter. Il y avait bien des insulaires qui auraient peut-être pu les aider un peu...

167. Int. Bureau de l'hôtel de ville, avec Ursula, jour

Deux policiers de la police d'État parlent avec elle (nous n'avons pas besoin de comprendre ce qu'ils disent (on peut même n'avoir aucun bruit de conversation) ; sans aucun doute, ils lui posent des questions, et elle secoue poliment la tête. Désolée, messieurs... non... je ne peux pas imaginer... Et ainsi de suite.

MIKE *(voix off)* : ... mais les insulaires savent garder un secret. Nous en avons gardé un de taille, en 1989, et personne ne l'a trahi depuis. Quant à Sandra Beals, on suppose qu'elle s'est noyée, et le délai de sept ans nous conduira en 2003. Nul doute que Robbie la fera déclarer décédée accidentellement dès que le 1er janvier de l'année en question apparaîtra sur le calendrier. Dur, je le sais bien, mais...

168. Ext. Little Tall Island, vue de l'océan, jour

MIKE *(voix off)* : ... c'est un monde sans pitié, on doit payer pour tout. Parfois, il arrive que le prix soit raisonnable, mais en général il est très élevé. Et, de temps en temps, il arrive qu'on vous prenne tout ce que vous avez. C'est la dure leçon que j'ai apprise il y a neuf ans, sur Little Tall Island, pendant la Tempête du Siècle...

169. Ext. San Francisco, jour

MIKE *(voix off)* : Mais je me trompais. Je n'ai fait que commencer à l'apprendre, pendant la grande catastrophe. Je viens de finir seulement la semaine dernière.

170. Ext. Rue commerçante animée, jour

Les gens, très nombreux, font leurs courses. Nous nous rapprochons d'un charcutier-traiteur chic, à deux ou trois vitrines du carrefour ; on voit Mike sortir du magasin. C'est son jour de congé, et il est habillé de manière décontractée : veste légère, jean, T-shirt. Il tient deux sacs de commissions dans les bras et essaie de les maintenir en équilibre tout en fouillant ses poches, à la recherche des clefs de sa voiture, stationnée au coin de la rue, et vers laquelle il se dirige.

Arrivant en face de lui, c'est-à-dire nous tournant le dos, apparaissent dans le champ un homme et un adolescent. L'homme porte un manteau gris et un chapeau mou, et tient à la main une canne à tête de loup en argent. Le garçon, en jean, arbore un blouson aux armes des Oakland As. Mike va les croiser pour rejoindre sa voiture, mais il ne leur prête, sur le coup, aucune attention particulière. Il a réussi à récupérer ses clefs et, à présent, il essaie de voir, par-dessus les sacs de commissions, laquelle est la bonne. Puis, juste au moment où l'homme et l'adolescent passent à sa hauteur :

LINOGE *(chantant)* : Je suis une petite théière, toute trapue...

LE GARÇON *(se joint à Linoge)* : Voici ma poignée, voici mon bec...

Une expression effrayante se peint sur le visage de Mike. Il laisse échapper les clefs, et les sacs se mettent à pencher dangereusement dans ses bras tandis qu'il se tourne et voit :

171. Ext. Linoge et le garçon, vus par Mike *(ralenti)*, jour

Ils ont déjà dépassé Mike et nous ne distinguons leurs traits qu'un bref instant, même avec le ralenti. Oui, c'est bien Linoge sous le chapeau mou ; il a échangé son allure de pêcheur psychotique pour celle d'un homme d'affaires impitoyable et donne l'impression d'avoir soixante-cinq ans, et non trente-cinq.

Le garçon qui l'accompagne et lui sourit, chantant fort bien à l'unisson la vieille rengaine aux paroles stupides, est un bel adolescent de quatorze ans. Ses cheveux ont la nuance de ceux de Molly. Ses yeux sont ceux de Mike. Et, sur l'arête du nez, atténuée mais toujours visible, il porte une marque de naissance – la petite selle des fées.

LINOGE ET RALPHIE *(voix chargées d'écho, comme en rêve)* :
On peut me prendre et me renverser...
Je suis une petite théière toute trapue...

Pendant ce temps, nous perdons de vue leurs visages : nous ne les avons aperçus que pendant une terrible fraction de seconde. Nous ne voyons plus que leurs dos : celui d'un homme élégamment habillé et celui de l'enfant qu'il aurait eu sur le tard. Ils se dirigent vers le carrefour. Et, au-delà, vers n'importe où.

172. Ext. Retour sur Mike

Il reste pétrifié sur place, frappé de stupeur, les sacs de commissions s'inclinant de plus en plus dangereusement dans ses bras. Sa bouche s'ouvre et se referme sans émettre le moindre son... puis finalement, il en sort un murmure étranglé...

MIKE : Rah... rah... Ralphie... Ralphie ? *Ralphie !*

173. Exit. Linoge et Ralphie

Ils ont dépassé le magasin du traiteur et presque atteint le coin de la rue. Ils s'arrêtent et se retournent.

174. Ext. Retour sur Mike

Il laisse tomber les sacs – dedans, des choses se cassent – et court.

MIKE : Ralphie !

175. Ext. Linoge et Ralphie

La bouche de Ralphie s'ouvre ; il siffle comme un serpent. Son air avenant a instantanément disparu et ses lèvres s'écartent pour découvrir des crocs. Ses yeux s'assombrissent et deviennent noirs avec des filaments rouges qui se tortillent dedans. Il lève deux mains qui sont crochues comme des serres, à croire qu'il s'apprête à entailler le visage de Mike.

Linoge passe un bras autour des épaules de Ralphie et – sans détourner un instant les yeux de Mike – lui intime l'ordre de se tourner. Puis ils disparaissent ensemble au coin de la rue.

176. Ext. Retour sur Mike

Il s'arrête devant la charcuterie avec, sur le visage, une expression de détresse et d'horreur mêlées. Les passants vont et viennent, et certains le regardent avec curiosité.

MIKE : Ralphie !

Il fonce jusqu'à l'angle de la rue.

177. Ext. Mike, jour

Il s'arrête et fouille la rue des yeux.

178. Ext. La rue, telle que Mike la voit

Les gens circulent sur les trottoirs, ou traversent vivement la rue, ou hèlent un taxi, ou achètent des journaux aux distributeurs automatiques. Aucun homme en manteau gris. Aucun adolescent portant un blouson des Oakland As.

179. Ext. Retour sur Mike

LINOGE *(voix off) :* Il finira par m'aimer... il finira par m'appeler son père.

Mike est obligé de s'adosser au mur. Il ferme les yeux. De l'une de ses paupières closes émerge une larme unique. Une jeune femme apparaît à l'angle de la rue et le regarde avec une sympathie prudente.

LA JEUNE FEMME : Ça ne va pas, monsieur ?

MIKE *(sans ouvrir les yeux) :* Si, si... J'ai juste besoin de souffler une minute.

LA JEUNE FEMME : Vous avez fait tomber vos courses. J'ai bien peur qu'il n'y ait eu un peu de casse.

Mike ouvre les yeux et fait de son mieux pour sourire à la jeune femme.

MIKE : Ah, ouais... Des trucs se sont cassés, j'ai entendu.

LA JEUNE FEMME *(souriante) :* Il est d'où, cet accent ?

MIKE : Il vient de l'autre côté du monde.

LA JEUNE FEMME : Qu'est-ce qui vous est arrivé ? Vous avez trébuché ?

MIKE : J'ai cru voir quelqu'un que je connaissais, et j'ai juste... juste oublié que je tenais des paquets.

Il regarde une dernière fois vers le bas de la rue. Il a atteint l'angle quelques secondes après Linoge et Ralphie ; ils devraient être là, mais il ne les voit pas... ce qui ne le surprend pas tellement.

LA JEUNE FEMME : Je peux vous aider à ramasser vos affaires, si vous voulez. Regardez, j'ai ça.

D'une poche, la jeune femme retire un filet à commissions roulé en boule. Elle le lui tend avec un sourire timide.

MIKE : C'est très gentil de votre part.

Ils retournent ensemble devant le magasin.

180. Ext. Mike et la jeune femme, vus de haut

Tandis qu'ils se rapprochent de la voiture et des achats de Mike tombés sur le trottoir, nous les voyons de haut... puis la caméra part brusquement en travelling arrière, se tourne, et nous les perdons de vue. Nous voyons maintenant, sous un ciel d'un bleu resplendissant, la baie de San Francisco et le pont qui l'enjambe, un pont comme un rêve qui aurait commencé à rouiller un peu dans les coins.

Des mouettes font de la voltige... nous en suivons une... nous...

Fondu sur :

181. Ext. La mouette, jour

Nous la suivons, puis la caméra effectue une descente vertigineuse et nous découvrons Little Tall Island, et bientôt l'hôtel de ville. Une voiture est garée devant. Trois personnes se dirigent vers la coupole abritant les plaques et la cloche du mémorial. L'une d'elles – une femme – s'avance en avant des autres.

> MIKE : J'aurais pu écrire à Molly pour lui en parler. J'y ai beaucoup réfléchi... j'ai même prié pour savoir ce qu'il fallait faire. Quand toutes les options que l'on a doivent faire mal, laquelle est la bonne ? Finalement, j'ai gardé le silence. Parfois, surtout le soir, lorsque j'ai des insomnies, je me dis que j'ai eu tort. Mais le jour venu, je vois les choses différemment.

182. Ext. La coupole de l'hôtel de ville, jour

Molly s'en approche lentement. Elle tient un bouquet à la main. Son visage est serein, malgré son expression triste ; elle est très belle. Derrière elle, Hatch et Pippa se tiennent au bord de la pelouse ; Hatch a passé un bras autour des épaules de sa fille.

Molly s'agenouille au bas de la plaque qui rappelle les noms de ceux qui ont disparu au cours de la Tempête du Siècle. Elle dépose ses fleurs juste en dessous. Elle pleure un peu. Elle embrasse le bout de ses doigts et les appuie sur le nom de son fils.

Elle se lève et retourne lentement auprès de Hatch et de Pippa. Hatch la prend dans ses bras et la serre contre lui.

183. Ext. Little Tall Island, vue générale, jour

MIKE *(voix off)* : Le jour venu, je vois les choses différemment.

Fondu au noir.

Cet ouvrage a été réalisé par la
SOCIÉTÉ NOUVELLE FIRMIN-DIDOT
Mesnil-sur-l'Estrée
en mars 1999

Ouvrage composé par
Nord Compo (Villeneuve d'Ascq)

Édition exclusivement réservée aux adhérents du Club
Le Grand Livre du Mois
15, rue des Sablons
75116 Paris
réalisée avec l'aimable autorisation des éditions Albin Michel

Imprimé en France
Dépôt légal : février 1999
N° d'impression : 46192